화성의 시간

화성의 시간

Time on Mars

유영민 장편소설

자음과모음

차례

실종 ⋯007

122 ⋯013

1억 6천만 킬로미터 떨어진 행성 ⋯165

귀환 ⋯233

에필로그 ⋯457

작가의 말 ⋯466

실종

집을 나선 것은 정오 무렵이었다. 현관문을 열자 따가운 햇살이 쏟아져 내렸다. 손차양으로 얼굴을 가린 채 여자는 엘리베이터를 향해 걸어갔다. 복도는 아무도 없이 고요했다. 엘리베이터를 타고 1층에서 내린 여자는 동 입구를 지나다가 나이든 경비원과 짧은 담소를 나눴다.

아파트 단지 인근의 재래시장. 여자는 두리번거리며 느릿느릿 걸었다. 좁은 길 양쪽으로 더운 김이 올라오는 두부를 식칼로 썰어주는 손두부집, 싱싱해 보이는 생선이 쌓여 있는 어물전, 잡다한 생활용품을 파는 만물점 등이 꼬리를 물며 이어져 있었다.

가장 먼저 구입한 것은 쪼그려 앉은 노파가 파는 도라지였다. 면장갑을 낀 손으로 껍질을 벗기던 노파는 오늘 첫 손님이라며 특별히 많이 준다고 했다. 여자는 그물망에 담긴 사과, 양념에 재운 돼지갈비, 쥐눈이콩도 샀다. 장을 보는 그녀에게 특별한 점은 보이지 않았다. 뒤로 대충 묶은 머리와 화장기 없이 부석부석한 얼굴, 목이 늘어나 헐렁한 티셔츠를 입은 모습이 찬거리를 사러 나온 여느 주부들과 다를 바 없었다.

시장 중간쯤에 이르러 멈춰 섰다. 신발 가게 앞이었다. 야외 진열장의 유아용 신발을 구경하는 여자에게 주인 사내가 다가와 말을 붙였다. 애기가 몇 살이에요? 여자는 사내를 물끄러미 바라볼 뿐 아무 대꾸도 하지 않았다. 시장 거라고 무시하면 안 돼요. 이게 백화점에 납품되는 거야. 글쎄, 여기에 메이커 상표만 붙여서 대여섯 배나 비싸게 받지 뭐예요. 애기 엄마한테는 인심 써서 이천 원 깎아줄게요. 여자의 침묵을 사겠다는 의미로 받아들인 사내는 비닐봉지에 신발을 담았다.

장보기를 마치고 시장을 빠져나오다가 여자는 분식점을 기웃거렸다. 탑처럼 쌓아 올린 은빛 찜통에서 뜨거운 증기가 뿜어져 나왔다. 한동안 망설인 다음 분식점에 들어간 여자는 찐만두 2인분을 주문했다. 단발머리를 한 아르바이트생이 막 찜통에서 꺼낸 찐만두를 내오자 여자는 혼자 먹기 시작했다.

어느 순간, 여자의 턱 아래 놓인 간장 종지에 물방울 하나가 똑 떨어졌다. 물방울은 계속해서 떨어져 내렸다. 여자는 허겁지겁 눈물을 훔쳤다. 그 광경을 본 아르바이트생이 주방의 중늙은이와 몇 마디 귓속말을 주고받았다. 여자는 서둘러 계산을 마치고 분식점을 빠져나왔다. 미처 챙기지 못한 장바구니에 유아용 신발이 빠끔히 얼굴을 내밀고 있었다.

한 달 뒤, 여자의 동네에 실종 전단이 나붙었다. 아파트 단지게시판에, 전봇대에, 지하철역 입구에. 전단에는 여자 사진이 크게 인쇄되어 있었다. 그리고 그 아래 적힌 몇 줄의 문장. '마른 체형. 갸름한 얼굴형. 왼쪽 눈 밑에 작은 점이 있음. 소재를 알거나 보신 분은 연락 바랍니다. 사례금 3000만 원.' 실종된 날짜는 여자가 재래시장에서 유아용 신발을 구입한 날이었다. 여자의 집으로 몇 번인가 전화가 걸려 왔다. 그중의 한 번은 비슷한 인상을 한 이와 착각한 거였고, 나머지는 모두 장난 전화였다.

반년 정도 지나자 전단은 색이 바라고 귀퉁이가 찢어졌다. 여자는 집으로 돌아오지 않았다.

1

"안녕하세요. 누리금융입니다. 신용 등급에 상관없이 최대 일억 원까지 대출해드립니다."

클래식 음악이 깔리며 낭랑한 여자 목소리가 들려왔다. 성환은 얼굴을 찡그리며 곧장 수화기를 내려놓았다. 하루에도 몇 번씩이나 걸려 오는 대부 광고 전화에 왈칵 짜증이 났다. 조금 과장을 보태면 노이로제에 걸릴 지경이다. 그렇다고 직업 특성상 전화벨을 무시할 수도 없었다.

방금까지 들여다보던 서류를 손에 쥔 참이었다. 다시금 전화가 울렸다. 잠시 미심쩍은 표정을 짓다가 수화기를 들었다.

"민간조사원 사무실입니까?"

"맞습니다."

"사람을 찾고 싶습니다."

턱과 어깨로 수화기를 귀에 고정한 채 성환은 반쯤 웃었다. 이번에도 그런 일인가? 그에게 가장 많이 들어오는 의뢰가 가출한 외국 출신 아내를 찾아달라는 것이다. 사정을 알고 보면 남편의 학대나 폭력을 견디다 못해 도망친 경우가 대부분이다. 그 같은 사건은 애써 해결해도 께름칙하다.

"찾는 분이 누구죠?"

"여동생입니다."

짐작이 빗나가자 성환은 살짝 당황했다.

"동생분은 실종됐습니까?"

"그렇습니다…… 6년 전에요."

성환은 작게 한숨을 내쉬었다. 6년이나 흘렀다면 살아 있을 확률이 극히 희박하다. 아니, 죽었다고 봐도 무방하다.

"지금 시점에서 찾는 이유를 물어도 되겠습니까?"

성환의 질문에 사내는 한참 뜸을 들인 다음 대답했다.

"솔직히 말해, 여동생을 포함한 가족과 저는 살가운 사이가 아니었습니다. 고등학교를 졸업하고 저는 본가에서 독립해 줄곧 연락을 끊고 살아왔죠. 명절에도 찾지 않았고요. 그런데 반년쯤 전에 경찰이 제 집으로 조사를 나왔습니다. 여태껏 여동생과 교류가 있었는지 확인하기 위해서요. 그 때문에 이제야 겨우 그 애의 실종 사실을 알게 되었습니다."

"경찰에서 그런 조사를 벌인 사유가 뭔가요?"

"여동생의 남편, 그러니까 매부가 되는 사람이 법원에 청구한 실종선고 심판 때문입니다. 여동생은 거액의 생명보험에 가입되어 있었습니다. 피보험자, 즉 보험금 수령인은 매부고요. 실종된 지 5년이 지나 실종선고를 받으면 사망 처리가 되어 보험금을 탈 수 있다고 하더군요."

잠깐 침묵하다가 사내는 한층 격해진 목소리로 이야기를 계속했다.

"만에 하나, 여동생이 돈 때문에 매부에게 살해라도 당했다면 피붙이로서 그 한은 풀어줘야 하지 않겠습니까? 매부를 처음 봤을 때부터 뭔가 느낌이 이상했습니다. 그놈이 일을 꾸민 게 분명해요. 여동생은 착한 아이입니다. 제 가족이라서 하는 말이 아니라, 정말 착해요. 그런 애가 죽었다고 생각하니까, 정말이지 너무나 원통하더라고요. 그동안 저 혼자 진실을 밝혀보려고 애썼습니다. 하지만 가방끈이 짧은 저로서는 쉽지 않았어요."

조리가 없고 감정적인 말이었으나, 거기에는 절실함과 진정성이 배어 있었다. 그 점이 성환으로 하여금 답답함을 느끼게 했다.

"동생분이 실종됐을 때 매부는 경찰에 신고하지 않았나요?"

"하긴 했는데, 경찰에서 별다른 성과를 내지 못했다고 들었습니다."

"음…… 보험금은 얼마나 됩니까?"

"가입한 보험이 하나가 아니라 여럿입니다. 모두 합치면 30억 정도 됩니다."

"30억이요?"

성환은 수화기를 바로 잡고는 천천히 턱을 어루만졌다. 실종

자체는 드문 일이 아니다. 과거 형사였던 그는 한 해 대도시에서 발생하는 실종 사건이 일반인의 예상보다 몇 배나 많다는 사실을 잘 알고 있다. 다만, 여기에는 30억 원의 보험금이 맞물린 게 문제다. 사내 말마따나 살인 사건까지도 숨어 있을지 모른다.

드르릉드르릉.

책상에 놓인 휴대폰 진동음이 울렸다. 전화를 건 사람이 누군지 단박에 짐작됐다. 휴대폰을 무시하고서 성환은 다시금 사내에게 물었다.

"납치 가능성은 없을까요?"

"실종 당시, 몸값을 요구하는 연락은 없었다고 들었습니다."

사내처럼 성환도 보험금 수령자인 매부에 의한 살해 의혹을 느꼈다. 그러나 30억 원의 보험금이 걸려 있다면 분명 경찰 조사가 철저히 이뤄졌을 것이다. 그때 매부가 아무런 조치도 받지 않았다는 건 혐의를 찾지 못했다는 뜻이다.

"한번 제 사무소를 방문해주시겠습니까?"

"알겠습니다."

당장 찾아오겠다는 사내의 말에 성환은 지금은 곤란하므로 저녁때가 좋겠다고 대답했다. 전화를 끊고 벽시계를 보니 오후 1시가 막 지나고 있었다.

시월하고도 중순을 넘겼지만 가로수에는 아직 푸른 잎사귀가 잔뜩 매달려 있었다. 겨울은 언제 올 것인가. 성환은 운전석 창문을 조금 내리고서 크게 숨을 들이마셔보았다. 콧속으로 빨려 들어오는 공기에는 미세하지만 송곳 같은 날카로움이 숨어 있었다.

아내가 꽃집에 들어간 지 벌써 30분이 지나고 있었다. 조금 전까지 짜증이 일더니 이제는 슬슬 초조해지기 시작했다. 기분 탓이겠지. 쉰이 넘은 여자를 누가 어쩌겠는가. 곧 나올 거라고 생각하면서도 성환은 자꾸만 엉덩이를 들썩였다. 그런 불안의 이면에는 얼마 전 이 동네에서 발생한 살인 사건이 자리하고 있다. 텔레비전 뉴스와 신문의 떠들썩한 보도에 비하면 그 전말은 너무나 간단하다. 편의점 주인이 계산과 관련된 다툼 끝에 주먹으로 손님의 얼굴을 쳤는데, 그만 손님이 바닥에 쓰러지면서 머리를 크게 다쳐 즉사한 것이다. 나중에 알고 보니 다툼의 원인이 된 금액은 단돈 100원이었다. 언론은 최근 사회적으로 이슈가 되고 있는 '묻지 마 범죄'와 연관 지어 논평했지만, 사건을 접하고서 성환이 가장 먼저 떠올린 것은 허무함이다. 죽은 이는 100원 때문에 발생한 자신의 죽음을 인정할 수 있을까. 그 허망을 받아들일 수 있을까.

마침내 불안을 참지 못하고 차에서 내릴 찰나, 커다란 꽃다발을 품에 안은 아내가 보였다. 안도감 대신 짜증과 화가 치밀어 오른 성환은 운전대를 탁, 소리 나게 내리쳤다. 아내가 조수석에 올라타자 꽃향기가 진하게 밀려왔다. 흘깃 꽃다발을 보니 서너 종류가 섞여 있었다. 그중에서 제대로 이름을 아는 거라곤 안개꽃뿐이었다. 성환은 꽃다발의 가장자리를 풍성하게 감싸며 다른 꽃들을 돋보이게 만드는 안개꽃이 회 밑에 깔려 나오는 실곤약과 비슷한 역할을 하지 않을까, 하고 잠깐 생각했다.

성환 부부가 탄 구형 SM5는 도심외곽순환도로를 탔다. 운전을 하는 동안 성환의 시선은 흔들림 없이 전방에 고정됐다. 행선지는 내비게이션의 도움을 받지 않아도 될 만큼 충분히 길이 익었다. 매년 한 번씩은 반드시 찾는 장소였으니까.

40분 정도 달려 도착한 곳은 파주에 있는 납골당이었다. 차에서 내리니 가는 빗줄기가 쏟아지고 있었다. 성환과 아내는 빠르게 발을 놀려 건물 안으로 들어갔다. 로비에는 크고 화려한 샹들리에가 불을 밝히고 있었다. 성환 부부는 간단한 신원 확인 절차를 마친 다음 안내 직원을 따라 안치실로 향했다. 거대한 책장을 연상케 하는 납골함 안치단을 대하자 성환은 언제나처럼 조금 어지러웠다. 그나마 다행인 것은 딸아이가 잠들어 있는 곳이 소위 로열층이라는 사실이다. 서 있는 자리에서 바로 보이는 위치로, 다른 데보다 두세 배 비싼 돈을 지불해야 얻을 수 있다.

성환은 물끄러미 딸아이 사진을 바라보았다. 그러다가 손수건을 꺼내 액자의 먼지를 조심스레 닦아냈다. 사진 속 아이는 나이가 정지된 상태로 환하게 웃고 있었다. 아이는 언제나 열다섯 살이다. 나이를 먹는 것은 부모인 자신과 아내뿐이다.

흘깃 옆을 보니 아내는 화병에 꽃다발을 담는 중이었다. 흐느낌을 참는 듯, 눈시울이 붉었다. 성환 부부는 벌써 8년이나 지났지만 죽은 아이를 조금도 잊지 못하고 있었다. 단 하나뿐인 자식이기도 했거니와, 사인도 결코 쉽게 받아들일 수 없는 충격적인 것이기 때문이다.

살아 있다면 한창 꽃필 나이겠지. 대학도 가고 남자 친구와 데이트도 했겠지.

속으로 중얼거리던 성환은 불현듯 아주 오래전의 일을 떠올렸다. 형사 시절이었다. 어느 날 컴퓨터 앞에 앉은 신참이 혼자 키득거리는 장면을 목격했다. 뭔가 싶어 다가가 보니 모니터 화면에 웬 중년 남자의 얼굴이 떠 있었다. 이게 누구냐고 묻자 신참은 웃으며 대답했다.

"미래의 저예요. 얼굴 변환 프로그램을 이용한 건데, 인물 사진을 입력하면 그 사람의 나이 든 모습을 확인할 수 있습니다. 오래전에 놓친 범인을 잡는 데 큰 도움이 되죠."

설명을 듣고서 성환은 잠깐 망설인 다음 지갑에서 사진 한 장을 꺼내 내밀었다. 신참이 누구냐고 물었으나 조용히 미소만 지을 뿐이었다. 프로그램을 통해 나온 결과물은 성환을 아주 흡족하게 만들었다. 성인이 된 딸아이는 아주 예뻤다. 자신의 딸이라서가 아니라 누가 봐도 예쁘다고 할 만한 얼굴이었다. 신참도 예쁘다는 말을 했다. 그것도 몇 번이나.

아내를 남겨두고 혼자 안치실을 빠져나온 성환은 납골당 뒤뜰의 야외 휴게실로 가서 의자에 앉았다. 그런 뒤 담뱃갑을 찾아 코트 주머니를 뒤적이다가 금연 팻말을 발견하고는 동작을 멈췄다. 담배를 피울 마땅한 공간을 찾아볼까 했으나, 이내 포기한 그는 멍하게 비 내리는 풍경을 바라보았다. 쉰을 넘긴 지 오래였다. 그는 머지않아 자신 역시 딸아이처럼 한 줌의 재가 되어 작은 항아리에 담긴 채 이곳에 머물 거라고 여겼다. 삶이 아쉬운가, 생각해보면 전혀 그렇지 않았다. 그러기는커녕 오히려 하루라도 빨리 숨이 다하기를 바랐다. 나이와 상관없이 자신의 삶은 이미 오래전에 멈췄다고 믿기 때문이다. 그에게 오늘이란 어제의 연장선상에 놓여 있다. 어제는 그제의 연장이고, 그제는 다시 그 전날의 연장이다. 그렇게 계속 거슬러 올라가면 '그날'이 있다. 그러니까 따지고 보면 성환은 언제나 그날을 살고 있는 셈이다. 무한히 지속되는 그날, 딸아이가 세상을 떠난 그날.

안치실로 돌아가보니, 아내가 어디 갔다 왔냐는 책망이 깃든 눈으로 쏘아보았다. 그 시선을 무시한 채 성환은 딸아이 사진을 보며 속으로 중얼거렸다. 네가 있는 곳은 살기가 어떠냐. 춥거나 습하지는 않더냐. 조금만 기다려라. 나도 곧 그곳으로 간다. 다시 만나면 그때는 나한테 아주 크게 혼날 줄 알아라. 부모보다 먼저 간 자식에게 해줄 건 그거밖에 없다.

집으로 가는 길. 차 안에는 무거운 정적이 흘렀다. 성환과 아내, 모두 입을 꾹 다물고 있었다. 그러나 사실, 오래전부터 그들 부부 사이에는 제대로 된 대화가 존재하지 않았다. 간단한 의사소통은 턱짓과 손짓이 대신했다. 대화가 없어진 것은 아이 죽음 이후부터다. 성환은 장례식이 끝나고 얼마 지나지 않아 깨달았다. 집 안에서 아이만 사라진 것이 아니란 사실을. 웃음, 농담, 기대, 계획, 소망 같은 것들도 더불어 증발해버렸다는 사실을. 어쩌면 아이가 그 모든 것을 거느리고 있었을까. 아니, 아이 자체가 그 모든 것의 총합이었을까. 자식이란 원래 그런 존재일까.

집 앞에 도착해 차를 세운 성환은 조수석의 아내에게 잠긴 목소리로 말했다.

"먼저 들어가. 나는 일이 남았어."

아내는 조용히 차에서 내렸다. 세 정거장쯤 떨어진 사무실을 향해 차를 몰며 성환은 선약이 있어 다행이라고 생각했다. 오늘 같은 날은 아내와 단둘이 있는 집 안 공기를 감당할 자신이 없다. 아내는 흐느껴 울지도 모른다.

완공된 지 30년이 넘은 2층짜리 상가 건물. 1층에는 편의점, 중국음식점, 세탁소, 부동산 중개소가, 2층에는 영어학원과 태권도장, 그리고 성환의 민간조사원 사무실이 입주해 있다. 주차를 마친 다음 계단을 통해 2층에 오른 성환은 자신의 사무실 앞에서 서성이는 낯선 실루엣을 발견했다. 상대를 본 순간 오전에 통화한 사내라는 걸 직감했다.

"전화 주셨던 분이죠?"

성환이 묻자 사내는 보일 듯 말 듯 고개를 끄덕였다. 마흔쯤 되었을까. 헐렁한 체크무늬 남방셔츠에 통이 넓은 청바지를 입고 있었다. 성환은 트렌치코트 주머니를 뒤적여 출입문 열쇠를 꺼냈다. 그러고는 사무실에 들어서서 형광등 스위치를 올렸다.

"앉으십시오."

사무실 한가운데 놓인 응접 소파를 가리키며 성환이 말하자 사내는 고개를 꾸벅했다.

"감사합니다."

소파에 엉덩이를 붙인 사내는 곁눈으로 주위를 살폈다. 코트를 벗어 책상 옆 스탠드형 옷걸이에 걸고서 성환은 간이 싱크대로 다가갔다.

"찾기 어렵진 않았습니까? 여기 말입니다. 애먹었을 것 같은데."

성환의 물음에 사내는 작은 목소리로 대답했다.

"괜찮았습니다. 전단의 약도대로 걷다 보니 간판이 바로 보이더군요."

물주전자를 가스레인지에 올린 성환은 싱크대 상부장을 열어 커피믹스 상자를 꺼냈다. 마침 봉지가 딱 두 개 남아 있었다.

테이블에 커피 잔을 내려놓은 성환은 사내의 맞은편에 앉았다.

"먼저……."

성환은 상대에게 명함을 내밀었다.

"이거 받으십시오."

건네받은 명함을 사내는 자세히 들여다보았다. 커피를 마시며 성환은 드러나지 않는 눈길로 상대를 관찰했다. 흙 묻은 바짓단, 투박한 안전화, 걷어 올린 소매 아래로 보이는 팔뚝 근육이 직업을 알려주고 있었다.

"찾는 분이 여동생이라고 하셨죠?"

노트와 펜을 집어 들며 성환은 적을 준비를 했다.

"그렇습니다."

"동생분의 성함은 무엇입니까?"

"문미옥입니다."

"본인은 문미옥 씨의 친오빠 되시고요?"

사내는 고개를 끄덕였다.

"성함은 어떻게 되시나요?"

"문창수라고 합니다."

"음, 동생분의 나이는요?"

"85년생, 올해 서른하나입니다."

낮에 통화하며 들었던 내용을 다시 한번 찬찬히 확인한 성환은 차분한 어조로 물었다.

"실종 당시 정황을 설명해주시겠습니까?"

자신 없는 표정을 짓더니 사내는 고개를 수그렸다.

"잘 모릅니다……. 그때 저는 신용불량자 상태로 전국을 떠돌고 있었습니다. 그래서 동생이 실종된 지 5년이 지나, 매부가 실종선고 심판 청구를 하고서야 진상을 파악하게 됐죠. 단지, 장 보러 가는 길에 사라졌단 사실만 알고 있어요."

"장 보러 가는 길이요?"

"네."

성환은 대략적으로 기억하고 있는 실종선고 절차를 떠올려보았다. 실종자의 주소지 관할 가정법원에 실종선고 심판을 요청하면, 법원 측에서 주민센터, 구청, 경찰서, 국민건강보험공단, 출입국관리사무소 등을 통해 실종자의 생존 여부를 조사하게 된다. 거기에 이상이 없다면 6개월 이상의 공고를 두고 실종선고를 받을 수 있다. 그렇게 되면 실종자는 법적 사망으로 간주된다. 그 모든 과정에 1년 정도 소요된다.

사내는 간간이 커피로 입술을 축이며 그간의 일을 들려주었다.

"동생의 실종을 알고서 저 혼자 이리저리 뛰어다녔습니다. 실종자 관련 기관에 문의도 해보고, 현수막을 만들어 걸기도 했죠. 복지원이나 정신병원을 돌아다니며 수소문하기도 하고요. 매부란 놈도 만나봤는데, 자기는 모르는 일이라고 딱 잡아떼더군요. 저를 피하는지 얼굴 보기도 힘들었습니다. 경찰에도 의뢰했지만 그쪽 역시 뾰족한 수가 없었죠. 살아 있다면 돌아오겠지, 하는 희망이 유일한 위안이었습니다."

"음, 실종선고 심판 청구 결과가 나왔습니까?"

"아직요."

"별 탈 없이 실종선고가 이뤄지면 매부는 보험금을 타겠군요?"

"그렇죠."

만약 이 모든 게 계획범죄라면 현재 아주 극적이고 결정적인 순간에 직면해 있다고 성환은 생각했다.

"동생분의 사진을 볼 수 있겠습니까?"

"그럼요."

사내는 바지 뒷주머니에서 지갑을 꺼냈다. 영수증이나 명함, 메모지 따위를 전부 쑤셔 넣었는지 낡은 가죽 지갑이 터질 듯 빵빵했다. 그는 한참 지갑을 뒤적여 반명함판 사진을 찾아냈다. 그것을 받아 든 성환은 진중한 자세로 들여다보았다. 갸름한 얼굴선, 반듯한 이마, 살짝 쌍꺼풀이 진 커다란 눈. 미인이었다. 분명 평균 이상의 외모였다.

사진에 시선을 박은 채 성환은 물었다.

"동생분이 실종됐을 때 문창수 씨를 제외한 가족분들은 그 사실을 몰랐습니까?"

"아버지는 우리 남매가 꼬맹이 시절에 바람이 나서 집을 나갔어요. 그러고는 5년쯤 뒤 당뇨 합병증으로 사망했다는 소식을 들었습니다. 어머니는 동생이 고등학교를 졸업하던 해에 교통사고로 돌아가셨고요. 저와 동생 외에 다른 형제는 없습니다."

"그렇군요……."

성환은 느리게 고개를 주억거렸다.

"매부와 동생분이 결혼하게 된 배경에 대해서는 알고 계십니까?"

매부가 화제에 오르자 사내는 단박에 인상을 구겼다. 그러고는 한층 음성을 높여 말했다.

"솔직히, 매부와 동생은 여러 면에서 어울리는 편은 아닙니다. 매부가 서울의 이름 있는 대학 출신인 반면, 동생은 상업고교를 졸업했을 뿐이죠. 집안의 경우에도…… 매부 쪽은 상당히 잘산다고 들었습니다. 반면, 우리 쪽은 일찍부터 아버지가 부재한 탓에 그야말로 기둥뿌리가 쓰러져가는 꼴이었죠."

잠시 말을 끊고 감정을 가라앉힌 사내는 얘기를 계속했다.

"처음부터 보험금을 목적으로 어쩌겠다는 생각이 아니었다면, 매부는 동생 얼굴만 보고 결혼했을 겁니다."

"동생분은 결혼한 지 얼마 만에 실종된 겁니까?"

"결혼식을 올린 건 2010년입니다. 정확히 1년 뒤인 2011년에 사라졌죠."

말끔히 면도된 턱을 어루만지며 성환은 옅은 한숨을 뱉어냈다. 결혼 1년 만의 실종. 사내의 말마따나 충분히 의혹을 가질 만한 상황이었다.

성환은 사내에게 여동생에 대한 여러 질문을 던졌으나, 사내는 오랫동안 홀로 떨어져 지낸 만큼 대답할 수 있는 게 매우 적었다. 난감한 상황이 아닐 수 없었다. 사건 조사를 위해 발품을 아주 많이 팔아야 하는 상황이었다.

이윽고 대화를 마치자 사내는 성환을 향해 깊이 허리를 숙이며 부탁했다.

"진실을 꼭 밝혀주십시오."

"알겠습니다."

출입문으로 걸어가던 사내는 갑자기 몸을 돌려세웠다.

"참, 사례비는 얼마나 드는지……."

"결과물에 따라 다릅니다. 일단은 착수금만 주시면 됩니다."

성환은 정상 금액보다 약간 낮은 액수를 불렀다. 사내의 넉넉지 않아 보이는 형편을 고려한 배려였다.

복도 계단까지 사내를 배웅하고 사무실로 돌아온 성환은 책상 의자에 앉았다. 그러고 나서 새 노트를 꺼내 비닐 포장지를 벗겼다. 사건을 맡으면 곧장 파일을 만드는 것이 형사 시절부터의 오랜 습관이다. 이제부터 이 일과 관련된 내용은 아무리 작고 사소하더라도 전부 여기에 기록될 것이다. 그는 노트 표지에 반듯한 글씨체로 적었다.

의뢰 번호 122 문미옥 실종 건.

민간조사원 사무실을 연 이후 122번째 맡는 일이었다. 여기까지 오는 동안, 크든 작든 해결하지 못한 사건은 단 하나도 없었다. 성환의 은밀한 자부심이었다.

벌써 이렇게 됐나…….

지난 사건들을 떠올리며 '122'라는 숫자를 가만히 들여다보다가 그는 돌연 씁쓸하게 웃었다. 12월 2일. 죽은 딸아이의 생일이었다.

2

눈을 떠보니 아내는 이미 출근하고 없었다. 집 안은 적막하리만치 고요했다. 몇 년 전부터 아내는 대형마트의 캐셔로 일해왔다. 금전적인 이유는 아니었다. 아내의 말을 빌리자면 '뭐든 몰두할 일이 필요해서'였다.

전날 남은 김치찌개로 밥을 먹고서 성환은 베란다로 나가 담배를 피워 물었다. 아내가 질색하는 탓에 집에서는 흡연이 금지되어 있으나, 혼자 있을 때면 이따금씩 몰래 담배를 피우곤 했다.

번잡한 출근 시간대를 피해 집을 나선 성환은 두 정거장 거리의 지하철역을 향해 느릿느릿 걸었다. 유류비가 부담스러워지면서 꼭 필요한 경우가 아니면 자가용은 사용하지 않았다. 행선지는 어젯밤에 정해둔 터였다. 문미옥의 남편 오두진이 있는 곳. 그는 현재 서울 근교에서 홍보 대행사를 운영하고 있었다.

정황으로 봐선 오두진을 현재 살인 용의자로 지목하기에 충분했다. 성환은 문미옥을 살해한 그가 6년이 지난 지금, 실종선고를 받아 보험금을 타내려 한다고 의심했다. 본격적인 사건 조사에 앞서 '실종선고'에 관한 법률 조항을 정확히 알아둘 필요가 있다고 판단한 성환은 문창수와 만나고 집으로 돌아온 다음 민법 총칙을 들여다보았다. 마침 형사 시절에 진급 시험을 위해 보던 책을 보관하고 있었다.

제27조 (실종의 선고)

① 부재자의 생사가 5년간 분명하지 아니한 때에는 법원은 이해관계인이나 검사의 청구에 의하여 실종선고를 하여야 한다.

② 전지(戰地)에 임한 자, 침몰한 선박 중에 있던 자, 추락한 항공기 중에 있던 자, 기타 사망의 원인이 될 위난을 당한 자의 생사가 전쟁종지 후 또는 선박의 침몰, 항공기의 추락, 기타 위난이 종료한 후 1년간 분명하지 아니한 때에도 제1항과 같다.

제28조 (실종선고의 효과)

실종선고를 받은 자는 전 조의 기간이 만료한 때에 사망한 것으로 본다.

법률 조항을 읽은 그는 부재자가 행려병자, 노숙자로 지내거나 기억상실증을 앓으며 살고 있어도 5년만 지나면 얼마든지 실종선고를 받을 수 있고, 그로 인해 사망보험금도 챙길 수 있겠다고 여겼다.

오두진은 이 헛점을 파고든 것일 수도 있구나.

뒤이어 한 가지 의문이 머리를 때렸다. 만약 실종된 사람이 살아서 발견된다면, 그의 실종선고로 취득하거나 상속받은 재산은 어떻게 될까. 그 답은 28조 바로 다음에 있었다.

제29조 (실종선고의 취소)

① 실종자의 생존한 사실 또는 전 조의 규정과 상이한 때에 사망한 사실의 증명이 있으면 법원은 본인, 이해관계인 또는 검사의 청구에 의하여 실종선고를 취소하여야 한다. 그러나 실종선고 후 그 취소 전에 선의로 한 행위의 효력에 영향을 미치지 아니한다.
② 실종선고의 취소가 있을 때에 실종의 선고를 직접 원인으로 하여 재산을 취득한 자가 선의인 경우에는 그 받은 이익이 현존하는 한도에서 반환할 의무가 있고, 악의인 경우에는 그 받은 이익에 이자를 붙여서 반환하고 손해가 있으면 이를 배상하여야 한다.

재산 취득자의 악의성에 따라 얼마든지 거둬들일 수 있군…… 성환은 법률 조항이 당연하다고 생각했다. 그리고 만약 오두진이 범인이고 늦게라도 그 사실이 밝혀진다면 보험금을 뺏기는 것은 물론이거니와 죄에 대한 대가도 치를 거라고 짐작했다.

러시아워가 지난 만큼 지하철은 한산했다. 차창으로 오전 햇살이 비스듬히 비쳐 들었다. 좌석에 앉자 성환은 무심하게 주위를 둘러보았다. 남자든 여자든, 늙은이든 젊은이든 상관없이 승객 대부분 휴대폰을 들여다보고 있었다. 그 모습이 새삼 아주 생경하게 다가왔다. 불과 20년 전만 해도 전혀 볼 수 없는 풍경이었다. 책을 읽던 사람들은 어디로 사라졌을까. 선반마다 쌓여 있던 신문은 전부 어디 갔을까. 기술의 발전이 인간의 일상을 바꿔놓은 것이 실감 났다.

성환은 코트 주머니에서 휴대폰을 꺼내 들었다. 여태껏 고집스럽게 피처폰을 사용하다가 한 달 전에 장만한 스마트폰이었다. 포털 사이트에 접속해 뉴스 헤드라인을 훑던 그는 시선을 멈췄다.

보험금 노리는 가짜 환자 급증.

기사를 읽어보니 병원과 환자가 담합해 허위 진료 기록으로 보험금을 타내고 있다는 내용이었다. 보험금을 둘러싼 범죄는 날이 갈수록 증가하고 있다. 부부간의 살인도 빈번하게 일어나고, 심지어 자식이 부모를 죽이는 패륜적인 사건도 발생한다. 이번에 받은 의뢰 역시 보험금과 관련된 만큼, 성환은 보험이란 제도에 대해 사유해보았다.

인간의 죽음을 돈으로 치환한다는 것.

목숨과 돈의 가치가 역전된다는 것.

생의 소멸이 금전적으로 평가된다는 것.

보험은 모든 게 돈으로 계산되는 현대사회의 일면인가. 성환은 이맛살을 찌푸렸다. 그렇다면 사람들은 왜 보험에 가입할까? 보험밖에 의지할 데가 없기 때문이겠지. 위기에 처했을 때 아무도 도와주지 않기 때문이다. 복지제도 같은 사회 안전망이 갖춰지지 않은 현실이라면 그것은 꽤 큰 공포감을 유발할 것이다. 결국 근본 이유를 따지자면 각박해진 세상 탓인가. 보험은 우리에게 필요악적인 존재인가.

30분 정도 흘러 내린 곳은 1호선에 위치한 M역이었다. 4호선과 연결된 환승역으로 유동인구가 굉장히 많았다. 역사를 빠져나오니 거리에 길게 늘어선 노점에서 달콤한 계란 토스트 냄새가 풍겨왔다. 성환은 품속에서 약도를 꺼내 확인했다. 멀리 떨어지지 않은 곳에 오두진이 운영하는 홍보 대행사가 있었다.

역사 앞 횡단보도를 건넌 다음 대로를 따라 천천히 걸었다. 100미터가량 직진하다가 사거리에서 좌측으로 방향을 틀자 중소형 빌딩이 모여 있는 오피스 타운이 눈에 들어왔다. 주위를 살피며 얼마쯤 걷노라니 '잇츠 기획'이라고 적힌 입간판을 발견할 수 있었다. 5층짜리 빌딩의 1층에 자리한 사무실은 인도를 향한 벽면이 통유리인 탓에 내부가 훤히 들여다보였다. 입구 왼편으로 사무용 책상 3개가 나란히 붙어 있었는데, 맨 안쪽 자리에서 안경을 쓴 젊은 남자가 모니터를 보며 바쁘게 타이핑하고 있었다. 다른 자리는 모두 비어 있는 상태였다.

유리문을 밀고 사무실에 들어서자 안경이 곧장 자리에서 일어났다.

"어서 오십시오."

성환은 안경에게 공손한 태도로 인사를 건넸다.

"안녕하십니까. 민간조사원으로 일하는 김성환이라고 합니다. 사장님을 뵙고 싶어 찾아왔습니다."

"민간조사원이요?"

"그렇습니다."

"무슨 용무로 그러시죠?"

"사장님 부인의 실종 때문입니다. 문미옥 씨요."

잠깐 사이를 두고 성환은 덧붙였다.

"문미옥 씨의 친오빠인 문창수 씨가 일을 맡겼습니다."

고개를 끄덕인 후 안경은 사무실 뒤쪽에 딸린 방으로 들어갔다. 느낌상으로 사장실인 듯했다.

"잠시만 기다려주세요. 지금 사장님께서 중요한 전화 통화를 하고 계셔서요."

밖으로 나온 안경이 말하자 성환은 알겠다고 대답한 다음 응접 테이블 의자에 앉았다. 그러고는 차분한 눈으로 사무실 내부를 관찰했다. 바깥에서 잘 보이지 않는 측면 벽에 업무 시스템 도표가 붙어 있었다. 시장환경 조사, 경쟁사 분석, 홍보타깃 선정, 홍보전략 수립……. 그는 저런 일들을 이 작은 사무실에서 전부 하기에는 무리가 아닐까 생각했다.

"홍보 대행사에 대해서 잘 몰랐는데, 굉장히 많은 일을 하네요."

도표를 가리키며 성환은 지나가는 말처럼 한마디 던졌다. 안경이 피식 웃으며 대꾸했다.

"저것만 보면 거창하게 여겨지지만, 실상 저희가 하는 일이란 게 전단 만드는 작업이 거의 대부분입니다."

"전단이요?"

"네, 치킨집이나 피자집 광고 전단 말입니다."

성환은 조용히 고개를 끄덕이다가 비어 있는 책상을 가리키며 넌지시 물었다.

"직원이 더 있습니까?"

"한 명이 더 있는데, 휴가 중이에요. 지난여름에 못 갔거든요. 아마 지금쯤 세부의 해변에 누워 있을 겁니다."

자세히 살피니 안경은 나이가 30대 초반은 넘긴 것 같았다. 짐짓 유머러스하게 꾸민 어조로 성환은 말했다.

"올여름은 찜통이 따로 없었죠. 휴가는 다녀오셨습니까?"

"다른 직원이 돌아오면 교대해서 제가 휴가를 가요. 홍콩에 다녀올 생각입니다. 중국과는 다른 홍콩만의 독특한 분위기가 늘 궁금했거든요. 맛있는 음식도 잔뜩 먹고요."

성환은 안경이 굉장히 밝고 솔직한 성격이라고 생각했다. 나중에 중요한 정보를 얻어낼 수도 있을 거라고 기억해 두었다.

"저도 홍콩에 가보고 싶은 바람이 있습니다. 야경이 아주 멋있다고 하더군요."

"맞아요, 홍콩 하면 야경이죠! 특히 구룡반도에서 바라보는 풍경이 기가 막히다고 합니다."

성환은 홍콩의 유명 먹거리에 대해 물었고, 안경은 반색하며 길게 답을 늘어놓았다. 그렇게 대화를 나누고 있노라니, 사장실 쪽에서 저음의 낭랑한 음성이 들려왔다.

"들어오시라고 해."

안경은 얘기를 멈추고 성환을 사장실로 안내했다. 성환이 출입문을 열 찰나, 그는 씩 웃으며 속삭였다.

"엄청나게 놀라실 겁니다."

사장실에 들어간 성환은 안경의 말대로 아연실색했다. 눈앞에 실로 대단한 광경이 펼쳐졌던 것이다. 라지킹 침대 크기의 작업대에 작은 인형과 모형 전차가 잔뜩 늘어서 있었다. 그 규모가 너무나 거대해 순간적으로 시공간을 초월하여 전쟁 현장으로 들어선 것 같은 착각에 빠져들었다.

"형님이 보내셨다고요?"

문득 들리는 목소리에 고개를 들어보니, 총알이 빗발치고 포탄이 터지는 전쟁터 너머에 한 사내가 우뚝 서 있었다.

"그렇습니다."

성환은 사내에게 다가가 명함을 내밀었다.

"민간조사원이 뭔가요?"

명함을 살펴보고 오두진은 물었다. 입가에 은은한 미소가 어려 있었다.

"간단히 말해, 사립 탐정입니다. 심부름센터나 흥신소와는 성격이 조금 다릅니다."

"아, 셜록 홈스 같은 분이군요?"

"맞습니다."

오두진은 방 한쪽에 있는 소파를 가리켰다.

"자, 앉으시죠."

소파에 앉은 다음, 성환은 건너편의 오두진을 찬찬히 뜯어보았다. 외양은 평범했다. 30대 후반 정도 됐을까. 흰 와이셔츠 차림에 소매를 걷어붙이고 있었다. 얼굴에서 살인자의 섬뜩한 이미지는 찾아지지 않았다. 늘 웃음기를 머금고 있는 사람에게서 보이는 눈가 잔주름, 평생 가야 구겨지는 일 없을 것 같은 둥글고 반듯한 이마가 선하고 부드러운 인상을 줄 뿐이었다. 그러나 성환은 어렴풋이 느낄 수 있었다. 그의 친절과 호의 속에는 타인의 지나친 접근을 차단하는 벽이 세워져 있음을.

딸각 소리가 나며 출입문이 열리더니 안경이 찻잔을 쟁반에 받쳐 들고 나타났다. 그는 조심스러운 동작으로 오두진과 성환 앞에 찻잔을 내려놓았다. 티백 녹차였다. 안경이 나가자 오두진은 웃음 띤 얼굴로 입을 열었다.

"드세요."

"감사합니다."

녹차를 한 모금 마시고서 성환은 전쟁터 모형을 보며 말했다.

"들어오면서 저거 때문에 깜짝 놀랐습니다. 취미로 만드시나 보군요."

"디오라마라고 하는데, 처음 본 사람들은 놀라곤 하죠."

부끄러움이 담긴 목소리가 오두진의 유순한 인상을 더욱 강화시켜주었다.

"디오라마요?"

"그렇습니다. 미니어처로 특정 상황을 재현한 걸 말하죠. 저건 2차 세계대전 당시의 폴란드 바르샤바가 테마입니다. 아직 완성되지는 않았죠."

설명을 듣고 보니 가장자리가 군데군데 비어 있었다.

"정말 규모가 굉장합니다."

디오라마를 보던 성환은 다시 한번 두 눈을 휘둥그레 떴다. 수많은 병사의 표정과 동작이 제각각 달랐던 것이다. 게다가 탱크나 지프차도 표면의 총탄 흔적까지 세밀하게 표현되어 있었다. 이런 걸 만들려면 도대체 얼마큼의 시간과 노력이 필요할까……. 넋 놓고 디오라마를 쳐다보던 성환의 귀에 감정을 억누른 딱딱한 목소리가 꽂혔다.

"제 아내의 실종 때문에 오셨지요?"

번뜩 정신을 차린 성환은 오두진을 향해 고개를 틀었다.

"맞습니다."

오두진은 두 손을 들어 몇 차례 마른세수를 했다.

"궁금한 게 있으면 물어보시죠."

"먼저, 부인이 실종됐을 때의 정황을 알려주시겠습니까?"

착잡한 표정으로 오두진은 입술을 뗐다.

"퇴근해서 집에 돌아오니 아내가 없었습니다. 저는 오랜만에 친구들이라도 만나 시간을 보내는 줄 알고 먼저 잠자리에 들었죠. 그런데 이튿날 아침에도 여전히 없더라고요. 그제야 부랴부랴 행방을 수소문했지만, 아무도 알지 못했죠. 뭔가 심상치 않다고 느낀 저는 곧바로 경찰에 신고했습니다."

오두진의 얘기에 귀 기울이며 성환은 간간히 수첩에 메모를 했다.

"경찰 수사 결과, 집 근처 재래시장의 감시 카메라에 찍힌 모습이 마지막으로 확인할 수 있는 아내의 행적이었습니다. 경찰은 여러 가능성을 두고 수사를 진행했지만 끝내 아내를 찾지 못했죠. 이게 전부입니다."

"실종 뒤에 부인의 휴대폰이나 교통카드, 신용카드는 전혀 사용되지 않았나요?"

"네."

"부인이 시장에 있던 시각에 오두진 씨는 어디 계셨습니까?"

"이곳에 있었습니다."

"그 사실의 증명이 가능한가요?"

"네, 직원들과 함께 있었거든요."

성환은 오두진에게 확실한 알리바이가 있는 셈이라고 생각했다. 그 이유로 경찰의 의심을 옅게 만들었으리라.

"실종될 즈음, 부인의 행동에 이상한 점이 없었습니까?"

오두진은 말없이 고개를 가로저었다.

"부인이 사라지고서 집에 없어진 물건은 없나요? 패물이나 통장 같은 것들 말입니다."

"없습니다."

"경찰 신고 외에 개인적으로 부인을 찾기 위해 노력한 게 있으신가요?"

"한동안 백방으로 뛰어다녔습니다. 전단을 만들어 동네에 붙이기도 했고요."

지그시 상대를 쳐다보다가 성환은 한층 톤을 낮춰 물었다.

"부인 앞으로 보험을 든 이유가 무엇입니까?"

한차례 진한 한숨을 토하고서 오두진은 대답했다.

"보험을 드는 이유가 따로 있겠습니까? 결혼을 하면서 책임져야 할 부분이 커짐과 동시에, 그에 대한 리스크도 증가하니까 그렇지요."

"가입한 보험이 하나가 아닌 여럿이고, 타게 될 보험금도 30억에 이른다고 들었습니다. 단순한 리스크 관리용으로는 지나치지 않나요?"

"우연찮게도 지인 중에 보험설계사가 많습니다. 그 이유로 보험 가입 권유도 많이 받았지요. 거절을 못 하는 성격 탓에 매번 받아주다 보니, 본의 아니게 그렇게 됐습니다."

"……그렇군요."

성환은 턱을 쓰다듬었다. 실종 수사가 이뤄진 당시, 경찰도 보험설계사들을 만나 사실 검증을 했을 것이다. 이 모든 일이 치밀한 범죄라고 한다면, 지금과 같은 답변을 만들기 위해 오두진이 계획적으로 그들에게 접근하지 않았을까?

녹차를 마시며 얼마간 생각에 잠긴 다음 성환은 다시 물었다.

"조금 실례되는 질문인데, 혹시 부인의 남자관계가 복잡하지는 않았습니까?"

순간적으로 상대의 눈빛이 날카로워졌다고 성환은 느꼈다.

한동안 뜸을 들이다가 오두진은 냉기 서린 음성으로 대답했다.

"제 아내는 그런 사람이 아닙니다. 남자관계는 깨끗해요."

성환은 얼른 고개를 조아렸다.

"기분이 상하셨다면 사과드리겠습니다. 의례적인 질문이니 신경 쓰지 마십시오."

화가 가라앉지 않는 듯, 오두진은 몸을 일으켜 창가로 다가갔다. 그를 따라 시선을 옮기던 성환은 책상에 올려진 소형 액자를 발견했다. 사진의 주인공은 문미옥. 산행 중에 사진을 찍었는지 등산복 차림이었다. 처음에는 무심히 6년이나 지난 지금까지 아내를 잊지 못하는 모양이라고 생각했으나, 곧이어 작은 의구심이 고개를 쳐들었다.

혹시 사진을 놓아둔 특별한 이유가 있지 않을까?

아이까지 포함된 가족사진이라면 모를까, 우리나라에서 남자가 직장에 아내 독사진을 놓아두는 경우는 드물다. 설사 부부 금슬이 아주 좋다고 하더라도 주변의 놀림감이 되는 걸 우려해 그런 일은 잘 하지 않는다.

액자에 대해 또 한 가지 걸리는 점은, 그 방향이었다. 액자는 책상 의자에 앉은 사람이 아니라 그 반대편을 향하고 있었다. 따라서 이 방에 들어서는 사람이라면 누구든 쉽게 문미옥 사진을 보게 된다.

이런 이유들로 인해, 성환은 오두진이 자신의 아내에 대한 사랑을 방문자에게 어필하기 위해 다분히 의도적으로 액자를 놓아둔 것처럼 여겨졌다. 말하자면 위장이나 가장이다. 오두진이 줄곧 보여준 평범하고 선한 이미지를 상기하면 그건 조금 이상한 일이다.

등을 내보인 채 서 있는 오두진에게로 고개를 돌렸을 때다. 성환은 자신이 액자를 주목하고 있는 걸 그가 눈치채고 있으며, 그것을 부러 모른 척하고 있다는 낌새를 받았다. 일순간 목덜미에 좁쌀 같은 소름이 돋았다.

5분 정도 흘러 다시 제자리로 돌아온 오두진이 가라앉은 음성으로 말했다.

"미안합니다. 너무 예민하게 굴었네요."

"저야말로 죄송하군요. 부인 때문에 마음고생이 심하실 텐데, 제가 경솔했습니다."

침착하게 응대를 했으나 성환은 그때껏 몸에 돋은 소름이 가라앉지 않고 있었다.

"지금까지 이런 조사를 여러 번 받다 보니 신경이 곤두선 것 같습니다."

"이해합니다."

경직된 분위기를 풀어줄 목적으로 성환은 화제를 돌렸다.

"그나저나, 저 디오라마는 볼수록 감탄스럽습니다. 디오라마의 어떤 매력에 끌려 만들게 되었는지 여쭤봐도 될까요?"

"하나하나 만들어가다 보면 어느새 잡념이나 걱정거리가 사라집니다. 거기에서 평화와 안정을 얻을 수 있죠."

성환은 고개를 끄덕였다.

"저런 걸 만들려면 보통의 손재주를 갖고는 어림도 없을 것 같습니다."

"디오라마를 만들 때 가장 중요한 게 뭔지 아세요? 그건 손재주 따위가 아닙니다. 바로, 인내심이죠. 참고 기다릴 줄 아는 것. 조급해하지 않고 완성을 향해 조금씩 나아가는 자세가 성패의 관건입니다."

"그렇군요……."

뭔가 고민하듯 미간에 깊은 주름을 잡다가 오두진은 무겁게 입을 열었다.

"제가 보험금 때문에 자기 동생을 살해했다고 형님은 믿고 있죠. 그 심정이 이해 안 가는 건 아니에요. 경찰도 그렇고 주변 사람도 죄다 저를 의심했으니까요. 하지만 전 아닙니다. 아내를 죽이지 않았어요. 아내가 실종됐을 때 경찰에 끌려가 진술 분석가에게 심문을 당했는데 저는 범인이 아니라고 결과가 나왔습니다. 거짓말탐지기도 무사히 통과했고요."

잠시 숨을 고른 후에 오두진은 얘기를 계속했다.

"다시 말하지만, 아내의 실종과 저는 무관합니다. 사례금을 내건 실종 전단을 만들어 붙인 것도 저였고, 아내가 납치되어 팔려 갔다는 생각에 외딴섬들을 뒤지고 다녔던 것도 접니다. 저는 누구보다 아내를 찾길 바라고 있어요."

성환은 오두진의 흔들림 없는 눈동자를 가만히 응시했다.

"경찰에서 저를 범인으로 의심하는 것에 큰 불만을 품지 않은 것도 아내에 대한 죄책감 때문입니다. 아내의 생사조차 모르는데 저만 멀쩡히 살아 있는 것에 대한 죄책감 말입니다."

시선을 떨구더니 오두진은 한참 뒤에 작은 목소리로 덧붙였다.

"아내에 대한 이야기는 지금껏 해드린 게 전부입니다."

말을 마친 그는 침묵을 지킴으로써 용무는 끝났으니 이제 그만 가달라는 의사를 전달했다. 성환은 주춤주춤 자리에서 일어났다.

"오늘 해주신 말씀, 정말 감사합니다."

사장실을 나서던 성환은 갑작스러운 동작으로 몸을 돌려 물었다.

"저 디오라마는 언제쯤 완성되나요? 그 모습을 꼭 한번 보고 싶군요."

고개를 든 오두진은 얼굴을 일그러뜨리듯 기묘하게 미소 지었다.

"완성되면 알려드리죠. 이제 얼마 남지 않았거든요……."

감정의 동요 없는 그의 침착한 표정과 음성이, 어쩐 일인지 성환에게 다시 한번 소름을 돋게 만들었다.

홍보 대행사를 빠져나온 성환은 근처 놀이터의 벤치에 앉아 담배를 피워 물었다. 놀이터인데도 불구하고 아이들은 전혀 보이지 않았다. 목조 정자에서 두 명의 노인이 마주 앉아 한가롭게 장기를 두고 있을 뿐이었다.

담배를 피우며 그는 오두진과의 만남을 돌이켜보았다. 인간이 거짓말을 할 때면 자신도 모르게 말끝을 흐리거나 시선을 피하기 마련이다. 그러나 오두진은 진술을 하며 한 번도 미심쩍은 순간을 보인 적이 없었다.

그 사람이 정말 아내를 살해했을까.

비록 오두진이 범인이라는 확신은 들지 않지만, 사진 액자와 관련해 수상쩍은 구석이 있는 것도 사실이었다. 게다가 사무실을 나서기 직전 그의 입가에 어렸던 미소도 무엇 때문인지 마음에 걸렸다. 그의 온화한 모습은 내면에서 올라온 진짜배기가 아닌지도 모른다고, 일종의 위장막일 수도 있다고 생각하다가 성환은 불현듯 떠오른 『명심보감』 한 구절을 읊조렸다.

"호랑이를 그릴 때 가죽은 그려도 뼈는 그리기 어려우니, 사람을 안다 해도 얼굴은 알아도 마음은 알 수 없느니라."

성환은 오두진이란 인물에 대해 깊이 조사해볼 필요성을 느꼈고, 그 방법은 주변인에게서 그에 대한 이야기를 수집하는 것이라고 판단했다. 턱을 어루만지며 성환은 고민에 잠겼다. 오두진을 지근거리에서 지켜봤고, 현재 내가 접근 가능한 사람이 누굴까.

다 피운 담배를 바닥에 비벼 끈 뒤 꽁초를 만지작거리던 성환의 눈이 살짝 벌어졌다. 홍보 대행사에서 오두진이 빠져나왔던 것이다. 그는 건물 앞에 주차된 검은색 소나타에 올라탔다. 시동이 걸리는가 싶더니, 매연을 내뿜으며 대로 쪽으로 빠르게 사라졌다. 성환은 사무실에 혼자 남아 있는 안경을 떠올렸다. 손목시계를 확인해보니 곧 점심시간이었다. 식당에서 1인분은 배달을 꺼려하므로 그가 밖으로 나올 가능성이 높다고 짐작했다.

얼마쯤 벤치에 앉아 있노라니 역시나 안경이 모습을 드러냈다. 사무실 출입문을 잠근 다음 그는 느긋하게 거리를 걸었다. 몸을 일으킨 성환은 상대를 향해 빠르게 다가갔다.

"안녕하십니까?"

성환이 인사를 건네자 안경은 놀란 표정을 지어 보였다.

"아직 안 가셨어요?"

"마침 식사 때라서 밥을 먹으려고 하는데, 어디가 괜찮은 식당인지 도통 알 수 없군요. 혹시 깔끔하고 맛 좋은 곳을 알고 계십니까?"

"저야 직장이 여기니까 몇 군데 알기야 하죠."

"그럼, 안내를 부탁드려도 될까요? 제가 점심을 사겠습니다."

안경의 얼굴에 기쁜 기색이 떠올랐다.

"뭐, 그러실 것까진 없는데…….."

성환은 안경을 따라 걸었다. 사건 참고인과 밥을 먹으며 정보를 캐는 것은 그가 형사 시절부터 즐겨 사용해온 수법이다. 함께하는 식사는 자연스럽게 서로 간의 친밀감을 높이면서 경계심을 누그러뜨리고, 음식을 먹는 행위 때문에 주의가 분산되어 자신이 알고 있는 정보를 쉽게 흘린다. 게다가 식사를 대접하는 호의까지 베풀면 하지 않아도 될 얘기까지 들려주는 경우도 있다.

안경이 성환을 데려간 식당은 평범한 백반집이었다. 그러나 다소 이른 시간인데도 불구하고 손님이 꽉 들어차 있었다. 가까스로 자리에 앉자 안경은 종업원을 불러 백반 2인분을 주문했다.

"이래 봬도 여기가 근방에서 맛집으로 소문난 곳이에요."

안경의 말에 성환은 미소 띤 얼굴로 응수했다.

"이거, 기대되는데요?"

물수건으로 손을 닦으며 성환은 갑자기 생각난 듯이 말했다.

"사장님이 만드는 디오라마, 무척 인상적이었습니다."

"저는 사장실을 '두진 월드'라고 부르죠."

"두진 월드라, 잘 어울리는군요. 사장님 밑에서 오래 계셨습니까?"

"그런 편입니다. 7년쯤 일했으니까."

7년이라…… 개인사를 훤히 꿸 만한 시간이다. 성환은 속으로 빙그레 미소를 지었다.

"그렇다면 사장님과 문미옥 씨에 대해 잘 아시겠네요?"

갑자기 안경이 피식 웃었다.

"그럼요. 사모님, 결혼 전에 저와 함께 일했어요."

"문미옥 씨가 홍보 대행사의 직원이었단 뜻입니까?"

"네."

뜻밖의 사실을 접한 성환은 탁자를 내려다보며 생각에 잠겼다. 오두진은 아내가 자신의 밑에서 일한 걸 말해주지 않았다. 묻지 않았기에 구태여 알릴 필요가 없다고 여긴 건가? 아니면 일부러 감춘 건가? 만약 의도적으로 숨겼다면 이유가 뭘까?

"문미옥 씨는 무슨 일을 맡았습니까?"

"일반 사무를 보았죠. 전화 응대나 서류 정리 같은 거요."

"음, 직원들의 업무 분담이 어떻게 이뤄지죠?"

"편집디자인이나 웹 관련 일은 제가 하고, 마케팅 쪽은 지금 휴가 중인 직원이 맡고 있죠. 사장님은 오더를 따오거나 클라이언트를 상대하고요. 원래 문미옥 씨처럼 자잘한 사무를 보는 직원이 한 명 더 있어야 하는데, 현재는 회사 사정이 어려워 공석인 상태입니다."

"모든 일을 서너 명이 다 하는군요?"

"그렇게 볼 수는 없죠. 필요에 따라 그때그때 외주를 주는 경우가 많으니까요."

"아, 그렇군요."

성환은 물 한 모금을 마셨다.

"문미옥 씨가 동료 직원이었다면…… 선생님은 사장님과의 연애 사실을 알고 계셨겠네요?"

안경의 표정이 조금 달라졌다.

"그게 조금 이상해요. 결혼 발표 직전까지 전혀 그런 분위기를 못 느꼈어요. 눈치가 없는 편도 아닌데 말입니다."

성환의 진하고 두꺼운 눈썹이 꿈틀거렸다. 결혼 전까지 주변 사람이 연애 사실을 몰랐다? 이건 뭘 의미할까.

"직장 상사와 부하 직원 관계인만큼 사실이 알려져 좋을 게 없다고 판단해 몰래 사귄 걸까요?"

"그렇다손 치더라도 완전히 감출 수는 없다고 생각합니다. 연애라는 게 원래 그렇잖아요. 당사자들이 아무리 속이려고 해도 주변에서는 훤히 알아보기 마련이죠."

"듣고 보니 그렇군요. 원래 두 사람이 감정을 잘 감추는 타입인가요?"

안경은 잘라 대답했다.

"사장님은 몰라도 미옥 씨는 그런 편이 아닙니다."

얼마간의 침묵이 흐르다 성환은 다시 말을 꺼냈다.

"두 사람의 결혼 생활은 어땠습니까?"

"거기까지 제가 알 수는 없죠. 하지만 그닥 행복해 보이지는 않았던 것 같아요. 그렇다고 불행한 것도 아니었지만……."

"음, 사장님은 문미옥 씨의 실종 뒤에 많이 힘들어했나요?"

"하루아침에 아내가 사라졌는데 오죽하겠어요? 괴로운 마음을 디오라마 제작으로 달래는 듯했습니다."

성환은 사장실에서 혼자 묵묵히 디오라마를 만드는 오두진을 상상해보았다. 그러자 의문이 솟구쳤다. 그게 과연 아내를 잃은 고통을 가라앉히는 행위였을까? 뭔가 다른 의미는 없었을까?

종업원이 다가와 테이블에 음식을 늘어놓았다. 주메뉴는 된장찌개와 고등어구이였고, 밑반찬으로 김치, 멸치조림, 마늘장아찌, 계란찜이 있었다. 보기에도 정갈했을 뿐 아니라, 먹어보니 전부 맛이 괜찮았다. 성환은 과장된 감탄사를 내뱉었다.

"이거, 고급 한정식집에서나 접할 수 있는 맛인데요? 아주 좋은 데로 데려와주셨습니다."

"그렇죠? 저도 자주 옵니다."

아직 안경에게서 알아낼 정보가 많다고 판단한 성환은 좀 더 그의 환심을 살 필요를 느꼈다. 그리하여 넌지시 상대에게 제안했다.

"우리, 가볍게 반주 한잔할까요? 고달픈 직장 생활에서 술 한 잔하는 게 유일한 낙 아니겠습니까?"

안경은 말로는 괜찮다고 사양했지만 얼굴에는 미소가 번졌다. 성환은 종업원을 불러 술을 주문했다. 일반 소주보다 고급이라고 할 수 있는 전통 발효주였다. 술이 나오자 성환은 안경의 잔을 채워주며 물었다.

"결혼 전에 문미옥 씨는 남자들에게 인기가 많았나요?"

"네, 상당한 미인이니까요. 호감과 관심을 나타낸 클라이언트도 여럿이었어요."

"그런 남자들을 문미옥 씨는 어떻게 대했습니까?"

이번에는 안경이 성환의 잔에 술을 따랐다. 그들은 가볍게 잔을 부딪쳤다.

"대시를 받아도 시큰둥했어요. 원래 남자에게 별반 관심이 없는 듯도 했고."

"그러면 사장님에게만은 이상하게 마음을 연 거네요?"

"그렇죠."

문미옥은 평소 남자에게 관심도 없었고, 결혼 전까지 주위 가까운 사람조차 그녀의 연애 사실을 알아차리지 못했다……. 성환은 오두진 부부의 결혼에 대해 약간의 의혹을 느꼈다.

"사장님의 성격은 어떻습니까? 모시기에 까탈스럽지는 않나요?"

안경은 생각에 잠긴 채 밥을 우물거렸다.

"오너로서 굉장히 능력 있는 분입니다. 솔직히 이런 곳에서 썩기 아까운 분이죠."

"그래요?"

"원래 사장님은 대기업 홍보부에서 근무했습니다. 거기에서 능력을 인정받아 이른 나이에 팀장까지 달았는데, 창업하겠다는 일념에 사표를 던졌죠."

술잔을 비운 뒤에 안경은 얘기를 계속했다.

"사장님이 차린 회사는 한때 업계에서 떠들썩할 정도로 잘나 갔습니다. 그런데 중국 진출을 한답시고 무리한 대출을 받은 게 발목을 잡았어요. 때마침 중국 경기도 나빠지면서 안타깝게 부도가 났죠."

성환은 고개를 주억거렸다.

"그런 사정이 있었군요."

"사장님을 보면 안타까운 마음이 큽니다. 이제는 빚도 다 갚고 신용불량자 딱지도 뗐지만 아직도 그때의 상처에서 벗어나지 못한 것 같아요."

자작으로 술을 따라 마신 다음 안경은 깊은 한숨을 내뱉었다.

"후유증인지는 잘 모르겠지만, 사장님이 가끔씩 이상한 행동을 할 때가 있어요. 마치…… 귀신에 씌인 사람 같다고 할까요?"

억양을 높여 성환은 물었다.

"귀신에 씌인 사람이요?"

"네."

"구체적으로 설명해주시겠습니까?"

안경은 콧잔등을 한번 쓰다듬었다.

"혼잣말로 듣기 민망한 욕지거리를 내뱉는 거예요. 보고 있노라면 굉장히 섬뜩한 기분에 사로잡히죠."

긴 침묵이 이어졌다. 성환은 깊은 생각에 빠질 때면 하는 버릇대로 턱을 어루만졌다. 살인자인지는 모르겠으나 오두진에게 석연찮은 면이 있는 건 확실한가…….

"아무래도 이 얘기를 괜히 꺼낸 것 같군요."

침묵을 깨고 나온 안경의 목소리는 잠겨 있었다.

"그렇다고 사장님이 살인할 사람이라는 건 아닙니다. 그분은 절대 범인이 아니에요."

역시나 이자는 내가 오두진을 의심하고 있다는 걸 눈치채고 있구나. 얼굴에 부드러운 미소를 띠고서 성환은 말했다.

"제 일은 오두진 씨가 범인이라는 물증을 찾는 게 아닙니다. 실종된 문미옥 씨의 행방을 밝히는 것이지요. 마음 놓으셔도 됩니다."

가만히 성환을 쳐다본 안경은 고개를 끄덕였다.

"그 말을 믿겠습니다."

한동안 조용히 식사를 하다가 성환은 입을 열었다.

"홍보 대행사에 오기 전, 문미옥 씨는 어떤 일을 했습니까?"

"무슨 공장에 다닌 것 같았는데……."

"공장이요?"

고등어 가시를 발라내며 안경은 짧게 고개를 끄덕였다.

"문미옥 씨의 이력서가 지금도 보관되어 있을까요?"

"음, 찾아보면 있을 겁니다."

"혹시 보여주실 수 있겠습니까?"

썩 내키지 않는 기색으로 안경은 승낙을 했다.

"그러죠, 뭐."

식사를 마친 안경과 성환은 나란히 홍보 대행사로 향했다. 걷는 내내 안경은 마치 편한 친구를 대하듯 성환에게 자신이 응원하는 해외 축구팀에 대해 떠들어댔다. 그런 그를 보며 성환은 드러나지 않게 웃었다. 술이란 그런 것이다. 점심 식사에 곁들인 반주일지언정 이토록 서로의 간격을 좁혀준다.

사무실에 도착하자 안경은 한쪽 구석에 있는 철제 캐비닛으로 다가갔다. 거기에서 뭔가 뒤적이다가 두툼한 서류 뭉치를 꺼냈다. 그러고 나서 제자리에 선 채로 오랫동안 서류 뭉치를 살핀 뒤 성환을 돌아보며 쾌활한 음성으로 외쳤다.

"여기 있네요!"

이력서를 건네받고서 성환은 입꼬리를 끌어올렸다. 문미옥의 행방을 쫓는 입장으로서 너무나 소중한 정보가 아닐 수 없었다. 가방에서 수첩을 꺼내 메모하려고 하자 안경은 이력서를 가져도 좋다고 했다.

"그래도 되겠습니까?"

"네. 사모님을 찾는 일이기 때문에 도와드리는 겁니다."

안경의 말에 성환은 기쁜 마음으로 얼른 대답했다.

"그럼요, 잘 알고 있습니다."

3

안경과 헤어진 성환은 편의점 앞 파라솔 의자에 앉아 문미옥의 이력서를 펼쳐 들었다. 맨 먼저 증명사진이 눈에 들어왔다. 살짝 웨이브진 머리에 옅은 화장을 한 얼굴. 문창수가 건네준 사진보다 훨씬 성숙한 느낌이었는데, 이상하게 어딘가 낯이 익었다. 그러나 기억 속 누구와 닮았는지는 알 수 없었다. 찜찜한 기분으로 그는 시선을 옮겼다.

생년월일은 1985년 4월 18일. 주소는 경기도 S시로 되어 있었다. 호적 관계를 보니 문창수가 호주였다. 아버지가 돌아가셨으므로, 비록 연락이 끊겼을지언정 오빠를 호주로 내세울 수밖에 없었을 것이다.

학력란에 여자상업고등학교를 졸업한 것으로 적혀 있었고, 그 아래 자격증란에는 '컴퓨터활용능력 2급'과 '워드프로세서 1급'이 기재되어 있었다. 문창수에게 들은 바에 따르면, 문미옥은 어려운 집안 형편 때문에 학업과 아르바이트를 병행했다. 친구들과 어울리며 학창 시절을 즐길 나이에 생계의 부담에 짓눌려 있는 어린 문미옥을 생각하자 성환은 약간의 안쓰러운 마음이 들었다.

경력 사항을 확인해보니 단 두 곳의 회사가 적혀 있었다. 젊은 나이에 오두진과 결혼한 문미옥으로서는 많은 직장을 거치기 어려웠을 것이다. 첫 번째로 취업한 회사는 'DH푸드'. 업무 내용란의 '학교급식실 조리보조원'을 보고 급식위탁업체로 예상됐다. 근무 기간은 2004년 12월부터 2008년 11월까지. 계산해보면 고교 졸업 뒤 10개월의 공백을 두고 회사에 들어간 셈이다. 처음에는 자격증을 살려 일반 사무직을 알아보았으나, 그즈음부터 시작된 불황으로 인한 고학력 인플레이션 때문에 실패하지 않았을까.

두 번째는 '(주)효진'. 상호만으로는 업종을 파악할 수 없었지만, 업무 내용란에 '생산직'이라고 적힌 점과 안경이 했던 말을 고려하면 공장으로 짐작됐다. 첫 회사를 그만두고 8개월 뒤 입사해서 3년여 동안 적을 두었다.

입에 담배를 물면서 이제 어떡할지 고민하던 성환은 일단 회사에 전화부터 걸어보기로 했다. 운이 좋으면 문미옥의 옛 동료나 친구가 남아 있을지 몰랐다.

"이럴 땐 스마트폰이란 게 참 유용하군."

휴대폰을 꺼내 들며 성환은 중얼거렸다. 문미옥의 첫 직장인 'DH푸드'를 검색해보니 그의 짐작이 맞았다. 그곳은 단체급식 위탁과 식자재 납품을 겸하는 회사였다. 소재지는 경기도 P시로 되어 있었다.

검색 결과가 나열된 화면의 스크롤바를 천천히 내리다가 성환은 돌연 탄식을 내뱉었다. 재작년 2월에 회사가 문을 닫은 것이다. 경제신문 기사에 의하면 12억 원의 어음을 막지 못해 최종 부도 처리되었다.

새 담배를 피워 물고 이번에는 검색창에 '(주)효진'을 입력했다. 그곳은 경기도 S시에 위치한 제빵공장이었다. 다행히 망하지 않고 여전히 운영하고 있었다. 제빵공장 소재지와 이력서의 주소가 똑같은 S시인 것으로 미루어, 취직 후 공장 근처로 이사를 갔을지도 모른다는 생각이 스쳤다.

제빵공장 홈페이지에 적힌 대표번호로 전화를 걸었다. 몇 번 신호음이 울린 뒤 젊은 여자 목소리가 들려왔다. 간단히 사정을 밝힌 다음, 찾아가서 도움을 얻을 수 있는지 묻자 여자는 당황했다.

"음…… 잠시만 기다려주세요."

책임자에게 의견을 구한 듯 몇 분 정도 사이를 두고 다시금 여자 목소리가 들려왔다.

"네, 가능합니다. 오셔서 공장장님을 찾으시면 돼요."

감사 말을 전한 성환은 2시간 후에 찾아뵙겠다고 덧붙이고서 통화를 마쳤다. 그러고는 곧장 1호선 지하철을 타고 경기도 외곽에 위치한 S시로 향했다. 꽤 먼 거리이긴 했지만 급행을 타서 약속 시간에 넉넉히 도착할 수 있을 것 같았다. 출입문 옆 기둥에 등을 기대고 선 그는 손으로 입 주위를 감싼 채 중얼거렸다.

"급식실과 제빵공장이라……."

지인 중에 고등학교 급식 조리사가 있는 이유로 성환은 그곳의 노동강도가 상당하다는 사실을 잘 알고 있었다. 모르긴 해도 제빵공장 역시 그 못지않게 힘들 것이다. 마음만 먹으면 어느 정도 몸이 편한 일자리를 찾을 수도 있지 않았을까. 힘든 육체노동을 하는 곳에서만 일한 점에서 성환은 문미옥의 우직한 면모를 느꼈다. 더불어 한곳에서 몇 년간이나 꾸준히 근무한

점에서는 성실함과 근면함을 엿보았다.

목적지에 도착해 역사를 빠져나온 성환은 버스를 탔다. 이동하는 동안 밖을 보니 수많은 공장이 밀집해 있었다. 그것은 삭막한 풍경이었다. 무채색 건물들 틈에서 가로수조차도 검게 변색된 채 고사해 있었다. 차창을 응시하며 그는 이 도시에서 문미옥이 보낸 3년이라는 시간이 어떤 빛깔을 띠고 있을지 가늠해보았다.

20분 정도 달려 정류장에 내린 성환은 바로 지척에 있는 제빵공장을 발견했다. 얼핏 보아도 상당한 규모였다. 수만 평 부지에 건물이 촘촘히 박혀 있었다. 공장 내에 줄지어 늘어선 화물 트럭도 눈에 들어왔다. 경비실에 가보니 늙수그레한 남자가 파일철을 들여다보고 있었다.

"실례합니다."

목소리를 들은 경비원이 고개를 들어 무슨 일이냐고 물었다.

"공장장님을 뵈러 왔습니다. 선약이 잡혀 있습니다."

내선 전화로 사실을 확인한 경비원은 몸을 일으켰다.

"저를 따라오세요."

경비원의 뒷모습을 보며 걷던 성환은 돌연 코를 찌르는 시큼한 냄새를 맡았다.

"이게 무슨 냄새죠?"

"발효 냄새예요. 이스트요."

"아……."

고개를 끄덕이며 성환은 제빵공장답다고 생각했다. 경비원을 따라 3층짜리 건물로 들어선 그는 복도를 지나며 사람들이 잔뜩 모여 있는 방을 발견했다. 말끔한 양복부터 캐주얼까지 복장이 다양했고 연령층 폭도 넓었다.

"저 사람들은 누굽니까?"

"면접 보러 온 사람들입니다."

"직원 채용 시즌인가 보군요."

"뭐, 매주 있는 일인데요."

"매주 직원을 뽑는다고요?"

경비원은 대답 없이 허허 웃기만 했다.

안내된 곳은 직원 휴게실이었다. 경비원은 곧 공장장이 올 거라고 말한 뒤 사라졌다. 성환은 휴게실 한가운데 놓인 낡은 인조가죽 소파에 앉아 찬찬히 주위를 둘러봤다. 먼저 커다란 텔레비전과 음료 자판기가 시야에 잡혔다. 이어서는 한쪽 구석의 탁자에 놓인 4구 토스터기와 한 무더기의 식빵이 보였다. 직원들이 출출하면 먹게끔 상시 저런 식으로 식빵을 비치해놓는 모양이었다. 저것도 제빵공장만의 특색일 거라고 여기며 성환은 살짝 미소 지었다.

수첩을 꺼내 공장장에게 던질 질문을 메모하던 성환은 문득 강한 요의를 느꼈다. 그러고 보니 버스에서부터 계속 소변을 참고 있었다. 휴게실을 빠져나와 복도를 살피자 먼발치로 화장실 팻말이 보였다. 화장실 입구에 선 그는 특이한 구조 때문에 조금 당황했다. 마치 집 안에 들어설 때처럼 슬리퍼로 갈아 신어야 했는데, 화장실 세균이 신발을 통해 밖으로 유출되는 것을 막기 위함인 것 같았다. 그는 공장 측의 철저한 위생 관리에 감탄했다.

휴게실로 돌아와보니 새하얀 위생복 차림의 공장장이 기다리고 있었다. 50대 후반 정도의 나이에 서글서글한 인상이었다.

"안녕하십니까. 아까 연락드렸던 민간조사원 김성환입니다."

성환이 정중한 자세로 인사를 건네자 공장장은 반백의 머리를 벅벅 긁었다.

"무슨 실종 사건 때문에 오셨다고 들었습니다만⋯⋯."

공장장과 마주 앉아 성환은 속사정을 털어놓았다. 그러나 쓸데없는 호기심을 불러일으킬 필요가 없다는 생각에 보험금 관련 부분은 쏙 뺐다. 이야기를 전부 듣고서 공장장은 끌끌 혀를 찼다.

"문미옥이란 아가씨는 이곳에서 얼마나 일했나요?"

"3년입니다."

"꽤 오래 다녔네요. 얼굴을 보면 기억할 수 있을 겁니다. 여기는 일이 고되고 주야 교대 근무에다가, 휴일이 적다 보니 장기근속자가 아주 소수예요. 새로 직원이 들어와도 한 달도 못 버티고 그만두는 경우가 다반사죠."

그제야 이곳에서 매주 사람을 뽑는 이유를 알아챈 성환은 가만히 고개를 끄덕였다.

"자주 직원이 바뀌면 공장 운영이 쉽지 않겠네요?"

"그 때문에 아쉬운 대로 정년퇴직자를 임금동결 조건으로 계속 근무하게 합니다. 사실, 저만 해도 벌써 오래전에 나갔어야 했지요."

"그렇군요……."

성환은 품속에서 사진을 꺼내 공장장에게 내밀었다.

"이 여자가 문미옥입니다."

사진을 본 공장장은 자신의 한쪽 무릎을 탁 내리쳤다.

"이 아가씨군요!"

성환은 얼른 물었다.

"알고 계십니까?"

"그럼요, 알다마다요. 아주 성실한 직원이었습니다. 결근이나 지각도 안 했고요."

공장장의 얼굴에 흡족한 미소가 번졌다.

"솔직히 털어놓자면, 야간 근무 때에는 졸리고 피곤한 탓에 신경이 날카로워져 직원들 사이에 곧잘 다툼이 일어나거든요. 그런데 이 아가씨는 다른 직원과 싸운 적이 한 번도 없었습니다. 적어도 제가 알기로는 말입니다."

성환은 수첩에 메모를 했다.

"인사성도 굉장히 좋았습니다. 마주치면 언제나 웃음 띤 얼굴로 인사를 했지요."

"밝은 성격이었군요?"

"맞아요."

공장장은 고개를 주억거렸다.

"아, 이 아가씨를 좋아하는 남자 직원이 무척 많았어요. 그 때문에 무슨 날만 되면 잔뜩 선물을 받곤 했죠. 사탕 같은 거요."

안경이 했던 비슷한 증언을 상기하고서 성환은 물었다.

"마음을 고백하거나 사귀자는 제의를 한 남자도 제법 있었겠네요?"

"뭐, 그렇겠죠."

말을 마친 공장장은 사진을 들여다보기만 할 뿐, 다시 입을 열지 않았다.

"그 밖에 다른 기억은 없으십니까?"

"글쎄요……."

공장장은 이맛살을 찌푸리며 옛일을 더듬었지만 더 이상 해 줄 말이 없는 듯했다. 관리자인 그로서는 직접 문미옥과 얼굴을 맞대며 일하지 않았으므로 알고 있는 정보가 단편적이고 한정적일 수밖에 없을 거라고 성환은 짐작했다.

"문미옥 씨와 안면이 있는 직원이 아직도 이곳에 있을까요? 함께 일한 동료 말입니다."

"제가 알아봐서 이쪽으로 보내드리죠."

공장장은 몸을 일으켰다.

"감사합니다."

기다리는 틈을 타서 성환은 토스터기에 식빵을 한 개 구워 먹었다. 오랜만에 먹는 식빵이라서 그런지 제법 맛이 있었다. 그는 문미옥도 이곳에서 일할 당시 출출할 때면 이렇게 식빵으로 배를 채웠을지 궁금증을 느꼈다.

창밖을 내다보며 담배를 피우고 있을 때 위생복을 입은 여자가 나타났다. 굉장히 앳돼 보였는데, 두 뺨이 발그스레했고 커다란 눈을 갖고 있었다. 코언저리에 흩어져 있는 주근깨가 귀엽게 다가왔다.

성환을 보자마자 그녀는 대뜸 묻기부터 했다.

"미옥 언니가 실종되다니, 그게 무슨 소리죠?"

"공장장님에게서 이야기를 듣지 못하신 것 같은데, 지금부터 자세히 설명드리겠습니다. 그 전에 먼저 제 소개를 하자면, 저는 문미옥 씨의 오빠분이 고용한 민간조사원입니다."

성환은 여자에게 명함을 내밀었다.

"미옥 언니에게서 오빠가 있다는 얘기를 들은 기억이 나요."

급하게 뛰어왔는지 여자는 가쁜 숨을 내쉬었다. 음료 자판기를 가리키며 성환은 부드러운 음성으로 물었다.

"커피 어떻습니까?"

여자는 조금 망설이다가 고개를 끄덕였다.

"좋아요."

성환은 지갑에서 지폐를 꺼내 자판기에 넣었다. 캔 커피 두 개를 뽑아 든 그는 그중 하나를 여자에게 건넸다.

"아가씨의 이름을 물어도 되겠습니까?"

상대와 소파에 마주 앉은 다음 성환은 미소 지은 얼굴로 입을 열었다. 여자는 머뭇머뭇 작은 목소리로 대답했다.

"제 이름은 최수연이에요."

"수연 씨는 문미옥 씨와 가까운 사이였나요?"

"미옥 언니가 여기 다닐 때는 친하게 지냈어요. 그 후로는 차츰 연락이 뜸해지다가 오랫동안 소식을 듣지 못했죠."

"그렇군요……. 수연 씨, 많이 놀라시겠지만 문미옥 씨가 실종된 건 벌써 5, 6년 전의 일입니다."

"뭐라고요?"

성환은 차분한 어조로 사연을 풀어놓기 시작했다. 그러다가 얼마쯤 지나 여자가 갑자기 화들짝 놀라는 바람에 말을 멈추고 말았다.

"미옥 언니가 결혼을 했다고요?"

"그렇습니다."

여자는 당혹감을 감추지 못했다.

"이상하네. 나를 안 부를 리가 없는데……."

"청첩장을 받지 못했습니까?"

고개를 끄덕인 여자는 서운한 감정을 담아 중얼거렸다.

"내가 부케 받기로 약속까지 했는데……."

여자의 말을 듣고서 성환도 의문이 들었다. 문미옥은 부케 약속까지 한 최수연을 어째서 초대하지 않았을까?

"결혼을 하자마자 문미옥 씨는 거액의 생명보험에 가입하게 됩니다."

성환은 하던 얘기로 돌아갔다. 실종과 관련된 부분이 나오자 여자는 아랫입술을 꽉 깨물고 신음을 삼켰다. 이윽고 사건 전말을 알고서는 금방이라도 울음을 터뜨릴 것 같은 표정을 지어 보였다.

"언니가…… 미옥 언니가 죽은 건가요?"

"아직은 알 수 없습니다."

여자는 손으로 입을 틀어막고 울음을 삼켰다. 그러나 기어이 굵은 눈물방울이 뺨을 타고 흘러내렸다.

"살아 있을 가능성도 존재합니다. 저는 그걸 확인하기 위해 이 자리에 있는 겁니다."

"그 남편이란 사람이 보험금 때문에 죽인 거 아녜요?"

"그럴 수도 있지요. 그러나 그것 역시 아직은 가능성으로 존재할 뿐입니다."

이를 악문 채 여자는 손바닥으로 거칠게 눈물을 닦았다.

"아저씨는 미옥 언니에 대해 뭘 알고 싶으신 거죠?"

"뭐든지 좋습니다. 이곳에서 일할 당시의 모습, 개인적으로 알고 있는 사실, 뭐든."

한참 동안 바닥을 응시하며 여자는 감정을 진정시켰다. 그러고는 잦아드는 음성으로 말했다.

"저는 고등학교를 졸업하고 바로 이곳에 들어왔어요."

성환은 수첩을 들어 메모 준비를 했다.

"처음에는 반장님께 자주 혼이 났죠. 그럴 때 작업장 구석에서 혼자 울고 있으면 저와 같은 라인에 있던 미옥 언니가 다가와 위로해주곤 했어요. 그 시절, 미옥 언니는 제게 친언니나 마찬가지였죠. 가장 믿고 의지한 사람이 미옥 언니예요. 나이는 몇 살 차이 나지 않는데, 정신적으로는 저보다 훨씬 성숙했죠."

과거를 회상하듯, 여자는 비스듬히 고개를 꺾고 먼 데를 바라보았다.

"문미옥 씨와 특별한 추억은 없습니까?"

여자는 머리에 쓰고 있던 위생모를 벗어 내밀었다.

"이게 신형과 구형이 있는데, 구형이 훨씬 예뻐요. 출근해서 위생복으로 갈아입을 때, 언니와 저는 위생모 바구니에서 구형을 찾으려고 서로 경쟁하곤 했죠. 예쁘게 보일 사람도 없는데 말이에요. 그런 걸로 잠깐이라도 스트레스나 긴장감을 풀었죠."

"문미옥 씨에게 남다른 점은 없었나요? 특이한 취미가 있다든지……."

"취미는 없는 걸로 알고 있어요."

눈동자를 굴리며 기억을 더듬다가 여자는 톤을 높여 말했다.

"아, 언니가 이곳을 그만두고서 몇 년쯤 지나 갑자기 저에게 전화를 한 적이 있어요. 그런데 그 당시 느낌이 좀 이상했어요. 긴히 할 얘기가 있는 것 같았은데 우물쭈물하다가 그냥 안부만 묻고 끊더라고요."

"그래요?"

성환은 턱을 쓰다듬었다. 그때 문미옥은 무슨 말을 하려고 했을까. 전화를 건 이유가 뭘까.

"저보다 미옥 언니와 가깝게 지낸 동료가 있어요. 그 언니라면 뭔가 알지도 모르겠네요."

"그분은 아직도 여기에서 일하나요?"

"아뇨, 2년 전에 그만뒀어요. 하지만 전화번호를 알아요."

"저에게 알려주시면 정말 고맙겠습니다."

여자는 휴대폰을 꺼내 전화번호를 검색했다.

"여기 있네요."

여자가 건넨 휴대폰의 화면에는 '이여정'이라는 이름이 떠 있었다. 성환은 이름과 전화번호를 수첩에 적었다.

"그만 가봐야 해요."

긴 한숨을 내쉬며 여자는 몸을 일으켰다. 떠나기 전 그녀는 자신의 전화번호를 적어주며 미옥 언니를 찾으면 꼭 연락해달라고 당부했다.

휴게실에 혼자 남게 된 성환은 이여정이란 여자에게 전화를 걸었다. 신호음이 몇 번 울리고서 허스키한 목소리가 들려왔다. 자신을 소개하고 그는 문미옥 씨와 관련해 물어볼 것이 있다고 했다. 하지만 상대에게서는 아무 반응이 없었다. 한동안 침묵이 이어지다가 냉랭한 음성이 귓속을 파고들었다.

"나는 걔한테 할 만큼 했어요!"

말을 내뱉은 상대는 갑자기 전화를 뚝 끊었다. 성환은 손으로 아래턱을 감싸 쥐고 생각에 잠겼다. 왜 이 여자는 문미옥이란 이름만 듣고서 이렇듯 진저리를 치는가. 그녀와 얽힌 불쾌한 일이라도 있는가. 혹시 그것이 실종 사건과 연관되어 있는가.

사무실로 돌아와보니 늦은 오후가 되었다. 하루 종일 여기저기 돌아다닌 터라 몸이 돌덩이처럼 무거웠다. 외투를 벗어 옷걸이에 걸고는 커피부터 한 잔 탔다. 책상 의자에 앉아 뜨거운 커피를 몇 모금 마시니 쌓인 피로가 조금이나마 가시는 것 같았다.

커피를 말끔히 비우고서 사건 노트를 꺼내 들었다. 드디어 기록을 시작하는가. 성환은 노트의 첫 페이지에 오늘 날짜를 적은 다음 자신의 행적과 사람들에게서 얻은 정보를 차분한 손놀림으로 정리하기 시작했다. 컴퓨터에 워드 프로그램이 깔려 있었으나, 역시 손으로 직접 써 내려가는 게 믿음도 가고 편했다. 노트에 기록을 하는 동시에, 그는 당시 상황을 떠올리며 행여 자신이 놓친 것은 없는지 점검했다.

똑똑.

정적이 감도는 사무실에 누군가 노크를 한 것은 제빵공장에서의 일을 작성할 즈음이었다. 노크 소리만 듣고서도 대번에 누군지 알아차렸다. 이 시간에 자신을 찾아올 이는 단 한 사람뿐이었으니까. 들어오세요, 하고 외치자 조용히 문이 열리더니 중년 남자가 몸을 들이밀었다.

"바쁘십니까?"

예상대로 아래층 부동산 중개소의 장(張)이었다. 그의 손에는 막걸리와 포장 두부가 담긴 비닐봉지가 들려 있었다.

"아닙니다. 어서 들어오세요."

소파에 앉으며 장은 물었다.

"오늘 출타하셨던 모양인데, 또 한 건 맡으셨나 봐요?"

"네, 뭐……."

성환은 유리컵과 숟가락을 챙겨 소형 냉장고에서 김치를 꺼냈다. 테이블에 조촐한 술상이 차려지자 장이 먼저 성환에게 막걸리를 따라주었다.

"꽤 오랜만에 일감을 맡으셨네요?"

장의 말에 성환은 고개를 끄덕였다.

"거의 석 달 만이니까, 그런 셈이네요."

막걸리를 마신 뒤, 성환과 장은 숟가락으로 플라스틱 포장재에 담긴 두부를 조금씩 떠먹었다. 둘이서 이런 식으로 소박하게 술자리를 가진 지도 벌써 여러 해가 지났다. 나이가 비슷하고 성격도 잘 맞아, 성환이 상가에 민간조사원 사무실을 차린 직후부터 두 사람은 친구로 지내고 있다.

"어떤 사건이에요?"

"사람을 찾는 겁니다."

"이번에도 집 나간 외국인 아내를 찾는 건가요?"

성환은 웃으면서 손사래를 쳤다. 그러고는 턱을 어루만지다가 차분한 어조로 "실종된 사람은 젊은 새댁입니다"라며 운을 뗐다. 장은 기다렸다는 듯이 "네? 젊은 새댁이요?"라고 말하며 놀란 표정을 지어 보였다.

대략적인 사건 개요를 듣고서 장은 씁쓸한 표정을 지으며 말했다.

"요즘은 보험사기가 너무나 흔하지요. 그런데 실종자 찾기가 그렇게 어렵나요? 실종 당시에 바로 신고하면 죽었든 살았든 곧장 찾아낼 수 있지 않나요? 실종자가 그렇게 많은 것도 아닐 테고."

"우리나라에서 한 해 실종되는 사람 수가 얼마나 된다고 생각하십니까?"

"글세요……. 한 100명쯤 되려나?"

성환은 미소를 지었다.

"그보다 훨씬 많습니다."

"그럼, 300명 정도?"

긴 침묵 끝에 성환은 무겁게 입을 열었다.

"9만 5천 명입니다."

장은 입을 쩍 벌렸다.

"9만 5천이요?"

성환은 조용히 고개를 끄덕였다.

"지금까지 누적된 수가 아니고요?"

"그렇습니다. 가출이나 일시적인 잠적을 뺀, 순수하게 실종된 사람이 9만 5천 명이죠. 쉽게 말해, 하루에 260명씩 사라지는 셈입니다. 한국전쟁 당시, 북한군을 제외한 국군의 사상자 수가 133만이었죠. 전쟁이 3년간 이어졌으니까, 한 해에 44만 명이 죽은 겁니다. 계속해서 사람이 죽어나가는 전쟁 상황도 아닌, 평시에 전시 사상자의 4분의 1에 해당하는 국민이 실종된 채로 생사가 불분명하다는 건 놀라운 일이죠."

"치안 좋기로 유명한 우리나라에서 그렇게 많은 실종자가 나오는지 몰랐습니다."

전직 경찰로서 성환은 큰 부끄러움을 느꼈다. 하지만 그렇다고 하더라도 사실을 감추는 건 옳지 않다고 생각했다. 암담한 현실을 바꿀 수 없다면 일반인에게 문제의식을 일깨워 경각심을 갖게 하는 것이 최선책일 것이다.

"더욱 걱정스러운 건, 실종자 수가 점점 늘어나고 있는 점입니다. 곧 한 해 10만 명을 돌파할지도 모르겠네요."

"그 실종자들은 거의 죽은 것으로 봐도 될까요?"

성환은 쓴웃음을 흘렸다.

"뉴스에서 인육이니 장기 적출이니 떠들 때 설마 그럴 리가 있겠냐고 생각했는데, 마냥 허황된 소리는 아니었네요."

"사실, 실종 자체가 범죄와 연관되는 건 확률적으로 대단히 낮습니다. 아마 5퍼센트도 되지 않을 거예요. 하지만 전체 수가 올라가면 자연스럽게 그 수치도 올라가겠죠."

성환과 장은 각자 저마다의 상념에 잠긴 채 조용히 막걸리를 마셨다. 사무실에는 벽시계 초침 소리만이 가늘게 울려 퍼졌다.

"실종 중에서도 특히 어린아이가 문제입니다."

피로와 흡연 때문에 각질이 일어난 입술을 혀로 축인 다음 성환은 말했다.

"14세 미만의 아동 실종이 하루에 30건 넘게 접수되고 있죠. 그중에는 찾지 못하는 경우도 많습니다. 부모들은 생업도 내팽개치고 오로지 자식을 찾는 일에만 몰두하지요. 그러는 동안 자식을 지키지 못했다는 자책 속에 정신과 육체가 피폐해지기 마련이고요."

"뭔가 대책이 있어야 하는 게 아닌가요?"

장이 근심 섞인 목소리로 묻자 성환은 한숨을 토했다.

"아동찾기 전문기관이 있긴 한데, 서울에만 단 한 곳이 있을 뿐입니다. 경찰은 각 서에 실종수사 전담반을 설치해 운영하고 있지만 배치 인력은 고작 한두 명에 불과하죠."

"하, 그야말로 미봉책이군요."

"그나마 다행인 게, 아동이나 청소년의 경우에는 '실종아동법'에 따라 조속히 찾을 수 있도록 법적 조치를 받습니다. 이를테면 휴대폰 위치추적을 할 수 있죠."

"아니, 성인은 그게 불가능한가요?"

"그렇습니다. 사생활을 보호하는 '위치정보법' 때문이죠. 납치나 감금이 의심되거나 자살 징후가 있을 때만 제한적으로 허용됩니다."

유리컵에 남은 약간의 막걸리를 마저 비운 장은 답답하다는 듯 성환에게 물었다.

"왜 이렇게 많은 실종이 일어나는 걸까요? 도대체 그 이유가 뭘까요?"

"살기 힘들어지다 보니 사회가 냉담하고 거칠게 변하게 됐죠. 그에 따라 구성원끼리의 충돌로 인한 원한과 살의가 늘어날 수밖에 없고, 그 결과로 실종이 증가하지 않을까요?"

"자살자가 많은 현 세태와도 깊은 연관이 있겠군요."

성환은 오늘 아침에 본 지하철 풍경을 떠올렸다. 스마트폰에 얼굴을 박고 있는 사람들은 언뜻 인터넷으로 촘촘하게 연결되어 있는 듯하지만, 실상 그 어느 때보다 서로 멀리 떨어져 있는 것이 아닐까.

뭔가 망설이는가 싶더니 장이 조심스럽게 말문을 열었다.

"그 문미옥이란 여자도…… 이미 죽었겠지요?"

이맛살을 모은 채 성환은 대답하지 않았다. 반쯤 열린 창으

로 소슬한 가을바람이 새어 들어왔다. 멀리서 사이렌 소리가
길게 들려왔다.

4

다음 날. 성환은 자신의 구형 SM5를 몰고 문미옥의 이력서
에 적힌 집 주소로 향했다. 대중교통을 이용하지 않은 이유는
흐린 날씨 탓에 퇴행성관절염이 있는 오른 무릎에 통증이 느껴
졌기 때문이다. 운전을 하며 그는 이여정에 대해 생각했다. 그
여자는 문미옥에 대해 뭘 알고 있을까. 어째서 문미옥이란 이
름만 듣고서 그토록 진저리를 칠까…….

사무실을 나서기 전, 성환은 다시 한번 이여정과의 전화 통
화를 시도했다. 그러나 상대는 받지 않았다. 일부러 피하는 느
낌이었다. 고민 끝에 그는 음성 메시지로 사건 전말을 털어놓
았다. 그러고 나서 간곡한 목소리로 덧붙였다.

"만약 문미옥 씨가 죽임을 당했다면 마땅히 범인에게 죗값을
치르게 해야 하지 않겠습니까? 이여정 씨의 도움이 절실합니다."

제빵공장과 20킬로미터 정도 떨어진 한적한 동네. 오래된 빌
라가 주를 이루는 가운데 드문드문 상가 건물이 섞여 있었다.
번지수를 확인해 찾아낸 집은 마당에 둥치가 한 아름은 됨직한
감나무가 있는 2층 단독주택이었다. 대문 앞에 선 성환은 집 안
쪽의 기척을 살핀 다음 초인종을 눌렀다. 하지만 아무리 기다

려도 반응이 없었다. 대문도 두드려보았으나 조용한 건 매한가지였다.

난감해하며 우두커니 서 있다가 성환은 동네 사람을 찾기 시작했다. 집주인에 대한 정보를 탐문하기 위함이었다. 그러나 워낙 인적이 드물었고, 어렵게 만난 몇 명의 주민조차 집주인에 대해서는 알지 못했다. 편의점과 약국에 들어가 물어도 보았지만 모르기는 똑같았다. 힘 빠진 걸음으로 동네를 돌아다니다가 그는 퍼뜩 부동산 중개소를 떠올렸다. 하는 일이 일인만큼 그곳이라면 뭐라도 알고 있을 듯싶었다.

한동안 발품을 팔아 부동산 중개소를 찾아냈다. 유리문을 열고 안으로 들어가니 책상 앞에 앉은 장년의 남자가 보였다. 처음에 미소 띤 얼굴로 맞아주던 그는 성환이 용건을 꺼내자 금세 싸늘한 표정으로 바뀌었다.

"나도 잘 모릅니다. 그쪽 구옥은 원체 거래가 없어서요."

"거래가 없다고요?"

"수요자들이 깔끔한 신축을 선호하니까요. 게다가 그 동네에 살고 있는 나이 든 사람들은 웬만하면 이사를 안 나가요."

밖으로 나온 성환은 어떡할지 궁리하다가 일단 다른 부동산 중개소에 가보기로 했다. 그렇지만 별다른 기대는 품지 않았다. 남자의 말대로 거래 자체가 없다면 정보가 없기는 마찬가지일 것이므로.

부동산 중개소를 찾아 걷던 중 건물과 건물 사이의 작은 공터에 조성된 텃밭을 발견했다. 거기에는 고추가 붉은색으로 탐스럽게 영글어 있었다. 텃밭 한가운데서 둥근 챙이 넓게 퍼진 모자를 쓰고 열심히 고추를 따고 있는 노인에게 성환은 무심코 말을 붙였다.

"이거, 고추를 잘 가꾸셨네요."

노인이 숙이고 있던 고개를 들었다.

"고맙소. 올해는 볕이 아주 좋았어요."

"부럽네요. 저도 기회가 되면 이런 텃밭을 가꾸고 싶습니다."

"나도 이렇게 지낸 지 얼마 안 됐소. 주류 도매업을 했는데, 사업을 정리하고 취미 삼아 시작했지."

텃밭 가꾸기에 대해 잠시 담소를 나눈 후, 성환은 노인에게 물었다.

"이 근처에 부동산 중개소가 있습니까?"

"부동산은 큰길로 나가서 한참 걸어가야 나와요."

"그렇군요. 잘 알겠습니다."

뒤돌아선 성환이 막 발걸음을 떼어놓으려는 찰나였다. 노인의 목소리가 들려왔다.

"무슨 일로 그러는 거요? 괜찮은 방이라도 찾는 거요?"

"삼거리 뒤쪽, 마당에 커다란 감나무가 있는 집의 주인을 알고 싶어서 그렇습니다. 그분에게 묻고 싶은 게 있어서요."

얼마간의 침묵 끝에 노인이 천천히 입을 열었다.

"내가 그 집 주인이오만."

"그게 정말입니까?"

노인은 반쯤 웃었다.

"궁금한 게 뭐요?"

운이 좋은 편이라고 여기며 성환은 조심스럽게 본론을 꺼냈다.

"7년 전쯤, 그 집에 세 들어 살았던 사람을 찾고 있습니다. 문미옥이란 이름의 여자입니다."

노인은 목에 걸치고 있던 수건으로 이마의 땀을 닦으며 밭에서 걸어 나왔다.

"사람을 찾는다고?"

성환은 문미옥 사진을 노인에게 건넸다. 남방 윗주머니에서 돋보기안경을 꺼내 쓴 노인은 사진을 자세히 들여다보았다.

"이 근방에 있는 제빵공장에 다녔습니다."

"음…… 화장을 해서 잘 모르겠구먼."

성환은 아쉬운 표정으로 고개를 끄덕였다. 사실 이곳을 향해 출발할 때부터 큰 희망은 품지 않았다. 너무 오래전의 일이기도 했거니와, 만약 세입자가 자주 바뀌었다면 아무리 집주인이라고 하더라도 기억하기 어려울 거라고 판단했기 때문이다.

"내 안사람은 알지도 모르겠네. 여자들 얼굴이야, 같은 여자가 잘 알아보지 않겠소? 교회에 간 안사람이 곧 돌아올 테니 조금만 기다려보시구려."

"듣고 보니 그럴 수도 있겠네요. 말씀대로 하겠습니다."

"그런데 그 여자는 왜 찾는 거요?"

노인이 묻자 성환은 웃으며 대답했다.

"연락이 끊긴 가족이 찾고 있습니다."

가만히 성환의 얼굴을 응시하더니 노인은 더 이상 캐묻지 않고 고개를 끄덕이기만 했다. 그러고는 바닥에 있는 물병을 집어 목을 축였다. 그가 물병을 내밀자 마침 갈증이 나던 성환은 달게 물을 마셨다.

"댁은 종교가 뭐요?"

성환에게서 물병을 돌려받으며 노인은 갑작스러운 질문을 던졌다.

"저는 종교가 없습니다."

"안사람은 부흥회니 뭐니 하며 교회에서 아주 살다시피 해요. 나에게도 교회에 나오라고 구박하지만 버티고 있소. 딱히 다른 종교가 있는 건 아닌데, 돌아가신 어머니가 독실한 불교 신자였거든."

"그렇군요……."

"내 고향이 합천이오. 집 근처에 해인사가 있었지. 어머니는 동도 트기 전에 일어나 새벽예불에 참석했다오."

해인사. 성환은 가슴 한쪽이 미세하게 울리는 것을 느꼈다. 십수 년 전, 딸아이가 그곳으로 수학여행을 갔었다. 그 애는 여행 선물로 어미 몫으로는 대나무 등긁개를, 아비 몫으로는 작은 『명심보감』 책을 사 왔다. 『명심보감』이라니. 처음에는 다소 뜨악하게 여겼으나, 그는 책을 펼쳐보고 그런 마음을 접었다. 조잡한 겉모양새와 다르게 내용이 굉장히 알찼던 것이다. 한차례 정독한 다음 성환은 책을 책상 서랍에 넣어두었다. 그러고는 딸아이가 죽은 뒤에 다시 꺼내 읽기 시작했다. 유일하게 눈에 들어오는 활자였고, 유일하게 몰입할 수 있는 일이었다. 틈날 때마다 반복해서 읽다 보니 어느새 책의 구절이 머릿속에 박히게 되었고, 그것들은 일상생활 중에 문득문득 떠오르곤 했다.

"그쪽 나이를 보아하니 자식이 대학교는 졸업했겠구려."

노인의 말에 성환은 조용히 미소만 지을 뿐 대답하지 않았다.

"나는 딸 하나에 아들 둘을 뒀소. 딸애는 중학교에서 선생으로 일하고, 아들애들은 군대에 있지. 한 놈은 장교라오. 대위 계급을 달고 중대장을 맡고 있지. 딸애는 올해 서른인데, 당최 결혼 생각이 없어 큰 걱정이오."

한참 자식들 얘기를 늘어놓던 노인이 누군가를 발견하고는 크게 손을 흔들었다.

"어이, 빨리 와봐!"

노인의 시선을 따라가보니 양산을 쓴 여자가 이쪽으로 느릿느릿 걸어오고 있었다.

"뭔데 그렇게 호들갑을 떨어요?"

노인 곁에 선 여자는 성환을 힐긋 쳐다보았다.

"이 아저씨가 실종된 사람을 찾는데, 우리 집에 살았던 아가씨야."

성환은 여자에게 짤막하게 사정을 전한 다음 문미옥 사진을 내밀었는데, 그것을 확인한 그녀는 대번에 놀란 표정을 지어 보였다.

"어머나, 옥탑방 새댁이네!"

"기억하십니까?"

"네, 기억해요."

성환의 얼굴을 보며 여자는 덧붙였다.

"저랑 아주 친했어요."

"어떤 사람이었는지 말씀해주실 수 있겠습니까?"

"새댁이야, 서글서글하고 착했죠. 일터에서 가져온 빵도 곧 잘 주곤 했고요."

여자의 말을 듣자마자 성환은 곧장 하나의 의문에 사로잡혔다. 새댁? 이곳에 살던 시절은 분명 결혼 전일 텐데, 어째서 새댁이라고 부를까?

"문미옥 씨가 여기 있을 때 결혼을 한 상태였나요?"

성환의 물음에 여자는 뚱한 표정을 지어 보였다.

"모르셨어요? 남편이 기계 만드는 공장에 다녔어요."

기계 만드는 공장? 더욱 깊은 의구심에 빠져든 성환은 문미옥의 남편이 오두진인지 확인하기 위해 그의 인상착의를 자세히 설명했다. 여자는 고개를 저었다.

"제 기억으로 그런 얼굴은 아니에요. 안경도 쓰지 않았고, 홀쭉한 얼굴형에 피부가 여자처럼 희었는데……."

"조금 이상하군요. 문미옥 씨의 남편은 제가 방금 말한 인상에, 홍보 대행사를 운영하는 사람입니다."

당황한 기색을 내보이며 여자는 중얼거렸다.

"새댁이 재혼을 했나……."

문창수에게 들은 얘기에는 재혼에 대한 언급은 전혀 없었다. 그렇게 중요한 사실이라면 빼놓을 리가 없지 않은가. 성환은 중혼이 아닌 이상, 여자가 말한 문미옥의 남편이라는 사람이 단순 동거남일 확률이 높다고 생각했다.

"남편은 어떤 사람인가요?"

"성실하고 착한 남자예요. 마주치면 인사도 잘했고요."

"부부 사이는 좋았나요?"

"그렇다고 볼 수 있죠. 휴일이면 함께 마트에 가고, 집 앞에서 자주 배드민턴도 쳤어요."

수첩에 메모를 하며 성환은 계속 질문을 던졌다.

"다투는 모습을 본 적은 없으시고요?"

기억을 더듬는지 잠시 침묵하다가 여자는 대답했다.

"새댁이 길고양이들에게 사료를 주곤 했는데, 그거 때문에 남편하고 크게 말싸움을 한 적이 있어요. 남편은 집 근처에 고양이가 꼬이는 걸 아주 싫어했거든."

"음, 문미옥 씨는 이 집에서 얼마나 살았습니까?"

"3년 정도일걸요?"

성환은 고개를 주억거렸다. 3년이면 제빵공장 근무 기간과 일치한다. 분명 취직하며 자연스레 이곳으로 이사 왔을 것이다.

"거, 남편 얼굴이 궁금하거들랑 직접 확인해보면 될 거 아니오."

갑작스러운 노인의 말에 성환은 수첩으로 향해 있던 고개를 들었다.

"공장에 다녔다는 얘기를 듣고 나도 기억이 좀 나는구려. 아마 거기가 핸드카 만드는 데일 거요. 내 일터에서 쓰는 핸드카가 고장이 나서 그 사람 공장에서 고친 적이 있거든."

"공장 위치를 기억하십니까?"

"그건 까먹었는데, 찾아보면 그때 받아놓은 명함이 어디 있을 거요. 잠깐만 기다려보시구려."

노인이 자리를 뜨자 여자는 톤을 낮춰 성환에게 물었다.

"왜 실종된 지 몇 년이나 지나서 찾는 거예요? 아저씨, 뭔가 숨기고 있죠?"

"반갑지 않은 소식입니다. 모르시는 편이 좋습니다."

탐색하듯 성환의 눈을 들여다보다가 여자는 길게 한숨을 내쉬었다.

"어디선가 애 엄마 돼서 잘 살고 있을 줄 알았는데……."

착잡한 기분에 사로잡힌 성환은 담배에 불을 붙였다.

"옛날에 새댁과 있었던 일이 생각나요. 어느 날 빨래를 널러 옥상에 올라갔는데 새댁이 고양이에게 삶은 닭고기를 먹이고 있는 거예요. 내가 사람도 먹기 힘든 걸 왜 짐승한테 주냐고 타박하니까 그러더라고요. 얼마 전에 새끼를 아홉 마리나 낳았다고, 새끼들 젖을 물리느라 몸이 반쪽이 됐다고."

"착한 일을 했네요."

"맞아요. 심성이 고운 사람이었어요……."

고양이에게 먹이를 주는 문미옥의 모습을 상상하다가 성환은 『명심보감』 한 구절을 떠올렸다. '돈을 모아 자손에게 남겨줘도 그것을 보전하지 못하며, 책을 모아 자손에게 남겨줘도 그것을 다 읽지 못하니, 남 몰래 착한 일을 쌓아 자손을 위하는 게

가장 낫느니라.'

20분 정도 흘러 사라졌던 노인이 나타났다.

"여기 있소."

노인에게서 명함을 건네받은 성환은 꾸벅 고개를 숙였다.

"정말 감사합니다."

"부디 도움이 됐으면 좋겠구려."

명함에는 '명성 핸드카'라는 상호와 함께 '대리 한승수'라고 적혀 있었다. 작열하는 오후 햇살 아래, 성환은 동거남이 있었다는 사실이 문미옥 행방을 쫓는 일에 어떤 영향을 미칠지 조심스레 추측해보았다.

"승수를 찾는다고요?"

카랑카랑한 음성의 중늙은이였다. 멜빵 데님 작업복에 기름때가 잔뜩 묻어 있었다. 한승수를 데려오려는 듯 중늙은이가 공장 안쪽으로 사라지자 성환은 차분한 눈으로 주위를 살펴보았다. 먼저 벽면에 위태롭게 쌓여 있는 수많은 궤짝이 보였고, 바닥에는 뜯겨진 궤짝과 함께 공정 과정의 핸드카가 널브러져 있었다.

저게 핸드카구나.

처음 '핸드카'라는 용어를 듣고서 뚜렷하게 떠오르는 이미지가 없었으나, 실물을 대하니 대형마트나 물류창고에서 짐을 옮길 때 사용하는 모습을 기억해낼 수 있었다. 핸드카를 관찰하며 작동 원리를 유추하고 있노라니, 예의 중늙은이가 다시 나타났다.

"물건 배달을 나갔는데 곧 돌아올 겁니다."

성환은 미소 띤 얼굴로 고개를 끄덕였다.

"그렇군요. 알겠습니다."

핸드카를 골똘하게 들여다보는 그에게 중늙은이가 말을 걸어왔다.

"공장이라고 해서 우리가 전부 만드는 게 아녜요. 까놓고 말해, 중국에서 수입한 반제품을 조립만 하는 겁니다."

그의 얘기를 듣고 보니 궤짝에 찍힌 'China' 영문자를 발견할 수 있었다.

"물건이 엄청 많네요. 장사가 아주 잘되나 봅니다."

성환이 덕담처럼 말하자 그가 갑자기 낄낄 웃었다.

"다음 달부터 중국 쪽 원자잿값이 크게 올라요. 그래서 사장이 무리를 해서 미리 많이 들여놨죠."

"그런 속사정이 있었군요."

"그나저나, 승수는 뭐 때문에 보려는 거예요?"

"그게…… 누구를 찾는 일 때문입니다."

중늙은이는 재빠르게 물어왔다.

"누구요? 누굴 찾는데요?"

"그러니까…….'"

성환이 난감해하는 와중에 공장 앞으로 1톤 트럭이 멈춰 섰다. 그리고 잠시 뒤 젊은 사내가 내렸다. 공장으로 들어서며 그는 낯선 방문자인 성환을 슬쩍 건너다보았다.

"어이, 승수! 이 아저씨가 자넬 찾아왔어."

중늙은이의 외침을 듣고 사내는 성환을 돌아보았다. 큰 키에 뚜렷한 이목구비, 흰 피부. 오두진과는 확실히 이미지가 달랐다. 성환은 부드러운 목소리로 인사를 건넸다.

"안녕하십니까. 저는 민간조사원으로 일하는 김성환이라고 합니다."

상대의 기색을 살핀 다음 그는 덧붙였다.

"고객이 의뢰한 일 때문에 한승수 씨를 찾아뵙게 되었습니다."

일순간 사내의 눈썹이 꿈틀거리는 것을 성환은 놓치지 않았다.

"문미옥이라는 여자를 알고 계십니까? 그분이 실종되었습니다."

사내는 표정 변화 없이 성환을 쳐다보기만 했다.

"한때 문미옥 씨와 동거를 하셨다고 들었습니다. 실종과 관련해 짚이는 것이 있으신지 궁금합니다."

호기심으로 눈을 번득이며 서 있는 중늙은이를 무시하고서 성환은 차분히 사내의 반응을 기다렸다. 침묵을 지키던 사내는 차갑고 무뚝뚝하게 대답했다.

"오래전에 헤어진 사람입니다. 이제 나와는 상관없어요."

"그럼, 문미옥 씨의 실종에 대해서 해주실 말이 전혀 없으신 겁니까?"

"네."

군더더기 없이, 또렷한 말씨로 사내는 대답했다. 굳게 다물어진 입술은 다시 열리지 않았고, 곧이어 몸을 돌려세웠다. 그의 말과 행동에서는 시종일관 망설임이나 당황함이 전혀 없었다. 그러나 성환은 오히려 그 점에 강한 의혹을 느꼈다.

뭔가 숨기고 있다.

분명 뭔가 있어.

멀어져가는 사내의 뒷모습을 응시하며 성환은 자신의 육감이 속삭이는 소리에 가만히 귀를 기울였다.

그날 저녁. 핸드카 공장 근처에 주차시킨 구형 SM5 안에서 성환은 한승수의 퇴근을 기다렸다. 조용히 뒤를 밟아볼 작정이었다. 어쩌면 한승수는 실종 사건과 아무 관련이 없을지도 모른다. 그는 단순히 문미옥이 한때 사랑한 남자일 뿐이고, 문미옥은 그와 헤어진 뒤 오두진을 만나 결혼한 것일 수도 있다. 그리고 옛 애인에 대한 앙금 때문에 한승수는 입을 닫은 것일 수도 있다. 그런데 이상하게 한승수를 떠올리는 순간마다 반사적으로 꺼림칙한 기분이 들었다.

도대체 뭘까.

핸들에 두 손을 걸쳐놓은 자세로 성환은 한승수의 침착한 행동거지에서 느껴진 이물감을 천천히 되새김질했다.

감추고 있는 게 무엇일까.

8시를 조금 넘기자 공장을 나서는 한승수가 시선에 들어왔다. 야구점퍼에 청바지 차림이었다. 공장이 위치한 대로를 빠져나온 그는 편의점에 들러 담배를 샀다. 그런 뒤 버스정류장에 서서 담배를 피우며 누군가와 전화 통화를 했다.

10분 정도 흘러 한승수가 버스에 오르자, 성환은 시동을 걸고 차를 출발시켰다. 버스는 느린 속도로 시내를 돌아다녔다. 경기도 외곽에 자리한 소도시의 저녁은 고요했다. 버스의 움직임에 따라 브레이크와 가속페달을 번갈아 밟으며 성환은 문미옥과 한승수의 지난 시간에 대해 상상했다. 첫 만남, 연애, 동거 생활, 갈등, 이별…….

일곱 번째 정거장에서 한승수가 하차했다. 서둘러 갓길에 차를 댄 다음, 성환은 멀찍한 간격을 두고서 상대를 쫓았다. 한승수가 접어든 동네는 외지고 음침했다. 가로등도 뜸했고 인적도 찾을 수 없었다. 동네 깊숙이 들어간 한승수는 4층짜리 낡은 빌라 안으로 사라졌다.

저곳이 집인가 보군.

빌라 앞에 우두커니 선 채로 성환은 턱을 어루만졌다. 한승수는 문미옥과 헤어진 후에 어떻게 지냈을까. 동거까지 했다면 분명 서로 깊이 사랑했을 텐데, 괴롭고 힘든 시간을 보내지 않았을까.

생각에 잠겨 있노라니, 뜻밖에도 1층 우측 집의 열린 베란다 창으로 한승수가 모습을 드러냈다. 그는 한 아이를 품에 안아 올리며 활짝 미소 지었다. 대여섯 살 정도의 나이. 양 갈래로 머리를 땋은 귀여운 여자애였다. 한승수는 아이의 뺨에 입을 맞추며 애정 표현을 했다. 큰 놀라움 속에서 성환은 의문에 빠져들었다.

자식인가? 한승수는 결혼을 한 것인가?

그러나 응당 보여야 할 아이 엄마는 좀처럼 눈에 띄지 않았다. 대신 거실 한쪽에 일흔은 넘음 직한 노파가 서 있었다. 처음에는 아이의 친할머니나 외할머니로 짐작했지만, 분위기를 지켜보니 가족은 아닌 것 같았다. 한승수에게 저녁상을 차려준 노파는 주섬주섬 외투를 걸치고서 현관문을 나섰다.

얼마간 지나자 빌라 입구를 빠져나오는 노파를 볼 수 있었다. 성환은 조심스럽게 그녀를 미행했다. 뒷짐을 진 자세로 어둠이 내려앉은 거리를 느릿느릿 걷던 노파는 한승수의 빌라에서 두 블록쯤 떨어진 집 앞에 멈춰 섰다. 붉은 벽돌로 지어진 오래된 연립주택이었다. 노파는 좁은 마당을 지나 반지하 방으로 향했다. 이어서 자물쇠 풀리는 둔탁한 소리가 울린 다음 어둡던 창이 밝혀졌다.

외투 주머니에 두 손을 찔러 넣은 채, 창에서 새어 나오는 불빛을 바라보며 성환은 조만간 노파에게 접근해봐야겠다고 마음먹었다. 그녀의 정체가 어떻든 간에, 한승수와 오래 알고 지냈다면 필시 그에 대한 많은 정보를 갖고 있을 것이므로.

5

어스름이 깔린 저녁. 한승수가 사는 빌라 앞이었다. 성환은 자신의 차 안에서 턱과 입을 감싸 쥔 자세로 생각에 잠겨 있었다.

어째서 아이 엄마는 보이지 않는가.

지난 일주일, 그는 한승수 주변을 면밀히 관찰했지만 아이 친모로 추정되는 인물은 등장하지 않았다. 그녀가 해야 할 일은 전부 노파가 하고 있었다. 아침 8시에 한승수 집을 찾아 아이를 준비시켜 유치원 버스에 태워 보내고, 빨래나 청소 같은 집안일을 하다가 유치원에서 아이가 돌아오면 간식을 먹였다. 그런 모습에 비춰보면 노파는 가정부와 비슷한 존재임이 분명하다. 그리고 일상생활에 자연스레 녹아 있는 모양새를 봐서 긴 시간 동안 한승수 집을 드나든 것이 틀림없다. 그렇다면 한승수는 이미 오래전부터 아내와 떨어져 지냈다는 뜻이 된다. 성환은 당연히 의문을 품을 수밖에 없었다. 한승수는 이혼이나 사별을 했을까? 아니면 별거 중일까?

8시가 가까워지자 멀리서부터 이쪽으로 다가오는 한승수가 보였다. 손에 검은 비닐봉지가 들려 있었다. 윤곽과 부피로 봐서 귤이 아닌가 생각됐다. 한승수가 빌라 건물 안으로 들어가니, 늘 그랬듯 얼마쯤 뒤에 노파가 밖으로 빠져나왔다. 그녀는 자택 방향으로 천천히 걸었다. 차에서 내린 성환은 소리 없이 그 꽁무니를 쫓았다.

"저, 할머니."

성환이 부르자 노파가 걸음을 멈췄다.

"잠깐 시간 좀 내주실 수 있겠습니까?"

노파는 말없이 성환의 얼굴을 올려다보기만 했다.

"한승수 씨와 동거했던 여자가 실종되었습니다. 그 일과 관련해 여쭙고 싶은 것이 있습니다."

성환에게서 시선을 뗀 노파는 가던 길을 계속 걸어갔다. 거듭 말을 건넸지만 안 들리는 듯 아무 대꾸가 없었다. 집으로 들어가는 그녀의 뒷모습을 성환은 허탈한 심정으로 지켜보았다.

어두운 거리를 걸어 차로 돌아온 성환은 운전석에 앉아 방금 노파가 보여준 행동을 분석했다. 이렇게 냉담하게 반응하는 이유가 뭔가. 혹시 한승수에게 어떤 언질을 받았는가. 만약 그렇다면 한승수는 문미옥 실종 사건에 깊숙이 개입되어 있다는 의미가 된다. 한승수와 문미옥을 연관 지어 실종 사건을 생각해보면…… 쉽게 떠올릴 수 있는 대로, 배신에 대한 분노 때문에 옛 애인을 해친 치정극이 된다. 그리고 그럴 때 오두진은 문미옥 실종과 무관하게 되며, 용의선상에서 제외된다.

성환은 운전대에 걸쳐놓았던 손을 거둬 거칠게 마른세수를 했다. 이유는 알 수 없지만 이 추리는 뭔가 어긋난 느낌이었다. 차문을 열고 밖으로 나온 그는 담배를 입에 물고서 한승수의 집을 건너다보았다. 그러고는 속으로 중얼거렸다. 처음 한승수를 만났을 때, 그에게서 감지한 미심쩍음의 정체는 무엇인가. 나는 왜 그가 뭔가 숨기고 있다는 인상을 받았는가.

생각에 잠겨 우두커니 서 있던 성환은 돌연 시장기를 느꼈다. 그러자 아직 저녁을 먹지 않은 사실이 일깨워졌다. 그는 가까이 보이는 편의점으로 향했다. 유리문을 밀고 안으로 들어가니 계산대에서 휴대폰을 들여다보고 있던 아르바이트생이 고개를 들었다. 컵라면을 집어 든 성환은 계산을 마치고서 매장 뒤쪽의 간이 탁자로 걸어갔다. 그곳에는 점퍼 차림의 중년 사내가 혼자 컵라면을 먹고 있었다.

컵라면에 뜨거운 물을 부은 다음, 사내 곁에 섰다. 전면 통유리 너머를 보니 가로수로 심어진 은사시나무의 가지가 바람에 흔들리고 있었다. 명상하듯 두 눈을 내려 감은 채, 성환은 그간의 일들을 하나하나 되짚어나갔다. 그러다가 한 지점에서 생각이 멈춰졌다. 오두진과 헤어질 때, 그의 입가에 어렸던 미소가 그것이었다.

무슨 이유로 그것이 걸리는가.

오두진이 문미옥을 죽인 범인이라는 확신이 드는 건 아니었다. 다만, 그 미소의 무엇인가가 의식의 한구석을 집요하게 자극했다. 한마디로 불가해했다. 불가해한 미소였다.

"제 김치 좀 드시겠습니까? 혼자 먹기에는 양이 많군요."

수수께끼 같은 오두진 미소를 머릿속에 재생시키고 있던 성환에게 옆의 중년 사내가 불쑥 말을 걸어왔다. 성환은 정중히 거절했다.

"호의는 감사하지만 괜찮습니다."

고개를 숙이고 라면을 먹노라니 다시금 사내 목소리가 들려왔다.

"한승수에게서 얻어낸 게 있나요? 저는 허탕만 쳤는데……."

뒷머리를 거세게 얻어맞은 듯한 충격에 성환은 동작을 멈췄다. 고개를 돌려 보니 사내가 자신을 보며 실실 웃고 있었다.

"누구십니까?"

"아무래도 우리는 목적이 동일한 것 같습니다."

"목적이요?"

"그렇습니다. 저는 SIU입니다."

"SIU?"

"얼핏 듣고는 UDT, SSU와 헷갈려하는 분들이 계시는데, 그런 마초적인 쪽과는 거리가 멀죠."

사내가 내민 명함에는 국내 굴지 보험사의 로고와 함께 '보험사기 조사부(SIU, Special Investigation Unit) 2팀장 민홍기'라고 찍혀 있었다. 보험사에서도 움직이고 있으리란 예상은 했으나 이런 식으로 마주치게 될 줄 전혀 몰랐던 성환은 당혹감을 감추지 못했다.

목 스트레칭을 하며 사내는 심상한 어조로 물어왔다.

"초면에 실례지만, 경찰에 계셨죠?"

성환은 대답 없이 사내를 물끄러미 쳐다보기만 했다.

"잠깐이라도 경찰에 몸담았던 사람은 냄새가 나죠. 그 칙칙하고 꿀꿀한 냄새라는 게 웬만해선 빠지지 않거든요."

성환의 반응을 살피다가 사내는 말을 이었다.

"저도 경찰에 있었습니다. 강력계에서만 15년 근무했죠."

침묵 뒤에 성환은 무겁게 입을 열었다.

"말씀하신 대로 한때 경찰공무원이었습니다."

"우리, 밖에 나가서 잠깐 얘기 좀 나눌까요? 서로 도움 되는 부분이 있을 것 같은데……."

라면을 전부 먹은 후 성환은 사내와 함께 편의점을 나섰다. 앞서 걷는 민홍기의 등을 보며 그는 지금 이렇게 낯모르는 자를 따라가는 것이 현명한 행동인지 고민했다. 보험사와 특별히 대립각을 세울 필요는 없지만 그렇다고 그들과 교류하는 것이 왠지 썩 내키지 않았다. 그러나 곧 좋은 방향으로 여기기로 마음먹었다. 어차피 지금 갖고 있는 정보라고 해봐야 얼마 되지 않으므로 자신으로서는 별반 손해가 없었던 것이다.

한승수의 동네에서 얼마간 떨어진 상가 거리였다. 번화가라고 하지만, 큰길 한쪽으로 소규모 점포와 좌판이 모여 있을 뿐이었다. 민홍기는 짙은 푸른색 간판에 'BOM'이라고 찍힌 커피 전문점으로 성환을 안내했다. 실내에 들어서니 후끈한 열기와 함께 진한 커피 향이 밀려왔다.

주문한 커피를 들고 자리에 앉자 민홍기는 웃음 띤 얼굴로 입을 열었다.

"어디에서 나오셨습니까?"

"저는 민간조사원입니다. 현재 맡고 있는 사건 때문에 한승수 씨를 관찰하고 있었죠."

"민간조사원? 상당히 피곤한 일을 하시네요. 왜 기업체 쪽으로 가시지 않았습니까? 우리 회사만 해도 정기적으로 전직 경찰을 뽑는데요."

성환은 조용히 미소만 지었다. 민홍기의 말마따나 일반 회사로 갈 수도 있었으나, 갑작스러운 딸아이 사고로 경찰을 그만둔 그로서는 일과를 탄력적으로 운영할 수 있는 직업이 필요했다. 자식의 죽음을 내면으로 받아들일 시간적 여유가 절실했던 것이다. 이제는 심적으로 안정되었지만 평범한 직장을 잡기에는 나이가 걸림돌이 되었다. 중년을 훌쩍 넘긴 사람을 받아줄 회사는 없었다.

"참, 사건을 의뢰한 고객은 누구입니까?"

"실종된 여자의 오빠인 문창수 씨입니다."

민홍기는 고개를 주억거렸다.

"저도 그 양반을 만난 적 있습니다. 동생 실종에 대해 큰 의혹을 갖더니 결국 따로 움직였군요. 그래, 뭔가 건진 게 있으십니까?"

어차피 변변찮은 패라고 생각한 성환은 먼저 자신의 조사 결과를 풀어놓기 시작했다. 얘기를 듣는 동안 민홍기는 팔짱을 낀 채 테이블을 내려다보며 침묵했다. 그러다가 간간히 조용한 동작으로 커피를 홀짝였다.

"저로서는 새롭거나 흥미로운 건 없군요."

성환이 말을 마치자 민홍기는 가볍게 마른세수를 했다. 그러고는 받을 걸 받았으니 어쩔 수 없이 줄 건 준다는 식으로 자신의 보따리를 풀었다.

"문미옥이 실종됐을 때 오두진에게 경찰 수사가 집중되었죠. 그도 그럴 것이, 엄청난 보험금의 수혜자니까요. 하지만 그때 경찰은 그에게서 아무 혐의점을 찾지 못했습니다. 결국 오두진은 완벽한 알리바이로 말미암아 용의선상에서 벗어났죠."

"음……."

"그로부터 6년여가 지나 문미옥의 실종선고 시점이 된 지금, 우리는 비로소 한승수의 존재에 대해 알게 됐습니다. 그리고 아이에 대해서도."

날카롭게 눈을 빛내며 민홍기는 웃었다.

"한승수의 아이…… 친모가 누군지 아십니까?"

머그잔으로 뻗치던 손을 멈추고 성환은 민홍기의 얼굴을 주시했다.

"문미옥입니다. 아이는 한승수와 문미옥의 자식입니다."

성환은 두 눈을 크게 떴다.

"그게 사실입니까?"

"이미 출생 기록도 확인했습니다."

"그럼, 아이를 봐주는 할머니는 누굽니까?"

손을 내저으며 민홍기는 짜증 섞인 어투로 대답했다.

"에이, 할머니는 상관없어요. 돈을 주고 보모로 고용한 동네 주민일 뿐이죠."

민홍기는 상체를 뒤로 젖힌 다음 다리를 꼬았다.

"저는 한승수가 문미옥 살해범이라고 확신합니다. 자식까지 버리고 떠난 것에 대한 앙심 때문에 죽인 겁니다."

이맛살을 모은 채 성환은 생각에 잠겼다. 결국 치정극이 맞는가. 더 이상 파고 들어갈 것도 없고, 더 이상 감춰진 이야기도 없는 흔하디흔한 사건인가. 사진으로 봤던 문미옥의 얼굴을 머릿속에 떠올리며 그는 그동안 얻은 그녀에 관한 증언들을 상기했다. 그러자 자연스레 다른 의문이 고개를 쳐들었다. 문미옥이 자기 자식을 버릴 여자일까? 남자 때문에 자식을 버리고 떠날 사람일까?

성환을 향해 몸을 기울인 민홍기는 속삭이듯 말했다.

"지금부터 우리가 할 일은, 살해 증거를 찾는 겁니다. 시신 말입니다."

"오두진이 결백하다면 그에게 보험금을 지급할 수밖에 없고, 따라서 민홍기 씨는 더 이상 이 일에 관여할 이유가 없지 않나요?"

성환의 질문에 민홍기는 클클 웃었다.

"문미옥 실종 당시 담당 수사관이 누군지 아십니까?"

일순간, 민홍기의 얼굴에서 웃음기가 싹 걷혔다.

"바로 저였습니다."

민홍기와 헤어져 집에 도착한 시각은 자정 무렵이었다. 현관에 들어서보니 아내는 소파에 누워 텔레비전을 보고 있었다. 아내를 흘낏 본 성환은 조용히 안방으로 들어갔다. 그러고 나서 침대에 걸터앉아 민홍기에 대해 생각했다. 6년 전 문미옥 실종을 담당했으나 끝내 해결하지 못한 남자. 경찰을 그만두고 들어간 보험사에서 우연히 문미옥 보험금 지급 건과 마주한 남자. 보험사기 조사부원으로서 지난 아쉬움을 더해 집요하고 철두철미하게 사건을 재조사하는 남자. 바로 그 남자가, 범인은 한승수라고 단언하고 있었다. 그의 주장이 크게 의심스러운 것은 아니었다. 다만, 문미옥이 자식을 버릴 여자인지에 대한 의문이 끈질기게 뇌리를 잡고 늘어졌다.

아이를 내칠 정도로 오두진을 깊이 사랑했을까……

저녁으로 먹은 컵라면이 부족했는지 허기가 밀려왔다. 성환은 몸을 일으켜 부엌으로 갔다. 가스레인지에 올려진 냄비의 뚜껑을 열자 햄과 소시지가 듬뿍 들어간 부대찌개가 눈에 들어왔다. 딸아이 죽음 이후 아내의 식성은 완전히 반대로 바뀌었다. 성환과 비슷하게, 멸치와 다시마로 국물을 우려낸 청국장이나 얼갈이 된장국, 들기름으로 향을 낸 나물무침을 좋아하던 그녀는 고추장과 고춧가루, 화학조미료를 쏟아부은 찌개류와 달고 맵게 양념을 한 육류를 탐했다. 그리고 시시때때로 생크림 케이크나 단팥빵 같은 간식거리를 찾았다. 그에 따라 몸무게도 엄청나게 불어났다. 성환으로서는 아내의 그런 변화가 당황스럽고 난감하지 않을 수 없었지만, 한 번도 불평의 소리를 뱉어낸 적은 없다. 짜고 맵고 단 음식들을 입에 쑤셔 넣을 때의 아내 얼굴, 그 눈동자에 이따금 스쳐 지나가는 분노와 슬픔, 죄책감과 공허를 알아본 것이다.

맹물에 만 밥으로 배를 채우고 거실로 나와보니 텔레비전에 뉴스가 나오고 있었다. 성환은 아내와 멀찌감치 떨어진 바닥에 앉았다. 넓은 거실에 오로지 아나운서의 딱딱한 멘트만이 울려 퍼졌다. 정치, 사회, 경제 뉴스가 차례로 지나간 다음 심층기획 보도가 이어졌다. 주제는 학생들 사이에서 벌어지는 '집단 괴롭힘'이었다.

"우리 사회의 희망이라고 할 수 있는 청소년들의 폭력이 심각한 것으로 조사됐습니다."

아나운서가 말한 순간, 성환은 아내와 함께 있는 거실의 공기 밀도가 단박 몇 배나 높아졌음을 분명하게 느낄 수 있었다.

"학교에서 발생하는 폭력으로 자퇴하는 학생 수가 매년 가파르게 증가하고 있습니다."

힐긋 쳐다보니 아내는 표정 변화 없이 뉴스 화면만 응시하고 있었다. 저 얼굴 뒤로 어떤 감정이 소용돌이치고 있을까. 성환은 슬그머니 자리를 떴다.

딸아이는 학교폭력 때문에 자살했다. 아이가 죽고 나서야 일기장을 보고 여태껏 얼마나 마음고생을 했는지 알 수 있었다. 진상은 참혹했다. 돈을 뺏기는 것은 물론, 수시로 심한 폭행까지 당했다. 가해 학생들은 폭행 사실이 외부로 알려질 것을 염려해 얼굴을 제외한 곳만 때리는 치밀함도 보였다. 시신을 확인하며 보았던 아이의 몸에는 연자줏빛 피멍이 가득했다.

어둠 속에서 아이가 헤매고 있던 시간, 성환은 새로운 경찰청장 취임과 동시에 실행된 대대적인 조직 쇄신 때문에 애를 먹고 있었다. 게다가 때마침 관할 지역에 큼직한 사건까지 터져 귀가하지 못하는 날이 많아 아이에게 관심을 기울일 수 없었다. 아내 역시 뒤늦게 진학한 대학 공부에 매달려 있느라고 미처 자식을 챙기지 못했다. 그것이 사고 뒤에 그들 부부를 더욱 괴롭고 힘들게 만들었다. 특히 성환은 자신이 형사인데도 불구하고 아이의 이상 징후를 포착하지 못한 사실에 깊디깊은 자괴감을 느꼈다. 그즈음의 그는 거의 매일 밤 꿈에서 아이에게 왜 자신을 구해주지 않았냐는 원망을 들어야 했다.

화장터에서 돌아오는 길. 한적한 국도를 달리다가 아내는 갑자기 차를 세워달라고 했다. 소변이 급한 모양이라고 생각하며 성환은 서둘러 갓길에 차를 댔다. 아내가 내리자 성환은 담배를 피우며 갓난애 시절의 아이를 품에 안았을 때 맡아지던 젖비린내를 떠올렸다. 작은 입으로 하던 옹알이, 처음 뒤집기에 성공할 때의 모습, 소꿉놀이를 하며 제 어미 흉내를 내던 익살스러운 표정을 차례차례 눈앞에 그려보았다. 몸 깊은 곳에서 솟아오르는 울음을 그는 겨우겨우 억눌렀다.

담배를 세 대나 피워도 아내가 돌아오지 않자 성환은 뭔가 불안해 차 밖으로 나갔다. 아내가 사라진 방향으로 얼마쯤 걸어가니 추수가 끝난 횡한 논두렁이 시선에 들어왔다. 그 한가운데 쪼그려 앉아 아내는 혼자 오열하고 있었다. 그는 바람결에 실려 오는 아내 울음소리를 묵묵히 들었다.

성환은 아이 방으로 들어갔다. 이제는 많이 옅어졌지만, 그래도 아직은 아이의 숨결이 곳곳에 깃들어 있었다. 그는 책상에 올려진 액자를 집어 들어 사진을 물끄러미 바라보았다. 그러다가 돌연한 동작으로 안방으로 뛰어가 서류가방을 뒤적여 문미옥의 이력서를 꺼냈다.

"아……."

그제야 처음 이력서 사진을 보고 낯익다는 느낌을 받은 이유를 알아냈다. 딸과 닮은 것이다. 갸름한 얼굴선, 꼬리에 살짝 쌍꺼풀이 진 커다란 눈, 얇은 입술. 멍하게 사진을 들여다보던 성환은 문득 기억의 책장을 빠르게 넘겨 형사 시절에 신참이 컴퓨터 프로그램으로 뽑아준 딸의 성년 모습을 기억해냈다. 그 얼굴…… 그대로 문미옥이라고 해도 좋을 만큼 쏙 빼닮아 있었다. 그랬다. 마치 어른이 된 아이가 문미옥인 것만 같았다.

문미옥의 이력서를 손에 들고서 그는 오랫동안 우뚝 서 있었다. 오래전, 화장터에서 돌아오는 길에 아내 울음소리를 들었을 때처럼, 두 눈을 내려 감고 아랫입술을 꽉 깨문 채로.

6

종로에 위치한 보험사 사옥은 심플하고 세련된 외관의 고층 빌딩이었다. 정문으로 사람들이 바쁘게 오갔다. 1층 로비에 들어서니 맨 먼저 높은 천장에 매달린 거대한 추상 조형물이 시야에 잡혔다. 맞은편 대리석 벽면에는 보험사 로고가 커다랗게 음각되어 있었다.

방문자를 배려한 듯, 로비 한쪽에 긴 의자가 놓여 있었다. 거기 앉아 성환은 자신이 도착했음을 민홍기에게 문자 메시지로 알렸다. 10분쯤 뒤 엘리베이터 문이 열리며 민홍기가 모습을 드러냈다. 와인색 넥타이에 검은 양복 차림이었다. 그래서인지 처음 만났을 때보다 말끔해 보였고, 성실한 직장인 분위기를 풍겼다.

"오시느라 고생하셨습니다."

민홍기의 인사말에 성환은 웃으며 응수했다.

"바쁘실 텐데 시간을 내주셔서 감사드립니다."

"아직 점심 안 드셨죠? 제가 육개장 잘하는 집을 알고 있습니다."

사옥을 나서자마자 민홍기는 목에 걸고 있던 사원증을 와이셔츠 주머니에 넣은 다음 넥타이를 느슨하게 풀었다.

"이따금 샐러리맨 생활이 너무 갑갑하게 여겨집니다. 저는 필드에서 뛰는 게 체질인 것 같아요."

"어느 쪽이나 장단점이 있겠죠."

성환은 민홍기가 이끄는 대로 근방의 한 식당으로 갔다. 주문한 육개장은 국물이 새빨갛고 채 썬 소고기가 듬뿍 담겨 있었다. 지나치게 맵고 짠 맛이 입에 맞지 않았으나 그는 내색하지 않고 숟가락을 움직였다.

"어때요, 푸짐하죠? 야근 다음 날, 소주와 함께 이거 한 그릇 비우면 피로가 싹 풀립니다."

"야근까지 하다니, 업무량이 많은가요?"

"보험사기라는 게 해가 갈수록 늘어나고 있거든요. 게다가 수법도 점점 지능적으로 변하고요."

사려 깊은 표정으로 성환은 고개를 끄덕였다.

"보험사기도 다양할 텐데, 어느 분야가 많은가요?"

"그거야, 자동차보험이 압도적이죠."

"그래요? 구체적 사례가 궁금하군요."

"뭐, 쉽게 떠올릴 수 있는 대로 가벼운 접촉 사고에 터무니없는 수리비를 청구하는 거죠. 고급 외제차를 이용해 고의로 사고를 내는 경우도 비일비재하고요. 글쎄, 보험에 가입한 지 1년도 되지 않아 열 번 넘게 사고를 낸 인간도 있다니까요. 시쳇말로 보험사기 몇 번 만에 소나타에서 벤츠로 차를 바꾼다고 한다잖습니까."

성환은 가볍게 웃었다.

"보험사기가 늘어나는 이유가 뭘까요?"

"그게 엄연한 범죄라는 개념이 없기 때문입니다. 재수 없게 걸리더라도 보험금을 토해내면 그만이라고 여기죠. 하기야, 처벌이란 게 고작 벌금형에 그치니까 그렇게 생각들을 하겠지요."

"처벌이 벌금형인가요?"

"징역형을 받기도 하는데 극히 드물죠. 그리고 벌금형도 정식재판이 아닌 약식명령만으로 이뤄집니다."

깍두기를 씹어 삼키고서 민홍기는 말을 이었다.

"보험사기의 진짜 문제는 그로 인한 보험금 누수 때문에 일반 보험가입자의 부담이 증가하는 점에 있습니다. 지난해 보험사기 적발액이 6천억 원 정도인데, 걸리지 않은 액수를 포함하면 4조 원에 육박합니다."

"4조 원이라니, 엄청나군요."

"결국 그 돈을 선량한 보험가입자들이 메우게 됩니다."

"음……."

조용히 숟가락을 놀리는 성환에게 옆 테이블에 앉은 샐러리맨들의 대화가 들려왔다. 그 속에는 감원이니, 명퇴니 하는 말이 섞여 있었다. 그는 세상 살기가 팍팍해진 점도 보험사기 증가의 한 이유가 아닐까 추측했다. 경제적으로 워낙 벼랑 끝으로 몰리다 보니 평범하게 살던 사람들도 엉뚱한 곳으로 눈을 돌리는 것이다.

식사를 마친 성환과 민홍기는 식당에 비치된 자판기에서 커피를 뽑아 마셨다. 달변인 민홍기는 몇 가지 우스갯소리를 늘어놓았고, 그것이 분위기를 한층 가볍고 유쾌하게 만들었다.

"참, 깜빡하고 있었네."

바지 주머니를 뒤적인 민홍기는 탁자에 USB 메모리를 올려놓았다. 겉면에 보험사 로고가 박혀 있었다.

"이거, 제가 큰 신세를 졌습니다."

성환이 꾸벅 고개를 숙이자 민홍기는 한쪽 입술 끝을 올리며 웃었다.

"뭐 신세까지야……."

이틀 전 성환은 민홍기에게 전화를 걸어 문미옥 실종 건에 대한 수사 자료를 갖고 있는지 물었고, 민홍기는 실종 당일 문미옥 모습이 담긴 감시 카메라 영상이 있다고 대답했다. 성환이 보여주기를 청하자 민홍기는 미적거리다가 "한번 경찰은 영원한 경찰, 경찰 가족끼리 돕고 살아야죠"라고 말하며 승낙했다.

커피를 조금 마신 다음 민홍기는 입을 열었다.

"영상을 보면 아시겠지만, 특별할 건 없습니다. 지금으로서는 살해 증거를 찾아 한승수의 자백을 얻는 것이 가장 현명한 선택이에요."

"한승수가 범인이라면 그렇겠지요……."

답답하다는 듯 민홍기가 얼굴을 찡그렸다.

"한승수가 틀림없습니다. 오두진은 알리바이가 확실해요. 그 인간이 범인이라면 오래전에 제가 잡았을 겁니다."

성환은 대답하지 않았다. 그저 입가에 보일 듯 말 듯 미소를 흘릴 뿐이었다. 민홍기는 벗어두었던 양복 윗도리에서 무언가를 꺼내 성환에게 내밀었다.

"보험계약서입니다."

성환은 수사 자료를 요청하면서 문미옥의 보험계약서 사본도 부탁했다. 본인이 직접 작성한 것인지 알아보기 위해서다.

"문미옥이 적은 게 맞아요. 당사자가 아니면 자칫 계약이 무효가 돼서 보험금을 못 받을 수도 있거든요."

성환은 문미옥의 이력서와 보험계약서를 나란히 펼친 뒤 필체를 대조했다. 둥글고 반듯한 글씨 모양이 똑같았다.

"어때요? 맞죠?"

"그런 것 같군요."

성환은 보험 계약서의 약관을 살피기 시작했다. 그러자 평범한 내용 속에서 미심쩍은 데가 발견되었다. 그건 특약 사항이었다.

• 재해사망 시(외래성, 우연성, 급격성 요건 충족) 5배의 보험금을 지급한다. ※재해분류표(별표2) 참조

성환이 손가락으로 문장을 가리키며 구체적으로 무엇을 뜻하는지 묻자 민홍기는 대답했다.

"생명보험은 질병이나 자연사를 보장하는 거죠. 그런데 여기에 특약을 이용해 재해보험까지 겸하는 경우가 더러 있습니다."

"사고로 사망했을 때 원래 보험금의 5배를 받을 수 있다는 뜻이군요?"

"맞습니다."

"……이런 특약에 가입하는 게 흔한 일인가요?"

"그렇진 않습니다. 추가보험료를 부담해야 하는 만큼, 보편적이지는 않죠."

"그래요? 그럼 문미옥이 왜 이런 특약에 가입했는지 짐작 가십니까?"

민홍기는 시큰둥하게 말했다.

"뭐 별다른 이유가 있겠습니까? 단순히 뜻밖의 사고를 당하는 게 우려스러웠겠죠."

아래턱을 어루만지며 계약서를 내려다보다가 성환은 다시 질문을 던졌다.

"외래성, 우연성, 급격성이라는 요건은 무엇인가요?"

"먼저, 외래성은 말뜻 그대로 외부적 요인에 의한 사고를 뜻합니다. 교통사고가 대표적이라고 할 수 있겠죠. 그와 배치되는 예로 질병이 있겠는데…… 좀 더 설명을 하자면, 일반적인 질병은 인체 내부적인 원인에 의해 발생한 만큼 외래성 범주에 포함될 수 없지만 화상이나 찰과상, 골절상 등은 외적 요소로 생겼기 때문에 외래성 요건을 충족한다고 볼 수 있습니다."

"그렇군요……."

"우연성은, 피보험자의 의도가 개입되지 않아야 한다는 것입니다. 다시 말해 예측 불가능한 사고여야 한다는 것이죠. 자살이나 자해는 보험금을 청구할 때 우연성에서 배제가 됩니다. 그리고 마지막으로 급격성은 갑작스럽고 순간적으로 발생한 사고를 가리키죠. 과거로부터 점진적으로 진행된 만성질환은 해당되지 않습니다."

"듣고 보니 요건들이 서로 겹치거나 비슷한 면도 있는 것 같습니다."

"법정 다툼으로 갈 경우 보험약관의 미묘하고 사소한 차이 때문에 법리 해석이 달라질 수 있거든요. 그래서 어쩔 수 없이 그렇게 된 측면이 있습니다."

미간을 찌푸린 채 성환은 속으로 중얼거렸다. 보험금이 5배로 늘어난다……. 범죄 사건에서 우연이란 존재하지 않는다는 것이 그의 지론이다. 아무리 작고 하찮은 일이라도 그것은 전체적 범죄의 일부로 작동한다.

"혹시 문미옥이 든 다른 보험도 이런 특약에 가입되어 있는지 확인해주실 수 있겠습니까?"

"네? 그럴 필요가 있나요? 제가 보기에는 별것도 아닌 것 같은데……."

성환은 고개를 숙였다.

"부탁드립니다. 꼭 알고 싶군요."

약간 떨떠름한 표정으로 민홍기는 말했다.

"알겠습니다."

성환은 보험계약서에 적힌 집 주소를 응시했다. 수도권 2기 신도시 중 하나에 위치한 아파트였다. 한승수와 헤어지고 오두진과 결혼하며 마련한 보금자리일 것이다.

"현재 오두진은 이 아파트에 혼자 살고 있습니까?"

"아뇨. 당시 전세였는데, 계약기간이 만료되자 이사 간 것으로 알고 있습니다."

탁자에 깍지 낀 손을 올려놓은 자세로 생각에 잠겨 있던 성환은 입술을 뗐다.

"실종 수사를 할 때 오두진에 대한 '거짓말탐지 조사'가 이뤄졌지요?"

"그렇습니다."

"결과가 어땠습니까?"

"살인을 했느냐는 질문에서 부인하는 답변을 했는데 '진실'이라고 나왔습니다."

민홍기는 무슨 말인가 덧붙일 기색이었으나 망설임 끝에 입을 다물었다.

"그 밖에 다른 질문은 하지 않았나요?"

짧은 한숨을 내쉰 다음 민홍기는 대답했다.

"……아내의 실종에 관여하지 않았느냐는 질문에 '판단 불능'이라고 나왔고요."

"판단 불능이라니, 그렇다면 의혹을 가질 면이 있다는 뜻인가요?"

"음, 그 부분은 아내 실종에 대해 괴로워하던 피검자의 심정이 반영된 것으로 보였습니다. 잘 아시잖습니까, 그 정도는 그냥 넘어갈 수준이라는 걸."

실종 관여에 대해서 판단 불능이라……. 눈썹 사이에 주름을 잡은 채 성환은 냅킨을 만지작거렸다. 이건 뭘까. 정말로 어떤 식으로든 실종에 엮여 있는 걸까.

사무실로 돌아와 USB 메모리를 확인해보니 '엘리베이터' '아파트 정문' '초등학교' '시장 입구'라고 제목이 달린 4개의 동영상이 눈에 들어왔다. 그리고 첨부된 한글 문서에는 감시 카메라의 위치가 자세히 적혀 있었다.

성환은 먼저 '엘리베이터' 동영상을 열어보았다. 형편없는 화질이었으나 다행히 사람의 인상을 알아볼 수는 있었다. 모니터 화면에 문미옥으로 짐작되는 여자가 나타나자 자신도 모르게 두 주먹을 불끈 쥐었다.

저것이 살아 있을 때의 문미옥인가.

티셔츠와 반바지 차림의 문미옥은 아무도 없는 엘리베이터에 혼자 서 있다가 곧 밖으로 사라졌다. 몇 초간 이어진 동영상이 끝나자 성환은 담배를 피워 물며 속으로 중얼거렸다. 이보게, 저 여자는 딸아이가 아니야. 자네 딸은 납골당에 있잖아…….

애써 감정을 다잡은 뒤 그는 나머지 동영상을 차례차례 확인했다. 민홍기가 했던 말대로 사건 해결에 도움이 될 만한 단서는 발견할 수 없었다. 지극히 일상적이고 평범한 모습들뿐이었다. 만약 민홍기의 주장대로 한승수가 범인이라면 마지막 감시 카메라에 문미옥이 찍힌 이후 범행을 저질렀을 것이다.

모니터 화면을 들여다보던 성환은 문득 자신이 얼마간 지쳐 있음을 깨달았다. 문미옥이 이끌어낸 딸아이 기억 때문에 지난 며칠간 지나치게 감정을 소모한 탓이었다. 마치 자살 사고 직후처럼 딸의 그림자가 늘 의식의 귀퉁이에 무겁게 드리워져 있었다.

책상 의자에서 비척비척 몸을 일으켜 창가로 다가갔다. 그런 다음 잠시 바깥을 내다보다가 창문을 활짝 열어젖혔다. 전날보다 부쩍 기온이 떨어진 듯했다. 지금이 10월이니 곧 11월이 될 것이고, 한파가 몰아치는 살풍경이 펼쳐지겠지. 다가올 겨울은 어떻게 보낼 것인가. 성환은 또다시 한 계절을 나는 일이 두렵고 막막했다.

노크 소리가 울린 건 그때였다. 잠긴 목소리로 들어오라고 외치자, 살며시 출입문이 열리더니 녹색 비니를 눌러쓴 소년이 빠끔히 얼굴을 들이밀었다.

"안녕하세요."

소년의 인사에 성환은 미소를 지었다.

"오랜만이구나."

"일거리 있나 싶어서 들렀어요."

소파 주변을 어슬렁거리며 소년은 성환의 눈치를 살폈다.

"학원은 갔다 왔냐?"

"그럼요."

장식장으로 다가간 소년은 성환이 경찰 시절에 받은 상패들을 건성으로 바라보았다. 의뢰인에게 신뢰감을 주기 위해 어쩔 수 없이 진열해놓긴 했지만 누군가 상패를 볼 때마다 성환은 겸연쩍고 부끄러웠다.

"학원 수업 마치고서는 뭐 했니?"

"친구들하고 피시방에서 놀았어요."

성환이 소년을 만난 것은 2년 전이다. 그때 자전거를 타고 가던 소년이 그의 주차된 승용차를 박아 한쪽 사이드미러를 박살 내버렸다. 궁리 끝에 성환은 수리비를 받는 대신 소년에게 한 가지 일을 시켰다. 동네를 돌아다니며 민간조사원 광고 전단을 붙이는 작업이었는데, 의외로 그것이 효과가 좋아 사건 의뢰가 부쩍 늘었다. 그 후로 성환은 이따금 소년에게 용돈을 쥐여주고서 전단 일감을 맡기곤 한다.

"뭐 좀 먹겠니?"

성환은 싱크대 상부장을 열어 출출할 때면 커피에 곁들여 먹곤 하는 양갱과 초코파이를 하나씩 꺼냈다. 소파 테이블에 그것들을 내려놓자 소년이 다가와 양갱을 집어 들었다.

"다른 것도 좀 사 드세요. 맛있는 게 얼마나 많은데요."

미소 띤 얼굴로 소년을 건너다보다가 성환은 책상 서랍에서 고무줄에 묶인 전단 뭉치를 꺼냈다. 그러고는 만 원짜리 두 장과 함께 그것을 소년에게 내밀었다.

"잘 붙였는지 확인 안 해도 되겠지?"

"에이, 거래 한두 번 하시나……."

전단 뭉치를 옆구리에 낀 채로 사무실을 돌아다니던 소년은 책상에 올려진 노트를 보고 호기심에 찬 얼굴로 물었다.

"사건 하나 맡으셨구나? 또 사람 찾는 거예요?"

역시 눈치 하나는 빠른 녀석이다. 성환은 대답 없이 웃기만
했다.

"사진 좀 보여주세요."

"아무에게나 보여줄 순 없어."

"에이, 제가 아는 사람일 수도 있잖아요."

소년이 소매를 붙잡고 조르자 성환은 마지못해 문미옥 사진
을 보여줬다. 소년은 크게 감탄사를 내뱉었다.

"와, 예쁘다! 이 정도 얼굴이면 '블소' 방문자도 엄청 많겠는
데요?"

유행이나 문화적 이슈에 둔감한 성환도 '블소'가 오래전부터
인기를 끌고 있는 소셜 네트워크 서비스 '블링블링 소사이어
티'의 줄임말이란 사실은 알고 있었다. 소년의 말을 들은 그는
곧장 몇 가지 궁금증에 사로잡혔다. 문미옥도 블소에 가입했을
까. 실종된 사람의 홈페이지는 어떻게 관리될까. 만약 문미옥
의 홈페이지가 존재한다면, 거기 사건 해결에 도움을 줄 단서
가 있지 않을까.

"이 사람이 블소 회원인지 확인해줄 수 있겠니?"

성환이 묻자 소년은 어깨를 으쓱해 보인 다음 컴퓨터 앞에
앉았다. 그러고는 인터넷에 접속해 블소 사이트에 들어갔다.
생년월일과 이름, 출신학교의 정보로 검색을 해보니 뜻밖에도
홈페이지가 나타났다. 그러나 대부분의 메뉴가 비공개로 설정

된 탓에 사건 단서를 얻어낼 수는 없었다.

사망하거나 실종된 사람의 홈페이지도 유지되는 모양이
군……. 턱을 어루만지며 모니터를 응시하다가, 성환은 홈페이
지 구석에 있는 작은 하트를 발견하고 소년에게 물었다.

"이건 뭐니?"

"아프리카 어린이 후원 표시예요. 돕기로 한 아이에게 다달
이 돈을 보내주는 거죠."

"아프리카 어린이? 액수는 얼마나 되니?"

"에이, 얼마 안 돼요. 한 달에 만 원 정도? 뭐, 만 원이라도 그
쪽 사람들에게는 큰돈이죠. 어린이를 돕고 싶다기보다 이 하트
아이콘을 과시하고 싶어서 후원하는 사람도 많아요."

"한 번만 돈을 보내도 이 표시가 계속 붙어 있는 거냐?"

"그렇지 않을걸요? 계속해야 할 거예요."

소년의 말이 사실이라면 문미옥이 계속 돈을 보내주고 있다
는 의미가 된다. 성환은 고개를 갸웃거렸다.

문미옥이 살아 있다? 살아 있을 수도 있다?

성환이 생각에 잠겨 있는 사이, 그의 휴대폰이 울렸다. 화면
을 확인해보니 저장되지 않은 번호였다. 통화 버튼을 누르자
낯선 여자 목소리가 고막을 울렸다.

"음성 메시지에 남긴 내용이 사실인가요?"

그날 저녁, 성환은 이여정을 만났다. 지하철역 인근에 자리
한 카페형 베이커리에서였다. 교복 차림의 학생이 눈에 많이

띄었고, 벽면에 설치된 대형 텔레비전에서는 요즘 한창 인기를 끄는 가수의 뮤직비디오가 비치고 있었다.

"미옥이가 살해됐을 수도 있다는 말, 진짜인가요?"

이여정은 굵게 파마한 단발머리에 검은 가죽 재킷 차림이었다. 진한 화장을 한 얼굴이 일견 날카로운 인상을 풍겼다.

"틀림없는 사실입니다."

이여정의 눈동자가 미세하게 흔들렸다.

"제가 다시 한번 설명해드리겠습니다."

성환이 말하는 동안 이여정은 줄곧 측면 통유리 너머를 응시했다. 그 시선이 가닿는 곳에 이파리를 반쯤 떨군 은행나무가 버티고 서 있었다. 차분하던 이여정의 얼굴은 이야기가 이어질수록 어둡고 창백하게 변해갔다. 주변에서 들려오는 음악 소리와 깔깔거리며 웃는 소리, 떠드는 소리 속에서 그녀의 모습은 고독해 보였다.

"그런 이유들 때문에 저로서는 어쩔 수 없이 살해 가능성에 무게를 두고 있습니다……."

얘기를 전부 듣고서도 이여정은 아무 반응이 없었다. 그녀의 입이 열리기를 기다리다가 무심코 그 손을 바라본 성환은 조금 놀랐다. 머그잔을 얼마나 세게 쥐고 있는지 손등의 정맥이 온통 불거져 있었던 것이다.

"문미옥 씨와 얽힌 기억을 제게 들려주실 수 있겠습니까?"

성환은 상대의 눈을 깊숙이 들여다보았다. 절망감과 허무감, 그리고 어떤 갈등이 내부에서 소용돌이치고 있는 것 같았다.

"미옥이와 제가 처음 만난 곳은 24시간 운영되는 순댓국집이에요. 우리 둘은 그곳에서 서빙 종업원으로 일했죠."

목소리에서 희미하게 흐느낌이 묻어났다.

"일은 정말 고됐어요. 잠시도 쉴 틈 없이 내내 서 있어야 하는데다가, 근무시간도 12시간을 넘길 때가 많았죠. 그곳에서 미옥이와 저는 서로에게 유일한 버팀목이었어요. 무거운 쟁반을 들고 스쳐 지나다 주고받는 사소한 농담이 우리에게 유일한 쉼이었고 즐거움이었죠."

추억을 더듬는지 이여정의 눈이 아련한 빛을 띠었다.

"아직도 기억나요. 그때 미옥이와 나눴던 농담들. '언니, 오늘 화장 잘 먹었네? 얼굴이 조금밖에 못생기지 않은 거 같아.' '나처럼 예쁜 애는 서빙이 아니라 카운터를 봐야 하는 건데, 사장님이 안목이 없어!' '나, 여기 그만두면 평생 순댓국은 쳐다도 안 볼 거야'……."

이여정의 뺨에 눈물이 흘러내렸다.

"그런데 어느 날부터 유부남 사장이 미옥이에게 치근덕거리기 시작했죠. 밖에서 따로 만나 커피 한잔하자, 쉬는 날에 영화 보러 가자……. 날이 갈수록 도가 심해지더니 나중에는 자기가 이혼할 테니 함께 살자고 졸라대는 거예요. 그 때문에 결국 미옥이는 식당을 관두게 되었고 저 역시 얼마 뒤에 미옥이를 따라 식당을 나왔죠."

감정을 진정시키려는 듯 이여정은 잠깐 말을 멈추고 앞머리를 쓸어 넘겼다.

"미옥이나 저나 집에 뭐 바랄 게 있는 것도 아니고, 대학을 나온 것도 아니라서 선택할 수 있는 직장은 그리 많지 않았죠. 한동안 일자리를 찾다가 우리는 함께 제빵공장에 들어가게 되었어요."

성환은 고개를 주억거렸다.

"공장에서 일한 지 몇 달 지나지 않아, 미옥이는 빨리 돈을 모으기 위해 남자 친구와 살림을 합쳤어요."

성환은 재빨리 물었다.

"그때 문미옥 씨에게 애인이 있었나요?"

이여정은 의아한 눈길로 성환을 쳐다보았다.

"……네."

"혹시 이름이 한승수 아닌가요?"

"그런 것도 같고…… 확실히 기억나진 않아요."

"그 당시에 문미옥 씨와 애인이 결혼을 하지 않은 건 확실하죠?"

고개를 끄덕이는 이여정을 보며 성환은 역시 한승수와 문미옥은 동거 관계였던 것이 맞고, 그러므로 문미옥이 오두진과 중혼을 한 것은 아니라고 판단했다.

"예상치 않은 임신을 하게 되면서 미옥이는 공장을 그만두게 됐죠. 그런 다음 출산을 하고 얼마 있다가 지인의 소개로 홍보 대행사에 들어갔어요."

"음……."

"그즈음 갑자기 그 애에게서 연락이 왔죠. 아이에게 큰 병이 있다면서 돈을 빌려달라고 했어요."

"아이가 아프다고요?"

"네, 심장병이요. 일단 저는 최대한 돈을 보내줬어요. 그리고 그 뒤로 몇 번이나 크고 적은 돈을 보내줬죠. 자세한 사정은 모르지만, 아이를 치료하기 위해서는 심장이식을 해야 하는 거 같았어요. 수술비가 엄청났죠."

갑작스럽게 등장한 사실에 성환은 정신을 차릴 수 없었다. 놀란 마음이 다소 가라앉자 한승수 집을 감시하며 본 여자애를 떠올렸다. 그 아이에게서 병색의 기미는 보이지 않았다. 수술을 받아 병이 완치된 걸까. 이제는 건강을 되찾은 걸까.

"미옥이는 아이 입원비를 대기 위해 사채까지 끌어다 쓰는 눈치였죠. 저에게도 계속 돈을 빌려달라고 했고요. 걔 사정을 뻔히 알지만 제 형편이 넉넉지 않아 부담이 됐죠. 그러다가 저도 결혼을 하게 되면서 빌려준 돈을 얼마간이라도 갚기를 요구하게 됐어요. 미옥이는 도저히 그럴 수 없었고, 그 일로 심하게 다투고서 연락이 끊기게 됐죠."

이야기를 마친 이여정은 고개를 숙인 채 더 이상 입을 열지 않았다. 성환 역시 그녀에게서 얻은 정보를 정리하느라고 말이 없었다. 그들 옆 테이블을 차지하고 있던 한 무리의 여학생들이 빠져나가자 자리가 더욱 고요해졌다.

먼저 침묵을 깬 이는 성환이었다.

"아픈 자식을 버리고 다른 남자와 결혼한 문미옥 씨가 납득이 가십니까? 이여정 씨가 알고 있는 문미옥은 그런 행동을 할 만한 사람인가요?"

이여정은 단호하고 분명하게 대답했다.

"제가 아는 미옥이는 절대 그럴 애가 아니에요."

성환은 한 모금 커피를 머금었다가 천천히 삼켰다. 뜨겁던 커피가 어느새 식어 있었다. 그는 그동안 자신이 품어온 문미옥에 대한 인상이 틀린 게 아니라고 봤다. 그러나 현재 정황을 따져보면 민홍기 주장대로 문미옥이 아이를 버리고 떠난 게 가장 설득력 있기에 머릿속이 혼란스러웠다.

"미옥이를 꼭 찾아주세요. 만약 죽었다면, 시체라도 보게 해주세요. 나, 미옥이에게 미안하단 말을 꼭 하고 싶어요."

슬픈 미소가 어려 있는 이여정의 얼굴을 보며 성환은 가만히 고개를 끄덕였다.

이여정이 떠난 후 성환은 혼자 자리를 지키며 오늘 얻은 정보가 실종 사건이라는 거대한 퍼즐에 어떤 조각으로 맞춰질지 고민했다. 그러다가 완성된 퍼즐의 그림이 지금껏 자신이 가졌던 예상과 전혀 다를 수도 있다고 생각했다.

7

출근 시간을 넘긴 아파트 단지는 오롯이 여자와 아이의 세상이었다. 성인 남성은 거의 보이지 않은 채, 어린 자식을 동반하고서 유치원 버스를 기다리는 어머니들만이 눈에 들어왔다. 자식을 대신해 조그만 유치원 가방을 둘러멘 어머니의 모습이 퍽 정겹게 느껴졌다.

걸음을 옮기며 성환은 아파트 외관을 살폈다. 시대에 한참 뒤처진 복도식 디자인이었고, 벽면에는 보수 흔적이 역력했다. 그러나 단지의 잘 가꾸어진 조경수와 깔끔한 청소 상태 덕분에 아늑하고 편안한 인상을 주었다.

오두진과 문미옥의 신혼집이 있었던 1102동은 단지 한가운데였다. 동 건물 출입구의 경비실에는 나이가 지긋한 경비원이 자리를 지키고 있었다. 그는 성환을 흘긋 쳐다보기만 할 뿐, 별다른 제지는 하지 않았다. 성환은 엘리베이터를 타고 7층에서 내렸다. 그런 다음 현관문 호수를 확인하며 느리게 걸었다. 이윽고 멈춰 선 곳은 705호 앞이었다. 군데군데 녹이 슨 철제 현관문의 상단에 기독교 신자임을 알리는 스티커가 보였고, 그 맞은편 복도에는 유아용 세발자전거가 세워져 있었다.

우두커니 서서 성환은 생각에 잠겼다. 문미옥과 오두진이 1년 동안 살았던 집. 이곳에서 두 사람은 어떤 나날을 보냈을까. 그 시간의 밀도와 양감은 어땠을까. 그는 서류가방을 뒤적여 몇 장의 문미옥 사진을 꺼냈다. 감시 카메라의 동영상을 캡처해서 만든 것이었다. 지금부터 실종 당시 문미옥의 동선을 찬찬히 되짚어볼 작정이었다.

방금 전 지나온 복도를 걸어 엘리베이터에 탄 뒤, 천장을 올려다보니 첫 번째로 그녀가 찍힌 감시 카메라가 있었다. 해당 사진을 찾아 들여다보았다. 장바구니를 든 문미옥이 엘리베이

116

터 안에 혼자 서 있었다. 그 심상한 일상의 모습이 왠지 모르게 조금 외롭게 다가왔다. 문미옥은 그 순간 어떤 상념에 빠져 있지는 않았을까. 성환은 시선을 옮겨 사진 아래쪽에 찍힌 시간을 살폈다.

2011 08 12 12:24:14

1층에 도착해 엘리베이터에서 내린 뒤, 건물 출입구를 향해 걸어갔다. 그러다가 들어올 때와 마찬가지로 경비원과 짧게 눈이 마주쳤다. 출입구 계단을 내려오며 성환은 사소한 의문 하나를 품었다. 이곳에서 문미옥은 경비원과 맞닥뜨렸을까? 만약 그랬다면 그녀의 성격으로 보아 분명 경비원과 인사를 주고받았을 거라고, 어쩌면 일상사에 대한 담소도 나눴을지 모른다고 그는 생각했다.

1102동에서 정문까지의 거리는 150미터 정도였다. 중간 지점에 놀이터와 경로당이 있었다. 정문에 도착한 성환은 차량 차단기를 바라보았다. 거기에 두 번째 감시 카메라가 설치되어 있었다. 이번에도 사진을 꺼내 살폈다. 사람들 속에 섞여 정문을 빠져나가는 문미옥의 옆모습이 찍혀 있었다. 사진의 시간을 확인한 그는 의아한 기분에 사로잡혔다.

2011 08 12 12:39:04

계산해 보면 문미옥은 1102동에서 정문까지 오는 데 15분이나 걸린 셈이었다. 아무리 걸음이 느리다고 해도 지나치게 긴 시간으로 여겨졌다. 성환은 문미옥이 동 건물 출입구에서 경비원과 대화를 나눴거나 이곳까지 오는 동안 이웃 주민을 만났을 확률이 크다고 짐작했다.

다음 감시 카메라가 있는 곳은 재래시장으로 가는 길에 위치한 초등학교 근방이었다. 등교 시간이 지난 만큼 그곳은 한산했다. 학교 주변이면 으레 그렇듯 문구점과 분식집이 많았고 거리 모퉁이에 학원이 밀집한 고층 빌딩이 자리잡고 있었다.

감시 카메라는 학교 정문 맞은편 전봇대에 설치되어 있었다. 외관을 살펴보니 최근에 교체된 듯 새것의 느낌을 풍겼다. 성환은 이곳에서 찍힌 문미옥의 사진을 확인했다.

2011 08 12 12:51:14

아파트 정문에서 이곳까지의 시간을 계산해보니 12분이었다. 자신이 소요한 것과 비슷했다. 여기까지 오는 동안 문미옥은 별달리 시간을 지체할 만한 일을 겪지 않은 것으로 추측되었다. 다만 사진에서 한 가지가 걸렸는데, 그건 문미옥의 자세였다. 그녀는 교문 앞에 서서 그 안쪽을 바라보고 있었다.

어째서 이러고 있을까.

사진 속 문미옥의 위치에 선 성환은 운동장에서 뛰노는 아이들을 볼 수 있었다. 그러자 짚이는 게 있었다. 문미옥은 저 광경을 보며 건강해진 자신의 딸을 상상하지 않았을까. 아무리 자식을 버리고 떠난 모진 어미라 할지라도 일말의 모성은 있을 테니…….

"이봐, 여기서 뭐 하는 거야?"

그만 발길을 돌릴 참이었다. 갑자기 등 뒤에서 날카로운 목소리가 들려왔다. 뒤돌아서니 베이지색 조끼를 입은 학교 보안관이 험악한 표정으로 서 있었다. 성환은 뭔가 단단히 오해를 샀음을 직감했다.

"제 직업과 관련된 조사를 하고 있었습니다."

성환이 대답하자 학교 보안관은 따지듯 물었다.

"조사? 무슨 조사?"

성환은 침착하게 사정을 설명했다. 그의 말을 듣고서 학교 보안관은 다소 경계심을 누그러뜨리긴 했지만 의심의 눈초리를 거두지는 않았다.

"당신 얘기가 사실인지 아닌지 나로서는 알 수 없지."

학교 보안관은 허리에 차고 있던 무전기를 빼내 누군가를 불러들였다.

"어이, 그 사진 갖고 있지? 얼른 교문으로 와봐."

잠시 후 돋보기안경을 쓴 경비원이 나타나더니 사진 한 장을 학교 보안관에게 내밀었다. 사진과 성환의 얼굴을 번갈아 쳐다보며 학교 보안관은 중얼거렸다.

"이 사람이 아닌가……."

곁에 선 경비원이 끼어들었다.

"에이, 이 아저씨는 아니야. 훨씬 젊은 놈이라고."

성환이 흘깃 보니 학교 보안관의 손에 들린 사진 역시 감시 카메라에 찍힌 것이었는데, 거기에는 낚시 모자를 쓴 남성이 교문 앞에 서 있었다.

"엉뚱한 사람 붙잡았구먼. 어서 죄송하다고 말씀드리게."

경비원이 자리를 뜨고서 학교 보안관은 당황한 얼굴로 성환에게 사과를 했다.

"이거, 제가 실례를 했습니다."

성환은 미소 띤 얼굴로 괜찮다고 했다. 미안한 마음 때문인지 학교 보안관이 커피를 대접하겠다고 하자 그는 유쾌한 기분으로 승낙했다.

구멍가게 앞 자판기에서 커피를 뽑아 성환에게 건넨 다음 학교 보안관은 변명하듯 말했다.

"얼마 전, 이상한 놈이 아이들에게 집적댔거든요. 맛있는 거 사줄 테니 함께 어딜 좀 가자고 했다는 거예요. 아무래도 예삿일이 아닌 것 같아서요."

성환은 조용히 고개를 주억거렸다.

"그래도 다행인 게, 사진이 있으니 기다리다 보면 붙잡을 수 있겠죠."

학교 보안관이 손에 쥔 사진을 건너다보며 성환은 현대 치안 시스템에서 감시 카메라가 차지하는 역할을 실감했다.

"아까는 경황이 없어 미처 알려드리지 못했는데, 그 실종된 여자가 살던 아파트에 저도 거주하고 있습니다. 사실, 이 학교에서 학교 보안관으로 근무하게 된 것도 거기 살기 때문이죠. 정부에서 학교 인근에 사는 퇴직 공무원에게 학교 보안관 일자리를 주고 있거든요. 저는 소방공무원으로 일했죠."

"그렇군요……."

성환은 신분이 보증된 공무원을 학교 보안관으로 채용하게 되면 고양이에게 생선 가게를 맡기는 식의, 전과자가 학교에서 일하는 불상사는 없을 거라고 여겼다.

"제가 그 아파트에 사는데 실종 사건에 대해 이상한 점이 있네요."

커피를 마시던 성환은 동작을 멈추고 학교 보안관의 얼굴을 주목했다.

"아파트 사람들은 시장에 가기 위해 이쪽으로 오지 않아요."

"그럼, 어디로 다닙니까?"

"후문을 이용하죠. 그렇게 하면 길을 가로질러서 훨씬 빨리 시장에 도착할 수 있거든요."

"그게 정말입니까?"

"이 동네는 대형마트가 멀리 떨어져 있기 때문에 아파트 주민은 대부분 그 재래시장을 이용합니다. 늦은 오후 무렵이면 아줌마들이 행군이라도 하는 것처럼 무리 지어 후문으로 가죠."

학교 보안관의 말이 사실이라면 이상하지 않을 수 없다. 성환은 이맛살을 잔뜩 모은 채로 생각에 잠겼다. 어째서 문미옥은 빨리 갈 수 있는 지름길을 놔두고 굳이 이쪽으로 갔던 걸까…….

문미옥이 최종적으로 행적을 감춘 재래시장은 평범했다. 채광형 지붕이 덮인 거리 양편으로 상점이 길게 이어져 있었다. 성환은 재래시장 초입에 있는 주차장을 살펴보았다. 50여 대를 수용할 수 있는 소규모였고, 한쪽 구석의 컨테이너 사무실에 마지막 감시 카메라가 설치되어 있었다. 여기에 찍힌 이후로 문미옥은 영영 사라진 것이었다. 사진을 보니 시장에 들어서는 그녀가 찍혀 있었다. 그 모습을 잠시 들여다보다가 성환은 시간을 확인해보았다.

2011 08 12 13:15:31

아파트 정문에서 이곳까지 걸린 시간을 계산해 보면 35분 정도였다. 학교 보안관의 말을 들어서인지 몰라도 단순히 장을 보기 위해 들인 시간치고는 너무 길게 느껴졌다. 성환은 턱을 어루만지며 중얼거렸다.

"이 길을 선택한 숨겨진 이유라도 있는 건가⋯⋯."

이왕에 여기까지 왔으니 시장을 둘러보기로 하고 성환은 느릿느릿 걸었다. 6년 전 그날, 문미옥은 이곳에서 어떤 물건을 샀을까. 이 많은 상점 중에 단골집도 있지 않았을까. 우연히 친구를 만나 함께 순대나 떡볶이를 사 먹지는 않았을까. 이런저런 생각을 하다가 그는 오랜만에 접하는 재래시장 풍경이 반갑고 신선하게 다가와 어느 사이 그 시간을 즐기기 시작했다. 어물전의 생선을 구경하는가 하면, 떡집 앞에 있는 시식용 떡조각을 집어 먹기도 했다.

아파트 단지로 돌아온 성환은 학교 보안관의 주장을 검증하기 위해 이번에는 후문에서 재래시장을 가보았다. 목적지에 이르러 시간을 확인해보니 정확히 13분이 소요되었다. 정문을 이용한 경우와 비교하면 무려 22분이나 차이가 나는 셈이었다. 그리고 또 한 가지 상이점이 있었다.

감시 카메라의 개수.

후문에서 재래시장으로 뻗은 길에는 감시 카메라가 단 한 대도 설치되어 있지 않았다. 게다가 도착한 재래시장 역시도 정문이 아닌 중간 지점인 탓에 감시 카메라는 없었다. 따라서 문미옥이 아파트 후문을 이용해 재래시장에 갔다면 감시 카메라 영상은 엘리베이터에서 찍힌 것이 유일하게 된다.

4대와 1대의 차이.

이건 뭘 의미할까. 단순한 우연일까. 우연이 아니라고 가정한다면…… 문미옥이 의도적으로 자신을 감시 카메라에 노출시킨 것으로밖에 해석할 수 없다.

왜?

어째서?

그렇게 해서 그녀가 얻을 게 무엇이 있는가?

재래시장을 벗어난 성환은 아파트 단지의 정문 쪽으로 향한 길을 걸으며 주변을 샅샅이 훑었다. 문미옥의 관심을 붙들 만한 특별한 상점이 있을지도 모른다는 생각에서였다. 만약 그렇다면 구태여 먼 길로 돌아간 행동을 어느 정도 납득할 수 있었다.

그러나 그는 별다른 성과를 얻을 수 없었다. 평범한 주택만이 이어져 있는 가운데, 간혹 편의점과 세탁소, 미용실만이 눈에 들어왔던 것이다. 아파트 단지에 도착한 성환은 1102동 앞 벤치에 앉았다. 그러고는 지친 다리를 쉬며 속으로 중얼거렸다. 문미옥은 어째서 정문 쪽으로 간 건가. 그날만 우연히 그 길을 이용한 건가.

"아까부터 왔다 갔다 하던 양반이구먼."

말소리에 고개를 돌려보니 경비원이 서 있었다. 성환은 몸을 일으켜 인사를 건넨 다음 조심스레 물었다.

"혹시…… 6년 전쯤, 705호에 살았던 신혼부부를 기억하십니까?"

"6년 전이라고요? 나는 여기서 일한 지 2년 조금 넘었어요."

역시 예상대로다. 6년은 너무 긴 시간이다. 성환은 쓴 입맛을 다셨다.

"무슨 일이길래 그런 걸 물어보는 거요?"

신분을 밝히고서 성환은 간단하게 자초지종을 설명했다. 그러자 경비원은 여타의 사람들이 그랬듯 혀를 차며 안타까움을 표현했다.

"벌써 이 세상 사람이 아니겠구먼……."

"문미옥 씨가 후문이 아닌 정문으로 시장을 간 이유가 있을까요?"

"뭐, 단순히 경치 때문이 아닐까요? 그쪽에 있는 초등학교 담장에 철마다 예쁜 꽃이 피거든요. 여자들은 그런 거 좋아하지 않습니까?"

"꽃이요?"

일견 그럴 법도 했으나, 성환은 왠지 진짜 이유가 따로 있을 듯싶었다. 단순히 꽃 때문에 그 먼 길을 돌아간 것을 온전히 납득하기 어려웠다. 실종 사건이라면 당시 아파트 단지에서 큰 화제가 됐을 거라고 짐작한 그는 경비원에게 다시 물었다.

"1102동에서 오래 사신 분이 있을까요?"

"501호 할머니가 오래 살았죠. 아파트가 준공됐을 때부터 지내셨을 거예요."

"그분, 지금 어디 계시는지 알고 계십니까?"

"이 시간이면 경로당에 있을 겁니다."

성환은 경비원과 함께 아파트 단지에 있는 경로당으로 향했다. 5분쯤 걸어 그곳에 다다르자 경비원은 출입문을 열고 두리번거리더니 한 노인을 향해 외쳤다.

"할머니, 잠깐 나와보세요. 누가 여쭤볼 게 있으시대요."

안마의자에 앉아 텔레비전을 보고 있던 노인이 느리게 몸을 일으켜 다가왔다. 얼굴에 핀 검버섯을 보니 여든은 족히 넘어 보였다. 노인에게 문미옥 사진을 내밀며 성환은 간단히 사정을 설명했다.

"아아, 그 일 말이구먼……."

노인이 사건에 대해 아는 듯 보이자 성환은 기쁜 표정을 지었다.

"기억하시겠습니까?"

"그때 경찰도 드나들며 난리가 났지."

노인이 들려준 얘기에 따르면 실종 사건은 아파트 단지 전체를 떠들썩하게 만들며 바람이 난 문미옥이 불륜 상대와 해외로 떠났다는 소문까지 돌게 했다.

"실종된 여자와 개인적으로 친분이 있지는 않으셨습니까?"

성환이 기대 없이 던진 질문이었으나 뜻밖에도 노인은 긍정의 미소를 지었다.

"그 새댁과 조금 알고 지냈어요. 아파트 사람들은 바로 옆집 이웃도 모른 척하기 일쑤인데, 이 새댁은 만나면 언제나 깍듯하게 인사를 했거든."

잠시 고민하던 성환은 실종에 얽힌 살해 의혹을 털어놓았다. 그러고는 문미옥 부부에게 수상하거나 이상한 점이 없었느냐고 물었다. 노인에게서 나온 대답은 굉장히 놀랄 만한 것이었다.

"남들 보기에 금슬이 좋은 듯했지만, 속내는 부부 사이에 애정이 조금도 없었어요."

"애정이 없었다고요?"

"그래요."

"부부 싸움을 자주 했나요?"

"아니라오. 도리어 없는 게 문제였지."

몇 초의 간격을 두고 노인은 덧붙였다.

"왜인지는 모르겠지만 생판 남남끼리 한집에 살았던 거였어."

홍보 대행사의 안경이 오두진 부부가 행복해 보이지 않았다고 하긴 했다. 그러나 지금 이 노인은 그 정도를 넘어 아예 전혀 애정이 없었다고 진술하고 있다. 적지 않은 충격 속에서 성환은 입을 열었다.

"방금 남편과 아내가 겉으로 사이가 좋은 척했다고 말씀하셨는데, 그건 일종의 연기를 했다는 뜻인가요? 배우처럼 말입니다."

고요한 표정으로 노인은 대답했다.

"맞아요. 그들은 연기를 했어요."

8

상가로 돌아오니 날이 저물어 있었다. 사무실로 올라가려던 성환은 저녁을 먹지 않은 사실을 깨닫고서 발길을 돌려 1층에 있는 중국집 '만리향'으로 향했다. 기름진 중국음식은 좋아하지 않았지만, 그곳 주인으로부터 근처에 새로 생긴 프랜차이즈 중식점 때문에 장사가 안된다는 푸념을 듣고부터 이따금 음식을 사 먹곤 한다.

출입문을 열자 카운터에서 졸고 있던 주인 진 씨가 반겼다.

"아이고, 형사 선생님 오셨네요."

성환은 미소로 인사를 대신하고는 홀 안쪽 자리에 앉았다. 형사라는 전직이 알려진 뒤부터 진 씨는 성환을 '형사 선생님'이라고 부른다. 형사면 형사고 선생님이면 선생님이지, 형사 선생님은 또 뭔가. 이 요상한 호칭을 접할 때마다 성환은 당황스럽다.

"짬뽕 한 그릇 부탁합니다."

성환이 주문을 하자 진 씨는 주방을 향해 소리쳤다.

"홀에 짬뽕 하나! 짜지 않게 하고 해물 많이 넣어!"

음식이 나오길 기다리는 동안 성환은 팔짱을 낀 채 문미옥의 지난 행적을 차분히 되짚어보았다. 사랑하는 남자와의 동거, 그 남자 사이에 태어난 자식, 아이가 걸린 큰병, 오두진과의 갑작스러운 결혼……. 어째서 문미옥은 아이를 버리고 오두진과 결혼한 걸까. 그만큼 오두진을 사랑한 걸까. 그는 도리질을 쳤다. 홍보 대행사 직원은 그들의 연애 낌새조차 알아채지 못했다고 했다. 서로 깊이 사랑했다면 주변 사람이 모를 리 없다. 그럼 혹시 감당하기 벅찬 현실에 넌덜머리가 나서 도망친 걸까. 이번에도 고개를 저었다.

아니야, 아니야. 당신은 그런 여자가 아니야.

순댓국밥 식당의 하루 12시간이 넘는 중노동을 묵묵히 견뎌낸 여자, 보통 사람은 한 달도 배겨내기 힘들다는 제빵공장 일을 몇 년간이나 해낸 여자가 당신 아닌가. 얼굴도 모르는 아프리카 어린이에게 매달 후원금을 부쳐주고 길고양이의 먹이를 챙겨줄 정도로 정이 많은 여자가 당신 아닌가. 그런 당신이 친자식을 버릴 리 없다.

이어서 성환은 오늘 만난 노인을 떠올렸다. 오두진과 문미옥이 연기를 했다니…… 연기를 한다는 것은 무언가를 속이거나 감춘다는 뜻이다. 그렇다면 그것은 무엇일까. 그들이 극구 은폐하려고 한 것. 필사적으로 덮으려고 한 것. 그는 자신이 가장 핵심적이고 중요한 사실을 놓치고 있는 느낌이었다. 그러나 현재로서는 그것을 잡아낼 수 없었다.

답답한 마음에 한숨을 쉬는데 진 씨가 다가왔다. 성환 앞에 짬뽕을 내려놓으며 그는 은근한 목소리로 물었다.

"무슨 고민이 있으신가요?"

성환은 대답 없이 미소만 흘렸다.

"아, 새로 맡은 사건에 대한 거군요? 얼핏 누군가를 찾는 일이라고 들었는데……"

역시 이 상가는 금세 소문이 퍼진다. 짬뽕 국물을 조금 떠먹은 다음 성환은 입을 열었다.

"실종된 여자를 조사하고 있는데 쉽지가 않네요."

"거, 뒷골목 깡패 몇 놈 잡아다 족치면 알 수 있지 않나요?"

성환은 나지막이 웃었다. 형사에 대해 일반인들이 갖는 몇 가지 편견이 있다. 단속 정보를 이용해 유흥업소와 뒷거래를 한다든지, 늘 담배를 꼬나문 채 꾀죄죄한 몰골로 돌아다닌다든지, 잡범을 끄나풀로 쓴다든지 하는 것들. 아마도 영화나 드라마 탓일 게다.

성환은 은근슬쩍 화제를 돌렸다.

"여전히 장사가 시원찮나요?"

크게 팔을 휘저으며 진 씨는 하소연하듯 말했다.

"말도 마세요. 매출이 딱 예전의 절반입니다. 아시다시피 제가 화교 2세잖습니까? 대를 이어 장사를 하고 있단 말이죠. 그런 탓에 오랜 단골도 제법 많았는데, 대기업 공세를 이겨낼 수는 없더라고요. 이틀 전에 서빙 직원과 배달원을 한 명씩 내보냈습니다. 곧 월세를 올린다는 소문까지 있어서 요즘은 밤잠을 설칠 지경입니다."

"월세를 올린다고요? 그럼 제 사무실도 마찬가지겠네요?"

"뭐, 어디 한 군데만 올리겠습니까. 요즘 같은 불경기에 돈 버는 사람은 따박따박 세 받아먹는 건물주밖에 없다니까요."

성환은 걱정에 휩싸인 채 짬뽕을 먹었다. 사건 의뢰가 정기적으로 들어오는 일이 아닌 데다가, 수임료도 낮은 편이기 때문에 그가 버는 돈은 결코 많다고 할 수 없는 금액이다. 월세가 얼마나 오를지 알 수 없지만 큰 부담이 될 수밖에 없다. 그러나 이곳에 사무실을 연 지 7년이 지나, 이제야 확실히 터를 잡고 고객이 늘어나는 시점에서 다른 장소로 옮기기도 어렵다.

식사를 마치고 만리향을 나선 성환은 바로 옆에 있는 부동산 중개소를 찾았다. 장은 책상 앞에 앉아 서류철을 뒤적이고 있었다.

"바쁘신가요?"

성환이 묻자 장은 반가운 표정으로 대답했다.

"아닙니다, 잘 오셨습니다. 5분만 기다려주실래요?"

"그러죠."

소파에 엉덩이를 붙인 성환은 문미옥의 홈페이지에 있던 아프리카 어린이 후원 표시에 대해 생각했다. 이상하게도 그것은 이따금 환영처럼 눈앞에 떠올라 좀체 사라지지 않곤 했다. 그 하트가 후원 활동을 유지하는 경우에만 나타난다면, 왜 거기 있는 걸까. 누군가 문미옥을 대신해 홈페이지를 관리하는 걸까.

한숨을 내쉬며 측면 통유리로 고개를 돌리자 담벼락에 붙은 포스터 한 장이 눈에 들어왔다. 시립교향악단의 정기연주회 포스터였다. 무심히 그것을 바라보며 그는 이번 사건의 주요 인물인 문미옥, 오두진, 한승수를 차례차례 머릿속에 그려보았다. 이들 셋이 만들어내는 화음은 무엇일까. 어떤 합주곡일까.

"그렇지 않아도 실종 사건의 경과가 궁금하던 참이었습니다."

장이 다가와 테이블에 커피 잔을 내려놓았다.

"어떻습니까, 실종된 여자의 남편이 범인이던가요?"

"아직 확실한 건 모릅니다. 어쩌면 그가 아닐지도 모르겠습니다."

"그거 이상하네요. 보험금 수령인이 남편인 만큼, 그 작자밖에 범인이 없지 않나요?"

"뭐랄까……. 수사의 핀트가 어긋난 것 같습니다."

"핀트가 어긋나요?"

부연 설명을 기다리는 장을 향해 성환은 말했다.

"네비게이션이 없던 시절, 차를 운전해 초행길을 가는 중에 곧잘 길을 잃고 헤매지 않았습니까?"

"그렇죠, 저도 그런 경험이 많습니다. 샐러리맨이었던 때, 출장을 떠난 타지에서 고생했죠."

"그 미로처럼 여겨지는 길이, 나중에 알고 보면 아주 단순한 경우가 대부분이죠. 그래서 굉장히 허탈해하고요."

"맞아요. 내가 왜 그렇게 바보 같았지, 하고 자책하죠."

장은 머리를 흔들며 한바탕 웃었다.

"그런데 갑자기 그 얘기는 왜 하는 겁니까?"

턱과 입 주변을 쓰다듬다가 성환은 긴 한숨을 내쉬었다.

"지금 제가 딱 그런 상황에 빠진 것 같습니다. 지도와 도로 표지를 살피며 잘 운전해왔다고 생각하는데, 뭔가 결정적인 방향을 잘못 잡아 헤매는 느낌입니다."

말을 마친 성환이 커피 잔을 집어 든 찰나였다. 어디선가 고양이 한 마리가 나타났다. 흰 바탕에 갈색 줄무늬 털을 가진 고양이였다. 장은 몸을 일으켜 사무실에 딸린 주방으로 들어갔다.

잠시 뒤 나온 그의 손에는 동물 사료가 담긴 작은 그릇이 들려 있었다. 바닥에 그릇을 내려놓자 고양이가 다가와 천천히 사료를 먹었다.

"키우는 놈인가요?"

성환의 물음에 장은 미소를 머금은 채 대답했다.

"원래 떠돌이인데 가끔씩 찾아올 때마다 먹이를 주다 보니까 아예 여기 눌러살더라고요. 그래서 본의 아니게 떠맡게 됐습니다."

"좋은 일을 하셨네요."

"아닙니다. 알고 보면 서로 돕는 겁니다."

성환은 묻는 눈으로 장을 쳐다보았다.

"옆에 중식당이 있어서인지 몰라도 전에는 쥐가 많았거든요. 약이나 덫을 놓아도 아무 소용이 없는 거예요. 오히려 날이 갈수록 늘어났죠."

고양이의 머리를 쓰다듬으며 장은 말을 이었다.

"그런데 이 녀석이 들어오고부터 원수 같은 쥐들이 싹 사라졌어요. 정말이지, 코빼기도 보이지 않더라니까요. 그러니까 이 녀석과 저는 공생 관계인 셈이죠."

커피를 마시며 성환은 무심코 생각했다. 공생 관계. 쉽게 풀어서 말하면 협력 관계가 되겠지. 이걸 범죄에 적용해보면……공모쯤 되지 않을까? 바로 그 순간이었다. 커다란 망치로 뒷머리를 가격당한 충격을 느끼며 성환은 두 눈을 부릅떴다.

공모.

오두진과 문미옥은 공모를 한 거다.

무의식적인 동작으로 그는 자세를 고쳐 앉았다. 나는 왜 그동안 그들을 가해자와 피해자로만 여겼을까. 얼마든지 공모 관계일 수도 있는 것을.

수사의 기본 중에 하나는 사건 관련 인물들에 대해 선입견과 편견을 갖지 않는 것이다. 누구라도 범인이 될 수 있고, 누구라도 범인이 아닐 수 있다. 그동안 성환은 무의식적으로 문미옥에게 선하고 연약한 이미지를 덧씌워 범죄 가담 가능성을 배제하고 있었던 것이다. 뼈저린 자책 속에서 그는 추리를 이어갔다.

공모 내용이란 뭘까? 보험금을 나누는 걸까? 그렇겠지. 문미옥은 자식의 수술비를 마련하기 위해 공모에 가담했을 것이다. 오두진과 문미옥이 손을 잡았다면, 갑작스러운 결혼과 애정 없는 결혼 생활도 납득이 간다. 더불어 그들이 주변을 속이는 연기를 한 이유 역시도 설명된다. 그리고 감시 카메라에 대한 의문도 자연스럽게 해소된다. 경찰 수사가 이뤄질 때, 오두진에게 쏠릴 의심을 옅게 만들기 위해 문미옥이 일부러 자신을 감시 카메라에 노출시킨 것이다.

그들이 공모를 했다면, 문미옥은 살아 있다.

성환은 혼자서 은밀히 전율했다. 그 여자가 살아 있다, 어딘가 살아서 숨 쉬고 있다……. 그는 장에게 그만 가봐야겠다고 말한 뒤 서둘러 부동산 중개소를 빠져나왔다.

사무실에 들어선 성환은 외투를 벗어 옷걸이에 건 다음 책상 의자에 앉았다. 늦은 저녁 시간인 만큼 외부 소음이 잦아들어 사방이 고요했다. 깊은 정적 속에서 깍지 낀 손에 턱을 받친 자세로 그는 고민에 잠겼다. 문미옥이 살아 있다고 해도, 그건 그거대로 문제 아닌가. 몇 년 동안 완벽히 자취를 감추고 있는 그 여자를 무슨 수로 찾아낼 것인가.

역시 오두진을 관찰할 수밖에 없을까.

미간에 내 천(川) 자를 만들며 성환은 오두진에 대해 생각했다. 일단 사건 전모를 가늠하게 되자, 그가 지금까지와는 전혀 다르게 보였다. 사람 좋아 보이는 부드러운 미소는 두껍고 딱딱한 가면처럼 여겨졌고, 모든 행동이 치밀한 계산하에 실행된 것으로 느껴졌다.

무서운 인물일 수도 있구나.

오두진의 방을 가득 채우고 있는 디오라마. 그 거대한 물건은 아내를 잃은 상처를 달래기 위한 것이 아니라, 보험금을 타내기까지의 긴 시간을 견디는 수단으로 만들었는지도 모른다. 그리하여 거기에는 범죄와 관련된 그의 고뇌와 인내, 망설임과 두려움이 한데 뒤엉켜 격렬하게 소용돌이치고 있는지도 모른다.

언제나 치열한 전장의 한가운데 서 있는 남자, 신경을 잔뜩 곤두세운 채 주위를 살피는 남자……. 성환은 오두진에게 빈틈이 있을 것 같지 않았다. 이미 6년 전에 경찰 수사를 완벽히 따돌리지 않았는가. 모든 혐의와 의혹에서 벗어난 인물이 아닌가.

의자에서 일어난 성환은 창으로 다가가 어둠이 내린 거리를 바라보았다. 그러다가 불현듯 머릿속에 떠오른 『명심보감』 한 구절을 조용히 읊조렸다.

"오이를 심으면 오이를 따고 콩을 심으면 콩을 따니, 하늘의 그물은 넓고 넓어 성글지만 결코 새지 않느니라……."

9

공휴일이 낀 주말. 종로 학원가에 위치한 커피전문점은 어수선하고 소란스러웠다. 세련되게 옷을 차려입은 젊은이가 끊임없이 드나들었고, 매장 한쪽에서는 대학생들이 스터디 모임을 하고 있었다.

"허, 공모라니……."

민홍기는 반쯤 비운 커피 잔을 만지작거렸다. 그러다가 긴 한숨을 내쉬며 두 눈을 내려감았다. 성환은 상대가 놀라는 것이 당연하다고 생각했다. 자신도 좀체 받아들이기 어려운 사실이니까.

"당장 믿기 힘들다는 건 알고 있습니다."

성환은 고요한 눈길로 더운 김이 올라오는 커피를 내려다보았다. 여태껏 상대에게 설명하느라고 아직 한 모금도 마시지 않은 상태였다.

"아닙니다. 가능한 일입니다. 충분히 그럴 수 있어요. 방금 말씀하신 내용이 맞다고 한다면, 6년 전 오두진이 거짓말탐지기를 통과한 점도 이해가 갑니다. 당시에 검사관은 부인을 살해하지 않았느냐고 추궁했는데, 실제로 죽이지 않았으니까 떳떳

할 수밖에 없겠죠."

민홍기의 말에 성환은 고개를 주억거렸다.

"그렇군요……."

쓴웃음을 흘리며 민홍기는 혼잣말을 내뱉었다.

"오두진, 그 양반. 이제 보니 아주 재밌는 사람이네."

커피를 마시며 침묵을 지키다가 민홍기는 낮게 깔린 음성으로 물어왔다.

"앞으로는 문미옥의 행방을 쫓는 데 수사 방향을 맞춰야겠군요?"

"그렇긴 한데, 6년이나 완벽히 숨어 지낸 인물입니다. 쉽지 않을 겁니다."

"분명 오두진과 문미옥 사이에 지속적인 교류가 있었을 겁니다. 오두진을 감시하다 보면 꼬리가 밟힐 거예요."

"일단은 말씀대로 오두진을 주시해야겠지요."

갑자기 피식 웃으며 민홍기가 뇌까렸다.

"이거야 원, 나는 완전히 헛다리 짚은 꼴이군. 철석같이 한승수가 범인인 줄 믿었으니……."

성환은 입가에 미소를 지었다.

"꼭 그렇진 않습니다. 오두진과 문미옥이 공모를 했다면 분명 문미옥과 사실혼 관계에 있던 한승수의 동의와 협조가 있었을 겁니다. 그러므로 한승수 역시도 공모자로 보는 게 맞겠죠."

"맞아, 아이의 친부인 만큼 무관할 수가 없겠군!"

민홍기는 과장된 웃음을 터뜨렸다.

"저도 형사 시절에는 '원톱'이라는 별명으로 불릴 정도로 능력을 인정받았는데, 이번에는 김 형에게 제대로 한 방 먹었습니다."

웃음을 그친 뒤 뭔가 고민하는 것 같던 민홍기는 진지한 표정으로 입술을 뗐다.

"일전에 저에게 알아봐달라고 했던 보험 특약 건 말입니다."

탐색하는 듯한 민홍기의 시선을 덤덤하게 받으며 성환은 다음에 이어질 말을 기다렸다.

"특약이 있는 경우, 죄다 그렇게 가입되어 있더군요."

"음……."

"M보험, H보험, L보험……. 상황이 이렇게 되고 보니 이상하네요. 그들이 특약에 가입한 이유가 뭘까요?"

말끔하게 면도된 자신의 턱을 어루만지며 성환은 생각에 잠겼다. 특약에 든 이유가 뭘까. 분명 아무 이유 없이 추가 보험금을 부담하지는 않았을 것이다. 숨은 의도가 뭘까.

두어 번 헛기침을 하고서 민홍기는 다시 말했다.

"그리고 하나 더 말씀드릴 게 있는데…… 오두진이 청구한 실종선고 심판의 결과가 나왔습니다."

"예상하던 그대로인가요?"

"네."

성환은 커피를 조금 머금었다가 천천히 삼켰다. 그러고는 측면 통창으로 고개를 돌렸다. 멀리 북한산이 웅크리고 있었다. 그 풍경에 시선을 주며 그는 생각했다. 오두진으로서는 8부 능선을 넘은 셈인가. 이제 오랜 기다림의 끝이 보이기 시작하는가.

"아, 드디어 오시네!"

민홍기와 헤어져 상가로 돌아온 것은 3시경이었다. 건물 계단을 올라 2층에 다다라보니 사무실 앞에 소년이 기다리고 있었다. 한동안 만날 일이 없으리라 여긴 성환은 의아해하며 물었다.

"무슨 일이니?"

뭔가 자랑스러운 표정이었지만, 그 자랑스러움을 감추려는 듯 부러 태연한 목소리로 소년은 대답했다.

"볼일이 있으니까 왔죠."

사무실 안으로 들어선 소년은 대뜸 문미옥 실종 사건이 어떻게 돼가는지 물었다. 빤히 소년을 쳐다보다가 성환은 아직 조사 중이라고 짧게 대답했다.

"그 누나 블소 말이에요, 제가 해킹해서 아이디와 비번을 알아냈어요."

옷걸이에 외투를 걸던 성환은 동작을 멈췄다.

"해킹?"

소년은 고개를 끄덕였다.

"그런 걸 할 줄 알았더냐?"

"해킹 툴만 조금 다룰 줄 알면 그렇게 어려운 일도 아니에요."

"그래서? 해킹해봤더니?"

성환을 바라보며 소년은 씩 웃었다.

"비공개 메뉴에 글이 있더라고요."

"당장 보여다오!"

소년은 컴퓨터 앞에 앉아 '블링블링 소사이어티'에 접속해 문미옥 홈페이지에 들어갔다. 그러고는 빠른 손놀림으로 아이디와 비번을 쳤다. 이윽고 로그인 상태가 되어 감춰져 있던 글이 나타나자 성환은 자신도 모르게 탄성을 내질렀다. 맨 마지막 글의 작성 날짜를 보니 7개월 전이었다. 충분히 문미옥의 생존을 증거한다고 볼 수 있었다. 모니터 화면에 시선을 박은 채로 성환은 신음처럼 중얼거렸다.

"역시 살아 있었어……."

6년 전 실종되어 세상 누구도 생사를 알지 못했던 여자가, 생생히 살아 있어 이 글들을 작성한 것이었다. 막연히 생존해 있을 거라고 예상하는 것과, 그 증거를 직접 눈으로 확인하는 것은 다른 차원이었다.

조용히 심금이 울려오는 것을 느끼다가, 성환은 이런 자신의 심리에 죽은 딸아이와 문미옥을 동일시하는 어리석음이 자리하고 있음을 깨닫고서 속으로 중얼거렸다. 이 사람아, 저 여자는 자네 딸이 아니야. 의뢰받아 찾는 사람일 뿐이라고. 이런 감정은 좋지 않다는 걸 자네도 잘 알잖아…….

소년을 향해 성환은 차분한 목소리로 말했다.

"고맙구나. 사건 해결에 많은 도움이 될 것 같다."

"말로만 그러지 말고, 뭔가 성의를 보여야 하는 거 아니에요?"

성환은 미소를 지었다.

"자장면 먹겠니?"

성환은 소년을 데리고 만리향으로 갔다. 진 씨가 "이 꼬맹이는 누구예요?" 하고 묻자 조카라고 둘러댔다. 테이블 의자에 앉은 그는 자장면과 탕수육으로 이루어진 세트 메뉴를 주문했다. 그러고는 음식이 나오길 기다리는 동안 입가를 어루만지며 생각에 잠겼다. 문창수의 의뢰는 어디까지나 동생의 생사를 확인하고 그 행방을 쫓는 것인데, 그렇다면 보험금 범죄는 묵인하고서 조사 초점을 오로지 문미옥 찾는 일에만 맞춰야 하는가……. 잠시 뒤에 그는 약하게 도리질을 쳤다. 아니, 그렇지는 않을 것이다. 그 두 가지는 서로 얽혀 있다. 때문에, 한 가지가 풀리면 다른 한 가지 역시 자연스럽게 해결될 것이다.

주문한 음식이 나오자 소년은 환호성을 내질렀다. 바쁘게 젓가락을 움직이는 아이를 바라보다가 성환은 물었다.

"해킹을 자주 하니?"

"아뇨, 이번이 처음이에요."

"처음인데 성공했단 말이냐?"

"사실은, 친구의 형이 컴퓨터 천재예요. 해킹대회에서 상까지 탔죠. 그 형에게 도움을 받았어요."

"해킹은 엄연한 범죄란다. 다시는 하지 말아라."

성환이 나무라듯 한 말에 소년은 자장면 소스를 입가에 묻힌 채 고개를 끄덕였다.

"이제 그 누나 찾는 거 간단하겠네요. 아이피 주소로 위치 추적만 하면 되니까요."

성환 역시도 홈페이지 글을 보고 단박에 든 생각이었다. 경찰에 알려 아이피를 쫓으면 아주 쉽고 빠르게 사건이 해결될 수 있다. 그는 물 대신 나온 재스민차를 마시며 그렇게 해도 될지 고민했다.

"그 누나가 쓴 글을 조금 읽어보니까, 내용이 편지 같았어요."

"편지?"

"네, 자기 엄마한테 쓴 거요."

문창수는 어머니가 교통사고로 죽었다고 했다. 소년의 말이 사실이라면 편지는 하늘에 있는 어머니를 그리며 썼을 것이다.

"아저씨, 저를 조수로 쓰는 건 어때요?"

소년의 갑작스러운 제안에 성환은 조금 당황했다.

"왜 그런 얘기를 하지?"

"아저씨 일이 재밌어 보여서요."

아이 눈에는 자신의 직업이 흥미롭게 보일 수도 있겠다고 여기며 성환은 가벼운 웃음을 터뜨렸다.

"미안하지만 지금은 조수가 필요 없구나."

"이번만 해도 제가 활약했잖아요. 제발 써주세요, 네?"

"네가 좀 더 자라면 생각해보자꾸나."

소년과 헤어져 사무실로 돌아온 성환은 책상 의자에 앉아 컴퓨터 전원을 켰다. 그런 다음 문미옥의 홈페이지에 들어가 소년이 적어준 아이디와 비번을 입력했다. 이윽고 글 목록이 나타나자 맨 아랫글을 열었다. 글이 적힌 날짜는 2012년 4월 25일. 문미옥이 실종되고 8개월 후였다. 첫 문장은 이렇게 시작했다.

전쟁이란 가장 인간적인 영역이 아닐까요?

성환은 간이 싱크대로 가서 커피 한 잔을 탔다. 다시 책상 앞으로 돌아와서는 담배를 피워 물었다. 그는 스탠드를 켜고 깊은 정적 속에서 문미옥의 글을 천천히 읽어 내려갔다.

놀이터 벤치에 앉아 성환은 한곳을 응시하고 있었다. 오두진이 운영하는 홍보 대행사였다. 비록 작은 규모이긴 하나, 그곳에는 꽤 많은 사람이 드나들었다. 전단 뭉치를 옆구리에 낀 청년이 보이는가 하면, 고객으로 짐작되는 중년도 눈에 띄었다.

아래턱을 쓰다듬으며 그는 문미옥의 글을 떠올렸다. 어머니에게 쓴 편지 형식을 띤 그 글을 통해 성환은 자신이 추리한 대로 문미옥이 자식의 수술비 때문에 오두진과 공모를 했고, 거기에는 한승수의 조력이 있었음을 확인할 수 있었다. 그리고 현재 문미옥이 오두진의 철저한 감시하에 놓여 있는 점과 신분이 노출될 것을 우려해 주기적으로 이사를 다니는 사실도 알아냈다.

처음 문미옥의 글을 읽고서 경찰에 맡기는 게 낫지 않을까 생각했으나 자칫 문미옥이 위험해질 수 있다고 여겨졌다. 증거 인멸을 노린 오두진이 해칠 수도 있는 것이다. 그리하여 성환은 고심 끝에 현재로선 혼자 힘으로 문미옥을 찾는 것이 적합하다고 판단하게 되었다.

언제, 어떤 식으로 문미옥과 접촉할까.

며칠간 지켜본 오두진에게서는 수상한 낌새를 챌 수 없었다. 특별히 무언가 감추는 것 같지도 않았고 누군가를 몰래 만나는 기색도 없었다.

혹시 사람을 사서 문미옥에게 붙인 걸까.

성환은 첫 만남에서 오두진이 보여준 연기를 머릿속에 그려
보았다. 과거 형사 시절에 그와 비슷한 유형의 범죄자를 많이
대했으나 연기의 정교함과 능숙함에 있어서 오두진은 다른 이
들과 비교가 되지 않았다.

그는 어떤 인물인가.

그런 완벽한 연기를 가능케 한 원동력은 무엇인가.

누군가에게 뭔가 있다고 느낄 때면, 성환은 상대에 대한 강
렬한 집착을 갖곤 한다. 감춰져 있는 것이 은밀할수록 집착의
강도도 커진다. 그는 오두진이란 인간의 내면에 무엇이 있는
지, 숨겨진 얼굴이 무엇인지 알고 싶었다.

역시 직접 부딪쳐보는 것밖에 방법이 없는가.

자리에서 일어난 성환은 느리게 걸음을 옮겼다. 고개를 들어보
니 맑은 하늘에 사선으로 긴 비행운이 그어져 있었다. 화창한 날
씨 탓인지 반려견을 데리고 산책하는 사람이 자주 눈에 띄었다.

홍보 대행사에 들어서자 안경이 먼저 인사를 하며 알은체를
했다. 그 옆에는 긴 생머리의 여자가 앉아 있었다. 저번에 휴가
를 떠나 자리를 비웠던 직원이 틀림없었다.

"마침, 이 근처를 지나다가 사장님에게 인사나 드릴까 하고
들렀습니다."

"잠시만 기다려주세요. 지금 아르바이트생 면접 중이십니다."

바쁜 업무가 있는지 말을 마친 안경은 모니터를 들여다보며
빠르게 키보드를 두드려댔다. 의자에 앉아 성환은 여자에게
눈길을 주며 생각했다. 문미옥에 대해 무엇을 알고 있을까. 분

명 은밀한 대화를 주고받았을 것이다. 나중에 꼭 따로 만나봐야겠다.

10분쯤 지나니, 사장실 문이 열리며 거무스름한 피부의 동남아인 사내가 걸어 나왔다. 어쩐지 표정이 몹시 어두웠다. 안경이 눈짓으로 들어가도 괜찮다고 신호를 보내자 성환은 조용히 몸을 일으켰다.

사장실에 들어간 성환은 거대한 디오라마부터 맞닥뜨렸다. 처음 대하는 게 아닌데도 불구하고 위압감은 여전했다.

"아직 조사할 게 남았나요?"

디오라마 건너, 책상 의자에 앉은 오두진이 부드러운 목소리로 물었다. 성환은 침착하게 대답했다.

"아닙니다. 사장님이 문미옥 씨의 남편인 만큼, 조사 진행 상황을 궁금해하실 거 같아서 찾아왔습니다."

"그래요?"

오두진은 자리에서 일어났다. 성환과 소파에 마주 앉은 그는 온화한 미소를 지으며 입을 열었다.

"성과가 좀 있나요?"

"그동안 문미옥 씨의 지인들을 만나보았는데 전부 그녀를 좋은 사람으로 기억하고 있더군요. 밝고 착하고 정 많고……."

뭔가 말할 듯 입술을 달싹이다가 오두진은 디오라마로 다가갔다. 그러고는 차분한 눈길로 작은 피규어들을 내려다보았다. 성환은 그런 그의 모습이 소인국에 들어온 걸리버처럼 부자연스럽게 느껴졌다.

"그 같은 사실에 비추어볼 때, 원한에 의한 살해는 아닌 것으로 추정됩니다."

"다행이군요."

짧게 대꾸한 오두진은 팔짱을 낀 채 침묵을 지켰다. 그를 유심히 지켜보던 성환은 돌연 어떤 이상 징후를 감지했다. 마치 뭔가 외우듯, 오두진이 입속말을 중얼거렸던 것이다. 아무런 표정 변화 없이, 오로지 입만 빠르게 움직이는 부조화는 오싹했다.

시나브로 중얼거림이 커져갔다. 그에 따라 성환은 어느 정도 말을 알아들을 수 있었다. "개새끼야, 죽어!" "씨발, 죽으란 말이야!" "너, 이 새끼. 내가 꼭 죽이겠어!" 그것은 섬뜩한 저주였다. 오두진의 입에서는 욕설 섞인 저주가 쉴 틈 없이 흘러나오고 있었다. 그제야 성환은 안경이 했던 얘기를 떠올렸다.

귀신에 씌인 사람.

그랬다. 일순간 오두진이 귀신 들린 것처럼 여겨졌다. 얼마간 당황하다가 성환은 낮은 목소리로 상대를 불렀다.

"오두진 씨."

아무 변화가 없었다. 재차 시도해도 마찬가지였다. 성환은 상대에게 다가가 양어깨를 잡고 거칠게 흔들었다.

"이것 보세요, 오두진 씨!"

마치 깊은 잠에서 깨어난 것처럼 중얼거림을 멈춘 오두진이 어리둥절한 표정을 지어 보였다.

"괜찮으세요?"

성환의 말에 오두진은 "뭐가 말입니까?" 하며 되물었다. 그는 자신의 행동을 자각하지 못했다.

"방금 당신 이름을 몇 번이나 불렀습니다. 하지만 반응이 없었어요."

오두진은 대수롭지 않다는 듯이 잠깐 딴생각에 빠졌을 뿐이라고 대꾸했다. 그러나 성환은 그 현상이 절대 평범한 일이 아니라고 봤다.

뭘까, 방금 전의 상황은.

저자에게 무슨 조화가 일어난 걸까.

오두진이 불쾌한 기색을 내비치자, 성환은 의혹에 찬 시선을 거두고 제자리로 돌아와 앉았다. 그러고는 화제를 바꿔 말했다.

"조금 전에 여기서 나간 분을 보니 외국인도 고용하는 모양이군요."

"불법체류자입니다. 간간히 그런 사람들이 일거리를 찾아 들르곤 하죠. 하지만 귀찮은 일이 발생할 수 있기 때문에 돌려보내는 편입니다."

"그들은 집 구하는 것도, 일자리를 찾는 것도 어렵겠네요."

"그렇죠."

"우리나라처럼 뭘 해도 신분증이 반드시 필요한 사회에서는 그야말로 유령과 마찬가지라는 생각이 듭니다."

오두진이 가볍게 웃음을 터뜨렸다.

"유령이라…… 그럴듯하네요."

성환은 속으로 중얼거렸다. 당신 곁에도 유령 같은 사람이 있잖은가. 존재하지만 존재하지 않는 여자, 살아 있지만 살아 있지 않은 여자가.

긴 침묵 뒤에 성환은 말문을 열었다.

"불법체류자 말고도 유령 같은 사람들이 있죠. 소위 무적자(無籍者)들입니다."

"무적자요?"

"그렇습니다. 호적이 없는 사람을 뜻하죠."

"호적이 없을 수가 있나요?"

"그렇습니다. 이를테면 태어나자마자 버려진 장애아 같은 경우가 있죠. 요행히 살아남는다고 해도 출생신고가 되지 않은 그들은 자연스레 호적이 부재하게 됩니다. 그에 따라 국가에서 제공하는 혜택에서도 소외되고요. 기초연금이나 장애연금, 의무교육 같은 거 말입니다."

"음, 그들은 구제될 길이 없는 겁니까?"

"방법이 없는 건 아닙니다. 성씨를 만드는 '성본창설'을 하면 됩니다. 하지만 그 절차가 상당히 까다롭죠."

"성본창설이라면, 외국인 귀화자가 직접 자신의 성씨와 본적을 만드는 걸 말하는 거죠?"

"맞습니다."

뜻밖에 오두진이 흥미를 보이자 성환은 좀 더 이야기를 이어 갔다.

"불법체류자나 무적자처럼 신분 없이 숨어 지내는 사람이 있는 반면, 두 개의 신분으로 살아가는 사람도 있죠. 단순히 신분을 사칭하거나 도용한 게 아니라, 그야말로 진짜 두 개의 주민등록증으로 말입니다."

오두진이 묻는 눈으로 바라보자 성환은 자신의 형사 이력을 밝힌 다음 이야기를 시작했다.

"어느 날 관할 구역의 전당포가 털리는 사건*이 발생했습니다. 그런데 범인에 대한 아무 단서도 찾지 못했죠. 영악한 범인은 지문 하나 남기지 않았습니다. 크게 난감해하다가 우리는 겨우 금고에서 땀방울 흔적을 발견할 수 있었죠. 거기에서 DNA를 채취해 분석한 결과, 절도 전과자인 최진식이란 인물과 일치한다는 사실을 알아냈습니다."

그때껏 디오라마 곁에 서 있던 오두진은 성환의 맞은편에 다리를 꼬고 앉았다.

"그런데 최진식의 행방을 탐문하던 우리는 큰 당황스러움에 봉착했습니다. 그의 사진을 본 사람들이 하나같이 그가 최진식이 아니라 이상국이라고 하는 겁니다. 처음에 우리는 최진식이 단순히 가명을 사용한 줄 알았습니다. 하지만 면밀히 조사해보니, 공문서에도 이상국이라고 기재되어 있는 거예요. 우왕좌왕하다가 우리는 일단 이상국이란 이름으로 그를 쫓았죠."

말을 멈추고 오두진의 표정을 살핀 뒤 성환은 물었다.

"결과가 어땠을 것 같습니까?"

웃음 띤 얼굴로 오두진은 고개를 저었다.

"모르겠군요."

* 「주민증 2개로 두 사람 인생 산 '황당 절도범'」, 연합뉴스, 2013. 8. 13. 기사 참고

"우여곡절 끝에 잡고 보니…… 범인은 최진식도 맞고, 이상국도 맞았습니다. 고아인 최진식은 십수 년 전에 자신을 무호적자라고 속여 이상국이란 이름으로 새로운 주민등록증을 만들었던 겁니다. 그 당시 지문 전산화 작업이 제대로 이뤄지지 않았고, 거기에 보태 그의 지문이 원래 주민등록증의 것과 미세한 차이점이 있었기에 가능한 일이죠. 그 후 최진식은 두 개의 신분을 번갈아 사용했습니다. 덕분에 죄를 짓더라도 가중처벌을 피할 수 있었고요."

"재밌군요."

"우리가 수사에서 그토록 헤맨 이유는, 한 사람의 신분이 하나라는 고정관념에 얽매여 있었기 때문입니다. 만약 처음부터 폭넓은 가능성을 열어두고 접근했더라면 훨씬 빠르고 쉽게 범인을 잡았을 겁니다."

오두진을 향해 상체를 기울인 다음, 성환은 목소리 톤을 맞춰 몇 마디 덧붙였다.

"이것에 미루어, 저는 문미옥 씨 실종 건에 대해서도 고정관념을 버리고 접근해볼 계획입니다."

그때였다. 오두진의 얼굴에 희미하게 긴장과 동요의 빛이 스쳐 지나간 것은. 상대를 면밀히 주시하고 있던 성환은 그것을 놓치지 않았다.

"고정관념과 더불어서 정확한 추리를 가로막는 것이 하나 더 있죠."

좀 더 오두진을 자극시켜보기로 작정한 성환은 다시 입을 열었다.

"그게 뭐냐면…… 감정입니다. 사적인 감정을 걷어낼 때에야 비로소 사건은 명확하게 식별되죠. 컴퓨터와 인공지능이 인간보다 무언가를 정확히 분석한다면, 그건 감정이 없기 때문일 겁니다. 솔직히 털어놓으면, 처음에 저는 문미옥 씨를 피해자나 희생자로 여겼습니다. 그렇게 그녀에게 덧씌워진 제 사적인 감정이 추리를 흐리게 만들었죠. 이제부터는 문미옥 씨를 다른 관점에서 바라볼 작정입니다."

"다른 관점이라면…… 구체적으로 뭘 뜻하는 겁니까?"

성환은 입꼬리를 끌어 올렸다. 자신의 미소가 상대에게 섬뜩하리만치 차가워 보이리란 것을 그는 충분히 인지하고 있었다.

"글쎄요, 지금으로서는 알 수 없군요."

"……왠지 이번에는 기대가 되는데요? 만약 아내를 찾아주신다면 충분한 사례를 하겠습니다."

애써 태연한 척하는 오두진의 눈을 성환은 깊숙이 들여다보았다. 그 눈은 텅 비어 있었다. 아무것도 들어 있지 않았다. 마치 바짝 마른 우물 속 같았다.

동네에 도착하니 늦은 오후였다. 사무실에 들어선 성환은 불도 켜지 않고 겉옷도 벗지 않은 채 소파에 몸을 파묻고서 오두진과의 만남을 회상했다. 흡사 귀신 들린 사람처럼 이상행동을 한 것은 뭐 때문일까. 그 기이한 현상의 정체는 뭘까. 또 한 가지 강하게 드는 의문은, 그에게서 흘러나오는 어떤 공허와 결핍의 냄새였다. 첫 접촉에서도 어렴풋이 느꼈지만, 오늘 다시 대면하자 분명하고 확실하게 감지할 수 있었다.

무엇이 감춰져 있는가.

감춰진 진실이 뭔가.

몇 차례 마른세수를 한 뒤 담배에 불을 붙였다. 폐부 깊숙이 담배를 빨아 당기며 문미옥, 오두진, 한승수가 얽힌 사기극을 찬찬히 뜯어보다가 성환은 고민에 잠겨 들었다.

문미옥을 꼭 찾아야 할까.

그녀는 어디까지나 자신의 아이를 살리기 위해 어쩔 수 없이 범죄에 가담했다. 진상을 파헤쳐 경찰에 인도하는 것이 현명한 행동인지 가늠할 수 없었다. 이런 자신의 심중에 문미옥을 죽은 딸과 연결 짓는 어리석음이 있음을 잘 알고 있었고, 그 점이 그를 더욱 번민하게 만들었다.

시나브로 사위에 어둠이 내려앉았다. 소파에서 일어난 그는 창가에 섰다. 거리의 북적이는 행인들이 눈에 들어오자, 그 밝고 활기찬 분위기에 대비되어 혼자 있는 사무실 공간이 더욱 쓸쓸하고 허전하게 다가왔다.

그만 창가에서 몸을 돌릴 찰나, 불현듯 노크 소리가 울렸다. 형광등 스위치를 올리면서 그는 들어오라고 외쳤다.

"바쁘십니까?"

장이 빼꼼히 얼굴을 들이밀었다.

"아닙니다. 그냥 쉬고 있던 참이었습니다."

"영덕에 사는 지인이 대게를 보내줬지 뭐예요. 안주 삼아 막걸리 한잔합시다."

장은 들고 온 커다란 비닐봉지에서 막걸리와 은박지 뭉치를 꺼냈다. 은박지를 벗겨내자 붉게 익은 대게가 나타났다. 갓 쪄 냈는지 더운 김이 올라왔다. 성환과 장은 각각 한 마리씩 들고 먹기 시작했다. 성환으로서는 참으로 오랜만에 맛보는 대게였 다. 딸아이가 죽고 나서는 별미나 진미를 쫓아 무언가를 먹어 본 적이 없었고, 자연히 대게도 접할 기회가 없었다.

"어때요? 먹을 만하나요?"

장의 물음에 성환은 웃음 띤 얼굴로 고개를 끄덕였다.

"정말 맛있습니다."

"대게를 보내준 친구는 저와 입사 동기입니다. 힘든 신입사 원 시절에 서로 많이 의지했죠. 능력이 좋은 그 친구는 동기들 중에 가장 빨리 승진했습니다. 외환위기로 들이닥친 감원 태풍 에 저는 회사를 나와야 했지만, 임원이 된 그 친구는 끄떡없었 죠. 정말이지, 동기들의 부러움과 시기를 한 몸에 받던 친구였 습니다."

장은 큰 한숨을 내쉬었다.

"그런데 시쳇말로 줄을 잘못 서는 바람에 계열사로 좌천됐고, 자존심이 센 그 친구는 회사에 사표를 던지고서 개인 사업을 시작했지요. 그러다가 쫄딱 망하고 이혼까지 하고 말았습니다."

"그 나이에 혼자되면 감당하기 쉽지 않은데……."

착잡한 표정으로 테이블을 내려다보다가 장은 돌연 톤을 높 여 물었다.

"참, 요즘에도 보험금 관련 실종자를 찾고 계시나요?"

"그렇습니다."

성환에게서 그간의 일을 전해 듣고서 장은 예상 밖의 사건 전개에 두 눈을 동그랗게 떴다.

"물론 사기야 나쁜 거지만…… 자식의 수술비를 마련하기 위해서라니, 문미옥이란 여자가 불쌍해지네요."

"그래서 저도 어떡할지 고민입니다."

대게 다리를 만지작거리며 한참 침묵하던 장이 입을 열었다.

"한 가지 의문점이 생기네요."

"의문점이요?"

"만약에 말이죠, 그들의 계획이 성공해서 무사히 보험금을 받았다고 칩시다. 문미옥이란 여자는 원래 가족 품으로 돌아가야 할 텐데, 그게 가능할까요?"

"네?"

"한번 찬찬히 따져보세요. 문미옥은 이미 실종선고가 내려져 법적으로 사망한 것으로 간주되잖습니까? 신원이 회복되어 가족에게 돌아가는 게 불가능하죠. 만약 그렇게 되면 사기죄가 성립되어 보험금을 반납해야 할 테니까요. 뿐만 아니라 감방에도 가게 되고요."

"가족과 함께 살되, 평소에 신분이 탄로나지 않도록 주의를 기울이겠죠."

"한평생을 그렇게 지낸다고요? 제가 보기에는 무리일 것 같은데요."

"음……."

성환은 장의 의견에 일리가 있다고 봤다. 우리 사회에서는 사소한 법규 위반만 해도 신분증이 필요하지 않은가. 오랜 세월 동안 비밀을 지키기 힘들 것이다. 게다가 자칫 잘못되면 문미옥 본인뿐만 아니라 오두진 역시 잡혀가게 된다. 오두진도 이 점을 충분히 인지하고 있을 것이다. 그는 어떤 대비책이라도 세워둔 걸까?

생각에 잠겨 있는 성환의 머릿속에 번뜩 보험 특약이 스쳐 지나갔다.

보험금이 5배로 늘어난다.

현기증을 느낀 듯 이마에 한 손을 얹은 채로 그는 깊은 탄식을 내뱉었다. 처음부터 오두진은 문미옥을 죽여 후환을 없애고 그와 더불어 추가 보험금까지 얻어내려는 계획을 짰던 거구나. 그렇다면 현재 문미옥이 살아 있다고 해도 언제 죽을지 모른다. 최대한 빨리 그녀를 찾아야 한다!

10

종각역 3번 출구. 민홍기는 약속 시간보다 15분 늦게 나타났다. 과장된 반가움을 나타내며 그는 성환의 소매를 잡아끌었다.

"제가 종로에서 손꼽히는 맛집으로 모시겠습니다."

민홍기는 횡단보도 건너편, 으슥한 골목에 위치한 소머리국

밥집으로 안내했다. 그곳에는 점심을 해결하는 직장인으로 만원이었다. 얼마쯤 대기 시간을 거쳐서야 자리를 잡을 수 있었다.

"이렇게 빛의 속도로 찾아오신 걸 보니 사건과 관련해 아주 중요한 일이 있는 것 같네요. 제 말이 맞죠?"

주문을 마친 민홍기는 웃음 띤 얼굴로 입술을 뗐다.

"천천히 말씀드리겠습니다."

"안 좋은 소식입니까?"

"그렇지는 않습니다."

"그래요? 그럼 기대해봐도 좋겠군요."

화제를 바꾸려는 듯, 민홍기는 목소리를 높여 성환에게 물었다.

"국가에서 보험조사원 자격증을 만든다는 소식은 들으셨습니까?"

"보험조사원이요?"

"그렇습니다. 전문적으로 보험사기를 조사하는 사람을 양성하는 거죠."

"처음 듣는 얘기군요."

"사실, 외국에서는 진작부터 보험 범죄만 다루는 인력을 운영하고 있죠. 일부에서는 수사권까지 갖고 있고요. 이미 많이 늦었지만 우리나라도 그렇게 한다니 잘된 일이라고 봅니다."

"이미 보험사에서 자체적으로 조사팀을 가동하고 있지 않습니까? 굳이 그런 제도가 필요할까요?"

"저희만으로는 한계가 있어요. 나날이 증가하고 지능화되는 범죄에 비해 일손이 너무나 부족한 실정입니다."

식사가 나오자 민홍기는 말을 끊었다. 몇 숟갈 국밥을 뜨고 그는 이야기를 계속했다.

"자격증에 대한 시험 과목도 윤곽이 잡힌 것 같습니다. 형사법, 범죄수사학, 보험관계법, 보험사기개론이라고 하더군요. 경찰이나 금융감독원에서 관련 업무를 봤던 사람은 일부 과목을 면제받을 수도 있고요. 개인적인 생각을 말씀드리면, 보험사기를 줄이기 위해서는 보험조사원 자격증을 만드는 것보다 형량 수위를 높이는 게 우선이라고 생각합니다. 지금 같은 솜방망이 처벌이라면 저 같아도 당장 사기에 뛰어들겠어요."

답답한 마음 때문인지 민홍기는 한숨을 내뱉었다. 그러다가 휴대폰이 울리자 전화를 받았고, 성환에게 양해를 구한 다음 길게 통화를 했다. 업무와 관련된 듯, 대화 속에 '허위진단서' '형사처분' 같은 용어가 섞여 있었다.

전화를 끊고서 심각한 표정으로 테이블을 내려다보는 민홍기에게 성환은 물었다.

"병원 쪽 사건을 맡으셨습니까?"

민홍기는 고개를 좌우로 흔들어 넥타이를 느슨하게 풀었다.

"요즘 우리가 주시하는 '사무장병원'이 있거든요. 의사를 바지 사장으로 내세운 곳 말입니다. 그런 병원이 곧잘 써먹는 방법 중 하나가 허위진단서를 발급해 국고보조금을 챙기는 거죠."

"나이롱환자 말이군요."

"맞습니다. 그런데 그 병원이 브로커와 연계해 장애진단서까지 남발하는 거예요. 하지만 의사가 자신의 전문 지식을 동원해 싸우면 우리도 어쩔 수 없거든요. 이런 사건은 설령 법원까지 간다고 해도 승소하기 힘듭니다."

"그럼 대책이 없는 건가요?"

"회사에서 SIU팀에 의사나 간호사를 넣는 걸 검토하고 있습니다."

"음, 얘기를 듣고 보니 보험조사원 양성의 필요성이 느껴지네요."

"그렇죠? 변호사도 이혼 전문, 성범죄 전문, 교통사고 전문이 따로 있잖습니까? 그것처럼 보험조사원 역시 각 분야 전문가 시스템으로 키워야 합니다."

식당을 나선 성환과 민홍기는 근처의 프랜차이즈 커피전문점을 찾았다. 그곳은 3층짜리 건물을 통째로 쓰고 있었는데, 손님으로 북적이는 1, 2층과 달리 꼭대기 층은 비교적 한산해서 조용히 대화를 나누기에 알맞았다.

커피를 앞에 두고 오랫동안 뜸을 들인 다음 성환은 무겁게 입을 열었다.

"오두진이 문미옥으로 하여금 보험 특약에 가입하게 한 이유를 알아냈습니다."

"뭡니까, 그게."

"처음부터 재해 사고로 위장해 문미옥을 죽일 속셈이었던 겁니다."

성환은 차분한 어조로 문미옥을 죽일 수밖에 없는 이유를 설명했다. 이야기를 전부 들은 민홍기는 깊이 있게 고개를 주억거렸다.

"그럴 수 있겠군요……."

지압하듯 콧잔등을 주무르다가 민홍기는 말했다.

"경찰에 넘기는 게 좋지 않을까요? 이제는 민간 영역에서 다룰 일이 아닌 것 같습니다."

민홍기의 의견을 듣자 성환은 이미 여러 차례 한 고민을 다시금 되풀이했다. 경찰에 맡기는 것이 옳은 건가……. 지난 형사 시절과 지금의 민간조사원 생활을 비교해보면, 가장 큰 차이점은 조직의 지원 유무다. 경찰에 속해 있을 때는 필요하면 언제든 전문가의 도움을 받을 수 있었지만, 현재는 철저히 혼자모든 것을 해야 한다. 이 일에는 문미옥의 목숨이 달려 있다. 사건 경중이 달라진 만큼 조금의 빈틈도 허락되지 않기에 성환은 갈등할 수밖에 없었다.

"민홍기 씨의 의견에 공감하지만 자칫 문미옥이 위험해질 수도 있을 것 같습니다. 경찰이 조여오면 위기감을 느낀 오두진이증거를 없애기 위해 그녀를 죽일 수도 있어요."

"문미옥이 벌써 죽었을 수도 있잖습니까? 아니, 오히려 그럴가능성이 더 크죠."

"아닙니다. 아직 살아 있습니다."

"살아 있다고요? 확신하는 이유라도 있습니까?"

성환은 대답 없이 창 너머 거리를 바라보았다. 전봇대에 걸린 현수막이 눈에 들어왔는데 공교롭게도 실종자를 찾는 내용이었다. 현수막에 시선을 고정한 채, 그는 잠깐 상념에 빠져들었다. 사라진 사람들 중에는 문미옥처럼 자발적으로 몸을 숨긴 경우도 적지 않을 것이다. 그들은 저마다 어떤 사연을 품고 있을까. 지금 이 땅 어디 살고 있을까.

"민홍기 씨는 자신의 생일 별자리와 수호성이 뭔지 알고 계십니까?"

뜬금없는 질문에 당황한 듯 민홍기는 선뜻 대답하지 못했다.

"……별자리요?"

"그렇습니다."

"예전에 황소자리라고 들은 기억이 납니다. 수호성은 모르고요."

"문미옥의 생일은 4월 18일입니다. 이 생일의 별자리는 양자리죠. 수호성은 화성이고요. 점성학에 대해 조금 알아보니, 양자리의 여자는 큰 매력이 있어서 많은 남성이 따른다고 합니다. 그 수호성인 화성 주위에도 마치 구애하듯이 두 개의 위성이 맴돌고 있는데 이름이 '데이모스'와 '포보스'입니다."

성환은 커피를 조금 마시고는 이야기를 계속했다.

"그리스신화를 보면 화성의 수호신 마르스는 연인 관계인 비너스 사이에서 자식으로 쌍둥이 형제를 얻죠. 그 형제들 이름이 바로 데이모스와 포보스입니다. 현재 문미옥 곁에는 두 명의 남자가 숨어 있습니다. 데이모스와 포보스처럼 말입니다."

"두 명의 남자?"

"그렇습니다. 한 명은 오두진이고, 다른 한 명은 정체를 알 수 없는 인물입니다."

"정체를 알 수 없는 인물?"

"우리에게 득이 될지 실이 될지 모르는 변수 같은 존재죠. 돌연히 출연한 그가 이 사기극에서 어떤 역할을 할지 지금으로선 예측할 수 없군요."

민홍기가 주먹으로 가슴을 치며 답답하다는 표정을 지어 보였다. 긴 한숨을 내뱉고서 성환은 문미옥 홈페이지에 대해 털어놓기 시작했다.

문창수는 처음 만난 당시와 똑같은 차림에 점퍼를 걸치고 있었다. 군데군데 페인트 자국이 있는 낡은 점퍼였다. 흔들리는 눈동자와 미간에 패인 깊은 주름을 보아 상당히 긴장한 것 같았다. 응접 소파에 그와 마주 앉자 성환은 신중하게 말문을 열었다.

"지금부터 제가 하는 말을 들으면 무척 놀라실 겁니다."

문창수는 무릎에 올려진 두 손을 주먹 쥐며 마음의 준비를 했다.

"동생분인 문미옥 씨, 살아 있을 가능성이 있습니다."

자신의 귀를 의심하듯 문창수는 멍한 눈으로 성환을 쳐다보았다.

"그, 그게 정말입니까?"

사실을 털어놓기 전에 문창수를 진정시키는 게 좋겠다고 여긴 성환은 잠깐 화제를 돌렸다.

"오래전에 저는 형사로 일했습니다. 그 이유로 많은 사기범을 대했지요. 그들을 볼 때 간혹 안타까운 적이 있었는데, 바로 이런 경우입니다. 욕심과 희망이 겹쳐질 때, 혹은 어리석음과 희망이 겹쳐질 때."

문창수는 성환의 얘기에 집중했다.

"사기란 것이 욕심이고 어리석음인 것을 스스로도 잘 알지만, 그것이 지옥 같은 현실을 벗어날 수 있는 유일한 방법이라고 믿을 때, 인간은 어쩔 수 없이 그것을 선택합니다. 문미옥 씨의 상황이 그와 같다고 저는 생각합니다."

"미옥이가 사기를 쳤다는 말인가요?"

"현재로서는 정황상 그렇게 판단됩니다."

성환은 지난 조사 과정을 차분한 어조로 풀어놓았다. 오두진과의 대면, 제빵공장에서의 일, 이여정과의 접촉, 한승수와 문미옥 사이에 태어난 아이의 존재, 그 아이가 걸린 병, 한참을 망설이다가 오두진과 문미옥 간에 맺어진 은밀한 거래까지.

사건 내막을 알게 된 문창수는 셔츠 윗주머니에서 담뱃갑에서 담배를 꺼내 피워 물었다. 동생이 살아 있음에 기뻐해야 되는지, 범죄에 연루된 점에 대해 걱정해야 되는지 갈피를 잡지 못하겠다는 듯 표정이 매우 복잡했다.

한참 뒤, 재떨이에 꽁초를 눌러 끄며 문창수는 무겁게 입술을 뗐다.

"몇 년씩이나 주위 사람들을 속이며 숨어 지내는 게 가능할까요?"

"법의 허점만 잘 파고들면 불가능하지 않다고 생각합니다."

문창수의 기색을 살피다가 성환은 말을 이었다.

"몇 년 전, 신문에 이런 사건*이 보도된 적이 있습니다. 한 남자가 아내를 죽여 감옥에 갔습니다. 수감된 지 몇 개월이 지나 남자는 갑자기 쓰러지며 의식불명 환자가 되었죠. 하지만 이건 남자의 의도된 연기였습니다. 실제 그의 몸에는 아무 이상이 없었어요. 형 집행정지가 되어 감옥에서 나온 남자는 취직을 하고 심지어는 재혼도 해서 자식까지 두었죠. 경찰은 한 달에 한 번 남자의 집을 방문해 몸 상태를 확인했습니다. 그때마다 남자는 인공호흡기와 소변기를 달고서 식물인간 행세를 했기에 경찰은 감쪽같이 속아 넘어갔습니다. 남자는 무려 20년간 그런 식으로 살아갔습니다."

문창수는 놀라 눈을 크게 떴다.

"20년이요?"

"그렇습니다. 그런데 어느 날 관리 담당이 바뀌어 의사 출신 검사가 남자를 방문하게 되었습니다. 검사가 남자의 몸을 살펴보니 팔다리 근육이 지극히 정상이고, 식물인간에게서 흔히 보이는 욕창도 전혀 발견되지 않은 겁니다. 곁에 있던 남자의 딸에게 욕창은 어떻게 관리하는지 물어보니 그게 뭔지도 모르는 거예요. 그렇게 남자의 긴 사기극은 막을 내리게 되었습니다."

새 담배에 불을 붙이고 몇 모금 빨아 당긴 문창수는 허공을 보며 탄식하듯 말했다.

* 「아내 살해범, 식물인간 척하다 발각」, 매일경제, 2012. 9. 19. 기사 참고

"이제 우리는 어떡해야 하겠습니까?"

"문미옥 씨가 살아 있다는 게 아직 완벽히 증명된 건 아닙니다. 어디까지나 추측일 뿐입니다. 확실한 건 좀 더 조사를 해봐야 알 수 있습니다."

문창수는 조용히 담배만 피웠다. 얼굴에 깊은 번민이 떠올라 있었다. 성환은 위로하듯 말을 건넸다.

"문미옥 씨가 오두진과 공모를 했다고 가정한다면, 그녀는 자식의 수술비 마련을 위해 어쩔 수 없이 사기에 가담한 것인 만큼, 법원에서 어느 정도 정상참작이 될 거라고 예상됩니다."

문창수는 한숨과 섞어 물었다.

"그래, 조카애는 지금 건강하게 잘 자라고 있나요?"

"그런 것 같습니다."

"동생을 꼭 찾아주십시오. 죄를 지었다면 응당 벌을 받아야겠지요. 아직 젊으니 다시 시작할 수 있을 겁니다."

성환은 쓸쓸한 미소를 지으며 고개를 끄덕였다. 문창수는 동생을 꼭 만나게 해달라는 부탁을 남기고 사무실을 나섰다.

문창수가 떠나고서 성환은 책상 의자에 앉아 망연하게 창밖을 내다보았다. 금방이라도 비가 쏟아질 듯 날씨가 잔뜩 흐려 있었다. 어두운 하늘을 응시하며 그는 생각했다. 어딘가 문미옥이 살아 있을 것이다. 어쩌면 그 여자도 지금 이렇게 하늘을 바라보고 있을까.

**1억 6천만
킬로미터
떨어진 행성**

1

전쟁이란 가장 인간적인 영역이 아닐까요? 지구상에서 인간만큼 전쟁을 좋아하는 생물은 없잖아요. 어쩌면 전쟁은 인간이 삶을 사랑하는 하나의 방식일지도 몰라요. 우리 모두가 숱하게 치르는 내면의 전쟁을 떠올려봐도, 그것은 자기애의 한 표현이고, 뜨거운 정열 없이는 절대 실행 불가능하다는 생각을 하게 돼요. 그런 점에서 그리스신화의 마르스가 전쟁과 정열을 동시에 상징하는 것은 퍽 의미심장하죠.

제 생일 별자리의 수호성은 마르스를 뜻하는 화성(Mars)이에요. 처음 그 사실을 알게 된 초등학생 시절에는 화성이 굉장히 근사한 별인 줄 알았죠. 목성처럼 신비한 무늬를 띠고 있거나 토성처럼 근사한 띠가 둘러져 있다고 믿었어요. 하지만 실상은 적갈색의 척박한 별일 뿐이었죠(주야로 온도가 160도씩 오르내리고, 대기에는 산소가 거의 없어요). 게다가 두 개의 위성도 감자를 닮은 아주 볼품없는 모양이죠.

화성 탐사로봇을 접한 건 고등학교에 올라가고 나서였어요. 도서위원인 이유로 도서관의 책을 정리하다가 화성탐사로봇이 표지를 장식한 과학 잡지를 접하게 됐죠. 제 별자리의 수호성이 화성인 것을 떠올린 저는 약간의 호기심이 생겨 잡지를 펼쳐 보았는데, 뜻밖에 내용이 아주 흥미로웠어요. 탐사로봇들의 이름은 '스피릿'과 '오퍼튜니티'. 그들의 임무는 화성에 인간이 생존할 수 있는지 확인하는 거였죠. 미국 나사의 과학자들은 탐사로봇이 90여 일 정도 가동할 거라고 추측했어요. 그 시간이 지나면 태양열 전지판에 먼지가 덮이고 기계장치가 고장 날 거라고 판단했죠.

그러나 그 머나먼 별, 어둠과 정적 속에서 스피릿과 오퍼튜니티는 예상 가동 시간을 훌쩍 넘겨 계속 임무를 수행했어요. 모래 폭풍이 태양열 전지판에 쌓인 먼지를 쓸어내 주었고, 기계장치도 강인한 내구성을 보이며 버텨주었던 거죠. 수명을 초과한 두 탐사로봇은 지구로 끊임없이 신호를 보냈어요. 그 신호가 정확히 무엇인지 잡지에 나와 있지 않았으나, 저는 그게 자신들이 여전히 유효하게 작동하고 있음을 알리는 신호일 거라고 믿었죠. 아직 죽지 않았다는, 살아 있다는 신호.

화성탐사로봇에 '스피릿'과 '오퍼튜니티'란 이름을 붙인 사람이 누군지 아세요? 그는 탐사로봇을 만든 과학자도 아니고, 화성탐사계획에 관련된 고위 관료도 아니에요. '소피 콜리스'란 이름의 아홉 살짜리 여자아이죠. 소피는 러시아의 시베리아에 있는 고아원에서 지내다가 미국으로 입양되었어요. 양부모의 보살핌을 받으며 행복하게 자라던 소피는 나사가 실시한 화성 탐사로봇 이름 공모전에 참가했고, 그 아이가 응모한 이름은 엄청난 경쟁률을 뚫고 뽑혔죠. 소피가 공모전에 제출한 작명 에세이는 이거예요.

내가 머물던 고아원은 어둡고 추웠다. 그곳에서 나는 밤하늘을 올려다보며 반짝이는 별을 향해 자유롭게 날아가는 상상을 하곤 했다. 그런 내 상상은 이곳 미국에서 실현되었다. 나에게 '영혼(spirit)'과 '기회(opportunity)'가 주어진 것에 감사하다…….

어머니, 제가 지금 화성에 있다면 믿으시겠어요? 지구로부터 약 1억 6천만 킬로미터 떨어진 그 행성 말이에요. 이곳은 소피가 살았던 시베리아처럼 몹시 춥고 황량해요. 그리고 저 외엔 아무도 없어요. 벌써 이곳에서 지낸 지 여러 해가 흘렀지만 도무지 외로움과 적막감이 익숙해지지 않아요. 그래서 때때로 혼자 웅크리고 앉아 울음을 터뜨리기도 한답니다.

그렇지만 저에게 아무런 버팀목이 없는 건 아니에요. 그게 뭐냐고요? 바로 밤하늘에 떠 있는 별이에요. 이곳에서 저는 소피가 그랬듯 자주 밤하늘을 올려다봐요. 그러면 어느새 온몸에 따뜻하게 번지는 기운을 느낄 수 있죠. 어둠 속에서 반짝이는 별빛은 저에게 '영혼'이고, '기회'거든요. 언젠가 어머니에게 제가 바라본 별의 광휘(光輝)에 대해 들려줄게요. 컴컴한 어둠 속이기에 더욱 찬란하고 아름답게 빛나는 희망의 존재를 말이에요. 그리고 그 희망을 붙잡기 위해 제가 이곳에서 치러야 했던 길고 고독한 전쟁에 대해서도요.

2

여자는 베란다 창밖을 내다보고 있었다. 쪼그려 앉아 가슴 쪽으로 모아진 다리를 팔로 꽉 껴안은 자세였다. 손가락 굵기의 방범 창살에 빗방울이 맺혀 있었다. 9월 중순에 쏟아지는 빗줄기. 여자는 이 비가 그치고 나면 가을이 성큼 다가올 거라고 생각했다.

주춤주춤 몸을 일으켜 베란다로 다가갔다. 창 앞에 서자 빗소리가 한층 크게 들렸다. 5미터 정도 간격을 두고 떨어져 있는 맞은편 다세대주택. 베란다와 수평으로 맞춰진 지점에 작은 부엌 창이 뚫려 있었다. 여자는 부엌 창 아래 설치된 에어컨 실외기에 올려진 작은 스투키 화분을 바라보았다.

저렇게 비를 맞히면 안 될 텐데…….

맞벌이 부부와 초등학생 사내애가 살고 있는 집이다. 낮에는 조용하지만 온가족이 모이는 저녁이면 꽤 소란스럽다. 말소리가 고스란히 들려오는 덕택에 여자는 부부가 각각 택배 배달원과 화장품점 직원으로 일하는 것, 사내애 이름이 '찬영'이라는 것을 알고 있었다. 그리고 일이 너무 고된 이유로 남자가 요즘 들어 이직을 고려하고 있다는 것도, 그 문제로 이따금 아내와 다투는 것도 알고 있었다.

어제저녁, 건너편 집 어머니는 며칠째 학습지를 풀지 않은 이유로 자식을 크게 혼냈다. 화가 많이 나 회초리까지 들었으나, 아이가 울음을 터뜨리며 아버지에게 매달리는 바람에 내일까지 밀린 분량을 전부 해놓으라는 엄포로 그쳤다.

찬영이는 학습지를 다 풀었을까.

앞집 아이를 걱정하고 있노라니, 불현듯 전화벨이 울렸다. 여자는 얼른 앉은뱅이책상으로 다가가서 수화기를 들었다.

"여보세요."

잠깐의 침묵이 지나간 뒤 굵고 낮은 남자 목소리가 귓속을 파고들었다.

"나예요."

말을 마치자마자 상대는 뚝 전화를 끊었다. 수화기를 내려놓은 여자는 문득 심한 갈증을 느끼고서 냉장고로 다가갔다. 물통을 꺼내며 보니 식료품이 남아 있지 않았다. 인스턴트식품류를 보관하는 싱크대 상부장도 텅 비어 있기는 마찬가지였다. 장을 본 게 한참 전이었다.

대형마트 지하 1층에 자리 잡은 식품 매장. 비 때문에 평소보다 손님이 뜸했다. 모자와 마스크로 얼굴을 가린 여자는 느릿느릿 카트를 밀었다. "고등어가 아주 쌉니다." "오늘 저녁은 가족과 삼겹살 파티를 해보세요!" "돈가스가 1킬로에 5천 원!" 점원들의 요란한 호객 소리 틈에서 여자는 카트에 냉동만두, 묶

음라면, 양파 한 자루, 양배추 반 포기, 참치캔을 담았다.

4, 5개월마다 이사를 다니며 본의 아니게 찾게 된 여러 대형마트. 운영 회사는 달라도 상품 배열이나 인테리어는 전부 비슷비슷하다. 점원의 훈련된 친절함과 나른한 쇼핑객들의 모습도 다를 바 없다. 잦은 이사로 어디에도 정붙일 수 없었던 여자는 이곳 대형마트에서 아늑함과 안정감을 느꼈다.

생선 코너에서 포장된 주꾸미를 발견하고 여자는 먼 곳의 남편을 떠올렸다. 그는 유난히 주꾸미를 좋아한다. 연애 시절부터 자주 찾던 허름한 주꾸미 전문식당. 살찐 주인 아낙이 내놓는 주꾸미볶음은 너무 맵고 짜서 여자의 입에 맞지 않았으나, 남편은 반주와 곁들여 너무나 맛있게 먹곤 했다. 살림을 합친 후 여자에게 주꾸미 요리법을 알려준 것도 그였다. 주꾸미는 센 불에서 살짝 볶아야 돼. 그래야 살이 연하다고. 그는 이따금 혼자서 주꾸미 볶음을 해 먹는지. 그의 시간은 어떻게 흐르고 있는지. 잠깐 망설인 여자는 주꾸미 한 팩을 집어 들었다.

행사 제품이 쌓여 있는 매대를 지나며 여자는 작게 콧노래를 흥얼거렸다. 그녀로서는 사람들 속에 섞일 수 있는 유일한 외출 기회였다. 여자는 어느새 이곳 분위기처럼 자신의 기분이 밝고 활기차게 변했음을 깨달았다.

시식 코너를 지나던 여자는 구운 삼겹살 한 점을 집어 먹었다. 머릿수건을 두른 중년의 여자 점원이 친근한 미소를 지어 보였다. 이게 제주도 흑돼지예요. 한번 먹어본 분들은 이것만 찾아요. 말을 건네며 점원은 여자 옆의 사내를 쏘아보았다. 서

른네댓쯤. 피부가 검게 그을렸고, 코밑과 턱에 수염이 지저분했다. 사내는 점원의 눈총에도 아랑곳하지 않고 계속해서 시식용 삼겹살을 집어 먹었다. 그는 그야말로 허기를 채우고 있었다. 여자는 그런 사내가 혐오스럽거나 불쌍하게 여겨지지 않았다. 오히려 꿋꿋하게 모멸감을 견디는 모습에서 묘한 동경심이 일었다. 여자는 속으로 사내에게 나지막이 말했다. 창피해할 거 없어요. 원래 사는 게 그런 거 아닌가요. 창피해할 거 없어요.

계산대를 빠져나온 여자는 에스컬레이터를 탔다. 1층에서 내리자 의류 매장이 눈에 들어왔다. 출입구를 향해 걸어가던 여자는 늘 그랬듯 한 곳에서 자신도 모르게 발을 멈췄다. 아동복 코너였다. 자식에게 사주지 않고는 못 배길 만큼 깜찍하고 예쁜 옷들. 여자는 마네킹에 입혀진 프릴 원피스를 만지작거리다가 어쩔 수 없이 자신의 아이를 떠올렸다. 남편은 아이 옷까지 신경을 기울이지는 못할 것이다. 아이는 지금 무슨 옷을 입고 있을까. 가슴에 미약한 통증이 지나갔다.

집에 도착해 현관문을 열자마자 비명처럼 전화벨이 울려댔다. 여자는 허겁지겁 전화를 받았다.

"여보세요."

"나예요."

상대는 다른 때처럼 곧장 전화를 끊지 않고 싸늘한 어조로 물었다.

"어디 갔었습니까?"

"마트에 다녀왔어요."

"정말입니까?"

"네."

짧은 한숨을 내쉰 상대는 쏘아붙이듯 말했다.

"그렇게 믿도록 하죠."

통화를 마친 여자는 잠시 멍하게 있다가 힘없이 수화기를 내려놓았다.

텔레비전을 틀어놓은 다음 저녁 식사를 준비하기 시작했다. 토크쇼의 와자지껄한 소리가 방 안의 적막을 얼마간 몰아내줬다. 주 메뉴는 주꾸미볶음. 여자는 먼저 주꾸미를 손질했다. 그러고는 양배추와 양파, 당근을 잘게 썰었다. 프라이팬에 양념장을 섞어 야채를 볶다가 주꾸미를 넣은 뒤 가스레인지 화력을 높였다.

요리가 완성되자 여자는 환기를 위해 베란다 창을 활짝 열어젖혔다. 싸늘한 저녁 공기가 달아오른 뺨을 식혀주었다. 맞은편 집의 부엌 창이 환하게 밝혀져 있었다. 식사를 하는 모양인지 음식 냄새가 풍겨왔다.

언제나처럼 혼자 마주한 밥상. 여자는 느릿느릿 수저를 움직였다. 애써 무심하려고 해도 어쩔 수 없이 건너편 집의 대화가 들려왔다. 이번에도 전세금을 올려달라고 하면 이사 가야겠다는 푸념, 직장 상사를 겨냥한 험담, 아이의 학원을 옮기는 게 좋겠다는 말……. 이직에 대한 이야기가 나오지 않는 것으로 봐서 거기에 대해서는 한동안 묻어두기로 한 모양이었다.

말소리를 들으며 밥공기를 비우던 여자는 갑자기 몸을 일으켰다. 그러고 나서 펜을 들고 탁상 달력의 오늘 날짜에 크고 진하게 엑스 자를 그었다.

3

"나와 거래를 하시겠습니까? 죽어주십시오, 5년 동안만."

5년을 일수로 환산하면 1825일이지요. 더 잘게 쪼개면 4만 3800시간이고요. 처음에는 그 세월을 보내는 게 그리 어려울 것 같지 않았어요. 그저 소란 피우지 않고 조용히 지내기만 하면 되는 줄 알았으니까. 죽은 듯 숨어 있으면 그만인 줄 알았으니까. 하지만 하루하루가 지날수록 그게 아니란 걸 확실히 깨닫게 되었죠. 저는 그때껏 살아오며 제 자신으로서 거느려온 모든 걸 버려야만 했어요. 이름, 나이, 가족, 고향, 친구들……. 그야말로 유령 같은 존재가 된 거예요.

아무도 없는 방에서 가장 견디기 힘든 건 외로움도 아니고 고립감도 아니었어요. 바로 그리움이었죠. 이제 막 돌이 지난 윤슬이에 대한 그리움. 저는 너무 늦게 알았어요. 제가 지금 보내고 있는 5년이라는 시간이 한 아이의 성장에 있어 황금 같은 시기라는 걸. 저는 윤슬이가 걸음마 하는 순간을 못 보고, '엄마' 하고 발음하는 순간을 못 보고, 선분홍빛 잇몸에서 이가 자라는 모습을 못 보았죠. 저는 윤슬이의 모든 '처음'을 놓친 거였어요. 그 빛나고 경이로운 순간들을요.

어머니, 지금 제 소원은 딱 하나예요. 윤슬이의 손을 잡고 장을 보는 거요. 그 애에게 과일 향도 맡게 하고, 오징어도 보여주고, 강아지도 만져보게 하는, 그런 평범하고 사소한 일상을 가장 누리고 싶어요. 그렇다고 오해는 하지 마세요. 제 선택을 후회하는 건 절대 아니에요. 시간을 되감아 사장님에게 제안을 받던 그날로 돌아간다 해도, 저는 망설임 없이 똑같은 결정을 할 거예요. 그것이 윤슬이를 살릴 수 있는 유일한 방법이라고 믿으니까요.

사장님이 저의 사정을 눈치챈 것은 홍보 대행사에 다닌 지 1년쯤 지난 무렵이에요. 아이 수술비 때문에 하루하루 피를 말리던 즈음, 회사 건물 앞에서 은행의 대출 담당자와 통화를 한 적이 있었어요. 저는 돈을 빌려달라고 울먹거리며 간청했지만, 도저히 해결점이 보이지 않았죠.

암담한 심정으로 전화를 끊고 보니, 제 옆에 주차된 차에서 사장님이 내리지 뭐예요. 통화를 고스란히 엿들은 눈치였죠. 그는 저에게 차분한 목소리로 결혼을 했느냐고 물었어요. 아주 오랫동안 망설이다가 저는 동거 사실과 윤슬이의 존재, 그리고 아이와 관계된 상황을 털어놓았죠. 제 얘기를 전부 듣고서 사장님은 아무 말 없이 고개를 끄덕이기만 했어요.

그 후 일주일쯤 지나 사장님은 저를 조용히 따로 불렀어요. 저는 몹시 불안할 수밖에 없었죠. 들통난 개인사 때문에 일을 그만둬야 하는 게 아닌가 싶어서요. 긴장된 마음으로 사장실에 들어가보니, 그가 등을 내보인 채로 창가에 서 있었어요. 긴 침묵 뒤에 사장님은 입을 열었죠.

"누군가 실종되고 5년이 지나면, 그는 사망한 것으로 간주됩니다. 어딘가 행려병자나 노숙자로 살아 있어도 말입니다. 특별실종이란 것이 있는데, 이건 예외적으로 1년만 지나도 사망 인정을 받을 수 있죠. 비행기 추락이나 선박 침몰 같은 재난을 당한 경우가 해당됩니다……. 내가 지금 문미옥 씨에게 말하고 싶은 건, 사람이 실종되어 사망으로 처리되면 보험금 수령이 가능하다는 사실입니다."

저는 왜 그런 얘기를 하는지 이해할 수 없었어요. 제 심중을 꿰뚫기라도 한 듯, 여전히 등을 보인 채로 사장님은 설명했죠.

"문미옥 씨와 내가 결혼을 하는 겁니다. 그러면 나는 그와 동시에 당신 앞으로 여러 생명보험을 가입할 겁니다. 문미옥 씨가 사망하게 될 경우에 받는 보험금의 총 액수는 30억. 결혼한 지 얼마쯤 지나 당신은 모습을 감추고, 나는 경찰에 실종 신고를 합니다. 5, 6년이 흘러 사망 처리가 완료되면 우리는 보험금을 손에 쥐게 됩니다."

사장님의 속내를 알아챈 저는 너무 놀라 온몸이 빳빳하게 굳어지고 말았어요.

"내 제안을 받아들인다면, 당신 아이의 수술비를 대겠습니다. 더불어, 우리 계획이 성공하면 추가로 10억을 지불하도록 하죠. 당신은 그 돈으로 가족과 행복하고 풍족하게 살 수 있을 겁니다."

말을 마친 사장님은 저를 향해 천천히 몸을 돌려 세웠어요.

얼굴에 엷은 미소가 어려 있었죠.

"나와…… 손을 잡겠습니까?"

사장님이 물었을 때, 제 머릿속에는 오직 한 가지 생각만 메아리쳤어요.

윤슬이를 살릴 수 있다!

바로 그 자리에서 승낙하고 싶었지만 저는 일단 입을 다물었죠. 혼자 결정할 일이 아니잖아요. 그날 집으로 돌아간 저는 그이에게 사장님의 제안을 전했어요. 실망스럽게도 그이는 표정을 구기며 절대 안 된다고 잘라 말하더군요.

"그런 계획이 성공할 거 같아? 분명 나중에 경찰에 붙잡힐 거야."

저는 좋은 기회라고 설득했지만 그이는 끝내 승낙하지 않았죠. 그 후 병원의 윤슬이는 눈에 띄게 상태가 나빠졌어요. 정말이지 하루라도 빨리 수술을 시켜야 했죠. 그러나 엄청난 금액의 수술비를 구할 길은 여전히 요원하기만 했어요. 솔직히 털어놓자면 저와 그이는 은밀히 장기 매매도 알아보았는데, 아무래도 브로커가 사기꾼 같아 고심 끝에 생각을 접었죠.

아무리 고민해도 방법은 오직 하나뿐이었어요. 저는 그이를 붙잡고 울부짖으며 애원했죠. 제발 사장님 말을 따르자고, 다른 방법이 없다고. 처음처럼 완강하게 거부하다가 결국 그이는 침통한 얼굴로 고개를 끄덕였죠.

그 이튿날. 저는 사장님을 만나 제안을 받아들이겠다고 하면서 먼저 아이 수술비를 달라고 했어요. 그리고 종이 한 장을 내밀었죠. 그건 그이가 만든 각서였는데, 동거 기간 동안 절대 제 몸에 손대지 않겠다는 내용이었어요. 사장님은 모든 조건에 좋다고 했죠.

얼마 뒤, 사장님은 저에게 보스턴백을 안겨줬어요. 거기에는 오만 원권 지폐가 한가득 들어 있었죠. 그렇게 현금으로 주는 이유는 나중에 보험금 관련 조사가 행해질 때, 이유 없이 통장에 입금된 큰돈이 의심을 사기 때문이라고 하더군요. 어쨌든 사장님에게 받은 돈으로 윤슬이에게 염원하던 수술을 시킬 수 있었죠. 천만다행으로 수술은 성공적으로 이뤄졌고요.

이제는 제가 약속을 지킬 차례였죠. 그 이행의 첫 단계는 결혼식이었어요. 계획이 세워지자 일사천리로 진행되었죠. 그런데 한 가지 특이한 것이, 사장님의 부모와 관련된 절차는 전부 생략되었어요. 심지어 저는 그들의 얼굴조차 보지 못했죠. 아무리 가짜라고 하더라도 인사는 드려야 하지 않느냐고 묻자 사장님은 굳은 얼굴로 그럴 필요 없다고, 그 사람들은 결혼식에도 참석하지 않을 거라고 대답하더군요. 저는 무슨 사정이 있는가 보다, 하고 생각하며 그 후로 아무 질문도 던지지 않았죠.

결혼식은 서울의 큰 호텔에서 치렀어요. 주례는 사장님의 대학 은사님이 맡았고요. 양가 부모님 좌석에는 각자의 먼 친척이 앉아 있었죠. 저는 결혼식 당시 오빠는 물론이고 가까운 지인조차 초대하지 않았어요. 가짜인데 부를 이유가 없잖아요. 비록 허울뿐인 결혼식이긴 했으나, 나중에 보험금 조사가 이뤄질 경우를 대비해 하와이로 신혼여행을 갔어요. 덕분에 생전 처음으로 해외에 나가보게 되었죠. 신혼여행에서 돌아와서는 혼인신고를 했어요. 그때껏 별다른 감정의 흔들림이 없었는데, 이상하게도 그 순간만은 울컥하더라고요. 그래서 기어이 아무도 없는 곳에서 울음을 터뜨렸죠.

이윽고 사장님과의 동거가 시작되었어요. 당연한 일이겠지만, 우리는 한집에 살았을지언정 각방을 썼죠. 식사도 따로 했고요. 사장님은 퇴근해서 집으로 돌아오면 자기 방에서 거의 나오지 않았기 때문에 실질적으로 우리가 마주치는 순간은 매우 드물었어요. 하지만 주변에 사이좋은 부부처럼 보일 필요가 있기에, 사장님과 저는 이따금 함께 마트에 가기도 하고 근처 공원에서 배드민턴을 치기도 했죠. 사장님의 지인이 마련한 부부 동반 모임에도 참석하고요. 그렇게 서너 달이 지난 무렵, 사장님이 서류 봉투를 내밀었어요. 그것을 보자마자 직감적으로 알아차렸죠. 보험 가입서라는 걸.

한 달에 한 번, 늦은 밤 시간에 은밀히 그이와 윤슬이를 만날 수 있었어요. 사장님이 운전하는 차를 타고 원래 제가 살던 집으로 갔죠. 그즈음의 윤슬이는 수술 경과가 아주 좋아서 두 뺨에 토실하게 살이 올라 있었어요. 그 얼굴이 얼마나 예쁘고 사랑스러운지! 우려했던 사고 없이 제가 무사히 동거 생활을 보내자 그이의 표정도 전보다 한결 여유롭고 편안해져 있었죠.

시간은 생각보다 훨씬 빠르게 흘러가더군요. 정신을 차려보니 어느덧 1년이 훌쩍 지나 있었죠. 이제는 제가 세상에서 자취를 감추는 일만 남아 있었어요. 일단 그렇게 되면 그때부터는 절대 가족과 만나거나 연락해서는 안 되었죠. 실종이란 건 갑자기 사라지는 것이고, 세상 누구도 행방을 알지 못하는 것이고, 생사가 불투명한 것이니까요.

실종 며칠 전, 저는 마지막으로 그이와 윤슬이를 만나 아침부터 저녁까지 함께 보냈어요. 마치 평범한 일상의 하루처럼 밥을 지어 먹고 산책을 하고 텔레비전을 보았죠. 그러나 어스름이 찾아오고 헤어져야 할 순간이 다가오자 그이와 저는 점점 표정이 어두워지고 말이 없어졌어요.

그때껏 그이가 저를 부르는 호칭은 이름이었어요. '미옥아, 오랜만에 맥주 한잔할까?' '미옥아, 너 요즘 살이 빠진 것 같다' '미옥아, 내 지갑 못 봤어?'……. 그런데 그날 밤, 그이는 저를 다르게 불렀죠. 저를 품에 꼭 껴안은 채 한 말, 흐느낌과 섞어 한 말.

"미안해, 여보."

'여보'라는 단어가, 그 심상한 단어가, 왜 그렇게 가슴에 사무치던지. 그러나 사무침 속에서 제가 한 남자의 아내라는 사실과 한 아이의 어미라는 사실이 자각되며 그동안 텅 비어 있던 제 속이 뭔가로 가득 채워지는 듯했어요. 그래요, 어머니. 어쩌면 그건 제가 생애 처음으로 느껴본 자존감인지도 모르겠어요. 내 자신이 아주 중요하고, 꼭 필요한 존재라는 느낌. 덕분에 저는 아주 씩씩하게 집을 떠날 수 있었죠. 다녀올게요, 라는 말과 함께.

어머니, 부디 제가 이 길고 어두운 터널을 무사히 지날 수 있게 도와주세요. 그래서 다시금 밝은 빛 아래 누군가의 아내로, 한 아이의 어미로 당당히 설 수 있도록 해주세요.

4

초인종이 울렸다. 텔레비전을 보고 있던 여자는 바짝 긴장한 채 등을 곧추세웠다. 그런 뒤 조용히 리모컨을 집어 들어 전원 버튼을 눌렀다. 아무도 찾아올 이가 없기에 여자는 초인종 소리가 날 때마다 화들짝 놀라곤 한다.

교회에서 나온 사람들일까.

아주 가끔씩 교인들이 전도를 위해 찾아오는 경우가 있다. 여자는 이번에도 그럴 거라고 짐작하며 빈집처럼 여겨지도록 하기 위해 돌처럼 굳어 아무 소리도 내지 않았다. 심지어 숨소리에도 주의를 기울였다.

"나예요, 문 여십시오."

익숙한 목소리. 여자는 재빨리 일어나 현관으로 갔다. 자물쇠를 풀고 문을 열자 한 남자가 서 있었다. 그는 말없이 여자의 얼굴을 응시하더니 집 안으로 쓱 들어섰다.

"별일 없었습니까?"

남자가 묻자 여자는 문가에 어정쩡하게 선 채로 고개를 끄덕였다. 그리고는 갑자기 최면에서 깨어난 듯 허둥대는 동작으로 주전자에 물을 채운 다음 가스레인지에 올렸다.

"아픈 데는 없고요?"

남자는 침착한 눈으로 방 안을 살펴보았다.

"네, 없어요."

"그동안 연락한 사람은 없었죠?"

"네."

"만난 사람도 없고요?"

"네."

"이웃과 교류도 없겠죠?"

"네……."

언제나 똑같은 질문들. 묻는 순서까지도 똑같다. 힘없이 미소 지으며 여자는 기계적으로 대답했다.

커피 잔을 받친 쟁반을 바닥에 내려놓자 남자가 다가와 앉았다. 한 모금 커피를 마신 후에 그는 낮은 목소리로 말했다.

"이제 경찰도 지쳐가고 있어요. 하지만 절대 마음을 놓아서는 안 됩니다. 엄청난 액수의 보험금이 관련된 만큼, 쉽사리 의혹을 거둬들이지는 않을 겁니다."

"알고 있어요……."

지그시 여자를 쳐다본 남자는 양복 윗도리 안주머니에서 뭔가 꺼내 바닥에 내려놓았다. 네다섯 장의 사진이었다.

"당신 아이는 잘 지내고 있습니다. 얼마 전 어린이집에 들어갔죠."

여자는 사진을 집어 들어 뚫어지게 바라보았다. 뺨에 눈물이 흘러내렸다.

"선생님 말씀도 잘 듣고 친구들과도 잘 지낸다고 하더군요."

"우리 윤슬이…… 건강하죠?"

남자는 한쪽 입술 끝을 끌어 올리며 웃었다.

"물론입니다. 아주 건강합니다. 정기검진에서도 별다른 이상은 발견되지 않았습니다."

여자를 지켜보다가 남자는 앉은뱅이책상으로 다가갔다.

"당신 남편, 한승수 씨도 직장에 다니며 잘 지내고 있습니다. 얼마 전에는 과장 승진까지 했죠."

남자는 앉은뱅이책상 앞벽에 붙은 사진들을 바라보았다. 대부분 아이 사진이었으나, 단 한 장만이 다른 피사체를 담고 있었다. 그것은 어두운 우주 속에 떠 있는 붉은 행성이었다. 사진을 가리키며 그는 여자에게 물었다.

"저건 무슨 사진입니까?"

고개를 숙인 채 눈물을 닦으며 여자는 대답했다.

"화성이에요."

"화성?"

"네……."

"어째서 저 사진을 붙여놓은 거죠?"

마치 혼나는 아이처럼 여자는 쩔쩔맸다.

"그냥, 예뻐서."

침묵 속에서 남자는 오랫동안 사진을 들여다보았다.

"화성에서는 지구가 보입니까?"

"네?"

"화성에서 지구가 보이냐고요."

뜬금없는 질문에 여자는 두 눈만 끔뻑였다. 굳이 대답을 들으려고 한 것은 아닌 모양인지 혼자 픽 웃은 다음, 남자는 몸을 일으켜 베란다 창 앞에 섰다. 그러고는 바지 주머니에 두 손을 찔러 넣은 채 맞은편 집을 빤히 쳐다보았다.

"이렇게 거리가 가까우면 서로 인사 정도는 하고 지낼 것 같은데, 저 집에 누가 사는지 알고 있습니까?"

여자는 황급히 고개를 내저었다.

"모, 몰라요. 거의 커튼을 치고 살거든요."

"그래요?"

미심쩍은 표정으로 베란다에 서 있다가 남자는 뒤돌아섰다. 그런 뒤 여자에게 하얀 봉투를 내밀었다.

"다른 때보다 조금 더 넣었습니다. 이번 달에 명절이 끼어 있죠? 맛있는 거 사 드세요."

"고마워요."

"명절이라고 해서 가족에게 연락해서는 안 됩니다."

"네."

"이만 가봐야겠습니다."

현관에서 허리를 굽혀 구두를 신던 남자가 갑자기 동작을 멈췄다. 이어서는 한쪽 구석에 쌓인 폐지 꾸러미에서 종이 한 장을 빼 들었다. 휴대폰 할인 행사 전단이었다.

"이건 뭡니까?"

대번에 남자의 얼굴이 굳어졌다.

"마트의 휴대폰 매장 직원이 줬어요."

"일부러 받아 온 게 아니고요?"

여자는 세차게 도리질을 쳤다.

"절대 아니에요."

시선을 피하고 싶을 만큼 남자의 눈빛이 날카로웠다.

"예전에 내가 적어준 거 갖고 와보세요."

여자는 A4 용지를 찾아 가져왔다. 거기에는 그녀가 지켜야 할 규칙이 빼곡히 적혀 있었다.

1. 확인 전화는 반드시 받을 것 ─ 3회 이상 통화가 이뤄지지 않으면 패널티가 주어진다.

2. 가족을 포함한 친분이 있는 사람들에게 절대 연락하지 말 것 ─ 휴대폰, 일반 전화, 이메일 등 어떤 통신수단도 사용할 수 없다.

3. 최대한 외출을 금할 것 ─ 부득이한 경우(식료품 구입)에는 반드시 모자와 마스크를 착용한다.

4. 이웃 주민과 안면을 트지 말 것 ─ 인사는 물론이고, 인상착의가 기억될 만한 어떤 행동도 하지 않는다.

5. 산책은 늦은 저녁이나 밤에만 할 것 ─ 30분 이내의 시간으로 3, 4일에 한 번 한다.

6. 동네 상점은 이용하지 말 것 ─ 세탁소, 정육점, 편의점, 미용실 등. 배달음식 역시 금한다.

7. 신분증을 필요로 하는 일은 절대 피할 것 ─ 주민센터, 체육관, 도서관 이용 등.

8. 흔적이 남는 어떤 행동도 하지 말 것 — 집회 참석, 아르바이트 등.

남자는 여자를 향해 힘이 들어간 목소리로 명령했다.

"읽어봐요."

"네?"

"1번부터 읽으란 말입니다!"

붉게 달아오른 얼굴로 여자는 A4 용지에 적힌 규칙을 더듬 더듬 읽어 내려갔다. 그러는 동안 남자는 싸늘한 표정으로 서 있었다.

한참이 지나 글을 전부 읽은 여자는 고개를 떨구었다.

"1번에 뭐라고 적혀 있습니까?"

남자가 묻자 여자는 기어 들어가는 목소리로 대답했다.

"휴, 휴대폰 사용 금지라고……."

"휴대폰은 위치 추적을 당할 수 있는 가장 위험한 방법입니 다. 단 한 번의 사용만으로도 우리 계획이 끝장날 수 있단 걸 잊지 마세요."

말을 마친 남자는 휙 몸을 돌렸다. 출입문을 나서기 전, 등을 내보이고서 그는 몇 마디 덧붙였다.

"참, 요즘 들어 확인 전화를 잘 안 받더군요. 자꾸 그러면 피차 곤란해집니다."

남자가 떠나자 여자는 바닥에 주저앉아 다시금 아이 사진을 들여다보았다.

희미한 불빛에 눈이 떠졌다. 누운 자세 그대로 삐뚜름하게 고개를 꺾어 베란다를 바라보았다. 건너편 집의 부엌 창이 밝혀져 있었다. 그곳에서 들려오는 칼질 소리. 저 집에서 저녁상을 차리는 것을 보니 7시쯤 됐을 것이다. 다시 잠들면 오늘 하루도 완전히 지나갈 거라고 여기며 눈을 감았으나, 어쩐 일인지 시간이 갈수록 정신이 말똥말똥해졌다. 여자는 긴 한숨을 내쉬었다.

불도 켜지 않은 채, 벽에 등을 기대고 앉아 건너편 집을 바라보았다. 오늘 저녁 메뉴는 뭘까. 냄새로 보아 김치찌개는 분명하다. 생선구이도 있는 것 같다. 저 집 어머니는 생선 살을 발라 아이의 밥공기에 올려주겠지. 어쩌면 아이는 소시지나 햄이 없는 것에 대해 불평을 늘어놓을까.

돌연 시장기를 느낀 여자는 어제 점심 이후 아무것도 먹지 않았음을 깨달았다. 그리고 그와 동시에, 자기 자신을 돌보지 않는 행동이 자살의 일종이라고 주장한 책을 떠올렸다. 여자는 억지로 몸을 일으켜 세웠다. 오늘 저녁은 도저히 혼자 먹을 자신이 없다고 생각하고서 외출 준비를 했다.

어스름이 깔린 거리에 약한 바람이 불고 있었다. 느릿느릿 걸으며 여자는 길 양편으로 이어진 다세대주택을 바라보았다. 창마다 따뜻하고 안온한 느낌의 불빛이 새어 나왔다. 밝기와 빛깔이 조금씩 다르지만 집 안 풍경은 비슷비슷할 거라고 짐작됐다. 가족끼리 텔레비전을 보고, 식사를 하고, 오늘 있었던 일에 대해 이야기하고…….

번화가로 접어들 무렵, 공중전화 부스가 눈에 들어왔다. 지갑을 확인해보니 동전이 몇 개 있었다. 오랜 망설임 끝에 여자는 공중전화 부스로 들어갔다. 그리고 또다시 오래 망설이다가 수화기를 들고 천천히 번호를 눌렀다. 서너 번 신호음이 울리고서 익숙하고도 낯선 목소리가 들려왔다.

"여보세요." 여자는 수화기를 꽉 쥔 채 가만히 있었다.

"여보세요."

이내 상대가 전화를 끊자 여자는 힘없이 수화기를 내려놓고 멍하게 서 있었다. 공중전화 부스를 빠져나오고서는 근처 놀이터 벤치에 앉았다. 옷 속으로 가을밤의 서늘한 기운이 파고들었다. 여자는 팔짱을 낀 자세로 잔뜩 몸을 웅크렸다. 어쩌면 남편과 윤슬이는 나를 잊고 지내는 건 아닐까. 나란 존재는 그들의 머릿속에서 지워진 건 아닐까. 여자는 불안하고, 슬프고, 조금 분했다.

맥도날드는 언제나 밝고 명랑하다. 색색의 조명등, 신나는 음악, 귀여운 유니폼을 입은 점원들. 우울한 기분이 다소 풀리는 것을 느끼며 여자는 주문대 앞에 섰다. 묻는 눈으로 바라보는 점원에게 세트 메뉴를 주문했다. 감사합니다! 5분만 기다려주세요! 점원의 필요 이상으로 쾌활한 목소리에 여자는 살짝 당황했다. 잠시 뒤, 주문 메뉴가 올려진 쟁반을 받아 든 여자는 2개 놓인 버거를 보고 의아해했다. 이유를 묻자 점원은 웃으면

서 '원 플러스 원 행사' 중이라고 대답했다.

창가 자리에 앉아 감자튀김을 먹던 여자는 어느 한곳에 시선을 고정했다. 서너 테이블 건너에 있는 아이. 어머니의 조용히 하라는 핀잔에도 아랑곳하지 않고 아이는 크게 떠들며 장난감을 갖고 놀았다. 장난감은 어린이 메뉴를 선택하면 딸려 오는 것이었다.

물끄러미 아이를 바라보던 여자는 돌연 숄더백을 뒤적여 수첩을 꺼냈다. 펼쳐 든 수첩에는 나중에 자식과 함께 하고픈 일들이 잔뜩 메모되어 있었다. 놀이공원 가기, 장보기, 한강공원 산책하기…… 그 끝에 여자는 적었다. 맥도날드 가기.

버거를 반 정도 먹었을 즈음, 매장으로 커다란 백팩을 맨 사내가 들어섰다. 거무스름한 피부, 덥수룩한 수염, 때에 찌든 옷차림. 주문도 하지 않은 채 사내는 곧장 구석진 자리로 성큼성큼 걸어갔다. 그런 다음 테이블에 팔을 괴고 엎드려 잠을 청했다. 유심히 그를 지켜보던 여자는 어딘가 낯익다고 생각했다. 어디서 봤을까……. 잠깐 기억을 더듬은 여자는 답을 알아냈다. 마트에서 만난 사람이었다. 시식 코너에서 꿋꿋하게 모멸감을 견디며 삼겹살 조각을 집어 먹던 남자. 여자는 사내에게 약간의 호기심을 느꼈다.

10분쯤 지났을까. 잠든 줄 알았던 사내가 갑자기 고개를 쳐들었다. 그러고는 식사 중인 사람들을 넋 나간 표정으로 바라보았다. 여자는 사내가 왜 그러는지 단박에 짐작이 갔다. 지금 그는 배가 고픈 것이다. 공복감으로 잠을 이룰 수 없는 것이다.

사내와 눈이 마주치자 여자는 한 개 남아 있던 버거를 집어서 앞으로 내미는 동작을 해 보였다. 사내는 두 눈을 끔뻑이며 여자를 쳐다보다가 입 모양만으로 '그거, 나 준다고요?'라고 물었다. 여자는 미소 띤 얼굴로 고개를 끄덕였다. 주춤주춤 몸을 일으킨 사내가 여자에게 다가왔다. 그런 뒤 조심스럽게 여자의 맞은편에 앉아 버거를 받아 들었다.

"저를 아세요?"

우적우적 버거를 먹으며 사내가 묻자 여자는 마트에서의 일을 들려줬다. 사내는 쑥스러운 듯 미소를 흘렸다.

"가끔씩 그렇게 배를 채워요. 점원들도 이제는 포기해서 아무 얘기도 안 하죠."

"말만 안 할 뿐이지, 눈치는 엄청 주던데요?"

사내는 크게 웃었다.

"몰랐네요……."

사내와 대화를 하던 여자는 문득 낯선 사람과 스스럼없이 어울리는 자신의 모습에 놀랐다. 이유가 뭘까. 외로움 때문일까. 그 정도로 외로움에 지쳐 있었던가.

출입문 쪽이 소란스러워지는가 싶더니 한 무리의 10대들이 들어섰다. 그들은 사내가 그랬던 것처럼 주문대를 그대로 지나쳐 테이블을 차지했다. 몸에 새겨진 화려한 문신과 거침없이 내뱉는 욕설. 한눈에도 거칠게 보이는 아이들. 여자는 자신도 모르게 그들로부터 시선을 피했다.

사내가 아이들 가운데 한 명에게 말을 건 것은 그때였다.

"소영아, 요즘도 담배 피우는 건 아니겠지? 담배 갖고 있으면 이 삼촌에게 헌납해."

진한 화장을 했지만 아직 앳돼 보이는 여자아이가 사내를 향해 눈을 흘겼다.

"또 잔소리! 이제 안 피워요. 아저씨한테 혼나기 싫어서 끊었어요."

여자아이는 사내와 함께 있는 여자를 훑어보고 자기 무리에게로 고개를 틀었다.

"아는 학생이에요?"

여자가 주눅 든 목소리로 묻자 사내는 대답했다.

"가출팸 녀석들이에요. 24시간 영업하는 이곳에서 함께 밤을 보내며 친해졌죠. 방금 저랑 얘기를 나눈 아이는 아직 중학생인데 흡연을 하더라고요. 그래서 볼 때마다 끊으라고 했죠."

"좋은 일 하셨네요."

"뭘요, 그냥 잔소리 좀 한 것뿐인데."

씩 웃는 사내를 보며 여자는 나쁜 사람은 아니라고 생각했다. 그러자 그를 향한 경계심이 한층 허물어져 내렸다.

버거를 전부 먹은 다음 소매로 입을 닦던 사내는 안경 쓴 남자 점원을 보더니 인상을 구기며 중얼거렸다.

"제길, 오늘은 글렀네."

"그게 무슨 소리죠?"

"저 자식이 근무일 때는 음악을 크게 틀어놓아서 도무지 잠을 잘 수가 없어요. 나 같은 사람을 쫓아내려고 일부러 그러는 거

죠. 정말 재수 없는 놈이에요. 일찌감치 다른 마땅한 잠자리를
알아봐야겠네요."

여자에게 감사 인사를 전한 다음 사내는 자기 자리로 가서
백팩을 집어 들었다. 여자도 그만 가기로 마음먹고 의자에서
일어났다.

맥도날드를 나선 여자는 거리 한가운데 멈춰 서 있는 사내
를 발견했다. 그 건너편을 보니 경찰이 검문을 하고 있었다. 손
에 진압봉까지 들고 있었다. 놀란 여자는 뒤돌아 빠르게 걸음
을 옮겼다. 그러다가 흘깃 옆을 보니 사내 역시 자신을 따라 몸
을 숨기고 있었다.

그러나 얼마 못 가 그들은 또다시 발을 멈추고 말았다. 반대
편 방향에도 경찰이 있었던 것이다. 여자와 사내는 동시에 한
마디씩 내뱉었다.

"젠장!"

"빌어먹을!"

다음 순간, 두 사람은 서로 마주보며 웃음을 터뜨렸다. 웃음
을 그친 사내는 여자에게 물었다.

"아무래도 이 근방에 경찰이 쫙 깔린 것 같은데, 잠시 어디
들어가 있는 게 어때요?"

"좋아요."

그들은 바로 코앞에 있는 'SIDLE(사이들)'이란 이름의 펍으
로 향했다. 실내에 들어서니 브라운색으로 통일된 인테리어가
눈에 들어왔고, 잔잔한 올드팝이 귓속을 파고들었다. 이른 시간

이라서 그런지 손님은 아무도 없었다.

여자와 사내는 입구 가까운 자리에 앉았다. 주인으로 보이는 꽁지머리의 중년 남자가 메뉴판을 들고 다가오자 사내는 슬쩍 물었다.

"요 앞에서 경찰이 검문을 하던데, 무슨 사건이라도 터진 건가요?"

"현금인출기가 털렸대요. 그것도 세 대씩이나."

"정말요?"

"방송사에서 취재도 하더라고요."

중년 남자가 사라진 뒤에 사내는 중얼거렸다.

"하마터면 뒷걸음치는 소에 밟힌 쥐 꼴이 될 뻔했군."

만약 경찰에 잡혔더라면 어떻게 됐을까. 뒤늦게 상황 파악을 한 여자의 가슴이 두방망이질했다. 지금 내가 뭘 하는 걸까. 이렇게 낯모르는 사람과 있다니, 잠깐 정신이 나간 게 분명하다. 여자는 당장이라도 일어서려 했으나 현재 상황으로서는 꼼짝할 수 없었다.

"뭐라도 시켜야 될 텐데, 제가 지금 돈이⋯⋯."

난감해하는 사내를 향해 여자는 말했다.

"제가 살게요."

"아까도 얻어먹었는데, 너무 죄송하군요."

그들은 맥주와 감자튀김을 주문했다. 사내는 얼굴 가득 만족감을 드러낸 채 조금씩 아껴서 맥주를 마셨다. 그가 "아주 오랜만에 마시는 술이네요" 하고 말하자 여자는 대꾸 없이 조용히 미소 지었다.

"그쪽은 따로 집이 없는 건가요?"

여자의 물음에 사내는 고개를 끄덕였다. 그러고는 잠시 침묵한 다음 입을 열었다.

"인력사무소에 다니며 날품팔이를 해요. 벌이가 괜찮을 때는 고시원에서 지냈는데, 요즘은 일거리가 없어 기차역이나 패스트푸드점에서 밤을 보내죠."

"그렇군요……."

"아가씨는 무슨 일을 하죠?"

여자는 가벼운 웃음만 흘렸다. 그러고는 속으로 말했다. 나는 아가씨가 아니에요. 남편도 있고 자식도 있어요. 하지만 직업은 없어요. 온종일 방에 틀어박혀 멍하게 텔레비전을 보다가 잠이 들죠. 가끔 마트에 다녀오는 게 외출의 전부예요. 이 거대한 도시에서 내가 알고 지내는 사람은 단 한 명도 없어요. 마찬가지로 나를 알고 있는 사람도 없고요. 유령. 그래요, 나는 유령이에요.

여자의 침묵을 대답으로 여긴 듯, 사내는 미소 띤 얼굴로 고개를 주억거렸다. 그런 뒤 느긋한 태도로 술집 내부를 구경하다가 무언가 유심히 쳐다보았다. 사내의 시선을 쫓던 여자는 카운터 뒷벽에 붙은 포스터를 발견했다. 거기에는 두 명의 노인이 그려져 있는 가운데 'Waiting for Godot'라고 적혀 있었다.

맥주를 조금 마시고서 사내는 말했다.

"연극 포스터예요. 〈고도를 기다리며〉라는 제목이죠. 사실, 제

가 오래전 연극영화과에 다녔거든요. 그때 〈고도를 기다리며〉
도 공연했었죠."

"어머, 그래요? 제 지인 중에서도 공연 쪽 일을 하는 언니가
있는데……."

추억에 잠긴 듯 사내의 눈이 아련한 빛을 띠었다. 여자는 물
었다.

"어린 시절부터 그쪽에 관심이 있었던 건가요?"

"뭐, 고등학교 때 연극 동아리를 하긴 했어요. 청소년 연극제
에서 상도 탔죠. 그런데 솔직히 고백하면, 연극에 관심이 있어
동아리에 가입한 건 아니에요. 예쁜 여자애가 많다는 소문 때문
인데 막상 들어가보니 예쁜 애들 대신 아주 개성 있게 생긴 애
들이 있더군요."

여자는 작게 웃었다.

"동아리 첫 공연 때였죠. 한참 정신없이 연기를 하다가 문득
객석을 바라봤는데, 어둠 속에서 반짝이는 관객들의 눈동자가
마치 밤하늘의 별빛 같은 거예요. 너무나 아름답고 신비로웠
죠. 그 광경을 잊을 수가 없어서 결국 연극영화과 진학까지 하
게 됐어요."

사내의 얼굴을 건너다보며 여자는 너무 오랜만이라고 생각
했다. 이렇게 누군가와 편하게 대화를 나누는 것이.

"대학에 가서야 비로소 연기의 진짜 매력을 알게 됐죠."

"그게 뭔데요?"

"연기라는 건, 어떻게 보면 허상이죠. 바로 그 점이 좋았어요.

실체가 없으니 얽매이고 구속되는 부분 없이 자유롭게 살아갈 수 있는 거예요. 이 배역이 싫증 나면 딴 배역으로 옮겨 가고, 잠시 거기 머물다가 또 다른 배역으로 떠나고…… 그렇게 한평생 보내고 싶었어요."

돌연 사내가 클클 자조적인 웃음을 터뜨렸다.

"생각해보니, 어쩌면 지금 딱 그 바람대로 살고 있는지도 모르겠네요. 실체가 없는 삶, 허상인 삶……."

고동색 테이블을 내려다보며 침묵하다가 사내는 조심스러운 어투로 여자에게 물었다.

"제가 어째서 경찰을 보고 달아나는지 안 물어봐요?"

"그럼, 그쪽은 왜 제가 경찰을 피하는지 안 물어봐요?"

"뭐, 그쪽 나름의 이유가 있겠죠."

"저도 마찬가지예요. 이유가 있겠죠."

여자와 사내는 동시에 웃음을 터뜨렸다. 여자는 오늘 이 사람과 웃는 일이 많다고 생각했다. 함께 웃는 것, 그리하여 감정을 공유하는 것. 이것 역시 너무 오랜만의 일이다.

"참, 저 연극의 내용은 뭔가요?"

여자가 포스터를 가리키며 묻자 사내는 대답했다.

"내용이랄 게 없어요. 두 남자가 고도라는 이름의 사람을 끝없이 기다리는 거죠. 내일은 오겠지, 내일은 오겠지, 하면서요. 고도는 암담한 삶에서 자신들을 구원해줄 유일한 존재거든요."

"고도는 결국 오나요?"

사내는 고개를 저었다.

"두 남자는 기다림에 지쳐 자살까지 고민하지만 고도는 끝내 나타나지 않아요."

한동안 입을 다물었다가 여자는 조심스레 물었다.

"그쪽은 자살을 생각해본 적이 있어요?"

사내는 웃었다.

"자살은 의외로 간단해요. 삶이 두려운가, 죽음이 두려운가 비교해보고 삶이 더 두려우면 자살하게 되는 거죠."

"그렇다면 그쪽은 죽는 게 두려워 아직 살아 있는 건가요?"

"잘 모르겠어요. 사는 게 두려울 때도 있고, 죽는 게 두려울 때도 있죠. 근데 요즘 들어 자꾸만 사는 게 두려운 쪽으로 기울어지고 있어요……."

그 순간, 사내의 얼굴에 스쳐간 짙은 그림자를 여자는 보았다. 저 그림자의 정체가 저이의 삶을 이렇게 만든 걸까. 내 삶이 한순간 방향을 바꾸게 된 것처럼, 그렇게 어긋나게 한 걸까.

한참 생각에 잠겨 있던 여자는 무심코 옆으로 고개를 돌렸다가 비명을 내질렀다. 커다란 개가 자신을 쳐다보며 앉아 있었던 것이다. 중년 남자가 얼른 달려와 여자를 향해 꾸벅 고개를 숙였다.

"정말 죄송합니다. 원래 집에서 키우는 녀석인데, 오늘따라 저를 따라오겠다고 고집을 부려 할 수 없이 데려왔죠."

여자는 자신이야말로 작은 일에 호들갑을 떨어 미안하다고 했다. 그러고는 조심스럽게 손을 뻗어 개를 쓰다듬었다.

"보아하니, 골든 리트리버 같군요."

사내가 말했다.

"천성적으로 정말 순한 놈입니다. 낯선 사람도 잘 따르죠."

"그럼, 집 지키는 일은 못 하겠네요?"

"맞아요. 경비견이나 가드견으로는 맞지 않습니다."

쓸쓸한 미소를 지으며 사내가 말을 이었다.

"저도 개를 키우고 싶긴 한데 지금처럼 집도 절도 없어서는 그야말로 꿈에 불과하죠."

여자는 멀리 있는 자식을 떠올렸다. 그 아이도 개를 무척 좋아할 것이다. 어쩌면 외동이라서 느끼는 외로움을 개가 달래줄 수도 있지 않을까. 여자는 윤슬이와 개가 어울려 뛰노는 모습을 상상해보았다.

"놀라게 한 것에 대해 사과하는 의미로 드리는 서비스입니다."

잠깐 사라졌던 중년 남자가 커다란 접시를 들고 나타났다. 거기에는 잘게 자른 육포가 담겨 있었다. 넉살을 떨며 감사를 표한 사내는 중년 남자에게 함께하기를 청했다.

"그럼, 그렇게 할까요?"

중년 남자가 의자에 앉자 사내는 개를 가리키며 물었다.

"이 녀석, 이름이 뭡니까?"

"맥스입니다."

사내는 맥스야, 이름을 부르며 개를 쓰다듬었다. 그러다가 개의 옆구리에 있는 큰 흉터를 발견하고서 중얼거렸다.

"이거, 큰 수술이라도 받은 모양일세……"

얼마간 망설이다가 중년 남자는 입을 열었다.

"사실, 맥스의 주인은 따로 있었습니다. 그 주인이 뺑소니차에 치인 맥스를 그대로 길가에 내다버렸는데, 그걸 제가 데려다 치료하고 키우는 거죠."

여자와 사내는 앞다퉈 개의 전 주인을 향한 비난을 쏟아냈다. 여자가 육포 조각을 내밀자 개는 꼬리를 흔들며 고마움을 드러냈다.

"사이들…… 가게 이름이 멋있군요. '샛길로 빠지다'란 뜻이죠?"

사내의 물음에 중년 남자는 은근한 미소를 지으며 대답했다.

"맞습니다. 삶과 일상의 샛길로 빠져들어 찾는 곳이란 의미를 담고 있죠."

여자를 쳐다보며 사내는 입을 열었다.

"지금 우리 상황과 딱 맞아떨어지는데요?"

여자는 웃었다.

"맞아요, 정말 그렇네요."

"가게 이름에는 한 가지 의미가 더 숨어 있습니다. 사이들은…… 제 양어머니의 이름이기도 하죠."

사내와 여자는 놀란 눈으로 중년 남자를 쳐다보았다. 그는 어릴 때 미국으로 입양되어 16년 전 한국에 돌아와 가게를 차렸다고 고백했다. 사내가 사려 깊은 표정으로 입양아로서 상처가 많았겠다고 하자 중년 남자는 고개를 저었다.

"양부모님은 정말 좋은 분들이었습니다. 자라면서 입양아란 사실이 단 한 번도 상처로 여겨진 적이 없죠. 특히 어머니는 제가 만난 사람들 중에 가장 자애롭고 현명한 분이었어요."

잠시 침묵하다가 중년 남자는 말을 이었다.

"그러나 단 한 가지, 저에게 늘 결핍된 채로 남아 있는 부분이 있었죠. 그건 고향이었습니다. 저는 제가 유년기를 보낸 곳을 고향이라고 밝힐 수 없었어요. 삶의 마지막 순간에 돌아가 몸을 누일 공간으로 여겨지지 않았던 거죠. 그 고민을 토로했더니 양어머니가 한국에 가보라고 조언하더군요."

여자가 나지막한 음성으로 물었다.

"여기 오니 어떠세요?"

"솔직히, 여기서도 고향이라는 느낌은 들지 않아요. 제 자신이 여행자처럼 여겨진다고 할까…… 최근에서야 든 생각이지만 제가 갈구한 고향은 이 지상에서는 발견할 수 없을 것 같습니다."

여자는 중년 남자의 침착하고 온화한 얼굴에서 고통스럽게 물고 늘어진 자기 응시의 시간을 엿보았다. 저 사람이 걸어온 삶은 어땠을까. 어떤 환멸과 상실, 허무를 건너왔을까.

"양부모님은 현재 미국에 계시나요?"

사내가 조심스레 묻자 중년 남자는 그들은 이미 오래전에 돌아가셨다고 대답하며 지쳐 보이는 미소를 지었다.

"지금은 저 늙은 개가 가족의 전부죠."

자정이 가까워서야 사내와 여자는 펍을 떠났다. 어둠과 정적에 싸인 거리. 목덜미로 초봄의 쌀쌀한 바람이 스쳤다. 더 이상 경찰은 보이지 않았다.

사내는 한숨과 섞어 말을 뱉어냈다.

"아무래도 오늘은 기차역에서 자야겠네요. 혹시, 아가씨도 잘 곳이 없으면 저와 함께 가는 건 어때요?"

"그럴까요? 바닥에 빈 깡통도 하나 놓고요."

가볍게 웃다가 사내는 문득 거리 한구석을 쳐다보며 여자에게 물었다.

"500원짜리 동전 있어요?"

사내가 바라보는 방향으로 고개를 돌린 여자는 크레인 게임기를 발견했다. 동전을 찾아 건네주자 사내는 게임기를 향해 다가갔다. 그러고는 동전을 넣은 다음 깊숙이 허리를 숙이고서 조작 버튼을 눌렀다. 게임기에서 흘러나오는 전자음이 어둡고 텅 빈 거리에 쓸쓸하게 울렸다. 여자는 팔짱을 낀 채 사내를 지켜보았다.

잠시 뒤, 사내가 환호성을 내질렀다.

"아가씨, 성공했어요! 어릴 때부터 제가 이런 거 잘했거든요."

너무나 천진한 표정으로 기뻐하는 사내를 여자는 신기하게 쳐다봤다. 저 나이 든 남자 속에는 아직도 조그만 아이가 살고 있을까. 그래서 저렇게 갑자기 모습을 드러내곤 하는 걸까.

사내는 경품으로 뽑은 열쇠고리를 여자에게 내밀었다.

"선물이에요. 오늘 아가씨가 저에게 베푼 호의에 대한 감사예요."

사내 얼굴을 물끄러미 바라보다가 여자는 작은 인형이 달린 열쇠고리를 받아 들었다.

"언제 한번 오늘처럼 우연히 만났으면 좋겠군요."

인사말을 건넨 사내는 바지 주머니에 두 손을 찔러 넣은 채 어둠 속으로 천천히 사라져갔다. 여자는 오랫동안 가만히 서서 희미해지는 사내 발소리에 귀를 기울였다.

6

가을로 접어드는 이맘 때 윤슬이를 낳았어요. 출산 예정일을 보름 가까이 남겨둔 날 새벽에 양수가 터졌죠. 그이의 부축을 받으며 집 밖으로 나가 택시를 잡아탔어요. 시트가 양수에 젖을까 봐 얼마나 조마조마하던지. 나이 지긋한 기사 아저씨가 그이에게 아버지가 되는 것에 대해 몇 마디 해주었는데, 얘기를 듣는 그이의 진지한 얼굴이 무척 귀여웠죠.

하지만 막상 분만 대기실에 들어서자 거짓말처럼 진통이 싹 사라지고 양수도 더 이상 나오지 않는 거예요. 저는 침대에 멀뚱멀뚱 누워 있었죠. 그런데 그때 제 옆에 누워 있던 어느 낯모르는 임산부가 지금 뭐든 먹어둬야 한다며 초코바를 내밀었어요. 굉장히 긴장된 상태였던 저는 아무것도 목구멍으로 넘길 수 없을 것 같아 정중히 거절했죠. 창을 보니 어느새 여명이 터오고 있었어요. 그제야 제가 엄마가 되는 것이 실감 나더군요. 사랑, 그 자체라 불러도 좋을 대상이 생긴다는 것. 한 우주를 창조

한다는 것. 목숨을 걸고 지켜야 하는 존재가 생긴다는 것.

　정오 무렵부터 본격적인 진통이 시작되었어요. 썰물과 밀물처럼 다가왔다가 사라지는 진통 속에서도 또렷이 느껴지는 감각이 있었죠. 그건 바로 허기였어요. 전날 저녁부터 아무것도 먹지 못했으니 당연했죠. 비로소 동료 임산부의 말이 이해되며 초코바를 사양한 것에 후회가 밀려들더군요. 그때는 관장까지 한 뒤라서 아무것도 먹으면 안 되었죠.

　조금씩 자궁문이 열려 분만실로 옮겨진 건 늦은 오후였어요. 그렇다고 바로 아기가 나오는 건 아니고, 10센티미터 이상 자궁문이 벌어질 때까지 기다려야 했죠. 그이는 회사 일로 자리를 비웠기 때문에 분만실에는 오직 저 혼자 있어야 했어요. 너무나 두렵고 떨리던 그때, 어머니가 곁에 있다면 얼마나 좋을까 생각하다가, 이 방에는 나 혼자 있는 게 아니라고, 곧 세상에 나올 아기와 함께 있는 거라고 여기며 제 자신을 다독였죠.

　진통을 견디며 3시간쯤 보내자 간호사가 자궁문을 확인하더니 이제 괜찮겠다고 말하더군요. 그리고 곧 의사가 들어와 분만을 시작했죠. 그 이후는 확실하게 기억나지 않아요. 꿈결처럼 어렴풋이 들려오는 의사의 목소리, 흐릿하게 보이는 그이 얼굴, 탯줄 가위를 쥔 그이의 떨리는 손……. 정신을 차려보니 제 품에 작고 불그스름한 생명체가 안겨 있었어요. 저는 아기에게 속삭이듯 말을 건넸죠.

　"안녕, 만나고 싶었어!"

　다음 순간 들었던 생각은 어머니였어요. 당장 하늘나라로 달려가 어머니에게 그 애를 보여주고 싶었었죠. 그리고 어머니도 이토록 애틋한 마음으로 나를 바라봐주었느냐고, 그 사랑의 부피와 무게를 이제서야 알겠노라 말하고 싶었어요. 그 간절한 바람 끝에서는 어머니가 저에게 베풀어준 사랑, 제 속에 고이 간직된 그 사랑을 고스란히 아기에게 물려주리라 다짐했고요.

언젠가 우리 모두에게 평온한 시간이 찾아오면 윤슬이에게 이야기해줄 수도 있겠죠. 연약하지만 동시에 강하고, 엄하면서도 자애롭고, 세상 누구보다 지혜로웠던 어머니에 대해서 말이에요.

7

부끄러운 얘기지만, 오늘 도둑질을 했어요. 이따금 외로움을 견딜 수 없는 순간이 있어요. 그럴 때는 주체할 수 없는 충동으로 대형마트에서 물건을 훔치곤 해요. 만약 걸려서 경찰서라도 가게 된다면 지금까지의 노력이 죄다 물거품이 된다는 걸 잘 알면서 말이죠.

지금까지 뭘 훔쳤는지 알려드릴까요? 양말, 양념통, 사탕, 바디워시…… 대부분 자잘한 것들이죠. 그러나 이번에는 제법 값나가는 걸 훔쳤어요. 신상품으로 나온 카디건이 그거예요. 몇 벌의 옷을 들고 탈의실에 들어간 저는 먼저 카디건에 붙은 도난 방지용 택을 제거했어요. 한때 마트에서 캐셔로 일한 덕분에

택을 떼는 요령을 알고 있었죠. 그러고 나서 카디건을 입은 뒤 원래 제 겉옷을 걸쳤어요. 태연한 얼굴로 탈의실을 빠져나와보니 다행히 저를 주목하고 있는 이는 아무도 없더군요. 계산대를 빠져나오는 동안 가슴이 터질듯 두근댔죠. 그러나 그 긴장감 속에는 묘한 쾌감이 자리하고 있었어요.

처음으로 도둑질을 한 건 여덟 살 때였죠. 어머니도 기억하실 거예요. 동네 어귀에 있던 구멍가게요. 성마르고 깐깐한 할아버지가 주인이었잖아요. 거기에서 장난감이 들어 있는 과자를 오빠와 함께 훔쳤어요. 오빠가 할아버지의 주의를 끌면 그 틈을 타서 제가 과자를 슬쩍하는 식이었죠. 운이 좋았던 탓인지, 오빠와 저의 콤비 플레이는 한 번도 실패한 적이 없었어요. 그렇게 과자를 훔쳐내서 오빠는 장난감을 갖고 맛없는 과자는 저에게 줬죠. 아무리 울며 떼를 써도 절대 장난감은 주지 않았어요. 참 나쁜 오빠죠?

생각해보니 그 무렵이었네요. 아버지가 우리를 버리고 떠난 것이. 큰 도시의 건설 현장을 누비며 토목 기술자로 일하던 아버지는 두어 달에 한 번 돌아오곤 했죠. 어린 제가 아버지를 알아보는 것은 거무스름한 얼굴에 씌인 선글라스였어요. 갈색 알이 커다란 선글라스. 아버지는 언제나 그것을 쓴 채 오토바이를 타고 나타났죠.

집에 머무는 시간에도 아버지는 거의 대부분 선글라스를 쓰고 있었어요. 어린 저를 번쩍 안아 올릴 때에도, 오빠와 마당에서 공차기를 할 때에도, 어머니에게 웃어 보일 때에도. 저는 선글라스에 감춰진 눈이 어떤 감정을 담고 있는지 몰라 혼자 불안해했죠.

선글라스 속의 두 눈. 그것이 가족들에 대한 애정으로 반짝이고 있지는 않았을 거란 짐작이 든 건 아버지가 집을 찾는 횟수가 뜸해진 뒤였어요. 서너 달에 한 번, 반년에 한 번…… 그러다가 다시는 볼 수 없었죠. 주위 어른들은 쉬쉬했지만 저와 오빠는 동네에 퍼진 소문으로 아버지가 함바집 주인 여자와 눈이 맞아 살림을 차렸다는 걸 알고 있었어요. 아버지를 찾아 몇 차례 멀고 낯선 도시를 다녀온 다음, 어머니는 모든 것을 체념한 듯 오빠와 저에게 다시 아버지를 만날 기대를 버리라고 했죠.

아버지의 부재 속에서 당장 돈을 벌어야 했던 어머니는 옆 동네에 있는 식품 공장에 들어갔죠. 하지만 지병인 허리디스크 때문에 장시간 서 있을 수 없어 이내 그만둬야 했어요. 그 후 여러 직장을 전전하다가 불교신자인 이웃 아주머니의 도움으로 사찰에 딸린 기념품점의 판매 사원으로 일하게 됐죠.

비록 급여가 아주 적긴 했으나 몸에 무리가 가지 않아 어머니는 기념품점에 오랫동안 다닐 수 있었어요. 그러면서 자연스레 불교에 관심을 기울이게 됐죠. 아마 제가 고등학생 때였을 거예요. 새벽에 『반야심경』을 읽고 있던 어머니에게 저는 불쑥 물었죠. 늘 궁금했던 것, 그러나 차마 입 밖에 낼 수 없었던 것.

"엄마는 아버지가 원망스럽지 않아?"

제 말을 못 들은 것처럼 한동안 입을 다물고 있다가 어머니는 조용한 동작으로 손에 들고 있던 『반야심경』 책의 표지를 저에게 보여줬죠.

"여기에 그려진 게 뭔지 아니? 석가모니 부처님이다."

제가 보일 듯 말 듯 한 미소를 머금은 부처님을 바라보고 있으려니, 어머니는 나직한 목소리로 말을 이었어요.

"네 아비와의 일을 털어놓으며 이 무거운 마음을 어찌하여야 하는지 묻자 스님이 그러더라. 부처님도 처음에는 평범한 인간이었는데 윤회 속 수많은 인연을 통해 깨침을 얻어 해탈에 이르셨다고. 그러니 살면서 거치는 모든 인연이 부처가 되기 위해 꼭 필요한 것이고, 사실상 나쁜 인연이란 없다는 거야."

이상하게도 그날 파르스름한 새벽빛 속에서 『반야심경』을 읽던 어머니 모습은 제 마음에 깊이 각인되어, 살면서 간혹 떠오르곤 했어요. 스산한 저녁에 혼자 길을 걸어갈 때, 누군가에게 큰 상처를 받고서 속울음을 삼킬 때, 악몽에서 깨어나 어둠 속을 헤맬 때…….

어머니. 한참 만에 다시 글을 적습니다. 어머니의 말뜻을 이제는 저도 조금은 알 것 같아요. 그건 아마도 자비이지 않을까요? 자비에는 여러 마음이 깃들어 있지요. 사랑의 마음과 슬픔의 마음과 그리고…… 용서의 마음.

어머니가 아버지에게 그랬듯, 저 역시 저에게 상처 줬던 세상의 모든 것들에게 자비를 베풀었으면 좋겠어요. 그리고 더불어 제 자신에게도 말이에요. 제가 그동안 저지른 실수와 죄에 대해 응당 그럴 수밖에 없었다고, 어쩔 수 없었다고 말하며 다독여주면 좋겠어요.

8

건물 사이로 힘겹게 햇살이 깃드는 이른 아침 녘. 천천히 거리를 거닐며 여자는 출근 중인 사람들을 바라보았다. 잠기운이 채 가시지 않은 얼굴, 미처 말리지 못한 젖은 머리, 종종걸음 치며 손목시계를 확인하는 초조한 표정. 이제는 평범한 직장인 시절이 까마득히 오래전의 일처럼 여겨졌다. 그런 때가 있었나 의심스러울 정도로.

꽤 먼 거리를 걸어 찾아간 곳은 대형 멀티플렉스 극장이었다. 여자는 아주 가끔씩 규칙에 어긋난 행동을 한다. 혼자 극장을 찾아 조조영화를 보는 것도 그중의 하나다. 극장이라는 공간이 주는 일상성과 보편성을 여자는 좋아한다.

관객은 여자를 포함해 다섯 명뿐이었다. 보름 전에 개봉한 영화는 할리우드에서 만든 재난 블록버스터였다. 멜로와 액션이 잘 버무려진 가운데, 감동을 유발하는 장면이 적절히 배치되어 있었다. 밀폐된 공간에서 영화를 보는 동안 여자는 잠시나마 자신의 처지를 잊을 수 있었다. 그녀는 범죄자도 아니었고, 몇 년째 자식과 떨어져 지내는 어미도 아니었으며, 자폐의 문턱을 넘나드는 외톨이도 아니었다. 오로지 영화를 즐기는 관객일 뿐이었다.

극장을 나선 여자는 한결 가벼워진 기분을 느꼈다. 하늘을 향해 고개를 들자 눈부신 햇살이 얼굴에 한가득 쏟아져 내렸다. 가로수로 심어진 왕벚나무를 보며 느긋하게 걷다가 그녀는

209

상점 쇼윈도에 진열된 옷을 구경하기도 했고, 테이크아웃 커피 전문점을 발견하고는 휘핑크림이 잔뜩 올려진 커피를 사 마시기도 했다.

패밀리 레스토랑의 외벽에 붙은 생일 이벤트 전단을 본 여자는 걸음을 멈췄다. 4월 18일. 오늘은 자신의 생일이었다. 숨어 지내는 생활을 시작하면서 매번 그냥 지나쳤으나 이번만큼은 혼자일지언정 축하 파티를 열기로 마음먹었다. 지금껏 잘 견뎌왔다는 의미로.

가까운 베이커리에 들어서니 매장 한쪽에서 앞치마를 두른 아르바이트생이 빠른 손놀림으로 빵을 포장하고 있었다. 쇼케이스로 다가간 여자는 허리를 굽히고 각양각색의 케이크를 구경하였다. 그러다가 한참 뒤 딸기와 블루베리로 장식된 작은 화이트케이크를 골랐다. 케이크를 상자에 담으며 아르바이트생이 초도 필요한지 묻자 살짝 고개를 끄덕였다.

케이크를 들고 집으로 향하던 여자는 교회 앞마당에서 이뤄지고 있는 무료급식 행사를 발견했다. 남루한 차림새로 식사하는 사람들 틈에 낯익은 이가 섞여 있었다. 펍에서 대화를 나눈 사내였다. 그를 알아본 여자는 와락 반가움을 느꼈고, 이어서는 낯설고 스산한 이 도시에서 아는 사람이 있다는 사실에 적잖이 기뻤다.

여자와 눈이 마주친 사내는 당황하며 어색한 미소를 지었다. 그 모습을 본 여자는 쿡 웃음을 터뜨렸다. 가볍게 눈인사를 한 여자가 자리를 뜨려고 하자 사내는 급하게 손을 들어 잠깐만 기다려달라는 신호를 보냈다.

　식사를 마치고 다가온 사내에게 여자는 핀잔주듯 말했다.

　"공짜로 뭐 주는 곳에는 어디든 끼어 있군요!"

　"저도 먹고 살아야죠."

　넉살 좋게 대꾸한 사내는 갑자기 여자의 소매를 잡아끌었다.

　"자, 갑시다."

　당황한 표정으로 여자는 물었다.

　"어딜요?"

　"밥을 먹었으니 커피 한잔해야죠."

　사내가 여자를 데려간 곳은 인근 공원이었다. 커다란 원형 화단에 개나리와 진달래가 빼곡하게 피어 있었다. 자판기에서 커피를 뽑아 든 그들은 벤치에 나란히 앉았다. 곁에 있는 목련 나무에서 새소리가 기분 좋게 들려왔다.

　"그렇지 않아도 아가씨를 한번 만나고 싶었어요."

　사내가 여자를 쳐다보았다.

　"이상하게 그쪽 생각이 자꾸 나더라고요."

　여자는 픽 웃었다.

　"누구 생일인가 봐요?"

　케이크를 보며 사내가 묻자 여자는 쓸쓸한 미소를 지었다.

　"먹을래요, 케이크?"

　"그래도 돼요?"

　"네."

　여자는 조심스러운 동작으로 상자에서 케이크를 꺼냈다. 뭔가 묻고 싶은 눈치인 듯했지만 사내는 입을 다물고 여자의 행동을 지켜보았다.

"초도 밝히죠."

사내의 의견에 여자는 고개를 저었다.

"됐어요."

"이렇게 초까지 있는데, 아깝잖아요."

사내는 케이크에 초를 꽂은 다음 라이터로 불을 붙였다.

"생일 맞은 분의 나이는 몇인가요?"

여자는 짧게 대답했다.

"서른두 살."

여자는 서른두 살은 어떤 나이인가, 생각해보았다. 아직 고요와 평정에 들어설 시기는 아니나, 그렇다고 속절없이 방황에 휘둘릴 시기도 아니라고 여겨졌다. 그럼 마흔쯤 되면 달라질까. 뭔가 단단해진 채로 생을 이끌어갈 수 있을까.

"누군가의 서른두 번째 생일을 축하하며."

말을 마친 사내가 촛불을 끄라고 재촉하자 여자는 마지못한 것처럼 훅 입바람을 불었다. 그런 뒤 어쩐지 불쑥 눈물이 쏟아질 것 같은 기분이 들어 아랫입술을 꽉 깨물었다.

여자와 사내는 전방에 시선을 던져둔 채 천천히 케이크를 먹었다. 봄 햇살이 지면에 따스하게 내려앉았고, 실바람을 타고 꽃 내음이 풍겨왔다.

"생각해보면 봄이란 참 이상해요."

불현듯 들리는 여자의 음성에 사내는 고개를 틀었다.

"뭐가요?"

"사계절 중에서 유독 접두사 역할을 많이 하잖아요. 봄바람, 봄인사, 봄나물…… 심지어 봄처녀까지. 이유가 뭘까요?"

"뭐, 그만큼 봄이 반가워서 그렇지 않을까요?"

사내가 별 고민 없이 시큰둥하게 내뱉은 대답에 여자는 깊이 고개를 주억거렸다. 그렇구나. 긴 겨울을 보내고 맞이하는 봄은 그토록 반갑고 기쁜 존재구나. 여자는 숨어 지내며 많은 것을 놓치고 있다는 생각을 했다. 고개를 들어보면 눈부신 것이 이토록 많은 것을.

여자의 눈에 젊은 부부가 들어온 것은 그때였다. 그들 사이에는 네댓 살쯤으로 보이는 아이가 끼어 있었는데, 입고 있는 연분홍색 더플코트가 주위 풍경과 잘 어울렸다. 산책을 나왔는지 그 가족은 햇살을 즐기며 여유롭게 거닐었다.

"뭘 그렇게 봐요?"

사내의 물음에 여자는 젊은 부부에게 시선을 고정한 채 대답했다.

"저거…… 참 평범한 모습이겠죠?"

여자의 눈을 쫓아 젊은 부부를 발견한 사내는 미소 지었다.

"행복해 보이는 모습이네요."

말을 마치고 여자의 얼굴을 본 사내는 조금 놀랐다. 눈시울이 붉어져 있었던 것이다. 잠긴 목소리로 그녀는 중얼거렸다.

"참 평범하고, 당연한 일상이겠죠……."

9

어두운 방 안에 혼자 있다 보면 외딴 별에 버려진 듯한 느낌이 들 때가 있어요. 맞아요, 화성이요. 그 음울한 행성에 오로지 저만 있는 거예요. 어디를 둘러보아도 아득한 지평선뿐인 모래 사막, 그 한가운데서 걷잡을 수 없는 우울에 빠져드는 순간이면 저는 상상을 하죠. 제가 꿈꿔온 것들, 바라는 것들 말이에요. 얼마 전에는 탁 트인 잔디밭에서 윤슬이와 도시락을 먹는 모습을 그려보았어요. 하늘은 포근한 푸른빛이었고, 공기는 부드러우면서도 달콤했어요. 이따금 살며시 바람이 불어와 목덜미를 간지럽혔죠. 윤슬이는 나비를 쫓아 그 작은 발로 통통거리며 이리저리 뛰어다녔고요.

어느 날에는 윤슬이의 초등학교 입학식 풍경을 떠올려본 적도 있어요. 병원에서 위태롭게 생명을 이어가던 그 애가 무사히 자라 세상을 향해 첫발을 내딛게 된 거죠. 강당에서 아이들과 줄을 맞춰 앉아 있는 그 애는 이따금 뒤돌아 엄마인 저를 찾았어요. 아, 그 불안하면서도 설레는 표정이라니!

냉장고 모터음이나 행상 차 확성기 소리에 놀라 상상에서 깨고 나면 허허롭고 아련한 마음에 눈물이 흘러요. 그러면 저는 허겁지겁 벽에 걸린 달력을 들여다보죠. 거기 그어져 있는 수많은 엑스 표가 저의 유일한 위안이고 버팀목이니까요.

어머니, 한 남자를 알게 되었어요. 그는 저와 많이 비슷해요. 사람들 속에 섞여 들지 못한 채 세상 언저리를 배회하죠. 저는

214

그와 어울려 공원 벤치에 앉아 햇볕을 쐬기도 하고 조조영화를 보기도 했어요. 그는 저에게 아무것도 묻지 않았고 저 역시 그에게 아무것도 묻지 않았죠. 다만, 밝고 명랑한 그의 얼굴에 언뜻 언뜻 스쳐 지나가는 어두운 그늘을 보고 그도 저처럼 가슴에 뭔가 비밀스럽고 아픈 사연을 품고 있다는 걸 짐작할 수 있었어요.

아마도 우리를 묶어준 건 외로움과 고립감이었을 거예요. 그래요, 우린 그것들에 너무 지쳐 있었죠. 아무도 없는 골방에서의 시간이, 그 시간 속에서 뒤꿈치를 들고 소리 없이 다가오는 자폐의 존재가 무서웠던 거예요. 그리하여 우리가 서로를 만난 건 살기 위한 몸부림인지도 몰라요.

그렇지만 처음부터 그가 가깝게 느껴진 건 아니에요. 저는 목적이나 욕망을 품고 다가오는 여타의 남자들에게 한 것처럼 그를 경계하며 일정한 거리감을 뒀는데, 어떤 일을 계기로 그게 완전히 사라져버렸죠.

어느 정도 낯을 익힌 무렵, 함께 거리를 어슬렁거리다가 그는 불쑥 저에게 물었죠.

"지금까지 살면서 가장 아쉬웠던 게 뭐예요?"

가볍게 던진 질문이었고, 저 역시 가벼운 마음으로 고민했죠. 그런데 그때 제 앞으로 백팩을 멘 대학생들이 지나가는 거예요. 너무나 밝은 표정으로 웃고 떠들면서. 그 모습을 대하니 문득 나에게 청춘이란 게 있었던가, 하는 의문이 들더군요. 그때껏 저는 돈을 벌기 위해 최고 속도로 맞춰진 러닝 머신을 뛰는 것마냥 숨차게 살아왔더랬죠. 늘 돈 걱정에 매여 있었고, 돈 때문에 많은 걸 포기해야 했어요. 겉으로야 애써 웃으며 밝은 척했지만, 속으로는 억울해했고, 분노했고, 슬퍼했고, 때로는 원망했죠.

저는 가라앉은 음성으로 그에게 대답했어요.

"저 대학생들처럼 젊음을 누려보지 못한 거요⋯⋯."

제 말을 듣고서 한참 동안 뭔가 생각하더니 그는 어딘가로 저를 데려가려 했어요. 그곳이 인근 대학교라는 사실을 알아챈 저는 완강히 거부했죠. 그러나 그의 끈질긴 요청에 마지못해 따라나서고 말았어요. 대학교 정문에 이르러 많은 젊은이를 대하니 왠지 모르게 가슴이 두근거리더군요. 정문과 이어진 대로를 걸으며 대학교에서만 접할 수 있는 것들, 각종 플래카드와 고풍스러운 건물, 게시판에 붙은 대자보, 노천극장 공연을 저는 흥미롭게 구경했어요.

그렇게 교정을 산책하던 중에 그가 갑자기 사라지더니 웬 야구 모자를 들고 나타났지 뭐예요. 거기에는 그 대학교의 영문 이니셜이 크게 박혀 있었죠. 야구 모자를 제게 씌워주며 그는 다정한 목소리로 말했어요.

"지금부터 우리는 이 학교의 학생이에요. 학생이라면 당연히 수업을 들어야겠죠?"

그는 제 손을 잡아끌고 가까운 거리에 있던 인문대 건물로 들어갔죠. 강의실 문에 붙은 시간표를 확인해보니 때마침 곧 시작하는 강의가 있더군요. 학생이 아닌 사실이 들통날까 봐 걱정되었지만, 이번에도 그의 애원에 넘어가 결국 강의실의 맨 뒷자리에 앉았죠. 다행히 아무도 우리를 신경 쓰지 않았어요. 조금 기다리자 배가 나오고 안경을 쓴 노교수가 들어와 강의를 시작했죠. 우리나라의 민중예술에 대한 내용이었어요. 꽤 집중하며 듣다가 강의 중간쯤에 이르러 무심결에 창을 바라보았는데, 너무나 아름다운 풍경이 눈에 들어오는 거예요. 아름드리 플라타너스, 연초록 잎사귀마다 반짝이며 고여 있는 맑은 햇살!

강의가 끝나자 우리는 학생 식당으로 가서 학생들 틈에 섞여 밥을 먹었죠. 평범한 식단이었지만 들뜬 기분 때문에 무척 맛있었어요. 식사를 마친 뒤에는 본관 앞 잔디밭에 앉아 따스한 볕을 즐기며 시간을 보냈는데, 그러고 있으려니 제가 어두운 사기 사건에 연루된 범죄자가 아니라 밝고 구김 없이 자란 여대생처럼 여겨지더군요. 용돈 문제로 부모에게 투정을 하고, 데이트 때 입을 옷에 대해 고민하는. 그러자 제 자신이 저를 둘러싼 모든 것으로부터 간절히 벗어나고 싶어하는지도 모르겠다는 생각이 들었죠. 가난하고 아프던 어린 시절의 기억, 열등감과 피해의식, 범죄자가 되는 나를 속수무책으로 지켜봐야 했던 무능력한 그이…… 그리고 어쩌면 윤슬이까지도. 어머니, 이런 제가 나쁜 딸인가요? 나쁜 아내인가요? 나쁜 엄마인가요?

문득 정신을 차려보니 저도 모르는 사이 제 뺨에 뜨거운 눈물이 흘러내리고 있었죠. 그것을 본 그는 흠칫 놀란 듯하더니 조용히 고개를 틀며 모른 척하더군요. 그러고 나서 내내 말없이 제 곁을 지켜주었죠. 그때 저는 침묵이 어떤 말보다도 깊고, 따스하고, 부드러울 수 있다는 걸 깨달았어요.

그날 이후 그는 아무도 없던 제 행성에 들어와 저의 하나밖에 없는 친구가 되었죠. 스피릿과 함께하는 오퍼튜니티처럼요. 아무리 척박한 별이라 할지라도 누군가 옆에 있어준다면 한결 견디기 수월할 거예요.

10

막 형광등을 갈아 끼운 참이었다. 이런 일조차 못할 만큼 기계치가 아닌데도 어쩐 일인지 제대로 불이 들어오지 않았다. 연신 깜박거리기만 할 뿐이었다. 여자는 난감함을 느끼며 어쩔 줄 몰라 했다.

도대체 뭐가 문제일까.

출장비를 주더라도 수리 기사를 부를까 했으나 낯선 이를 집 안에 들이는 게 내키지 않았다. 게다가 만에 하나, 그 사실을 사장이 알기라도 한다면 노발대발할 것이 분명하다. 여자는 답답한 마음에 바닥에 주저앉아 멍하게 베란다 창밖을 바라보았다. 그러다가 여행을 떠나고픈 돌연한 충동에 휩싸였다. 이런 현실에서 벗어나고 싶었다. 여행 그 자체가 주는 해방감과 자유를 만끽하고 싶었다.

마음이 복잡할 때면 늘 그랬듯 집 안 청소를 시작했다. 먼저 청소기를 돌린 다음, 방 구석구석 물걸레질도 했다. 내처 이불 빨래까지 하고 나니 몇 시간이 훌쩍 지나 있었다. 그러나 여행 욕망은 사그라지지 않았다. 오히려 더욱 커져 있었다.

분위기는 느껴볼 수 있지 않을까.

집을 빠져나온 여자는 버스를 타고 시내 중심가에 자리 잡은 기차역으로 향했다. 10분쯤 달려 버스에서 내리자 역 광장을 가득 메운 인파가 눈에 들어왔다. 지하철역과 기차역, 백화점이 통합된 이유로 언제나 북적이긴 했지만, 지금은 크리스마스 시즌까지 겹쳐 평소보다 훨씬 많은 사람이 몰려 있었다. 여자는 에스컬레이터를 타고 역사 안으로 들어갔다. 어디론가로 떠나는 사람들과 어디선가에서 도착한 사람들이 만들어내는 기묘한 분위기가―설렘과 기대, 피로가 한데 뒤섞인―여자는 좀 두렵고, 다른 한편으로는 신선했다.

매표소 앞 긴 의자에 앉아, 여자는 기차 운행을 알리는 전광판을 무연한 시선으로 올려다보았다. 수많은 기차가 쉼 없이 먼 데를 향해 출발하고 있었다. 여자는 속으로 중얼거렸다. 아무 기차나 잡아타도 좋지 않을까. 어디든 상관없겠지. 남도 끝자락의 한적한 바닷가도 좋고 어느 시골의 발길 뜸한 간이역도 좋을 것이다.

여행 욕망을 털어내려는 것처럼, 여자는 전광판에서 고개를 돌렸다. 그러자 의자에 웅크린 채 잠들어 있거나 멍한 눈으로 텔레비전을 응시하는 노숙자들이 보였다. 여자는 생각했다. 어쩌면 저들은 단순히 화장실과 텔레비전이 있고 비바람을 피할 수 있어서가 아니라, 이 현실을 벗어나고픈 욕망으로 이곳에 머물러 있는 건 아닐까. 마치 기차가 다른 삶으로 실어다 줄 수 있다는 듯이…….

"미옥 씨, 웬일이세요?"

갑작스러운 목소리에 여자는 깜짝 놀랐다. 얼굴을 확인해보니 사내였다.

"그쪽이야말로 여긴 어쩐 일이에요?"

반가운 표정을 지으며 여자는 되물었다.

"요즘 여기서 지내요. 저쪽, 텔레비전 바로 앞이 내 아지트예요."

"여기도 일종의 지정석이 있나요?"

"그럼요, 다른 사람이 자기 자리에 있으면 막 화내며 쫓아내죠."

여자는 사내의 자리를 살폈다. 눈에 익은 백팩이 보였고, 의자 아래에는 생수 페트병과 접이식 우산이 놓여 있었다.

"참 한심하죠? 이렇게 사는 내 모습 말이에요. 막말로, 아버지의 수억 정자 중에 내가 가장 빨랐다는 게 믿기지 않아요. 아마 정자였을 때가 인생의 황금기였나 봐요."

여자는 크게 웃었다.

"뭐 하고 있었어요? 텔레비전 보고 있었던 거예요?"

"아뇨. 사실은 누군가를 골똘히 생각하고 있었어요."

"누구요? 누구를 생각하고 있었는데요?"

사내는 대답 없이 입가에 야릇한 미소만 흘렸다.

"좋아하는 사람인가요?"

여자를 바라보며 사내는 살짝 고개를 끄덕였다.

"어떤 분이에요?"

"눈빛이 참 맑고 따뜻한 사람이에요. 그 눈을 보고 있으면 기분이 편안해져요."

잠시 사내의 표정을 살핀 여자는 입을 열었다.

"많이 좋아하는군요?"

"그런 것 같아요. 눈빛에 반했다는 건, 영혼에 반했다는 거니까……."

부끄러운 듯 웃음을 터뜨리다가, 사내는 누군가를 발견하고서 손을 들어 알은체를 했다.

"목사님!"

사내가 쳐다보는 방향으로 고개를 튼 여자는 큼직한 성경책을 든 장년 남자를 보았다.

"교회 목사님인가요?"

여자의 물음에 사내는 실실 웃으며 고개를 저었다.

"저와 똑같이 노숙하는 처지인데, 별명이 목사님이에요. 저 형님은 밥 먹을 때와 잠잘 때 빼고는 언제나 성경을 읽죠."

"신앙심이 깊은가 보네요."

"의외로 노숙자 중에서 종교를 믿는 사람이 많아요."

"그래요? 특별한 이유라도 있나요?"

"어쩌면 당연하겠지만, 여기에서 지내는 이들은 대부분 불행하죠. 그런데 그 불행이 신에게 이르는 지름길이거든요. 행복한 사람은 기도를 하지 않아요."

여자는 사내의 말을 천천히 곱씹었다.

"아, 또 한 가지가 있군요. 불행과 마찬가지로 신을 찾게 만드는 것이."

"그게 뭔데요?"

"고독."

"고독?"

사내는 쓸쓸한 미소를 지었다.

"진실로 고독할 때, 인간은 신을 찾기 마련이니까……"

"와!"

아이처럼 손뼉을 치며 여자는 기뻐했다. 안정기를 교체하자 형광등이 환하게 밝아진 것이다.

"정말 고마워요."

여자의 말에 사내는 낯빛을 붉히며 쑥스러워했다.

"이까짓 일에 무슨."

여자는 사내에게 대접할 커피를 준비하기 위해 싱크대 앞에 섰다. 사장 외에 누군가를 집 안에 들여놓는 경우가 처음이라서 조금 긴장되었다.

"커피 드세요."

고요한 방안에 여자와 단둘이 마주 앉자 사내는 그답지 않게 긴장한 기색을 내비쳤다.

"방이 참 단출하네요."

"자주 이사를 다니는 탓에 꼭 필요한 것들만 갖추고 있어요."

사내는 잦은 이사의 이유를 묻지 않고 가만히 고개를 주억거릴 뿐이었다. 서로에게 지나친 관심과 질문을 쏟지 않는 것. 어느새 관계의 규칙처럼 돼버린 이 점이 여자는 무척이나 편하고 좋았다.

커피를 마시며 사내는 앉은뱅이책상 앞벽에 붙은 사진들을 쳐다보았다. 여자는 아이 사진을 궁금해할 거라고 짐작했으나, 이번에도 암묵적 룰 때문인지 사내는 그것에 대한 언급을 하지 않았다.

"저건 무슨 별이죠?"

한참 뒤, 사내가 정작 관심을 나타낸 건 행성 사진이었다.

"화성이에요."

"화성? 왜 저 사진을 붙여놓은 거죠?"

"화성에는 미국 나사에서 아주 오래전 쏘아올린 두 대의 탐사 로봇이 있어요. 이름은 스피릿과 오퍼튜니티. 화성 구석구석을 돌아다니며 인간의 생존 가능성을 조사하는 게 임무죠. 나사 과학자들은 세월이 흐르자 로봇들이 고장 났으리라 단정하고 그 존재를 잊었어요. 그러나 머나먼 별에서 스피릿과 오퍼튜니티는 계속해서 작동하고 있었죠. 언젠가 지구로 돌아갈 날을 기다리며……."

몇 초의 간격을 두고 여자는 덧붙였다.

"가끔, 그 로봇들이 떠오를 때가 있어요. 내 처지가 그들 같다고 생각되거든요."

한동안 입을 다물고서 여자를 바라보다가 사내는 쓸쓸한 음성으로 말했다.

"듣고 보니, 나 역시 그 로봇들과 마찬가지 신세군요. 모두에게 잊힌 채, 언제일지 모를 귀환만 기다리는 게 말이에요."

사내와 여자는 마주 보며 살짝 미소 지었다. 어느새 짧은 겨울 해가 이울어 어둠이 깃들고 있었다. 가까운 곳에서 고드름 떨어지는 소리가 둔중하게 울렸다.

"볼일도 마쳤으니, 이만 가봐야겠네요."

사내가 몸을 일으키자 여자는 물었다.

"저기…… 저녁 먹고 갈래요?"

갑작스러운 제안에 당황한 듯 선뜻 대답을 못 하다가 사내는 어색하게 고개를 끄덕였다.

"그러죠, 뭐."

여자는 식사를 준비하기 시작했다. 그러다가 실내에 음식 냄새가 퍼지자 베란다 창을 열어젖혔다. 맞은편 집에서도 한참 저녁을 짓고 있었다. 환하게 밝혀진 부엌 창에 부산스레 움직이는 사람 실루엣이 보였다.

이윽고 차려진 상에는 잡곡밥과 북엇국, 계란말이, 조미김, 감자볶음이 올랐다.

"집에 있는 식재료만 이용해서 소박해요."

여자의 말에 사내는 웃으며 대답했다.

"이 정도면 나에게 대단한 진수성찬이에요."

여자는 음식이 입에 맞을지 염려하며 사내를 주시했지만, 이상하게 그는 선뜻 수저를 들지 않았다.

"어서 드세요."

"네……."

물끄러미 밥상을 내려다보던 사내의 눈시울이 붉어지더니, 이내 눈물이 떨어졌다. 당황한 여자는 못 본 척 먼저 수저를 들었다. 사내는 몸을 일으켜 화장실로 들어갔다. 곧이어 세면대의 세찬 물줄기 소리가 들려왔고, 한참 뒤 나온 그의 얼굴은 물기에 젖어 있었다.

"미안해요."

다시 자리에 앉은 사내가 기어 들어가는 목소리로 말하자, 여자는 부드러운 미소를 지었다.

"……괜찮아요."

"이런 밥상을 받아본 게 얼마 만인지 몰라요. 식당이 아닌 곳에서 누군가 나를 위해 차린 거 말이에요."

사내의 심정이 이해가 간 여자는 고개를 끄덕였다. 그들은 한동안 말없이 베란다 창에 시선을 던졌다. 건넛집에서 달그락거리는 설거지 소리와 텔레비전 소리가 들려왔다.

"내가 좋아하는 사람…… 정확히는 모르겠지만, 애인이 있는 것 같아요."

긴 침묵 뒤에 나온 사내의 음성은 잠겨 있었다.

"그래서 고백은 하지 않으려고요. 하지만 기회가 된다면 감사의 마음은 꼭 전하고 싶어요. 잘해줘서 고맙다고, 관심 가져줘서 고맙다고."

여자의 표정이 살짝 굳어졌다. 상대 마음이 아프게 깨달아졌다. 슬픈 기분에 젖어 여자는 생각했다. 그의 오랜 고독이 나를 좋아하게 만든 거라고, 눈빛이 맑고 따뜻한 마음씨를 가진 사람으로 만든 거라고.

"내가 괜한 얘기를 꺼낸 것 같네요."

사내의 말에 여자는 고개를 내저었다. 그러고는 차분한 표정으로 입을 열었다.

"어서 드세요. 식겠어요."

사내가 숟가락을 든 찰나였다. 갑자기 그가 배를 부여잡고 쓰러졌다. 순식간에 낯빛이 창백하게 변했다.

"이봐요, 괜찮아요?"

놀란 여자는 얼른 사내에게로 다가갔다.

"정신 차려요!"

사내는 바닥을 구르며 신음을 토했다. 한눈에도 상태가 심상치 않았다. 여자는 당장 응급차를 불러야 한다고 판단했으나, 휴대폰은 없었고 유선전화기는 수신 전용으로 개조한 것이었다. 게다가 공중전화는 너무 먼 거리에 떨어져 있었다.

안절부절 어쩔 줄 모르다가 여자는 옆집으로 달려갔다. 현관문을 두드리자 굵직한 남자 목소리가 들려왔다.

"누구세요?"

"202호 사람이에요."

"무슨 일이죠?"

"잠깐만요. 부탁드릴 게 있어요."

도어락이 풀리는 전자음이 울리며 현관문이 열렸다. 이어서는 젊은 남자가 부스스한 얼굴을 내밀었다. 여지껏 수없이 이사를 다니면서 여자는 처음으로 이웃을 대면했다.

"119에 신고 좀 해주시겠어요? 사람이 쓰러졌어요."

미심쩍은 표정을 짓던 남자는 여자가 재자 허리를 굽히며 사정하자 알았다고 대답했다.

"정말 고맙습니다!"

집 안으로 돌아와보니 사내는 여전히 바닥에 쓰러진 채 고통스러운 표정을 짓고 있었다. 여자는 그의 곁에 앉아 이마를 쓸어주었다.

"조금만 참아요. 곧 구급차가 올 거예요."

"병원은 안 돼······."

사내가 신음을 삼키며 겨우 말했다. 여자는 진정시키듯 그의 손을 꽉 잡았다.

"괜찮아요. 별일 없을 거예요."

도시 변두리에 자리 잡은 중소병원의 8인 병실. 사내 말고는 환자가 아무도 없어 조용했다. 여자는 사내가 누운 침대 곁에 앉아 창밖을 내다보고 있었다. 눈송이가 흩날리는 회색빛 하늘. 참새 한 마리가 눈발을 뚫고 날아와 바깥 창문턱에 내려앉았다. 그러고는 잠시 날개깃을 고르다가 포르르 날아가버렸다.

여자의 집으로 구급차가 도착한 것은 신고를 하고 15분이 지난 후였다. 육안으로 사내의 몸 상태를 살핀 구급대원은 급성 복막염 같다고 말하고서 사내를 들것에 실었다. 병명은 구급대원의 짐작이 맞았다. 의식이 분명치 않은 사내를 대신해 여자는 병원 창구에서 수술 동의서를 작성했다. 동의서의 빈칸을 하나하나 채워가던 그녀는 한 항목에서 문득 손을 멈췄다. 환자와의 관계. 손톱을 물어뜯으며 오랫동안 고민한 다음 여자는 짧게 한 글자로 적었다. 妻.

사내는 규칙적인 숨소리를 내며 잠들어 있었다. 그의 얼굴 전체에서 묻어나는 고단함의 흔적을 여자는 가만히 내려다보았다. 그러다가 속으로 나지막이 중얼거렸다. 당신의 삶은 언제 어긋났는가. 스스로의 의지로 이런 삶을 선택하지는 않았을 텐데, 언제 이렇게 어긋났는가…….

악몽이라도 꾸는지 사내는 잠결에 몸을 뒤척였다. 여자가 흘러내린 담요를 끌어 올려 다시 덮어준 찰나, 흠칫 놀라며 눈을 떴다.

"안심해요."

낯선 풍경에 당황한 사내가 급하게 상체를 일으키려 하자 여자는 부드러운 손길로 제지했다.

"당신이 걱정할 만한 일은 아무것도 없었어요."

사내는 멍하게 여자를 쳐다보다가 다시 침대에 몸을 뉘였다. 그러고 나서 갈라진 목소리로 물었다.

"무슨 병이에요?"

"급성 복막염이래요. 수술은 잘 끝났어요."

"언제 여기서 나갈 수 있죠?"

"하루 정도 수술 경과를 지켜봐야 된대요."

무겁고 긴 침묵이 사내와 여자 사이에 가로놓였다. 사내는 창 쪽으로 시선을 돌렸다. 어느새 눈송이가 굵어져 함박눈이 쏟아지고 있었다.

"구급차에 실려 병원으로 향할 때, 내가 무슨 생각을 했는 줄 알아요?"

정적을 찢고 나온 사내의 음성은 낮게 가라앉아 있었다. 여자는 충혈된 그의 눈을 응시했다.

"차라리 이대로 죽었으면, 이제 그만 이 삶에서 놓여났으면 했어요."

"어떤 시간은 견디는 것밖에 달리 할 수 있는 게 없어요. 그 시간 속에서는 그게 최선의 노력이에요."

사내는 한쪽 입술을 비틀며 쓰게 웃었다.

"사실, 견디는 게 가장 고통스럽고 힘든 일이죠."

수술 부위의 통증 때문인지 사내는 신음을 흘렸다.

"그날도 이렇게 눈이 내렸는데……."

"그날?"

"그날…… 15년 전, 내 인생이 산산조각 부서진 날."

창밖 풍경에 시선을 고정한 채 사내는 나지막한 목소리로 말을 이었다.

"그때 나는 군대에 있었죠. 갓 전입한 신병으로요. 50명씩 생활하는 내무반. 내가 속한 곳의 최고참은 홀쭉한 키에 매부리코를 한 박 병장이었죠. 그는 소대 전입신고를 마친 뒤부터 특별히 친절하게 대해줬어요. 자기 몫의 건빵을 주는가 하면, 때로는 친형처럼 다정하게 어깨를 두드려주며 군 생활에 대한 조언도 해줬죠. 원래 이등병 때는 힘든 거야. 일병만 달고 나면

군 생활도 할 만해…….

나는 박 병장이 베풀어주는 호의를 진심으로 고마워했어요. 세상에는 이렇게 좋은 사람도 있구나, 하고 생각하며 그에게 도움 되는 일이라면 뭐든지 하고 싶었죠. 그러나 그런 생각은 곧 흔적도 없이 사라지게 되었어요.

이등병 생활이 넉 달 정도 흐른 즈음의 겨울밤. 박 병장이 야간 보초를 서고 돌아온 나를 불렀어요. 나는 관등 성명을 대며 달려갔죠. 붉은 취침등 아래에서 씨익 웃으며 그가 말했어요. 네 자리는 문가라서 춥지? 오늘은 내 옆에서 자. 오 상병 자식, 어제 휴가 갔잖아. 이등병인 나는 설사 지나가는 말에 불과하더라도 그를 거역할 수 없었어요. 얼른 옷을 갈아입고서 박 병장 옆자리로 갔죠.

불침번조차도 꾸벅꾸벅 조는 늦은 밤. 문득 취침복 상의에서 마치 뱀이 기어가는 것 같은 섬뜩한 느낌을 받았어요. 놀라서 퍼뜩 눈을 떴을 때, 나는 누운 자세 그대로 뻣뻣하게 굳어버리고 말았죠. 박 병장의 손이 뻗어와 내 가슴을 주무르고 있었던 거예요. 내가 깬 것을 눈치챈 그가 웃으면서 말하더군요. 이야, 이거 말랑말랑한 게 꼭 여자 젖가슴 같잖아? 나는 더듬거리는 목소리로 이러지 말라고 했죠. 그러나 박 병장은 내 말을 묵살하고서 더욱 거세게 가슴을 주물러댔어요. 귓불에 그의 뜨거운 날숨이 와 닿았죠. 나는 눈을 꾹 내려 감은 채 몸을 잔뜩 웅크렸어요. 그러자 박 병장이 여전히 웃음기 섞인 목소리로 속삭이지 뭐예요. 뭘 겁먹고 그래? 장난일 뿐이라고, 장난.

박 병장은 그날을 시작으로 나에게 그런 짓을 되풀이했어요. 우연히 내무실에 둘이 있을 때면 갑자기 뒤에서 꽉 껴안기도 했고, 샤워실에서 꼿꼿하게 발기한 자신의 성기를 들이대며 만져보라고도 했죠. 그때마다 나는 속으로 중얼거렸어요. '오늘 하루만 견디자.' '지금 이 순간만 참자.' '이번만 눈 딱 감고 넘어가자.' 그러나 그의 행동은 날이 갈수록 도가 심해졌고 나중에는 밤이 되면 마치 일과라도 되는 양 내 옷을 벗겼죠……. 무엇보다 부대원들의 경멸과 조소에 찬 시선을 받아내는 것이 죽을 만큼 고통스러웠어요.

 결국 내 인내심도 바닥나버리고 말았죠. 세상이 온통 암청색으로 뒤덮인 날, 낮에 외진 창고에서 박 병장에게 추행을 당하다가 나는 근처에 있던 삽으로 그의 머리를 찍어버렸어요. 그러고는 그길로 평소 봐뒀던 개구멍을 통해 부대를 도망쳐 나왔죠."

 사내의 입에서 걷잡을 수 없는 흐느낌이 새어 나왔다.

 "그때부터 나는 살아 있으나, 동시에 죽은 사람이었어요. 친구는 물론이고 가족조차 보는 게 불가능했죠. 번듯한 직장은 꿈도 꿀 수 없었고, 오로지 일용직 노동자로 전전해야 했어요. 더불어 연애나 결혼도 불가능했고, 언제나 쫓기며 숨어 지내야 했죠. 그렇게, 그런 식으로, 15년이란 세월이 흐른 거예요……."

 아랫입술을 깨물고 오열을 삼키는 사내를 말없이 바라보던 여자는 두 손을 뻗어 그의 떨리는 얼굴을 감싸 쥐었다.

 "우린 서로 많이 닮았네요. 저도 죽은 사람이나 마찬가지거든요……."

귀환

1

　성환은 언젠가 홍보 대행사의 안경과 식사를 했던 백반집으로 향하고 있었다. 퇴근 시간의 거리는 북적였다. 달이 바뀌며 부쩍 쌀쌀해진 날씨에 행인들 모두 두꺼운 외투 차림이었다. 부슬비가 내리겠다던 예보와 달리 강풍이 몰아쳤다.

　문창수에게 중간 보고를 하고 조사의 초점을 오두진으로 완전히 돌린 성환은 몇 주 동안 그를 밀착감시하였으나 좀체 문미옥과 접촉하는 낌새를 챌 수 없었다. 그리하여 어떡할지 고민하다가 일단 오두진의 주변 인물들에게서 그에 대한 정보를 좀 더 수집하기로 마음먹었고, 그런 와중에 홍보 대행사의 여자 직원을 떠올리게 되었다.

　식당에 들어서니 반갑게 손을 흔드는 안경의 모습이 보였다. 그 옆에는 여자 직원이 약간 굳은 표정으로 앉아 있었다.

"안녕하십니까."

성환이 인사를 하자 여자는 살짝 고개를 숙여 보였다.

"일전에 잠깐 뵈었는데, 알아보시겠습니까?"

"네."

성환의 얼굴을 살피다가 여자는 조심스레 입을 열었다.

"사정은 대충 전해 들었는데, 저는 미옥 씨와 친한 사이는 아니었어요. 퇴근 후에 함께 어울리거나 약속을 잡아 따로 만난 일은 한 번도 없었어요."

고개를 주억거린 성환은 미소 띤 얼굴로 말했다.

"많이 시장하실 텐데, 일단 식사부터 하시죠."

안경이 성환을 거들며 나섰다.

"그래요, 배고파죽겠습니다."

성환은 종업원을 불러 백반 3인분을 주문했다. 그러고는 식사를 하며 가볍고 일상적인 주제로 대화를 이끌어갔다. 붙임성 좋은 안경이 성환의 이야기에 적극적으로 호응한 반면, 여자는 자리가 어색한 듯 조용히 수저만 놀렸다.

식사를 마칠 무렵, 비로소 성환은 신중한 어조로 본론을 꺼냈다.

"오늘 제가 아가씨에게 묻고 싶은 건 문미옥 씨가 아니라 사장님에 대한 겁니다. 오두진 씨 말입니다."

"사장님이요? 뭐가 궁금하신 거죠?"

여자는 다소 쌀쌀하게 물었다. 성환은 담담하게 대답했다.

"실종 사건과 관련해 뭔가 이상한 점이 없었나요?"

"글쎄요······. 저는 잘 모르겠어요."

"그럼, 그쪽이 알고 있는 사장님은 어떤 분인지 말씀해주실 수 있겠습니까?"

"거기에 대해서도 알려드릴 건 없어요. 제가 아는 사장님은 그냥 평범해요. 그리고 설사 뭔가 특별한 걸 알고 있어도, 그분 프라이버시니까 쉽게 밝힐 수 없고요."

프라이버시라는 단어 앞에서 성환은 난감함을 느꼈다. 맞는 말이었다. 그런 걸 아무에게나 알려줄 수는 없었다. 처음에 그는 이 둘에게 아직은 진상을 밝힐 단계는 아니라고 여겼으나, 오두진에 대한 핵심적인 정보를 캐내려면 사건 전말을 털어놓을 수밖에 없다고 판단했다.

"두 분이 괜찮으시다면 그간 제가 조사한 내용을 들려드리겠습니다."

성환의 제안에 안경과 여자는 서로의 눈치를 살폈다.

"좋습니다. 뭔지 궁금하네요."

안경에 이어 여직원도 동조했다.

"저도 좋아요."

성환이 이야기를 늘어놓는 동안 그들은 한마디도 끼어들지 않았다. 물컵에도 손을 대지 않았고, 그저 침묵 속에서 간간이 마주 보며 시선만 교환했을 뿐이다.

반 시간가량 흘러 마침내 말을 마치자, 안경과 여자는 충격 때문인지 곧장 입을 열지 않았다. 특히 안경은 낯빛까지 상기되어 있었다. 천장을 향해 길고 진한 한숨을 토한 그는 눈을 내리간 채 혼잣말을 뱉어냈다.

"결혼부터 실종까지 전부 계획된 거라니……."

"말씀하신 것들이 모두 팩트인가요?"

숄더백에서 손수건을 꺼내 이마의 땀을 닦으며 여자는 성환에게 물었다. 약간의 동요가 어린 목소리였다.

"그렇습니다. 조금도 더하거나 빼지 않은 진실입니다. 이제부터는 문미옥 씨를 찾는 게 관건입니다. 하지만 그러자면 먼저 오두진 씨에 대해 알아야 합니다. 왜냐하면 그가 그녀를 숨겼을 테니까요. 그 사람과 관련된 정보를 제게 주십시오."

차분한 음성으로 여자는 대꾸했다.

"아저씨 얘기를 완전히 믿을 수는 없어요. 하지만 사장님과 미옥 씨의 결혼에 의구심이 들었던 건 사실이에요. 두 사람이 사랑하는 느낌을 전혀 못 받았거든요."

성환은 역시 이런 쪽은 여성이 예리하다고 생각했다.

"그쪽이 억지로 믿기를 바라는 마음은 없습니다. 그러나 정황상 분명 오두진 씨는 큰 의혹을 살 만합니다. 부탁이니, 저를 도와주십시오."

"솔직히 털어놓자면, 도움을 드리고 싶어도 저희는 사장님의 사적인 건 잘 몰라요. 그분은 그런 방면에서 철저히 거리를 두니까요."

입을 다물고 있던 안경이 부연설명하듯 말했다.

"맞습니다. 좋게 말하면 쿨한 거고, 다르게 표현하면 잔정이 없는 거죠. 그 때문에 조금 섭섭하게 여겨지기도 합니다."

성환은 아쉬운 표정을 지었다.

"그렇군요……."

식사 시간이 지나 손님이 빠져나간 식당은 조용했다. 텔레비전 화면에 저녁 뉴스가 비쳐졌고, 카운터에서는 주인 여자가 계산기를 두드리는 중이었다. 통유리 너머 6차선 도로에 전조등을 켠 차들이 길게 이어져 있었다.

그만 자리를 파할 무렵이었다. 여직원이 성환의 얼굴을 보며 뭔가 고민하는 듯하더니, 작은 목소리로 말했다.

"아저씨에게 도움을 줄 수 있는 사람을 한 명 알고 있긴 해요. 아마 그분이라면 요긴한 정보를 알고 있을 거예요."

성환은 얼른 물었다.

"그게 누굽니까?"

"사장님의 가족이에요."

안경이 깜짝 놀랐다.

"가족? 그런 걸 알고 있었어?"

"저도 우연히 알게 됐어요. 사장님의 결혼식 날, 신랑 측 가족석에 텔레비전에서 본 사람이 섞여 있는 거예요. 사장님에게 누구냐고 물으니까, 굉장히 께름칙해하며 형이라고 대답하더라고요."

형? 형이라고? 여직원을 쳐다보는 성환의 눈이 크게 벌어졌다.

며칠 후, 서울 한복판에 있는 A대학을 찾았다. 그곳에 오두진의 친형인 오명진이 사회학과 교수로 재직하고 있었다. 포털 사이트를 통해 오명진의 이력을 살펴본 성환은 화려함에 감탄했다. 세계적으로 이름난 대학에서 학위를 받았을 뿐 아니라, 수상 경력도 굉장히 다채로웠기 때문이다. 게다가 정부기관의 자문위원으로 활동하며 텔레비전 시사교양 프로그램에도 고정적으로 얼굴을 내비치고 있었다.

오명진을 만나기 위해 대학으로 전화를 걸었던 당시, 통화를 한 사람은 학과 조교였다. 사정을 설명한 다음 용건을 밝히자 조교는 교수님 의견을 구한 뒤에 연락 주겠다고 했다. 그러나 아무리 기다려도 회신은 오지 않았다. 재차 전화를 해보니 조교는 교수님이 바쁜 학사일정 때문에 시간을 낼 수 없다고 답변했다. 오명진이 자신과의 만남을 꺼려할 거라고 짐작한 성환은 실례를 무릅쓰고 무작정 찾아가기로 마음먹었다.

사회과학대학 교수 연구동은 본관 뒤편에 자리하고 있었다. 고딕 양식의 석조건물이었다. 안으로 들어가 문패를 확인하며 걸음을 옮기던 성환은 오명진의 연구실을 찾았지만, 출입문의 재실 표찰에는 '부재중'이라고 되어 있었다. 벽면에 붙은 강의표를 보니 지금 시간에 강의는 잡혀 있지 않았다.

어떡할지 고민하다가 아직 점심을 먹지 않은 사실을 깨닫고서 건물을 빠져나왔다. 그러고는 캠퍼스 안내도를 확인한 뒤 학생식당을 향해 느릿느릿 걸었다. 날씨가 화창해 전날까지 결리던 무릎에 아무 통증도 느껴지지 않았다. 학생식당에서 3천원짜리 카레덮밥을 주문한 성환은 수저를 놀리며 주위 학생들을 건너다보았다. 모두 활기차고 즐거워 보였다. 아무리 암담한 경제 상황 속에서 미래가 불안하다고 해도, 젊음 그 자체의 생명력을 억제할 수는 없다고 생각하다가 그는 문득 딸아이를 떠올렸다.

그 아이도 살아 있다면 저렇게 젊음을 누렸을 테지…….

딸의 꿈은 홀로그램 디자이너였다. 대학도 디자인과에 진학하기로 계획했다. 홀로그램 디자이너라니. 처음 그 이야기를 들었을 때 성환은 생뚱맞음에 선뜻 말문을 열 수 없었다. 그게 뭐냐고 묻자 아이는 홀로그램에 대해 열심히 설명하더니 미래에는 아주 유망한 직업이 될 거라고 덧붙였다. 그것의 전망이야 어떻든, 아이 말을 듣고 성환이 가장 먼저 생각한 건 그 애의 갓난아이 시절이었다. 딸은 홀로그램처럼 이리저리 움직이고 화려한 모빌에 유독 민감하게 반응했다. 아직 제 몸도 가누지 못하면서도 두 눈을 반짝이며 모빌을 향해 연신 손을 휘젓곤 했다. 그때 모습을 회상하며 성환은 이런 의문을 가졌다. 이미 갓난아이 때 성향이 드러났던 걸까? 어떤 재능이나 감각이 발아하고 있었던 걸까?

다시 연구실로 가보니 출입문은 여전히 굳게 잠겨 있었다. 그제야 학회나 세미나 때문에 장시간 자리를 비우는 것은 아닌지 걱정이 들었다.

오늘은 포기해야 되나.

한동안 연구실 앞을 서성이다가 그만 발길을 돌릴 즈음, 대화 소리가 울리며 복도 반대편에 남성 두 명이 나타났다. 중년과 앳된 젊은이였다. 성환은 첫눈에 안경을 쓴 중년이 오명진

임을 알아보았다. 인터넷에 기재된 프로필 사진보다 다소 늙어
보였다.

"안녕하십니까, 저는 민간조사원으로 일하는 김성환이라고
합니다. 교수님을 뵙고 싶어 찾아왔습니다."

성환이 다가가 명함을 건네며 인사를 하자 일순 오명진의 얼
굴이 굳어졌다.

"무슨 용무인지는 모르겠으나, 저는 몹시 바쁩니다."

"지금 곤란하시다면 교수님이 편한 시간에 다시 오겠습니다."

"당분간은 아주 바쁠 것 같군요."

성환은 오명진을 향해 깊이 머리를 조아렸다.

"한 사람의 목숨이 걸린 일입니다. 교수님의 도움이 절실합
니다."

크게 당황하며 오명진은 옆에 있는 젊은이의 눈치를 살폈다.

"이러지 마십시오. 부담스럽군요."

"제발 도와주십시오. 부탁드립니다."

찌푸린 표정으로 성환을 쳐다보더니, 오명진은 손목시계를
일별한 다음 말했다.

"연구실에서 기다려주세요."

디지털 도어락의 비번을 눌러 연구실 문을 열어준 오명진은
젊은이를 데리고 복도 끝으로 걸어갔다. 젊은이와 진지한 표정
으로 대화를 나누는 오명진을 잠시 바라보다가 성환은 연구실
로 들어갔다. 그곳은 한마디로 교수라는 직함과 너무나 잘 어
울리는 공간이었다. 장식이 절제된 원목 책상은 고급스럽고 중

후한 느낌을 풍겼고, 빼곡하게 책이 꽂힌 책장은 학구적인 분위기를 자아냈다. 거기에다 진열장의 수많은 상패는 적당한 권위감까지 더해줬다.

다만 한 가지, 그 방에서 다소 이질적으로 느껴지는 집기가 있었다. 그건 한쪽 벽에 걸린 그림이었다. 긴 수염을 늘어뜨린 얼굴만이 덩그렇게 그려져 있는 그림은 얼핏 기괴한 인상을 줬다. 딸의 죽음 때문에 경찰을 그만두고 마음을 추스르려 한동안 동양화를 배운 성환은 그것이 '공재(恭齋) 윤두서'의 자화상이라는 사실을 알고 있었다. 원본은 국보로 지정되어 있고, 우리나라 자화상 중에 최고 걸작으로 꼽힌다.

그림을 감상하며 서 있노라니, 오명진이 나타났다. 응접 소파에 성환과 마주 앉자 그는 무겁게 입을 열었다.

"제 동생 때문에 오셨죠?"

오명진의 안경 속 눈매가 오두진과 닮았다고 여긴 성환은 속으로 중얼거렸다. 형제가 맞긴 하구나…….

"그렇습니다."

"저는 동생과 교류가 없습니다. 그래서 그 아이 일에 대해 잘 모릅니다."

"오두진 씨 결혼식에 참석한 것으로 알고 있습니다만…….''

오명진은 살짝 당황한 기색을 내비쳤다.

"그건 아주 예외적인 경우입니다. 동생은 오래전에 부모님과 연을 끊었는데, 차마 저까지 모른 척할 수 없었기 때문이죠."

오두진이 부모와 절연한 사실에 성환은 강한 호기심을 느꼈다. 오두진과 부모 사이에 어떤 사연이 숨어 있는가. 그렇게 골이 깊어진 이유가 뭘까.

"제수가 되는 문미옥 씨가 실종된 건 알고 계시겠죠?"

"물론입니다."

"그럼 한 가지 묻고 싶군요. 현재 제수가 어떻게 된 것 같습니까?"

탐색하듯 성환을 쳐다본 오명진은 씁쓸한 미소를 머금었다.

"그렇게 오랫동안 실종 상태인데…… 벌써 죽었겠지요."

오명진은 동생의 음모에 대해 전혀 모르는 눈치였다. 그렇다면 먼저 진상을 밝히는 게 순서일 것이다. 직설적으로 말하기가 망설여진 성환은 고민 끝에 윤두서 자화상을 가리키며 입을 열었다.

"아주 멋진 그림이 걸려 있네요."

갑자기 화제를 돌리는 성환을 오명진이 의아한 눈빛으로 쳐다보았다.

"그림에 대한 설명을 부탁드려도 될까요?"

"저 그림은 조선 숙종 때 화가인 윤두서의 자화상입니다. 윤선도의 증손이기도 한 윤두서는 조선 후기 대표 화가로 불리죠. 화가로 명성이 높기도 했지만, 그는 앞선 시대정신을 받아들인 실학자이기도 했습니다. 노비 문제와 빈부격차에 대한 의문을 제기했죠."

뿌듯한 표정으로 오명진은 몇 마디 덧붙였다.

"사회의 소외 계층 사람들에게 관심을 기울이는 학자가 되라는 바람을 담아, 스승님께서 저에게 선물해주신 그림입니다."

"질문을 하나 해도 되겠습니까?"

"그러시지요."

"저 그림에서 인물의 귀와 목, 상반신이 없는 이유를 아십니까? 오로지 얼굴만 표현된 이유. 조선시대의 자화상 화법에는 저런 파격이 존재하지 않았습니다."

대번에 오명진의 얼굴이 일그러졌다. 성환은 속으로 빙긋 미소 지었다. 엘리트들에게서 발견되는 한 가지 특징은, 자신이 모르는 것에 직면할 때면 크게 당황하는 점이다.

"얼굴을 강조하기 위해 생략한 게 아닌가요?"

"아닙니다. 표현되지 않은 것이 아니라, 은밀히 감춰져 있는 겁니다. 윤두서는 저 그림을 그릴 당시, 귀와 목, 상반신은 물론이고 의복 주름까지 세밀하게 묘사하였죠. 이때 유탄, 즉 버드나무로 만든 숯을 사용했는데, 그 부분이 오랜 세월 동안 옅어진 것이죠. 적외선 카메라로 그림을 살피면 희미하게나마 완전한 그림을 확인할 수 있습니다."

몇 초 간격을 두고 성환은 힘이 들어간 목소리로 말을 이었다.

"문미옥 씨의 실종도 이와 비슷합니다. 그녀는 남편인 오두진 씨에 의해 숨겨져 있습니다."

오명진의 짙은 눈썹이 꿈틀거렸다.

"그게 무슨 뜻입니까?"

"지금부터 제가 하는 얘기를 잘 들어보시기 바랍니다."

성환은 보험금을 타내기 위해 오두진과 문미옥 사이에 성립

된 거래에 대해 설명하기 시작했다. 이야기를 듣는 동안 오명
진은 시종일관 굳은 표정을 지켰다.

마침내 성환이 말을 마치자 연구실에는 밀도 높은 정적이 뒤
덮였다. 누구도 입을 열지 않았다. 오명진은 눈을 내리깐 채로
지그시 아랫입술을 깨물고 있었다.

"저 그림에 비밀이 숨어 있는지 몰랐군요."

10분 정도 흘러 오명진이 윤두서 자화상에 시선을 던져두고
서 말했다.

"손실된 부분 없이, 처음 그대로의 모습은 어떨지 궁금하네요."

오두진은 안경을 벗은 다음 티슈 한 장을 뽑아 안경알을 닦
았다. 맨얼굴의 인상은 다소 소심하고 유약해 보였다.

"관계가 소원하긴 하지만, 저는 두진이의 친형입니다. 그런
제가 당신을 도울 거라고 생각합니까?"

"지금 막지 않으면 동생분은 더 큰 범죄를 저지르게 될 겁니
다. 어쩌면……"

오두진이 문미옥을 살해할지도 모른다고 덧붙이려다가 성환
은 그만뒀다. 오명진 같은 영민한 인물이라면 그 가능성을 충
분히 인지하고 있으리라 여겼기 때문이다.

갑작스러운 동작으로 자리에서 일어난 오명진은 창가로 걸
어갔다. 그러고는 바지 주머니에 두 손을 넣고서 말없이 창밖
풍경을 응시했다. 그런 그를 보다가 책상으로 고개를 돌린 성환
은 한쪽에 놓인 액자를 발견했다. 거기에는 화목한 분위기의 가
족사진이 담겨 있었다.

"교수님에게는 가족이 있겠죠?"

성환은 물었다.

"마찬가지로, 문미옥 씨에게도 가족이 있습니다. 반드시 돌아가야 할 가족 말입니다. 그녀를 기다리는 어린 딸아이를 고려해주십시오."

주춤주춤 소파로 돌아온 오명진은 거칠게 머리를 쓸어 올렸다.

"설사 동생이 뭔가 음모를 꾸미고 있다손 쳐도, 저는 거기에 대해 아는 게 전혀 없습니다."

"실종과 관련되지 않아도 괜찮습니다. 오두진 씨에 대한 것이면 뭐든 좋습니다. 가령…… 아까 전에 동생분이 부모님과 연을 끊었다고 말씀하셨는데, 거기에 관한 건 어떨까요?"

"그게 도움이 되나요?"

"물론입니다. 사건을 해결하기 위해서는 관련 인물에 대한 폭넓은 이해가 꼭 필요하다는 것이 제 소신입니다."

오명진의 얼굴에 깊은 번민이 드리워졌다.

"좋습니다. 여기까지 힘들게 오셨으니까 얘기를 해드리죠. 그냥 넋두리쯤으로 들어주세요."

성환은 오명진의 얼굴을 주시하며 살짝 고개를 끄덕였다.

"우리 형제의 고향은 지방 소도시입니다. 지명을 댄대도 대부분의 사람이 어딘지 모르는 곳이죠. 인구수가 채 10만도 안 되긴 했지만, 그 도시에서 아버지인 오진규는 지역 유지로 행세하는 사람이었어요. 제법 규모가 큰 봉제 공장을 운영했을 뿐 아니라, 선친으로부터 물려받은 토지도 상당했죠. 덕분에 오명진이라고 하면 몰라도 오진규의 아들, 하면 누구나 알아들었습니다.

아버지가 어머니를 만난 건 서른 초반 무렵입니다. 아버지보다 다섯 살 아래인 어머니는 그때 고등학교 교사로 일했는데, 대학을 졸업하던 해에 외조부가 지병으로 갑작스레 세상을 떠나면서 맏딸로 집안 생계를 책임지게 되었어요. 외조모는 한평생 집안 살림만 해온 탓에 어머니가 가장이나 다름없었죠.

명문대를 졸업한 데다가 아름다운 얼굴까지 가진 어머니는 학교 이사장의 눈에 들어서 당시 유망한 청년 사업가였던 아버지를 소개받게 되었습니다. 아버지는 어머니의 학력과 외모에 끌렸고, 어머니는 아버지의 재력을 마음에 들어했어요. 그들은 만난 지 몇 개월 만에 결혼식을 올렸죠. 그리고 그 이듬해 내가 태어났고요.

결혼 뒤 아버지의 사업은 날로 번창했습니다. 그리하여 금전적 힘을 바탕으로 정계 진출까지 엿보게 됐죠. 고교를 졸업했을 뿐인 그에게 정치는 언감생심 꿈도 꾸지 못할 것으로 보일수도 있지만, 여당의 공천만 받으면 선거에서 어렵지 않게 이기던 시절이니까 그리 허황된 바람도 아니었을 겁니다. 목표가 생기면 최선을 다하는 성격인 아버지는 국회의원 선거를 앞두고서 민심을 얻는 일과 지역 인사들 접대 때문에 늘 자정을 훌쩍 넘겨 귀가했습니다. 외박도 부지기수였고요. 그 때문에 어머니는 혼자서 육아와 살림을 떠맡아야 했죠. 그러나 크게 힘에 부치지는 않았을 겁니다. 집에는 상주 식모와 허드렛일을 하는 잡일꾼까지 있었으니까요."

갑자기 오명진이 히스테리컬한 웃음을 터뜨렸다. 정적이 흐르는 방 안에 내리꽂히는 웃음은 섬뜩하고 기묘한 느낌을 자아냈다. 점잖게만 보였던 그였기에, 성환은 느닷없는 행동을 주의 깊게 관찰했다.

"바로 이 지점에서 삼류 치정극이 끼어들어요. 말하자면 삼각관계인데…… 잡일꾼이 남몰래 어머니를 사모한 겁니다. 비록 애까지 낳은 유부녀일지언정, 집에서 편히 지낸 덕택에 그런대로 처녀 적의 미모를 잃지 않고 있었을 테니 그럴 법도 하죠. 어머니를 바라보며 혼자 속앓이를 하던 잡일꾼은 어느 날 집 안에 아무도 없는 틈을 타서 어머니에게 마음을 고백했습니다. 어쩌면 행복하게 해주겠다며 멀리 도망가서 함께 살자고 했을지도 모르죠.

그다음에 어떻게 됐을 것 같습니까? 가진 거라곤 맨몸뚱이 뿐인 잡일꾼을 좋아할 리 없잖아요? 어머니는 기겁을 하며 당장 여기서 나가라고 소리쳤죠. 그러자 그 냉담한 반응에 분노한 잡일꾼은 어머니를 덮쳤어요. 어머니는 비명을 지르며 저항했지만 잡일꾼의 완력을 당해낼 수는 없었습니다. 일을 저지른 후 잡일꾼은 그길로 줄행랑을 쳤죠."

진열장으로 다가간 오명진은 상체를 수그려 아래 서랍에서 무언가를 꺼냈다. 그건 옅은 갈색의 양주병이었다. 그는 얼음이 담긴 유리컵에 술을 부으며 성환을 향해 "그쪽도 한잔하시겠습니까?" 하고 물었다. 성환이 고개를 가로젓자 혼자서 유리컵의 술을 홀짝 마셨다. 그러고는 책상에 기대앉아 이야기를 계속했다.

"그 사건이 터진 후에 웃기게도 어머니 역시 잡일꾼을 좋아했다는 소문이 퍼졌습니다. 둘이서 눈이 맞아 바람이 났다는 거예요. 늘 집을 비운 아버지 때문에 어머니가 많이 외로웠을 거라는 의견이 소문에 설득력을 불어넣어줬죠. 그리고 그 난처한 상황에서 어머니는 갑자기 임신을 했고 동생이 태어났습니다. 충분히 짐작 가는 일이겠지만 동생이 아버지의 씨가 아니라는 말이 나돌았어요.

다른 사람들과 마찬가지로 아버지도 동생을 친자식이 아니라고 믿었습니다. 하지만 확실한 물증이 없는 이상 그 아이를 인정할 수밖에 없었죠. 그때만 해도 유전자 검사가 일반화되지 않았으니까. 동생을 받아들인 덕택에 아버지는 그 작은 도시에서 인덕 높은 사람이라는 칭송을 받게 되었습니다. 어떤 이들은 성인군자라고 추켜세우기도 했고요. 아마 선거를 앞둔 아버지는 이 점을 노렸을 거예요. 뭐 그 진의야 알 수 없지만, 어쨌든 선거에서 압도적인 표차로 당선됐죠."

자세를 고쳐 앉으며 성환은 생각했다. 친부가 전직 국회의원이라…… 그 같은 사실이라면 마땅히 포털 사이트 프로필에 기재되어 있어야 할 텐데, 그렇지 않은 건 오명진이 밝혀지길 꺼려한 건가? 그래서 스스로 프로필을 편집한 건가?

"비록 내치지는 않았으나, 동생이 자라는 동안 아버지는 그 아이에게 조금도 정을 주지 않았어요. 무뚝뚝한 성격이었지만 아버지는 나에게 이따금 어깨를 두드려주거나 슬쩍 용돈을 찔러주기도 했죠. 기분이 아주 좋을 때면 포옹을 하기도 했고요. 그러나 동생에게는 일절 그런 게 없었습니다. 늘 그 아이를 투명 인간 취급했죠. 그런데 황당한 건, 어머니까지 동생을 그렇게 대했다는 겁니다. 열 달 배앓이해서 낳은 자식인데도 불구하고 그 애가 뭘 하든 신경 쓰지 않았어요. 밖에서 쫄딱 비를 맞고 돌아와도, 누군가와 싸우고 돌아와도 어머니의 시선은 언제나 동생을 비껴가 있었죠.

처음에는 분명 아버지의 눈치를 보느라고 어쩔 수 없이 그랬을 겁니다. 자기 씨가 아니라고 믿는 사람 앞에서 동생에게 잘해줄 수 있겠어요? 하지만 어느 순간부터는 어머니, 자신의 의지로써 동생을 밀어냈죠. 왜냐고요? 남편이 잡일꾼과의 사건 때문에 점차 자신을 멀리하고 소원하게 대하자 그 원망이 동생에게로 쏠린 겁니다. 그리고 동생이란 존재 자체가 지난 상처와 수치심을 끊임없이 상기시켰을 테니까요. 이따금 보이지 않게 동생을 노려보는 어머니의 시선에 담긴 말을 나는 어렵지 않게 알아들을 수 있었어요. '그때 일만 없었어도!' '너만 없었어도!' '전부 너 때문이야!'

아버지와 어머니뿐 아니라, 명절에 모이는 친척들 역시 동생을 외부인처럼 대했죠. 그 애에게 칼날처럼 박히던 시선을 아직도 기억합니다. 집안에서 동생은 철저히 외톨이일 수밖에 없었죠. 게다가 학교에서도 마찬가지였어요. 소문을 듣고서 아이

들이 수군거리며 동생을 피했으니까요."

오명진은 성환 맞은편에 앉았다. 알코올 기운 때문인지 낯빛이 붉고, 눈두덩에는 지치고 쓸쓸한 음영이 드리워져 있었다. 그는 유리컵에 남은 약간의 술을 마저 비웠다.

"유년 시절부터 동생은 집요한 악몽에 시달렸습니다. 뭐, 뻔한 레퍼토리 아니겠습니까? 어느 날 갑자기 친자식이 아닌 사실이 들통나 집에서 쫓겨나는 거 말입니다. 꿈에서 깨고 나면 그 애는 식은땀에 젖은 얼굴로 고민했죠. 차라리 내 발로 집을 나갈까? 아니면 농약을 먹고 죽어버릴까?

철이 들자 동생은 자기 힘으로 부모에게 인정을 받아보기로 결심했습니다. 아무리 천덕꾸러기 자식이라도 뭔가 잘하는 게 있으면 예뻐 보일 거라는 계산이었죠. 그래서 선택한 게 공부였어요. 그 당시, 부모님은 유별나게 내 성적에 관심을 쏟았습니다. 그런 모습의 이면에는 각기 다른 원인이 도사리고 있었죠. 아버지는 학력 콤플렉스였고, 어머니는 남편의 애정에 대한 결핍감이었습니다.

성적으로 나를 제치기 위해 동생은 매일 밤을 새우다시피 공부에 매달렸습니다. 코피를 쏟는 것이 일상이었죠. 안쓰러운 마음에 저는 공부를 봐주겠다고 나섰지만, 동생은 극구 거부했습니다. 도움을 받으면 자신의 행위에 대한 의미가 없어지는 걸로 여긴 모양이었어요. 뭐, 결론을 말하자면 동생은 나를 넘어설 수 없었고 오히려 더욱 깊은 자괴감과 절망감에 빠져들었죠.

이후 성인이 된 동생과 대화를 나눠보니, 부모에 대한 원망과 분노가 나에 대한 경쟁심으로 삐뚤어져 굳어진 듯한 느낌을 받았습니다. 좀 더 구체적으로 말해, 이번에는 재력으로 나를 이겨보겠다고 결심한 거죠. 이 사회에서 성공의 척도는 결국 돈이라는 믿음으로 말입니다……."

마치 무언가에 사로잡힌 것처럼, 한꺼번에 긴 이야기를 쏟아 낸 오명진은 기진한 듯 고개를 젖히고서 한숨을 토했다.

"해주신 말씀, 많은 도움이 될 것 같습니다."

성환은 감사를 표했다. 그런 뒤 잠깐 사이를 두고 입을 열었다.

"몇 가지만 여쭙고 싶은데…… 오두진 씨는 성년이 되고서 줄곧 부모와 왕래가 없었던 건가요?"

"그렇습니다. 피차 얼굴 보기 싫은 게 당연하잖아요."

"오두진 씨의 친자식 여부가 갈등 원인이라면, 많이 늦긴 했지만 지금이라도 유전자 검사를 하면 되지 않을까요?"

오명진은 하이톤으로 큭큭 웃었다. 그답지 않은 경박스러운 웃음 소리였다.

"언젠가 한번 집안에서 그 얘기가 나오긴 했는데, 두진이 쪽에서 거부했습니다. 자존심과 두려움 때문이겠죠. 그리고 아버지는 재작년에 돌아가셨습니다."

"음……."

성환은 말끔히 면도된 자신의 턱을 어루만졌다.

"성장기의 오두진 씨에게는 아무런 의지처가 없었던 건가요?"

어린 시절에 부모에게 버림받았다는 건 세상으로부터 버림받은 것이나 다름 없을 것이다. 성환은 그런 자의 내면을 섬사리 짐작할 수 없었다.

"당사자가 아닌 이상, 그걸 어떻게 알겠습니까. 다만……."

약간의 짜증이 스민 목소리로 오명진은 대꾸했다.

"다만?"

"집에서 일하던 식모가 두진이를 돌보긴 했어요. 두진이에게
는 생모와 비슷할 거예요."

성환은 방금 오명진이 들려준 이야기 속에 짧게 등장한 상주
식모를 기억해냈다. 그녀가 친어머니의 빈자리를 어느 정도 채
워준 모양이었다.

"그 식모는 지금 살아 있습니까?"

"글쎄요……. 저로서는 알 수 없죠."

오명진은 얼굴을 찡그리며 노골적인 짜증을 드러냈다. 그것
을 본 성환은 자신이 상대에게서 너무 긴 시간을 뺏었음을 깨
달았다.

"교수님에게도 일정이 있으실 텐데, 이만 일어나는 게 예의
인 것 같군요."

성환은 주춤주춤 소파에서 몸을 일으켰다.

"오늘, 큰 신세를 졌습니다."

뚫어지게 성환을 쳐다보다가 오명진은 불분명한 발음으로
뇌까렸다.

"다시 만날 일이 없었으면 좋겠군요."

오명진을 향해 깊이 허리를 굽혀 인사를 건넨 성환은 연구실
을 빠져나왔다.

사무실에 들어서서 벽시계를 보니 오후 5시가 막 지나고 있었다. 외투를 벗어 옷걸이에 건 다음 싱크대에 물을 받아 세수를 했다. 그러고는 실내에서만 입는 낡은 카디건을 걸치고서 책상 의자에 앉았다. 깍지 낀 손에 턱을 받친 자세로 성환은 오두진을 생각했다.

그의 몸에서 미세하게 새어 나오던 결핍과 공허의 냄새…….

여태껏 품고 있던 강렬한 의문의 답을 알게 된 성환은 착잡한 기분에 사로잡혔다. 그는 그 이유가 자신이 오두진과 같은 부류의 사람이기 때문임을 알고 있었다. 다만 차이점이 있다면, 결핍과 공허를 채우는 무언가가 오두진의 경우에는 처음부터 존재하지 않았고, 자신은 존재했으나 사라진 것이었다. 쓴침을 삼키며 성환은 문득 머릿속에 떠오른 말을 입 속으로 되뇌었다.

결핍은 파멸을 부른다.

성환은 오두진의 유년 시절을 관통하는 또 하나의 키워드인 열등감에 대해 차분히 사유해보았다. 열등감이란 얼마나 인간을 병들게 하는가. 어쩌면 열등감은 우울증처럼 정신적인 병인지도 모른다. 그것의 무서운 점은, 그 대척점에 있는 자존감에 영향을 끼치기 때문이다. 열등감이 클수록 그에 비례해 자존감은 작아질 수밖에 없다. 마치 시소의 원리처럼.

오두진이 만드는 디오라마란 결핍감과 열등감으로 피폐해진 그의 내면 풍경인가. 그는 가슴에 폐허를 품고 살아가는가.

문득 한 사람이 떠올랐다. 기억 깊숙이 묻힌 인물. 생각하면 안타까움으로 한숨부터 토해지는 인물. 그 주인공은 오래전 세상을 떠난 고종 사촌이다. 몸을 일으킨 성환은 사위어가는 햇살이 비쳐 드는 창가로 다가갔다.

20대 중반, 갓 상경했을 때 잠시 고모 집에 신세를 졌었다. 건축 자재상을 하던 고모부는 대단한 재산가는 아니지만 지역에서는 알부자로 소문날 만큼 형편이 넉넉했다. 다섯 칸의 방과 널찍한 마당이 있는 2층 양옥집에 살며, 시내 중심가의 알짜배기 땅까지 소유하고 있었다.

당시 서울에 일던 재개발사업 붐을 타고 고모부의 사업은 날로 번창했다. 값비싼 일제 가전이 집 안에 채워지고 대형 세단으로 자가용이 바뀌었다. 그러나 그런 고모 집에도 근심거리가 없는 것은 아니었는데, 바로 하나뿐인 자식이었다.

고등학생인 아들은 공부는 전혀 하지 않고 오로지 술과 싸움질에만 관심을 두었다. 그 아이가 벌이는 크고 작은 사건을 수습하느라 고모는 적지 않은 돈을 쏟아부어야 했다. 양친은 물론, 친척들까지 나서서 달래기도 하고 혼내기도 하며 마음을 다잡도록 노력했지만 조금도 변하지 않았다.

자식 문제로 골머리가 썩던 고모는 고심 끝에 명문대생 조카를 불러들여 아들과 함께 지내도록 했다. 곁에서 생활 태도를 보고 자극을 받으라는 의도였다. 그러나 그녀의 기대는 크게 빗나가고 말았다. 아들은 처음에 마음을 다잡는 듯했으나, 가족이 모두 하나같이 조카에게만 칭찬을 쏟고 관심을 기울이자 자괴감과 열등감에 시달리면서 예전보다 더욱 삐뚤어지게 되었다. 그 결과 학교에서 퇴학 처분을 받고 방황하다가, 급기야는 뒷골목 세계에 발을 들여놓았다. 그리고 성인이 되고서 몇 차례 교도소를 들락거린 뒤, 폭력 조직 간의 큰 싸움에 휘말려 목숨을 잃고 말았다.

오두진과 사촌의 삶을 흔들리게 한 치명적 균열이 그들의 성장기부터 시작된 점을 되짚어보던 성환은 지난 형사 시절을 회상했다. 그 당시 많은 범죄자를 대하며 그들 대부분이 가정에서 비롯된 큰 상처를 지니고 있음을 파악하게 되었다. 학대, 폭력, 무관심…… 그런 불우한 성장 과정을 알게 되면 범죄 당사자보다 그들의 부모에 분노하는 경우가 많았다. 그 같은 사실을 곱씹으며 새삼 가정을 꾸리는 데에 얼마나 큰 책임이 따르는지 생각하다가, 성환은 불현듯 가슴에 묵직한 통증을 느꼈다. 자신 역시 그리 좋은 부모가 아니라고 여겨졌던 것이다.

똑똑.

정적을 깨는 노크 소리에 성환은 상념에서 깨어났다. 들어오라고 외치자 출입문이 열리며 장이 나타났다.

"불이 켜져 있어서 들렀습니다."

"잘 오셨습니다. 마침 말동무가 그립던 참이었습니다."

소파 테이블에 막걸리를 올려놓으며 장은 입을 열었다.

"이제 겨울인가 봅니다. 편의점에 호빵 찜통이 보이더라고요."

유리컵과 김치통을 챙기던 성환이 미소를 지으며 대답했다.

"입동이 얼마 남지 않았으니까요."

그들은 소파에 마주 앉아 막걸리를 마시며 주변사에 대한 소소한 이야기를 나눴다. 그러다가 장이 약간의 조바심이 깃든 목소리로 물었다.

"어떻게, 수사에는 진전이 있나요?"

성환은 빙그레 웃었다.

"뭐, 약간은 그런 것 같습니다."

"그래요?"

담배를 피우며 잠시 뜸을 들이고서 성환은 오명진에게 들은 말을 전했다. 이야기를 듣고 장은 눈을 휘둥그레 뜨더니, 큰 제스처로 무릎을 치며 중얼거렸다.

"그런 속사정이 있을 줄이야……."

오두진의 부모에게 욕설을 퍼붓고서 장은 나직한 목소리로 덧붙였다.

"오두진이란 사람…… 물론 부모에게 받은 고통이 가장 컸겠지만, 잘난 형 때문에 받은 스트레스도 이만저만이 아니었을 겁니다. 자라면서 얼마나 비교가 됐겠습니까?"

성환은 오명진을 떠올렸다. 동생 이야기를 하는 도중 언뜻언뜻 드러나던 괴로운 표정을, 지치고 피로한 얼굴을 뇌리에서 천천히 재생시켰다.

"고통받기는, 그 교수도 마찬가지 아닐까요? 방금 말씀하신 대로, 그는 자신의 존재 자체로 말미암아 동생에게 큰 상처를 줬습니다. 때문에, 여태껏 동생에 대한 부채감이나 죄의식 속에 살아왔을 거예요. 그렇기에 저에게 긴 얘기를 고해성사 하듯 털어놓은 것일 수도 있고요."

조용히 고개를 끄덕인 장은 다시 입을 열었다.

"이제 어떡하실 건가요? 앞으로의 계획이 궁금하네요."

성환은 근심스러운 표정으로 턱을 어루만졌다.

"솔직히 말하면 조금 난감합니다."

"분명 오두진이 실종된 여자와 연락을 주고받고 있을 텐데, 통화 내역을 조회해보는 게 어떨까요?"

"그게 쉬운 일이 아니라서요."

처음 민간조사원 생활을 시작했을 당시, 성환은 경찰 신분이 아닐 때의 한계를 뼈저리게 느꼈다. 경찰이었다면 단박에 해결될 일이 민간조사원으로서는 너무나 넘기 힘든 벽이었다. 통화 내역 조회 역시도 현재로서는 불가능에 가까웠다.

"이번 사건은 꽤 까다롭네요……."

마치 자신의 일인 양 걱정하는 장을 보며 성환은 살짝 미소 지었다. 그러고는 막걸리를 마시며 생각에 잠겼다. 오명진의 모호한 태도에 비춰보면, 식모란 사람은 아직까지 살아 있을 확률이 충분히 있다. 그 식모는 누굴까. 필시 오두진에게 아주 가깝고도 중요한 인물이고, 지금까지 인연의 끈을 이어가고 있을 것이다. 그녀는 지금 어딨을까. 어떻게 찾아야 할까.

술자리를 마치고 상가 건물을 빠져나오니, 어두워진 거리에 네온사인 불빛이 반짝이고 있었다. 몸에 걸친 트렌치코트가 얇게 느껴질 만큼 공기가 싸늘했다. "이제 정말 겨울인가……." 혼잣말을 내뱉으며 성환은 차에 올랐다.

아내는 소파에 길게 누운 채 텔레비전을 보고 있었다. 코끝에 감기는 곰국 냄새에 부엌을 살펴보자, 가스레인지에 올려진 커다란 들통이 눈에 들어왔다. 곰국은 성환이 좋아하는 음식이다. 그 때문에 아내는 신혼 시절부터 찬 바람이 불기 시작하면 곧잘 곰국을 끓이곤 했으나, 부부 관계가 소원해진 뒤부터는 그런 일을 그만뒀다. 그런데 오늘 뜻밖에도 다시 곰국을 대하니 성환은 조금 당황스러웠다.

샤워를 마치고 나온 성환은 텔레비전 앞에 앉았다. 늙은 부부만 있는 집은 고적했다. 텔레비전 소리로 메울 수 없는 커다란 공동이 있었다. 이런 분위기 속에서 성환은 아내와의 대화 필요성을 절감했지만, 새삼 지금에 이르러 무슨 이야기를 해야 할지 몰랐다. 아무리 궁리해도 적당한 화제가 떠오르지 않았다.

시청하던 드라마가 끝나자 아내는 기지개를 켜며 성환을 돌아보았다.

"밥 먹을 거예요?"

막걸리로 간단히 배를 채웠지만 곰국 냄새에 식욕이 동한 성환은 고개를 끄덕였다. 잠시 뒤, 아내가 부르는 소리에 부엌으로 가보니 식탁에 더운 김이 피어오르는 곰국과 몇 가지 밑반찬이 놓여 있었다.

"부산 당숙네 큰아들, 결혼한다네요."

성환이 식사를 하는 동안 밀린 설거지를 하던 아내가 문득 말했다.

"언제?"

"이번 주말에요. 갈 거죠?"

성환은 중얼거렸다.

"부산이면 하루가 통째로 날아가는데…….."

짜증이 묻은 목소리로 아내가 대답을 재촉했다.

"갈 거예요, 말 거예요?"

"나는 못 갈 것 같아."

"왜요?"

"일 때문에 바빠서."

"뭐가 그렇게 바쁜데요. 어차피 도망간 여자 잡아 오는 걸 텐데."

밥그릇을 전부 비우고 물을 마신 성환은 넌지시 말했다.

"지금 매달려 있는 사건 말이야……. 그동안 맡았던 것과는 성격이 좀 달라. 한번 들어볼 텐가?"

싱크대 앞에 서 있던 아내가 뒤돌아보며 픽 웃음을 터뜨렸다. 그런 뜨악한 반응이 당연하다고 성환은 생각했다. 형사 시절부터 지금까지 바깥일에 대해 이야기를 꺼낸 적이 없으니까.

"도대체 뭔데 그래요?"

설거지를 끝낸 아내가 성환의 맞은편에 앉았다. 입가에 옅은 미소가 걸려 있었다. 그런 아내를 보며 성환은 문미옥 실종 사건을 처음부터 하나하나 풀어놓기 시작했다. 이야기가 흥미로 운지 시간이 지날수록 아내는 주의 깊게 귀를 기울였다.

이윽고 성환이 말을 마치자 아내는 급하게 물어왔다.

"남편에게서 무슨 꼬투리라도 잡았어요?"

"내가 본 그 사람은 굉장히 철두철미한 성격이야. 쉽게 헛점을 보이지 않을 것 같아."

"그럼, 문미옥이라는 여자는 지금도 가족과 떨어져 혼자 숨어 지내는 거예요?"

"그렇지……."

아내는 갑자기 목청을 높였다.

"여자의 모성을 너무 무시하는 거 아녜요?"

"뭐?"

"자기 아이를 몇 년씩이나 못 보고 살 수 있는 여자가 세상에 몇이나 될까요? 모르긴 해도 그 여자, 몰래 찾아가서 아이를 만나고 있을걸요?"

"몰래 아이를 만난다고?"

"그래요."

아내의 말을 곱씹던 성환은 자신도 모르게 고개를 주억거렸다. 일리가 있다. 충분히 타당성 있는 주장이다. 문미옥은 범죄도 감내할 정도로 자식을 끔찍이 위하는 여자다. 몇 년간이나 못 보고 살기 힘들 것이다. 게다가 그녀가 마음만 먹는다면 불가능한 일도 아니다.

"앞으로 아이 주변을 감시하면 되겠구먼? 문미옥이 만나러 올 테니까 말이야."

성환의 의견에 아내는 얼른 맞장구를 쳤다.

"그렇지요."

아내는 조용히 몸을 일으켜 거실로 향했다. 그런 뒤 베란다 창가에 서서 잦아드는 음성으로 말했다.

"그 애 엄마, 당신이 지켜주세요. 무사히 가족 품으로 돌아갈 수 있도록 말이에요."

2

성환은 자신의 차 안에서 먼발치의 건물을 바라보고 있었다. 문미옥과 한승수의 자식이 다니는 유치원이었다. 지난 몇 주 동안 감시한 결과, 아이의 생활 동선이란 무척 단순했다. 집과 유치원을 오가는 것이 전부였고 정기검진을 위한 병원행이 유일한 예외였다.

과연 문미옥이 나타날까. 어쩌면 지금도 근처에 있을까.

생각에 잠겨 있노라니, 건물에서 원생들이 쏟아져 나왔다. 점심 식사를 마치면 유치원에서는 아이들을 마당에서 뛰놀게 한다. 성환은 한눈에 문미옥의 자식을 찾을 수 있었다. 아이는 친구들과 어울려 그네를 탔다.

이름이 한윤슬이라고 했던가.

문득 '윤슬'이란 이름의 뜻이 궁금해진 성환은 휴대폰을 꺼내 들었다. 인터넷 브라우저를 열며 그는 중얼거렸다.

"이럴 땐 스마트폰이란 게 참 유용하네."

검색 결과를 확인한 성환은 탄성을 내질렀다. '윤슬'은 국어사전에서 '햇빛에 반짝이는 잔물결'이라고 뜻풀이가 되어 있었다. 물론 한자 이름일 수도 있겠으나, 이렇게 예쁜 의미를 담고 있는 것으로 봐서 한글 이름이 분명하리라 여겨졌다.

누가 이름을 지었을까? 문미옥일까?

유치원 마당으로 시선을 돌리니 어느새 윤슬이는 미끄럼틀에 올라가 있었다. 그 모습을 물끄러미 보다가 성환은 세상에 없는 자신의 아이를 떠올렸다. 딱 저만한 때가 있었다. 저런 몸피에, 저런 표정을 지었을 때가.

경찰이 되어 형사과에 배속된 그해, 힘들게 휴일 날짜를 맞춰 어린이날에 아이를 데리고 놀이공원에 갔다. 5월 초순인데도 한여름처럼 날씨가 더웠다. 아이에게 사준 솜사탕이 끈적하게 흘러내려 애를 먹었던 것과 김밥이 상할까 봐 아내가 걱정하는 소리를 늘어놓던 것이 기억난다.

날이 날인만큼 놀이공원에는 발 디딜 틈조차 없었고, 매표소마다 끝 모를 줄이 이어져 있었다. 성환 부부는 오늘 중으로 한두 개라도 놀이기구를 타보려면 따로 줄을 서서 표를 끊어야 한다고 판단했다. 그리하여 성환은 아이를 데리고서 아내와 멀리 떨어지게 되었다.

아이가 사라진 건 잠깐 화장실에 다녀온 틈이었다. 근처 어딘가 있겠지 하며 느긋하게 기다렸으나 좀체 나타나지 않았다. 그제야 조급한 마음이 든 성환은 아내를 불러 부랴부랴 아이를 찾기 시작했다. 그의 머릿속에는 온갖 불길한 상상이 떠다녔다.

아이를 발견한 것은 땀으로 온몸이 흠뻑 젖은 뒤였다. 그날, 성환은 처음으로 자식에게 손찌검을 했다. 자지러지는 울음을 듣고서도 때리는 손을 멈추지 못했다. 그때 그는 어쩔 수 없다고 여겼다. 아이를 울리지 않으면 자신이 울음을 터뜨릴 것 같았으므로.

옛일을 떠올리던 성환은 그때의 자신과 비슷한 연배인 한승수와 문미옥에 대해 생각했다. 젊은 부부. 아직은 부모라는 굴레에 갇히기보다 인생을 즐기는 게 어울릴 나이. 그 시절을 지나왔으므로 성환도 알고 있다. 그때, 부모라는 사실은 때로 얼마나 온몸을 옥죄고 짓누르는가. 한 생명을 책임져야 한다는 것. 오로지 자신만을 의지하는 생명체가 있다는 것. 그리하여 목덜미가 너무나도 굳었으니, 어리석고 위험한 선택을 한 것인지도 모른다. 그의 마음에 한승수 부부를 향한 애잔한 감정이 스쳐 지나갔다.

상념을 털어내려는 듯 성환은 차에서 내려 담배를 피워 물었다. 겨울이지만 한낮 기온은 그닥 춥게 느껴지지 않았다. 가까운 풀숲에서 꽁지가 긴 새가 푸드득 소리를 내며 날아올랐고, 멀리 보이는 하늘에 행사용 애드벌룬이 떠 있었다.

담배가 거의 타들어갔을 때, 교사가 아이들을 불러들였다. 윤슬이 역시 더 이상 볼 수 없었다. 성환은 담배의 마지막 한 모금을 빨아들이며 아이에 대한 감시를 언제까지 해야 할지 고민했다. 내가 잘못 짚은 건 아닐까. 그 여자가 직접 찾아오는 건 무리일 수도 있다. 지금 이 순간에도 오두진은 문미옥 살해 계획을 이행하고 있을 것이다. 조금도 시간을 낭비할 여유가 없다.

다시 차에 탄 성환은 운전대에 두 손을 걸쳐놓은 채 깊은 한

265

숨을 토했다. 그러다가 키를 돌려 시동을 걸 찰나, 외투 주머니
에 든 휴대폰이 울렸다. 화면을 확인해보니 민홍기 번호가 표
시되어 있었다.

"여깁니다!"

보험사 건물이 인접한 사거리. 분식 노점 앞에서 민홍기가 어
묵 꼬치를 든 채로 소리쳤다. 성환이 다가가자 그는 재기 어린
표정으로 입을 열었다.

"고혈압에 당뇨라서 당장 살을 빼야 되는데, 이렇게 군것질
하는 걸 알면 집사람이 저를 죽이려고 할 겁니다."

자신의 농담이 객쩍다는 듯 민홍기는 낄낄 웃었다. 그러고는 어
묵통에서 꼬치를 꺼내 내밀었다. 성환은 가볍게 손을 내저었다.

"괜찮습니다."

종이컵에 담긴 어묵 국물을 홀짝이다가 민홍기는 사뭇 진지
하게 말했다.

"결과부터 털어놓자면, 별 소득이 없습니다. 애당초 사적인
관계라고 할 만한 게 없더군요."

성환은 아쉬운 심정으로 고개를 끄덕였다. 그는 민홍기에게
한 가지 부탁을 해두었다. 자신이 윤슬이를 감시하는 동안 틈
틈이 오두진 쪽을 들여다봐달라는 것이었다.

"직업적으로 관계되지 않은 사람을 딱 한 명 만나긴 했습니다."

"누굽니까, 그게?"

"취미와 얽힌 사람입니다."

"취미라면…… 디오라마 제작 말인가요?"

"알고 있었습니까?"

성환은 나지막히 웃었다.

"단골 피규어 전문점이 있더군요. 오랫동안 드나들었다면 주인과도 친분이 있지 않을까 해서 탐문해보았죠."

"수확이 있었습니까?"

"뭐, 건진 건 없습니다. 거의 쫓겨나다시피 했죠."

"음…… 그곳 위치를 알려주시겠습니까?"

"그야 어렵지 않지만, 괜히 헛걸음만 할 겁니다."

성환이 상관없다고 하자 민홍기는 마지못해 종이에 피규어 전문점의 상호와 위치를 적어 건넸다.

"참, 오두진의 친형을 만났다고 하셨죠? 어땠습니까?"

"사건과 직접적으로 연관된 도움을 얻지는 못했습니다. 하지만 굉장히 흥미로운 이야기를 들을 수 있었죠."

"흥미로운 이야기요?"

성환은 대답 대신 희미한 미소를 흘렸다.

분식 노점을 나선 성환과 민홍기는 양편으로 중소형 빌딩이 늘어선 골목에 접어들어 전통찻집을 찾았다. 옅은 오렌지색으로 통일된 실내가 밝고 차분한 분위기를 자아내는 곳이었다. 자리에 앉자 민홍기는 낮은 목소리로 물었다.

"흥미로운 이야기가 뭡니까?"

"쉽게 말해, 오두진의 성장기입니다. 그가 어떤 인물인지, 어째서 그런 범행을 저질렀는지 약간은 이해하게 됐달까요?"

민홍기는 고개를 주억거렸다.

"스피노자가 이런 말을 했죠. '나는 깊게 파기 위해 넓게 파기 시작했다.' 오두진의 친형에게 들은 이야기가 뭐든, 그것이 오두진 검거에 큰 도움을 줄 겁니다."

갑자기 큰 웃음을 터뜨리며 민홍기는 덧붙였다.

"참, 이젠 경찰이 아니니까 검거가 아니죠. 이 말버릇은 좀체 고쳐지지 않습니다."

성환은 민홍기를 따라 웃었다.

"저도 마찬가지입니다."

앞치마를 두른 종업원이 다가와 테이블에 가죽 장정의 메뉴판을 내려놓았다. 민홍기는 이곳에 자주 와본 듯 메뉴판을 보지도 않고 국화차를 주문했고, 성환은 일행과 같은 걸 달란 뜻으로 종업원을 향해 살짝 고개를 끄덕여 보였다.

"말이 나왔으니까 하는 얘긴데, 형사 생활을 하며 세상 보는 눈 자체가 달라진 것 같습니다. 가령 초목이 우거진 산이 눈앞에 있다고 할 때, 일반인은 단순히 아름다운 풍경이라는 인식을 갖는 반면, 우리 같으면 시체를 유기하기 좋은 장소라고 생각하지요."

민홍기의 의견에 성환은 동감을 나타냈다.

"맞습니다. 시선이랄까, 사고랄까 그런 게 달라지죠."

"일종의 직업병이겠지요……."

말끝을 늘어뜨리며 조용히 미소 짓는 민홍기를 보며 성환은 그가 어떤 화제를 꺼내려고 망설이는 낌새를 챘다. 비록 긴 시간을 알고 지낸 건 아니지만, 그것은 그에게서 여태껏 발견한 적 없는 모습이었다. 속마음을 감춘다거나, 어떤 행동에 앞서 고민하는 행동은 민홍기의 이미지에 맞지 않았다.

얼마간의 침묵 뒤에 민홍기는 입을 열었다.

"오두진을 감시하며 제가 느낀 점이 있습니다."

성환은 그게 뭐냐고 묻지 않고 잠자코 이어질 말을 기다렸다.

"다소 생뚱맞게 들릴 것 같은데…… 고독감입니다. 사람들과 떨어져 혼자 있을 때의, 그러니까 말하자면 사교적인 웃음과 제스처가 제거된 그에게서는 어딘가 모르게 고독감이 진하게 배어 나왔어요. 그 나이대의 남자에게서 흔히 느껴지는 것과는 종류가 좀 달랐습니다."

성환은 머릿속에 오두진의 얼굴을 그려보았다. 그러자 단단하고 견고한 가면 뒤에 숨은 그의 자아는 한없이 고독한지도 모르겠다고 생각됐다.

"제가 실없는 소리를 한 것 같군요."

"아닙니다. 지금부터 제가 들려드릴 이야기와 밀접하게 관련된 것 같아 아주 흥미로웠습니다."

또각또각 발소리를 울리며 종업원이 나타나 테이블에 차를 내려놓았다. 국화차의 연노랑 빛깔을 바라보다가 성환은 차분한 어조로 오두진의 성장사를 늘어놓기 시작했다. 그러는 동안 민홍기는 이따금 차를 홀짝이며 이야기에 집중했다.

15분가량 흘러 성환이 이야기를 끝내자 민홍기는 긴 한숨부터 토했다. 그런 다음 미간에 깊은 주름을 잡은 채 말했다.

"결국 부모의 사랑에서 소외된 것과, 거기에서 비롯된 분노가 범죄의 근본 원인이군요."

"그렇게 볼 수 있겠지요."

차 한 모금을 머금었다가 천천히 삼키고서 민홍기는 다시 입을 열었다.

"사회적으로도 그와 비슷한 문제가 있는 것 같습니다."

"사회적?"

"얼마 전, 일선 서에 있는 친구를 만나 한 가지 얘기를 들었죠. 휴대폰 가게를 턴 절도범을 잡았는데, 새터민 가정에서 자란 청소년이더랍니다. 취조를 해보니 어려서부터 지독한 따돌림과 차별에 시달리다가 학교를 그만뒀다는군요. 그 과정에서 세상을 향한 분노와 적의로 가득 차게 되었고요. 나중에 호기심이 발동해 알아보니, 새터민 아이들 중에서 일반 학교에 적응하지 못하는 비율이 절반을 넘겼습니다. 범죄의 길로 접어든 이들도 상당했고요. 나날이 탈북자가 증가하는 현 시점에서 이 문제를 신경 쓰지 않으면 훗날 우리 사회에 엄청난 부메랑으로 돌아올 겁니다."

"아주 적절한 지적입니다. 비단 새터민뿐만 아니라, 다른 이민자도 동일한 범주에 들어가겠지요."

"그들 소외계층에 있어, 적의나 분노 외에 범죄의 중요한 동기로 작용하는 게 하나 더 있습니다. 바로, 시기심입니다. 사회적으로 빈부격차가 심해지며 타인에 대한 시기심과 상대적 박탈감이 커지고 있죠. '나는 가난하고 불행한데, 너는 어째서 부자이고 행복해?' 하는 심리가 범죄를 부추기는 거예요. 텔레비전만 켜도 자신의 현실과 너무나 동떨어진 세상이 펼쳐지잖습니까? 소셜 네트워크도 마찬가지고요. 뭐, 시기심이나 박탈감을 토대로 한 범죄가 비단 우리나라만의 문제는 아닐 겁니다. 빈부격차는 전 세계적인 추세니까요."

"맞습니다. 자본주의 병폐겠죠."

식은 차를 몇 모금 마시고서 민홍기는 물어왔다.

"언제까지 문미옥 딸을 감시할 생각입니까?"

"글쎄요……."

"문미옥이 오두진의 감시를 뚫는 게 가능할까요?"

"불가능하지는 않다고 봅니다."

냅킨을 만지작거리며 민홍기는 침묵했다. 잠시 후 흘러나온 그의 목소리는 한결 톤이 가라앉아 있었다.

"보험금 지급 심사가 곧 시작될 겁니다. 우리에게 시간이 얼마 없다는 의미죠. 서둘러야 해요."

성환은 느리게 고개를 주억거렸다. 보험금 문제가 아니더라도 하루빨리 사건을 매듭지어야 한다고 생각했다. 언제 오두진이 문미옥을 해칠지 모르기 때문이다.

넌지시 성환의 안색을 살피다가 민홍기는 천천히 입을 열었다.

"그동안 혼자 고민해온 게 있습니다. 오두진이 보험사기를 계획할 때 어째서 인정사망(認定死亡) 대신 실종선고를 선택했는가, 하는 점입니다."

"음……."

턱을 어루만지며 성환은 인정사망을 떠올렸다. '인정사망'은 수해나 화재 같은 재난으로 사망이 확실시되지만, 시체가 발견되지 않은 경우에 관공서가 조사를 거쳐 사망으로 인정하는 제도다.

"아시다시피, 실종선고와 인정사망은 비슷한 효력을 갖습니다. 하지만 실종선고에 비해 인정사망이 훨씬 절차가 간단하고 처리 기간이 짧지요. 그에 따라 사기에 써먹기에도 훨씬 유리하고요."

"듣고 보니 의문이 드네요. 오두진 같은 주도면밀한 인물이 그 사실을 모를 리 없을 텐데요."

"제가 짚어낸 답을 알려드리면…… 인정사망은 비록 사망으로 취급되긴 하나, 생존 사실이 밝혀지면 곧바로 효과가 사라집니다. 반면 실종선고는 법적으로 완전히 사망 인정을 받는 것입니다. 그만큼 보험금 수령에도 유리하죠. 게다가 실종선고 취소 판결이 없다면, 설령 실종자의 생존이 확인된다고 하더라도 단박에 사망 효과를 없앨 수 없어요. 실종선고 취소까지 아주 번거롭고 복잡한 절차를 거쳐야 합니다. 긴 시간이 소요된단 뜻이죠. 결론적으로 말해, 일단 보험금을 수령하면 오두진은 뒷일을 도모할 수 있는 충분한 여유를 확보하게 됩니다."

쓴웃음을 흘린 다음 민홍기는 몇 마디 덧붙였다.

"만약 우리가 문미옥을 잡더라도, 그녀는 법적으로 죽은 사람이기 때문에 오두진의 보험금을 뺏을 수 없는 겁니다. 오두진은 그 틈에 돈을 갖고 달아나겠죠."

신음을 내뱉으며 성환은 마른세수를 했다. 오두진이 여러모로 안전장치를 해놓았구나. 사건을 가장 빠르게 해결하는 길은 오두진이 보험금을 수령하기 전에 문미옥을 찾는 것인가.

'밀리터리 마니아'는 홍대 앞 붐비는 거리의 3층 건물 지하에 있었다. 출입문을 열자 먼저 각종 디오라마가 들어 있는 커다란 유리 진열장이 시선을 사로잡았다. 사방 벽면에는 군복과 모형 총기가 걸려 있었다.

"어서 오세요."

살집이 좋은 사내가 다가왔다. 입에서 짬뽕 냄새가 진하게 풍겼다. 찾는 물건이 있느냐는 그의 물음에 성환은 미소를 지은 채 대답했다.

"아닙니다. 그냥 구경 삼아 잠깐 들렀습니다."

"그러시군요. 편하게 둘러보세요."

성환은 사건 단서를 찾아 매장을 느릿느릿 거닐었다. 그렇다고 큰 기대를 하는 것은 아니었다. 철두철미한 오두진이 이런 곳에 흔적을 남길 리 없다고 여겼기 때문이다.

슬쩍 고개를 돌려보니 주인 사내는 카운터에서 잡지를 보며 길게 하품을 하고 있었다. 정보를 얻기 위해서는 그의 호감을 살 필요가 있다고 판단한 성환은 그 방법을 고민하다가, 우연찮게 상대의 손가락에 끼워진 반지를 발견했다. 큼직한 몸체에 적색 인조 루비가 박힌 반지는 해병대 기념품이었다. 그러고 보니 건물 앞에 주차된 SUV 차량 유리에도 해병대 마크가 붙어 있었다. 성환은 이제는 기억의 까마득한 저층에 묻힌 자신의 해병대 복무 이력이 쓸모 있을지도 모른다고 생각했다.

"반지가 눈에 익군요. 혹시 해병대를 나오셨습니까?"

성환이 지나가는 말처럼 묻자 사내가 고개를 끄덕였다.

"그렇습니다만……."

"이거, 반갑군요. 저는 570기입니다."

얼굴에 생기가 돌더니, 사내는 의자에서 벌떡 일어나 꼿꼿한 자세로 거수경례를 했다.

"필승! 784기입니다."

성환은 미소 띤 얼굴로 경례를 받았다.

"저는 백령도에 있었습니다만, 후배님은 어디서 근무하셨나요?"

"포항입니다."

"아, 1사단 말이군요."

"대선배님을 뵈니, 정말 기쁘네요."

사내는 잠깐만 기다려달라고 하고서 밖으로 나갔다. 잠시 후 돌아온 그의 손에는 캔 커피가 담긴 편의점 비닐봉지가 들려 있었다. 성환은 사내와 캔 커피를 마시며 한동안 군 시절에 대한 담소를 즐겼다. 그러고는 다시금 매장을 돌아다니며 찬찬히 물건을 구경했다.

"나치 친위대가 입던 겁니다. 오리지널이에요."

성환이 벽에 걸린 군복에 시선을 주자 사내가 친근한 어조로 말을 걸어왔다.

"마니아들은 친위대 군복을 최고로 칩니다. 휴고 보스가 디자인했다는 건 알고 계시죠?"

성환은 건성으로 고개를 끄덕였다.

"히틀러는 군복 디자인에 큰 관심을 기울였습니다. 한때 미술학도였던 만큼 특별한 미의식이 있기도 했지만, 자국의 청년들을 멋진 군복으로 유혹해 나치로 끌어들이려는 전략이었죠."

군복 맞은편에는 권총이 진열되어 있었다. 형사 시절에 사용하던 모델을 발견하고 반가운 마음이 든 성환은 중얼거리듯 말했다.

"저건 스미스 앤 웨슨의 M10이네요."

"아, 이쪽 취향이시군요."

사내는 한쪽 입가를 끌어 올리며 미소 지었다. 성환의 눈치를 살핀 그는 신중하게 입을 열었다.

"선배님이시니, 제가 스페셜한 물건을 보여드리죠."

사내는 카운터 책상 서랍에서 권총 한 정을 꺼냈다. 그런 다음 목소리를 낮춰 속삭였다.

"루거 P08입니다. 2차 세계대전 당시 독일군 장교용으로 보급됐죠. 선배님도 아실지 모르겠지만, 연합군으로 참전했던 미군이 전리품으로 가장 갖고 싶어 했던 게 바로 요놈입니다. 지금도 진품은 굉장한 고가에 거래되죠."

한차례 주위를 살피고서 사내는 말을 이었다.

"물론 이건 모형입니다. 하지만 보통 모형이 아니에요. 개조한 건데, 아마 살상도 가능할 겁니다. 총알도 특수 제작한 걸 쓰죠."

이건 완전히 범법 행위 아닌가 하는 생각이 든 동시에 성환의 머리를 강타하는 의문이 있었다.

혹시 이 총을 오두진이 구입했을까?

성환의 침묵을 믿지 못하겠다는 의미로 받아들였는지, 사내는 한층 억양을 높였다.

"과장이 아닙니다. 동호회에 있는 분이 멧돼지한테 쏴봤는데, 발악 한 번 못 하고 그대로 뒈졌대요."

"이거, 사 간 손님이 많습니까?"

"글쎄요…… 많다고는 할 수 없죠. 아직 두 정밖에 팔지 못했으니까."

두 정? 그중에 오두진도 포함될까? 성환은 사실을 확인하고픈 욕구가 컸지만 의심 살 걸 우려해 일단 함구했다. 그러고는 이곳에 들어설 때부터 눈길을 빼앗겼던 디오라마 진열장으로 다가갔다.

"저희 숍에서 개최하는 디오라마 콘테스트에서 대상을 탄 작품들입니다."

사내가 자부심이 깃든 표정으로 말했다. 그의 설명이 아니더라도 한눈에 디오라마 수준이 상당하다는 것을 알 수 있었다.

"콘테스트는 매년 열리나요?"

"아닙니다. 3년에 한 번입니다."

디오라마를 두루 살펴보던 성환은 '저격수'라는 제목을 달고 있는 작품에 시선을 고정했다. 제목 그대로 몸을 숨긴 저격수가 군중 속에 섞인 누군가를 조준하고 있는 상황을 재현한 것이었다. 그는 작품의 섬세함에서 오두진의 숨결을 진하게 느꼈다. 특히 표정이 풍부한 피규어 얼굴이 바르샤바 디오라마에서 본 것과 매우 흡사했다.

"이 작품은 굉장히 정교하군요."

"이걸 만든 분의 특기죠. 사소한 부분까지 아주 디테일하게 표현합니다."

디오라마가 오두진의 작품이라고 확신하며 성환은 물었다.

"몇 년도 콘테스트에서 수상한 건가요?"

"아마…… 2010년일 겁니다."

"2010년이라고요?"

"네, 4회 콘테스트요."

눈썹 사이에 주름을 잡은 채 성환은 디오라마를 내려다보았다. 2010년이라면 문미옥과 결혼한 해다. 이건 단순한 우연의 일치일까?

"이 스나이퍼가 목표물을 성공적으로 저격할지는 의문이네요."

사내가 디오라마의 저격수를 가리키며 농담조로 말했다.

"이유를 물어도 되겠습니까?"

"아무리 뛰어난 스나이퍼라 할지라도 언제나 미션에 성공하지는 않습니다. 실력을 떠나, 한 가지 큰 불안 요소가 있기 때문이죠."

"불안 요소?"

"저격은 표적과 굉장히 먼 거리에서 이뤄지죠. 그러나 그와 동시에 바로 지척에서 행해지는 작업이기도 합니다. 저격에 앞서 망원렌즈로 오랜 시간 동안 표적을 관찰하기 때문이죠. 그것을 통해 스나이퍼는 표적을 속속들이 파악합니다. 외모, 습관, 걸음걸이 같은 외적인 것뿐만 아니라 심리 상태나 성격 같은 내적인 부분까지. 그런 과정을 거치며 스나이퍼가 표적에게 애정이나 친밀감을 느끼는 경우가 발생하죠."

사내는 클클 웃으며 덧붙였다.

"게다가 표적이 매력적인 이성이라면 더욱 그렇겠죠? 그런 감정 상태에서 제대로 저격할 수 있겠습니까?"

"그럴듯하군요. 아주 흥미로운 이야기입니다."

1시간쯤 머문 뒤 성환은 가게를 나섰다. 밖은 어느새 사위가 어둑해져 있었고, 유흥업소가 밀집된 거리는 인파로 붐볐다. 지하철역으로 걸어가면서 성환은 저격수 디오라마에 대해 생각했다. 2010년…… 그때 오두진은 어째서 그 작품을 만들었을까. 거기에 불어넣어진 그의 시간은 어떤 무늬와 색깔을 지녔을까.

3

'만나고 싶군요. 할 말이 있습니다.'

늦은 오후의 사무실은 고요했다. 불도 켜지 않은 채, 성환은 책상 앞에 앉아 턱과 입을 감싸 쥐고 생각에 잠겨 있었다. 1시간쯤 전, 오두진에게서 온 문자 메시지는 짧고 명료했다. 수식어가 제거된 문장을 그는 신중하게 곱씹었다. 그것은 필요한 정보만을 전달하는 느낌과 동시에 무척 많은 내용을 함축한 것 같은, 말하자면 이면에 숨겨진 의미가 있는 것 같았다.

이유가 뭘까.

어째서 나를 보려고 하는가.

성환은 몸을 일으켜 창가로 다가갔다. 그러고는 바지 주머니에 두 손을 찔러 넣은 자세로 밖을 내다보았다. 하늘이 굉장히 흐렸고, 거센 바람이 불고 있었다. 그는 속으로 중얼거렸다. 이미 법원에서 실종선고가 내려진 상태이고, 이제 곧 오두진은 막대한 액수의 보험금을 수령할 것이다. 이대로 간다면 내게 남는 것은 문미옥의 싸늘한 주검뿐일 것이다. 나는 지금 뭘 하고 있는가? 아내 말마따나, 문미옥이 자식 주변에 나타날 거라고 믿는가? 그때 그녀를 붙잡을 수 있으리라 여기는가? 판단 착오일지 모른다. 아무것도 얻지 못할 수 있다. 아니, 오히려 그럴 가능성이 더 크다.

성환은 컴퓨터를 켜서 문서 파일을 불러왔다. 소년에게 부탁해 옮겨놓은 문미옥의 홈페이지 글이었다. 이미 수없이 정독했지만 다시 한번 찬찬히 들여다보았다. 그러다가 문미옥 곁에 노숙자가 등장하는 단락에서 눈을 멈췄다. 읽을 때마다 매번 의문에 잠기게 되는 부분이었다.

그는 누굴까.

문미옥에게 접근한 의도가 있지는 않을까.

사회에서 배척된 자들의 만남. 서로 간의 고독으로 인해 유대감이 싹텄고, 그 유대감은 상대를 믿고 의지하는 사이로 관계를 발전시켰다. 성환은 문미옥 실종 사건을 해결하는 데 두 가지 큰 변수가 있다고 생각했다. 하나는 어린 오두진을 돌본 식모였고, 나머지 하나는 노숙자였다.

이들이 어떤 역할을 해줄 것인가.

벽시계가 6시를 가리키고 있었다. 성환은 비적비적 겉옷을 걸치고 사무실을 나섰다. 그러고는 어둠이 깃들기 시작한 거리를 걸어 지하철역으로 향했다.

홍보 대행사의 불은 밝혀져 있었으나, 직원들은 이미 퇴근한 듯 한 명도 보이지 않았다. 사장실에 노크를 하자 곧 낮고 굵은 목소리가 들려왔다.

"들어오세요."

성환은 조심스러운 동작으로 출입문을 열었다. 거대한 디오라마 너머, 책상 의자에 앉은 오두진이 보였다.

"오랜만에 뵙습니다."

성환의 인사에 오두진은 살짝 고개를 끄덕였다. 그러고는 보일 듯 말 듯 미소를 지으며 입을 열었다.

"형을 만났더군요?"

거두절미하고 용건을 꺼내는 오두진에게 성환은 은밀히 놀랐다. 나를 찾은 이유가 그건가? 오명진을 만난 일이 저자의 심기를 건드린 건가?

"그렇습니다. 대학으로 찾아갔죠."

"그래, 도움을 얻은 게 있나요?"

"형님분에게서 많은 이야기를 들었습니다. 특히 오두진 씨의 성장기에 관한⋯⋯."

한차례 큰 헛기침을 하고 오두진은 물었다.

"내 성장기 따위가 와이프를 찾는 데 필요합니까?"

말씨는 공격적이었지만, 얼굴에는 침착함과 여유가 깃들어 있었다. 성환은 그렇다고 대답했다.

"뭐, 와이프만 찾아준다면야 내가 김성환 씨의 수사 기법까지 간섭할 이유는 없겠죠."

좀체 감정의 동요를 드러내지 않는 오두진을 보며 성환은 생각했다. 어쩌면 문미옥을 찾아 눈앞에 데려놓는다 해도 저렇듯 아무 변화가 없지 않을까. 자신은 이 여자의 실종과 무관하다는 듯이, 마치 은밀한 거래 따위는 전혀 없었다는 듯이.

"오명진 씨가 들려준 얘기를 듣고 한 가지 의문점이 생기더군요."

성환은 자신을 보는 오두진의 눈이 일순 날카로워졌다고 느꼈다.

"어린 시절, 친어머니를 대신해서 당신을 돌본 식모⋯⋯ 아직 살아 있습니까?"

별안간 오두진이 큰 웃음을 터뜨렸다. 도저히 웃음을 참을 수 없다는 듯 눈물까지 질금거렸다.

"그 여자는 이미 오래전에 세상을 떴어요."

한참이 지나 웃음이 잦아든 오두진은 다시 입을 열었다.

"생각해보면 참 측은하고 불쌍한 여자죠. 젊은 나이에 남편과 사별하고 우리 집에 들어왔는데, 자식이 없는 탓인지 나를 자기 아들처럼 여겼어요. 솔직히, 그땐 나도 제법 힘든 상황이 었기 때문에 그 여자를 의지한 게 사실입니다."

사망 증명서를 확인하지 않는 이상, 성환은 식모가 죽었다는 말을 믿기 어려웠다. 나이를 가늠해봐도 돌연한 사고나 큰 병이 없었다면 충분히 생존 가능하다.

"그런데 그건 왜 궁금한 겁니까?"

"그 식모가 살아 있다면 여전히 오두진 씨와 깊은 관계가 이어져 있다고 믿기 때문입니다."

오두진은 말끝을 올리며 경쾌하게 물었다.

"흠, 그래서 그 여자를 통해 나에 대한 정보를 캐내려고?"

"맞습니다."

깍지 낀 손을 책상에 올려둔 자세로 오두진은 성환을 쏘아보았다. 길게 이어진 침묵의 무게로 말미암아 성환은 자신이 정곡을 찔렀음을 직감했다.

식모였군.

식모는 살아 있고 현재도 당신과 인연이 닿아 있다. 게다가 그녀는 문미옥 실종에까지 관여하고 있다.

만족스러운 미소를 지으며 성환은 속으로 중얼거렸다. 이제 어떻게 해야 하나. 식모의 행방을 추적해야 하는가. 그 시작점은 어디인가.

"디오라마에 관심이 있는 것 같은데, 다른 작품을 구경하겠습니까? 아직 아무에게도 보여주지 않은 겁니다."

침묵을 깨고 나온 오두진의 갑작스러운 제안에 성환은 조금 당황했다.

"……좋습니다. 저도 흥미가 동하는군요."

의자에서 일어난 오두진은 사장실 구석에 있는 철제 캐비닛으로 다가갔다. 그러고는 문을 열고 바둑판 크기의 디오라마를 꺼냈다.

"자, 이겁니다."

오두진이 디오라마를 책상에 올려놓자 성환은 다가가 자세히 들여다보았다. 그것은 바르샤바 디오라마와 분위기가 완전히 달랐다. 거실 같은 공간에 남녀 한 쌍이 긴 소파에 나란히 앉아 있었는데, 여자는 몸이 축 처져 있었고 남자는 자신의 입 안에 총구를 쑤셔 넣은 상태였다. 섬뜩하고 기이한 이미지였다.

여자 피규어를 가리키며 오두진은 말했다.

"내가 만든 피규어 중에서 유일한 여성이죠. 누군지 짐작가십니까? 남자의 이름이 히틀러라는 게 힌트가 되겠군요."

히틀러? 그렇다면 이 작품 역시 2차 세계대전이 무대인가? 고민 끝에 성환은 고개를 저었다.

"모르겠습니다."

"여자의 정체는…… 히틀러의 아내, 에바 브라운입니다."

놀란 음성으로 성환은 물었다.

"히틀러가 결혼을 했습니까?"

"네, 자살하기 하루 전날."

"자살하기 전날?"

"에바 브라운은 히틀러 전속 사진기사의 조수였습니다. 히틀러보다 무려 스물세 살이나 어린 나이였죠. 히틀러와 에바 브라운이 결혼할 당시, 사실상 전쟁은 끝나 있었습니다. 히틀러는 언제 연합군에게 체포될지 모르는 상황이었죠……. 그러니까, 정확히 1945년 4월 30일. 결혼식 이튿날이었습니다. 베를린의 지하 벙커에서 히틀러는 아내인 에바 브라운과 동반자살을 했죠. 말하자면 결혼 생활은 단 하루뿐인 셈입니다. 자살 방법으로, 에바 브라운은 청산가리를 복용했습니다. 그리고 히틀러는 권총을 사용했죠. 이 피규어처럼 말입니다."

손으로 총 모양을 만든 오두진은 입을 크게 벌리고 총구에 해당하는 검지를 밀어 넣었다.

"두개골이 터져나가며 뒷벽이 피와 뇌수로 뒤덮였겠죠?"

오두진의 번득이는 눈길이 자신의 얼굴을 훑어 내리자 성환은 순간 바짝 긴장했다. 그는 상대의 말뜻을 알아차렸다.

이건 경고다.

여차하면 문미옥을 죽이겠다는.

성환은 말없이 오두진을 건너다보았다. 오두진 역시 입을 열지 않았으므로 정적이 감돌았다.

"히틀러에게 그런 비화가 있는 줄 몰랐군요."

짐짓 아무것도 모르는 척, 성환은 미소를 지으며 말했다.

"아주 재밌었습니다."

오두진의 미간에 뚜렷하게 팬 주름을 보고 성환은 그가 뭔가 생각하거나 고민하고 있음을 알아차렸다.

"어째서 이 일에 적극적으로 매달리는 건가요? 이유가 뭡니까?"

약간의 간격을 두었다가 오두진은 신랄하게 말을 이었다.

"와이프 오빠가 수임료를 그렇게 많이 준다고 합디까? 아니면 보험사 쪽에서 모종의 보수를 받기로 했나요? 아니야, 아니야. 당신은 그런 사람이 아니지. 분명 다른 감춰진 이유가 있어. 내 말이 맞죠?"

성환은 오두진을 가만히 바라볼 뿐이었다.

"당신이 금전적 보상 따위를 바라는 게 아니란 걸 알지만…… 괜찮다면, 내가 섭섭지 않게 돈을 챙겨주겠습니다. 대신, 이 일에서 완전히 손을 떼세요."

입을 꾹 다문 채 성환은 생각했다. 이제 거추장스러운 연극 따윈 그만두기로 마음먹은 건가? 가면을 벗기로 한 건가?

"대답해봐요. 내 제안이 마음에 듭니까? 물론, 이건 우리 둘만의 비밀입니다. 누구도 모를 거예요. 그러니 아무 걱정 안 해도 됩니다."

오두진의 말씨는 모사꾼처럼 천박하고 간사하게 들렸다. 성환은 감정을 담지 않은 어조로 대꾸했다.

"방금 하신 말씀은 안 들은 걸로 하겠습니다."

오두진의 한쪽 입술이 비틀려 올라갔다.

"거절입니까? 뭐, 당장 결정을 안 해도 되니까 신중히 생각해보세요."

"그만 가보겠습니다."

출입문을 향해 걸어가던 성환은 돌연 방향을 틀어 바르샤바 디오라마로 다가갔다. 살펴보니 지난번 눈에 띄었던 몇몇 빈 공간이 채워진 것 같았다.

"이 디오라마는 곧 완성되겠군요?"

성환의 질문에 오두진은 진지한 표정으로 대답했다.

"디오라마…… 나는 완성이 있을 줄 알았습니다. 느리지만, 분명 완성이라고 부를 어떤 지점을 향해 나아간다고 믿었죠. 그러나 시간이 지날수록 완성되는 것…… 어떻게 보면 그건 폐허일 따름입니다. 폐허가 완성되는 거야."

폐허의 완성. 그 말이 성환의 가슴 깊이 파고들었다.

"길고 치열한 전투가 끝난 뒤에 고통과 비명, 피비린내와 시취만이 남은 도시. 그 외에는 아무것도 없는 도시. 거대한 적막 위로 이따금 메마른 바람이 부는 도시……. 뭐, 나의 세계란 것이 모든 게 파괴된 폐허라면, 묵묵히 그 폐허를 완성할 수밖에 없겠죠."

성환은 음성을 낮춰 조심스럽게 물었다.

"그곳이…… 그 폐허가 두렵지 않습니까?"

불현듯 오두진이 시니컬한 웃음을 터뜨렸다.

"내내 그곳에 있었는데, 새삼 두려워할 이유가 뭐 있겠습니까? 이제는 익숙한 대로 편안한 느낌마저 드는데요?"

다음 날 성환은 좀처럼 이부자리에서 일어나지 못했다. 미열과 오한이 느껴졌고, 이마에서는 식은땀이 배어났다. 감기인 듯했다.

정오를 넘겨 방에서 나오니 아무도 없는 고요한 거실이 성환을 맞아들였다. 부엌으로 간 그는 건더기를 많이 넣어 유자차 한 잔을 탔다. 두 손으로 머그잔을 감싸 쥐고 소파에 앉아 어제 만난 오두진을 떠올리자, 곧장 한 가지 생각이 머릿속에 메아리쳤다.

문미옥과 오두진은 똑같은 처지다.

베란다 창으로 오후 햇살이 비껴들었다. 참새 소리가 가늘게 들려왔다. 혀뿌리에 고인 침을 삼키며 성환은 두 눈을 지그시 내려 감았다.

그들은 동일한 고통 속에 놓여 있다. 둘 다 저마다의 화성에 버려져 있다. 척박하고 황량한 땅에 홀로 머물고 있다.

성환은 홍보 대행사를 나서기 직전 보았던 오두진의 얼굴을 기억에서 끄집어내려 했으나, 이상하게도 뜻대로 되지 않았다. 다만, 그 쓸쓸하고 피로한 느낌만은 또렷했다.

오두진은 앞으로도 자신만의 화성에서 지낼 것이다. 스스로가 얼마나 고독한지도 모른 채, 얼마나 지쳐 있는지도 모른 채, 영원히.

유자차를 전부 마신 성환은 무거운 몸을 억지로 일으켜 세웠다. 감기에 걸리면 따로 약을 먹지 않고 자연스레 낫길 기다리는 편이었으나 이번에는 시간을 허비하고 있을 수 없다고 판단해 약국을 찾기로 마음먹었다.

빌라를 나선 그는 초겨울의 맑은 하늘을 보며 천천히 걸었다. 약국은 횡단보도 건너편에 자리 잡고 있었다. 신호등의 녹색 불을 기다리며 서 있노라니, 같은 빌라에 사는 동년배 지인과 마주쳤다.

"요즘 어떻게 지내세요?"

지인이 안부를 묻자 성환은 웃으며 대답했다.

"그냥, 똑같이 지냅니다."

"얼마 전에 괜찮은 오피스텔이 매물로 나왔어요. 한번 사놓으면 월세 받는 재미가 쏠쏠할 겁니다."

분양 상담사 일을 하는 지인의 권유에 성환은 조용히 미소만 지었다.

"김 형도 노후 준비를 하셔야죠?"

마침 신호등 불이 바뀌어 그들은 인사를 나누고 헤어졌다. 횡단보도를 건넌 뒤, 얼마간 걷다가 성환은 멈춰 서서 양복점 쇼윈도에 비친 자신을 타인의 시선으로 살폈다. 그 모습은 이제 '노후'라는 단어와 결코 무관치 않았다. 목적도 계획도 꿈도 없이, 그동안 그저 하루하루를 살았다. 죽음까지는 아직 여유가 남았고 그 시간에 대해 불안과 걱정이 없지는 않았으나, 앞으로도 이렇게 지내면 좋을 듯싶었다. 그러면 어느 순간, 반가운 손님처럼 죽음을 맞아들일 것 같았다.

약국에 들어서니 익숙한 얼굴의 늙은 약사가 혼자 온라인 바둑을 두고 있었다.

"또 관절염이 심해졌나요?"

"아닙니다. 감기 때문입니다."

성환이 웬만해선 감기약을 먹지 않는 사실을 잘 아는 약사가 갑자기 무슨 일이냐고 묻자 성환은 얼버무리듯 대답했다.

"이번에는 유난히 독해서요."

증상 설명을 들은 약사는 조제실로 들어갔다. 잠시 후, 밖으로 나온 그는 약봉지를 내밀며 물었다.

"관절염은 좀 어떠세요?"

"뭐, 똑같습니다."

"수술을 받아보시지요? 요즘에는 후유증도 없다고 하던데."

"그럴 필요까지 있을까 싶네요."

미소를 지으며 성환은 덧붙였다.

"이제 저도 곧 노년기에 접어드는데…… 노년이란, 병이 나을 거란 기대를 버리고 병과 더불어 사는 법을 익히는 시기인 것 같습니다."

약사는 말없이 고개를 끄덕였다. 그런 뒤 화제를 바꿔 말했다.

"그나저나 환절기라서 그런지 요즘 감기 환자가 부쩍 느네요."

"그래요?"

"오늘만 해도 벌써 네 명이나 약을 타 갔습니다."

"감기가 퍼지는 모양이군요. 저도 마스크를 쓰고 다녀야겠습니다. 다른 사람에게 바이러스를 옮기면 민폐니까요."

약사는 코끝에 걸린 돋보기안경을 밀어 올리며 무심한 어조로 대꾸했다.

"꼭 그렇지만도 않습니다."

"네?"

"바이러스가 밖에서 유입된 게 아니라 이미 인체 내부에 있
는 경우도 있거든요. 오래전에 들어와 잠복해 있다가, 몸이 허
약해진 틈을 타서 활동하는 거죠."

왠지 모르게 약사의 이야기가 강하게 머리에 박혔다. 성환은
속으로 중얼거렸다. 밖이 아니라 내부? 내부에 이미 존재하고
있다?

4

유치원 풍경은 그대로였다. 흰색 콘크리트 건물도, 잔디 마당
에 설치된 서너 개의 놀이기구도 며칠 전과 다름없었다. 자신의
차 안에서 유치원을 바라보며 성환은 입속말로 중얼거렸다.

밖이 아니라 내부……

두 눈을 감은 채, 몇 분 정도 생각에 잠겨 있다가 성환은 차
에서 내려 유치원을 향해 걸어갔다. 건물에 들어서니, 가장 먼
저 시야에 들어온 것이 맞은편 벽에 걸린 원생들의 단체 사진
이었다. 배경을 통해 장소가 민속촌이라는 사실을 알 수 있었
다. 교실 창에 얼굴을 들이밀자 수업을 듣는 아이들이 보였다.
윤슬이를 찾아보았으나 다른 교실에 있는지 눈에 띄지 않았다.

"어떻게 오셨어요?"

갑자기 들리는 목소리에 뒤돌아보니 교사로 보이는 사람이
서 있었다. 미소 지은 얼굴로 성환은 입을 열었다.

"손주가 다닐 유치원을 알아보는 중입니다."

"아, 그러시군요. 그럼 제가 안내해드리겠습니다."

상담실은 복도 끝에 있었다. 테이블을 사이에 두고 성환과 마주 앉자 여자는 팸플릿을 내밀며 말했다.

"학습 프로그램인데, 한번 살펴보세요. 저희 원에서는 특히 영어 교육에 신경 써요. 원어민 교사도 있고요."

영어라니. 성환은 일순간 말문이 막혔다. 자신이 모르는 새 세상이 달라졌음을 느꼈다.

"영어까지 배워야 할 필요가 있을까요?"

"요즘은 대부분의 아이가 초등학교 입학 전에 영어 기초를 떼니까요. 강남에서는 중국어 수업도 해요."

씁쓸한 기분을 누르고 성환은 팸플릿을 들여다보았다. 독서, 식물 관찰, 그림 그리기 등 프로그램이 다양했다. 방금 들은 대로 영어 수업도 끼어 있었다. 팸플릿에 시선을 박은 채로 그는 생각에 잠겼다. 문미옥이 침투할 수 있는 틈이 어딨을까. 자연스럽게, 들키지 않게, 감쪽같이.

프로그램 중간에 특별 수업이라고 적힌 부분이 있었다. 무엇인지 묻자 여자는 대답했다.

"공연 관람이에요. 두 달에 한 번 정도 하죠."

"공연?"

"아동극이요."

"그건 선생님들이 하나요?"

"아뇨, 외주 극단이 맡아서 합니다."

외주 극단? 성환의 눈이 살짝 벌어졌다.

어쩌면…….

참관할 수 있느냐는 성환의 물음에 여자는 고개를 끄덕인 다음, 마침 이번 달에 공연이 잡혀 있다며 날짜와 시간을 알려주었다.

유치원을 나선 성환은 차를 몰고 한승수의 집으로 향했다. 이유는 그의 집안일을 봐주는 노파에 대해 알아보기 위해서였다. 알 수 없는 일이었다. 민홍기의 말대로 그저 가정부에 불과할 수도 있는 것을, 이상하게도 그동안 계속 마음속에 노파에 대한 의구심이 끈질긴 부력으로 떠다녔다. 오랜 기간 형사 일을 하며 얻은 눈썰미일 수도 있고 타고난 감일 수도 있겠으나, 어떻든 성환은 노파가 예사 인물은 아니라고 생각했다.

목적지에 도착해 보니 그곳에서는 인기척이 느껴지지 않았다. 노파는 집에 없었다. 윤슬이를 감시하며 파악한 그녀의 생활 패턴으로 짐작할 때 장을 보러 간 것 같았다. 빌라를 빠져나온 성환은 거리에 우두커니 선 채 속으로 중얼거렸다.

저번에 보인 완강한 침묵은 뭘까. 그 침묵 뒤에 어떤 의미가 감춰져 있을까.

보도블록에 오후 햇살이 반짝이며 부서져 내렸다. 어디선가 고양이 울음소리가 길게 들려왔다. 답답한 마음에 흡연 욕구를 느낀 성환은 담배를 피울 마땅한 장소를 찾다가 근처 공터로 갔다. 그러자 뜻밖에도 그곳에서 노파를 발견할 수 있었다.

그는 본능적으로 몸을 숨긴 다음 노파를 관찰했다. 그녀는 구석의 바위에 혼자 걸터앉아 있었는데, 표정이 무척이나 고요하고 평온했다. 그 풍경은 인근 주택가의 부산스러움과 대비되어 언뜻 현실감이 들지 않았다. 마치 노파만이 딴 세상에 있는 것 같았다.

이제 어떡할까.

한동안 고민한 성환은 노파를 향해 느리게 다가갔다. 그러고는 조심스러운 동작으로 그 곁에 앉아 입을 열었다.

"볕이 참 좋습니다."

노파는 성환을 쳐다보지도 않았다.

"이런 햇살이 건강에 굉장히 이롭다고 하더군요."

성환이 연이어 말을 걸었지만 노파에게서는 아무 반응이 없었다. 그저 먼 데 시선을 던져둘 뿐이었다. 성환은 그녀에게 묻지 않았다. 한승수와 어떤 관계인지, 이 사건에 대해 뭘 알고 있는지, 극구 감추고 있는 진실이 무엇인지. 다만, 담담한 어조로 문미옥의 사연을 풀어놓기 시작했다.

"실종된 여자의 딸 이름은 한윤슬이라고 합니다. 참 예쁜 이름이죠? '윤슬'은 '햇빛에 반짝이는 잔물결'이란 뜻입니다. 올해 여섯 살인 그 아이는 태어날 때부터 심각한 심장 질환을 앓고 있었죠. 생명을 이어갈 수 있는 방법은 오로지 하나, 심장이식뿐이었습니다. 하지만 수술비가 엄청났죠. 일반 서민은 마련하기 힘든 돈이었습니다. 그 때문에, 여자는 잠시나마 자신의 신체 장기를 내다 팔 마음까지 먹었더랬죠. 세상의 모든 부모가 그렇듯, 그녀에게 아이는 자신의 전부였습니다. 희망이었고,

미래였고, 목숨 그 자체였습니다."

성환은 잠깐 말을 끊었다. 죽은 딸이 뇌리를 스쳤기 때문이다. 자신에게도 딸아이는 희망이었고, 미래였고, 목숨 그 자체였다. 드러나지 않게 심호흡을 몇 번 한 다음 그는 이야기를 계속했다.

"그런 상황에서 여자에게 다가온 사람이 있었습니다. 그 남자는 아이 수술비를 대주겠다며 한 가지 제안을 하죠. 실종되고서 5년이 지나면 사망 처리가 되는 법 조항을 악용한 보험사기의 조력자가 되어달라는 것이었습니다. 고심 끝에 여자는 제안을 받아들입니다. 그리고 남자와 결혼식을 올린 뒤 세상에서 사라졌죠.

여자는 5, 6년 동안 철저한 감시 속에서 혼자 지냈습니다. 가족은 물론이고, 그 누구와도 만나지 못했죠. 그녀는 지독한 외로움을 견디며 다시 자식을 보게 될 날만을 손꼽아 기다렸습니다. 하지만 그건 헛된 믿음이었죠. 왜냐고요? 남자 입장에서는 여자가 살아 있으면 언젠가 사기가 드러나게 될 테고, 자동적으로 보험금도 뺏기기 때문입니다. 따라서 남자는 애초부터 여자를 죽일 계획이었죠. 아마도…… 머지않아 실제로 여자는 살해될 겁니다."

성환은 정면을 향하고 있던 고개를 돌려 노파를 쳐다보았다.

"지금까지 제가 들려드린 이야기의 주인공이 누군지 짐작 가십니까? 그 여자는 한승수와 사실혼 관계입니다. 지금 할머니가 돌보고 있는 윤슬이의 친모이기도 하고요."

짧은 침묵 뒤에 성환은 한마디 덧붙였다.

"아직은 아이 엄마를 살릴 기회가 있습니다."

노파는 몸을 일으켰다. 그때 찰나적으로 그녀의 눈이 성환 쪽을 향했다. 그러나 그 검은 동공에는 아무것도 담겨 있지 않았다. 마치 성환 너머의 무언가를 응시하듯, 아득하고 아련한 눈빛이었다.

허리에 한쪽 손을 짚은 채 노파는 한승수의 집 방향으로 느릿느릿 걸었다. 그 모습을 착잡한 심정으로 지켜보다가 성환은 소리 나게 한숨을 내쉬었다. 손목시계를 확인해보니 1시가 조금 지나 있었다. 감기 기운 때문에 입맛이 전혀 없었으나 체력을 유지하려면 억지로라도 배를 채워야 한다고 여기고서 무거운 발을 옮겼다.

민홍기를 처음 만났던 편의점에 들어간 성환은 컵라면을 집어 들었다. 그러나 기름진 음식이 내키지 않아 곧 에그 샌드위치와 두유로 바꿔 들었다. 계산을 마치고 간이 식탁에 선 그는 기계적인 손놀림으로 샌드위치를 먹으며 생각에 잠겨 들었다. 유치원에서 문미옥을 찾지 못하면 어떻게 할까. 현재로선 그럴 가능성이 높지 않나. 무리수를 둬서라도 한승수와 담판을 지어야 하나. 오두진이야 어렵겠지만, 그러면 심경의 변화를 일으킬지 모른다.

시간이 넉넉하다면 모든 가능성을 열어두고 차분히 사건을 풀어가겠으나, 현재로선 언제 오두진이 문미옥을 죽일지 모르기에 마음이 급할 수밖에 없었다. 성환은 미간에 깊은 주름을 잡고서 끙 신음을 토했다.

만약 앞으로 최악의 상황이 발생할 경우, 그는 문미옥이 살해될 위험을 각오하고서 경찰에 알려야 한다고 판단했다. 그리고 그럴 때 도움을 청할 인물로 후배 P를 점찍었다. 경찰 시절, 가깝게 지냈던 P는 진급을 거듭해 현재 일선 서의 형사과장을 맡고 있었다. 부탁을 한다면 신속하게 움직여줄 것이다.

후배를 떠올린 김에 성환은 그동안 미뤄뒀던 일을 하기로 마음먹고 휴대폰을 꺼내 들었다.

"아니, 선배님이 웬일이십니까?"

두세 번 신호음이 울린 뒤 반가운 목소리가 귓속을 파고들었다. 도로변인지 경적 소리와 주행음이 크게 울려왔다. 성환은 톤을 높여 물었다.

"통화 가능한가?"

"잠시만요."

장소를 옮긴 모양이었다. 한층 소음이 잦아든 상태에서 후배는 말했다.

"이제 괜찮습니다. 말씀하세요."

"내 일과 관련해서 자네에게 부탁하고 싶은 게 있는데……
언제 시간이 나는지 궁금하네."

"저는 언제든 좋습니다. 누구의 엄명이라고요."

붙임성 좋은 후배는 넉살을 떨었다.

"그럼, 오늘 괜찮은가?"

일정을 확인하는 것 같았다. 몇 초 정도 사이를 두고 후배는 대답했다.

"3시 지나서는 여유가 있을 것 같습니다."

"그럼, 3시 반에 보도록 하지. 내가 그쪽으로 가겠네."

통화를 마친 성환은 지금 출발하면 얼추 약속 시간을 맞출 수 있겠다고 여기고서 곧장 편의점을 나섰다.

신도시 외곽에 후배가 몸담고 있는 경찰서가 있었다. 지하철을 타고 그곳으로 향하며 성환은 새삼 후배와의 추억을 끄집어냈다. 인천에 위치한 일선 서에서 경위 계급으로 형사계장을 맡고 있을 때였다. 아시안게임에서 메달을 딴 태권도 선수 출신 후배가 무도 특채자로 형사과에 들어왔다. 오랫동안 운동을 하며 단체생활에 익숙한 후배는 조직에 빠르게 적응했고, 그런 후배를 모두 굉장히 마음에 들어했다. 그러나 상관으로서 성환이 보기에 후배는 명쾌한 승패 룰에 길들여져서인지 사건 접근방식이 다소 저돌적이고 단순했다. 형사과라면 유연한 사고를 가져야 한다고 믿는 성환은 한동안 후배를 옆에 끼고서 수사관으로서의 자세를 가르쳤다. 그러자 그 뒤로 후배는 성환을 크게 의지하며 따르게 되었다. "팀장님은 저의 멘토입니다." 언젠가 후배는 술자리에서 성환에게 말했다. "팀장님이 없었다면 진정한 수사관이 되지 못했을 겁니다." 그러고는 마치 사랑 고백이라도 한 것처럼 몹시 수줍어하고 창피해했다.

지하철역을 벗어나 200미터쯤 걷자 목적지인 M경찰서가 나타났다. 약속 시간 정각이었다. 경찰서 정문을 지키는 의경을 바라보며 얼마쯤 서 있노라니, 낯익은 얼굴이 나타나 점점 가까워졌다.

"선배님, 이게 얼마 만인가요!"

후배는 얼굴 가득 웃음을 지었다.

"잘 지냈는가?"

못 본 사이 후배는 전체적으로 몸에 살이 붙었고, 그에 따라 인상이 과거보다 한결 부드러워져 있었다.

"선배님 같은 분이 이렇게 기동력 있게 오시다니, 아주 큰 사건을 맡으셨나 봅니다."

"그건 차차 이야기하도록 하지."

후배는 가까운 커피전문점으로 성환을 안내했다. 주문한 커피를 받아 들고 자리에 앉자 그는 겸연쩍게 웃으며 입을 열었다.

"그동안 못 찾아뵌 거, 정말 죄송합니다."

"바쁜 거 다 아는데, 죄송은 무슨……."

한 모금 커피를 마시고서 성환은 물었다.

"애들은 잘 크는가?"

"너무 잘 커서 걱정이죠. 큰놈은 이제 중학교에 들어갑니다."

"그럼, 작은애는 초등학교 3학년이겠구먼?"

"맞습니다."

성환은 후배의 큰아이 돌잔치를 떠올렸다. 이름이 지우였던가. 그 아이는 돌잡이를 할 때 엉뚱하게도 잔치상 끄트머리에 있는 수박을 집어서 좌중을 폭소케 했다. 그게 벌써 10년 저쪽의 일이라니. 새삼 세월의 흐름이 빠르게 느껴졌다.

"일은 어떤가?"

"자랑 같긴 한데, 이번에 저희 과가 북부청 베스트팀에 뽑혔습니다."

"호, 그거 대단하구먼."

"이게 다 선배님 덕분이죠."

성환은 나무라듯 말했다.

"도대체 언제까지 그런 소리를 할 텐가."

"아직도 예전에 선배님이 해준 말이 기억납니다. '범인은 앞에만 있지 않다. 뒤에도 있고 옆에도 있다. 길이 막혔을 때에는 멈춰 서서 주위를 살펴라'……."

성환은 가볍게 웃었다.

"선배님 일은 어떠세요? 할 만하십니까?"

"그럭저럭이네."

"국회에서 '공인탐정법'이 발의됐다고 하더군요."

"나도 들었네. 자네는 어떻게 생각하는가?"

"저는 긍정적으로 봅니다. 한 해에 몇십만 건의 민사사건이 발생하지만, 현실적으로 경찰력이 거기까지 개입하기는 힘들잖아요. 그러면 어쩔 수 없이 사건 당사자가 직접 정보를 수집해야 하는데, 그 해결책으로 탐정 제도가 활용될 수 있다고 봅니다."

"음, 맞는 말이네."

"그리고 퇴직한 경찰들의 돈벌이가 될 수도 있겠죠. 저만 해도 정년 이후에도 일을 해야 할 처지인데, 상황에 따라 탐정 사무소를 차릴 수도 있다고 생각합니다."

"그것도 맞는 말이구먼. 요즘은 육십을 넘겨서도 돈을 벌어야 하니……."

침묵을 지키다가 후배는 어조를 낮춰 물었다.

"저에게 시키실 건 뭡니까?"

"음, 일단은…… 진료 기록 확인이 필요하네."

성환은 윤슬이의 심장병과 관계된 부분이 밝혀지고 사실 검증의 필요성을 절감했으나, 진료 기록은 직접적인 관계자가 아니면 확인이 불가능했다. 그 이유로 부득이 후배의 힘을 빌릴 수밖에 없었다.

"사안이 심각한 모양이군요?"

후배는 성환의 기색을 살폈다.

"뭣하면, 저희 쪽으로 넘기시지요?"

"때가 되면 그럴 생각이네. 하지만 아직은 아닐세."

커피를 마시며 얼마간 고민한 성환은 후배에게 사건을 간략히 설명했다. 그러고는 잠깐 틈을 두었다가 덧붙였다.

"가능하면, 수술 당시 정황을 자세히 알았으면 하네."

성환은 곧바로 후배의 차를 얻어 타고 서울에 위치한 S대학병원으로 출발했다. 새로 개통한 순환고속도로를 탄 덕분에 속력을 낼 수 있었다. 차가 톨게이트에 접어들 즈음, 그는 후배에게 고마운 마음을 전했다.

"자네에게 큰 신세를 지는구먼."

후배는 웃음을 터뜨렸다.

"저는 기분이 아주 좋은데요? 앞으로도 종종 이렇게 써먹어 주세요."

"혹시 지금 바쁜 건 아니었는가?"

"얼마 전까지 작은 일거리가 있긴 했는데, 해결됐습니다."

"그래? 뭔지 물어도 되겠나?"

"관내에 주차된 자동차의 타이어가 연이어 파손됐습니다. 처음에 우리는 누군가 화풀이로 그랬거나 취객의 소행으로 생각해 대수롭지 않게 봤죠. 그런데 이상하게도 범행 모습이 찍힌 CCTV가 하나도 없는 겁니다. 만약 의도적으로 사각지대만을 노린 거라면 우리 짐작이 틀린 거였죠."

성환은 고개를 끄덕였다.

"범행에 목적성이 있다면, 그것으로 이득을 볼 사람이 누군지 궁리하다가 카센터와 타이어 업체를 떠올리게 되었죠. 그렇게 의심을 품고서 피해 차량들을 살펴보니 한 가지 공통점이 있었습니다. 타이어의 파손 위치가 전부 측면부였던 겁니다."

"알 만하군. 그 부분은 수리가 굉장히 까다롭지. 기실, 타이어 교체가 유일한 해결책이야. 카센터보다는 타이어 업체가 범행을 저질렀을 확률이 높구먼."

"맞습니다. 인근 타이어 업체를 탐문한 끝에 범인을 잡을 수 있었죠."

시내로 진입하며 차량 정체가 된 탓에 예상보다 늦게 목적지에 도착했다. 그곳은 이름난 종합병원답게 입구부터 사람들로 붐볐다. 정기검진을 받으러 온 윤슬이를 미행한 경험이 있는 성환은 익숙한 발걸음으로 본관 10층에 자리한 심장내과로 향했다.

엘리베이터에서 내리자 복도 맨 끝에 심장내과 팻말이 보였다. 진료 대기실에서 후배는 간호사를 찾아 대화를 나눴다. 그 사이 성환은 벽면에 걸린 패널을 살펴보았는데, 거기에는 진료 질병에 대한 설명이 프린트되어 있었다. 심근경색증, 고지혈증, 승모판막 협착증, 확장성 심근병증……. 병명만으로도 큰 위압감이 느껴졌다.

"휴게실로 가시죠. 담당 의사와 면담을 잡아놨습니다."

후배가 다가와 말하자 성환은 물었다.

"면담이라니?"

"단순한 진료 기록 확인보다는 의사와 얘기를 나눠보는 것이 좋을 것 같아서요."

성환은 흐뭇한 미소를 지었다.

"아주 잘했네."

성환과 후배는 12층에 위치한 직원 휴게실로 갔다. 그곳에서 20분 정도 기다리니 의사가 나타났다. 쉰 정도로 짐작되는 남자였고, 날렵한 디자인의 안경을 끼고 있었다. 서로 인사를 나누고 의자에 앉자 의사는 침착한 표정으로 입을 열었다.

"한윤슬 양 때문에 오셨다고 들었습니다만……."

후배는 고개를 끄덕였다.

"맞습니다."

"어떤 점이 궁금하신 겁니까?"

이번에는 성환이 나섰다.

"그 아이와 관련된 일을 순차적으로 들려주셨으면 합니다."

성환과 후배를 번갈아 쳐다본 의사는 짧은 한숨을 내쉬었다.

"윤슬 양이 우리 병원으로 이송된 건 2009년 여름입니다. 확장성 심근병증이었는데 에크모에 의존하는 아주 위급한 상황이었죠."

"말씀 중에 죄송하지만, 확장성 심근병증에 대한 설명을 부탁드려도 될까요?"

후배의 말에 의사는 미소를 지었다.

"쉽게 말해, 심장이 커지면서 그 기능이 떨어지는 병입니다. 윤슬 양의 경우에는 심장이식만이 유일한 해결책이었죠."

후배는 다시 물었다.

"에크모는 뭔가요?"

"에크모(ECMO)는 체외막 산소화 장치를 뜻해요. 환자의 심폐기능이 정상적이지 않을 때 사용하죠. 이산화탄소를 걸러 산소를 주입하는 역할을 합니다."

코끝에 걸린 안경을 손가락으로 밀어 올린 의사는 말을 이었다.

"윤슬 양은 하루빨리 심장이식을 해야 할 정도로 상태가 좋지 않았습니다. 이식 대기자로 등록하긴 했지만, 사실 유아기 공여자를 찾기란 굉장히 어렵죠. 그런데 기적적으로 윤슬 양의 조건에 부합하는 뇌사자가 발생해 심장을 기증받게 되었습니다. 다행히 수술은 잘 이뤄졌고요."

성환은 느리게 고개를 끄덕였다.

"음, 혹시 아이 부모를 기억하십니까?"

"그럼요, 당연하죠. 아주 젊은 부부였습니다."

"그들 부부가 수술비 때문에 힘들어하지 않았나요?"

"맞습니다. 1억에 가까운 수술비는 서민들이 감당하기 벅찬 금액이죠. 그 부부 역시 수술 직전까지 돈을 구하지 못해 무척 곤란해했습니다. 하지만 어느 날 갑자기 그 문제를 해결하더군요."

턱을 쓰다듬으며 성환은 생각에 잠겼다. 1억이라…… 당시 문미옥 부부에게 그런 거액은 없었을 것이다. 또한 주택 같은 확실한 담보가 없는 그들로서는 은행에서 대출도 받기 힘들었을 것이다. 수술비는 오두진에게서 받은 돈이 확실하다.

목소리를 낮춰 성환은 다시금 물었다.

"윤슬이 어머니에 대한 건데…… 정기검진 때 아이를 데리고 찾아오던 그녀가 언제부터인가 모습을 감췄지요?"

"그렇습니다. 그 대신 할머니가 왔죠. 할머니에게 이유를 물으니, 어머니는 사정상 몇 년간 외국에 나가 있게 되었다고 했습니다."

대답을 마친 의사는 잠시 후 혼잣말처럼 덧붙였다.

"윤슬 양이 할머니를 많이 무서워하더군요."

"무서워한다고요?"

성환의 진지한 얼굴이 부담스러운지 의사는 가볍게 웃음을 터뜨렸다.

"제 표현이 좀 거칠었네요. 그냥, 윤슬 양이 할머니를 어려워하는 것처럼 보였단 뜻입니다."

성환은 노파와 함께 있을 당시 윤슬이가 어땠는지 기억해보려 했으나, 먼 거리에서 살피다 보니 표정의 섬세한 변화를 읽어내는 게 불가능했기에 구체적 느낌이 잡히지 않았다.

침묵 뒤에 성환은 입술을 뗐다.

"윤슬이의 현재 상태는 어떻습니까? 건강한가요?"

"아주 좋습니다. 이제는 윤슬 양이 아니라…… 할머니가 문제지요."

"할머니요?"

"모르셨습니까? 췌장암이에요."

뜻밖의 사실에 성환은 멍하게 의사를 쳐다봤다.

"할머니가 암에 걸렸단 뜻입니까?"

"반년쯤 전이었을 겁니다. 할머니가 지나가는 말로 저에게 몸이 아프다고 했는데, 아무래도 증상이 심상치 않아 동료 전문의에게 검사를 받도록 했죠."

"암의 진행 상황은 어떻습니까? 심각한가요?"

의사는 상체를 뒤로 젖히며 긴 숨을 내쉬었다.

"이미 4기가 지났어요. 혈관 침윤이 일어나 수술도 불가능합니다. 길어봐야 1년을 넘기지 못할 거예요."

병원을 나서자 늦은 오후가 되어 사위에 땅거미가 깔리고 있었다. 후배는 함께 식사라도 하기를 바랐지만, 성환은 처리해야 할 일이 있다고 했다.

"여기서 헤어지도록 하지. 조만간 다시 보도록 하세나."

그는 후배와 악수를 나눴다. 얼마쯤 걷다가 돌아보았을 때, 후배는 여전히 그 자리에 서서 자신을 바라보고 있었다. 그 눈에 어린 연민을 성환은 어렵지 않게 알아보았다.

지하철역을 향해 걷던 성환은 관절염이 있는 무릎에 통증이 느껴져 길가 벤치에 앉았다. 어쩐지 사무실로 돌아가는 길이 너무 멀고 아득하게 다가왔다. 이미 오래전에 입동이 지나, 가로수들은 앙상한 맨몸을 드러낸 상태였다. 푸른 잎이 사라진 도시는 회색조로 음울하게 가라앉아 있었다. 다만, 백화점 앞에 설치된 루미나리에의 불빛이 스산하고 메마른 풍경에 얼마간 온기를 불어넣어주었다. 막막한 심경에 사로잡힌 채, 그는 오랫동안 미동도 없이 앉아 있었다.

사무실에 들어선 성환은 외투를 벗은 뒤 세면을 했다. 그러고는 유리컵에 물을 따라 감기약을 삼킨 다음 소파에 앉아 의사와 나눈 대화를 차분히 되짚어보았다. 심장이식 수술에 대한 이야기는 예상한 그대로였다. 따라서 새로울 것도 흥미로울 것도 없었으나, 병원 방문은 사실 확인 차원이었으므로 크게 실망할 일은 아니었다. 정작 관심을 끈 것은 따로 있었는데, 그건 의사가 '윤슬 양이 할머니를 많이 무서워하더군요'라고 말한 부분이었다. 곧바로 표현을 누그러뜨리긴 했지만, 성환은 무의식중에 튀어나온 처음 말을 신뢰했다.

어째서 윤슬이는 할머니를 무서워할까. 단순히 엄하게 대하기 때문일까.

소파 테이블 가장자리에 놓인 유리 재떨이를 끌어다 앞에 놓은 성환은 담배에 불을 붙였다. 폐부 깊숙이 담배를 빨아 당기고서 그는 노파가 걸린 암에 대해 생각했다. 그러다가 공터에서 자신을 비껴간 노파의 시선을 상기했다.

그 눈은 곧 자신에게 다가올 죽음을 응시하고 있었던 건가. 먼발치에 서 있는 사자(使者)를 향한 것이었는가.

성환은 두 눈을 감은 채 관자놀이를 지압하듯 꾹 눌렀다.

한승수는 할머니가 암에 걸린 사실을 알고 있을까? 아마 모르겠지. 살날이 얼마 없는 병자에게 일을 시키지는 못할 것이다. 만약 그렇다면 그들은 서로의 내밀한 개인사에 대해서는 잘 모르는 사무적 관계가 되는데, 한승수는 그런 사람에게 자식까지 맡길 수 있을까? 혹시 외부의 강압에 의해 어쩔 수 없이 할머니와 묶인 건 아닐까?

성환이 양어깨를 소스라친 것은 그때였다. 어지러운 듯 한 손으로 머리를 받친 자세로 그는 혼잣말을 뱉어냈다.

할머니가 어린 오두진을 돌본 식모라면?

몸을 일으킨 성환은 팔짱을 낀 자세로 소파 주변을 서성였다. 오두진이 한승수와 아이를 감시할 목적으로 붙인 거겠지. 오두진으로서는 가장 가까운 인물인 만큼 믿음을 가지고서 자신의 사기극에 참여시킬 수 있었을 것이다.

창가로 다가간 그는 바깥 풍경을 내다보았다. 어둠이 내린 거리에는 인적이 드물었다. 갓길에 전기구이 통닭을 파는 트럭이 정차해 있었고, 주인으로 보이는 사내가 접이식 의자에 앉아 휴대폰을 들여다보고 있었다.

할머니가 식모라…… 충분히 그럴 수 있지 않은가. 나이대도 거의 일치한다.

이 흥미로운 가정을 좀 더 파고 들어가고 싶었으나 감기약 때문인지 몸이 나른해지며 걷잡을 수 없이 잠이 쏟아졌다. 꽁초를 재떨이에 눌러 끈 성환은 가로등 불빛이 비쳐 드는 창을 블라인드로 가리고 소파에 길게 누웠다. 이마에 한 손을 올려놓은 자세로 눈을 감고 있노라니, 희미해지는 의식 속에서 오두진과 문미옥, 한승수의 얼굴이 차례차례 눈꺼풀 안쪽을 스쳐 갔다.

얼마나 잠들어 있었는지 모른다. 휴대폰 벨소리에 눈을 뜬 그는 힘겹에 몸을 일으켰다. 잠기운이 채 가시지 않아 비틀거리며 책상으로 걸어갔다. 지금은 몇 시인가? 전화를 건 사람은 누군가? 민홍기인가? 한꺼번에 맴도는 여러 생각으로 머리가 아파오자 약하게 도리질을 쳤다.

전화를 받자 상대는 인사 없이 "제 목소리 기억하시겠습니까?"하고 물었다. 성환 역시 인사를 생략했다.

"그럼요, 물론입니다."

"늦은 시간에 전화해서 놀라셨나요?"

"아닙니다. 괜찮습니다."

"저에게도 이런 경우는 극히 드뭅니다. 젊었을 적, 아내와 연애할 당시에도 하지 않은 행동이죠."

상대의 웃음기가 묻어나는 억양과 어눌하고 불분명한 발음에서 성환은 알코올 기운을 감지했다.

"혹시, 술 드셨습니까?"

"네, 조금 마셨습니다."

잠깐 침묵하다가 상대는 용건을 꺼냈다.

"김성환 씨를 만나고 싶군요."

형제가 번갈아 만남을 청하다니, 재밌는 일이군. 성환은 혼자 조용히 미소 지었다.

"언제쯤 볼까요?"

성환의 질문에 상대는 곧장 대답했다.

"저는 당장 내일도 좋습니다. 강의도 없고 다른 일정도 없거든요."

"그럼, 내일 뵙도록 하지요."

상대와 약속 시간을 조율하고 성환은 통화를 마쳤다. 스탠드를 켜고 벽시계를 확인해보니 새벽 2시가 가까웠다. 책상 의자에 앉아 그는 담배를 피워 물었다. 수사관으로서 지난 세월을 돌이켜보면, 사건을 풀어가는 건 상수가 아니라 변수였다. 변수가 변수를 불러오고, 변수와 변수가 엮이며 사건이 해결됐다. 좀 전의 전화 통화는 성환으로 하여금 새로운 변수의 등장을 예감케 했다.

"상수라 믿었던 것이 기실 변수였나……."

허공을 향해 담배 연기를 길게 내뿜으며 그는 중얼거렸다.

5

흐린 하늘이 이어지다가 오후부터 싸락눈이 흩날렸다. 올해 첫눈이었다. 약속 장소인 용산의 국립중앙박물관 기획전시실에 들어서니 회색 가벽에 붙은 포스터 한 장이 눈에 들어왔다. 지팡이를 짚은 노승을 그린 수묵화가 인쇄된 포스터의 하단에는 '윤두서, 시대를 앞서간 천재 화가'라는 제목이 붙어 있었다.

평일인 탓에 관람객은 열댓 명 뿐이었다. 벽에 걸린 그림들을 훑으며 느릿느릿 걷노라니, 윤두서의 대표작이라고 할 수 있는 자화상이 나타났다. 그리고 그 앞에 낯익은 사람이 보였다. 줄무늬 니트와 청바지, 베이지색 모직 코트를 입고 있었는데, 캐주얼한 차림 덕분인지 연구실에서 만났을 때보다 훨씬 젊게 느껴졌다.

성환은 조용히 오명진 옆에 섰다.

"며칠 전, 우연히 이곳 중앙박물관에서 윤두서 작품 전시회를 연다는 소식을 접했죠. 그러니까 문득 그쪽이 들려준 얘기가 기억나더군요. 혹시라도 진품을 대하면 숨겨진 부분이 보일까, 하고 한번 와봤습니다. 하지만 역시 육안으로 찾기에는 무리가 있군요."

상대방의 말에 귀 기울이며 성환은 자화상을 유심히 살폈다. 그 역시 그림에서 숨겨진 부분을 찾아내기는 불가능했다. 이제는 희미한 흔적조차 남아 있지 않았다.

"비록 감춰진 것이 보이지는 않지만, 진실을 알고 나니 작품이 전과 비교해 완전히 다르게 다가옵니다. 뭐랄까……. 나도 모르게 작품의 처음 모습을 상상하게 되는데, 그 지점이 아주 매력적입니다."

성환은 비너스상과 니케상을 연상했다. 윤두서 자화상과 마찬가지로, 그 조각 작품들 역시 일부가 훼손됨으로써 오히려 그 가치가 상승했다. 또한 작품을 감상하고 있자면, 은연중 완전체 모습을 상상하며 아쉬움과 기대감이 교차되는 묘한 기분에 빠져든다.

"이거, 인사말이 너무 길었네요."

상실이 가져다준 역설적 아름다움에 대해 생각하고 있던 성환에게 다시금 오명진의 목소리가 들려왔다.

"아닙니다. 흥미로운 얘기였습니다."

성환은 미소를 지었다.

"이만 자리를 옮길까요?"

오명진이 조금 높은 어조로 묻자 성환은 짧게 고개를 끄덕거렸다.

전시실을 빠져나온 그들은 박물관 내의 카페테리아를 찾았다. 음료를 들고 자리에 앉은 뒤, 성환은 조심스레 입을 열었다.

"솔직히 조금 놀랐습니다. 먼저 연락을 주실 줄은 전혀 예상하지 못했거든요."

"그래요? 김성환 씨의 예술적 소양에 매료돼서 다시 만나고 싶었나 봅니다."

오명진은 유쾌한 어조로 농담을 건넸지만 그 얼굴은 전혀 다른 말을 하고 있었다. 인간의 감정을 드러내는 것들 중에 무엇이 가장 효과적일까. 혈색, 숨소리, 음성, 눈빛 등 여러 가지가 있겠으나, 성환은 자신의 경험으로 비춰볼 때 그 답은 주름이라고 믿었다. 자기 자신도 모르게 안면 근육이 움직여 만들어내는 감정의 흐름, 얼굴의 무늬. 동생인 오두진 같은 포커페이스가 아닌 오명진은 이마와 미간, 입 주변의 주름을 통해 현재 자신이 깊은 번민과 고통에 빠져 있음을 보여주고 있었다.

"아, 이 곡은 〈악마의 트릴〉이군요?"

오명진이 갑자기 고개를 돌려 클래식이 흘러나오는 매장 스피커를 바라보았다. 성환은 본론을 꺼내기 어려워 화제를 돌리는 것임을 눈치챘다.

"저는 잘 모릅니다만, 유명한가 보지요?"

"곡 자체보다는, 여기에 얽힌 이야기 때문에 유명세를 타죠."

"무슨 이야기인지 궁금하군요."

"이 곡을 만든 사람은 18세기 이탈리아에서 활동한 타르티니입니다. 작곡가이자 바이올리니스트인 그는 어느 날 꿈에서 악마를 만나 한 가지 제안을 받게 되죠. 이제껏 세상에 없던 음악을 들려줄 테니, 그 대가로 영혼을 바치라는 것이었습니다. 명곡 쓰기를 갈망하던 타르티니는 승낙하죠. 그 결과 지금 그쪽이 듣고 있는 이 곡을 얻었다고 합니다."

실내에 흐르는 격정적인 바이올린 연주곡에 귀를 기울이며, 성환은 6년 전 오두진과 문미옥의 공모가 시작된 순간을 상상했다. 아마도 그 모습은 방금 들은 타르티니 일화 같지 않을까. 악마의 형상으로 나타난 오두진이 문미옥을 향해 유혹의 손길을 뻗쳤고, 자식을 살리고자 하는 열망에 사로잡힌 문미옥은 넘어갔으리라.

"어떻습니까, 악마에게 영혼을 팔고 만든 음악이?"

오명진이 묻자 성환은 가볍게 웃었다.

"클래식에 문외한이라서 잘 모르겠습니다만, 섬세한 연주 테 크닉이 필요한 곡인 것 같군요."

"김성환 씨는 간절히 원하는 것을 가질 수 있다면 악마와 거 래를 하겠습니까?"

"글쎄요……. 교수님은 어떻습니까?"

"아주 어려운 문제이긴 한데, 할 수도 있을 것 같습니다."

"영혼을 판 대가로 무엇을 손에 넣고 싶은지 물어도 되겠습 니까?"

오명진은 자신이 주문한 허브티를 한 모금 마신 뒤에 대답했 다.

"이 세상의 진실을 알고 싶군요."

"세상의 진실?"

"신은 존재하는지, 만약 그렇다면 어째서 이 세상과 인간을 창조했는지, 이 삶이란 것에 어떤 의미가 있는지에 대한 답을 얻어내겠습니다."

잡담처럼 이어진 대화였으나 오명진의 목소리는 사뭇 진지 했다. 성환은 학자다운 대답이라고 여기며 가만히 고개를 끄덕 였다.

교복을 입은 한 떼의 학생들이 카페테리아에 들어섰다. 늙수 그레한 남자가 비어 있던 옆자리에 앉더니 억양이 강한 중국 어로 전화 통화를 했다. 성환은 냅킨을 만지작거리는 오두진의 손을 주시하며 침묵을 지켰다.

"고백하자면, 동생에게 연락해 당신을 만난 일을 털어놓았습니다."

한참 만에 정적을 깨고 나온 오명진의 목소리는 조금 갈라져 있었다.

"그때는 그게 동생을 돕는 거라고 믿었습니다. 지금은 후회하고 있지만……."

"후회하게 된 계기가 궁금하군요."

"어떻게 운을 떼야 할지 모르겠는데, 며칠 전 학부의 수시 합격생을 대상으로 한 오리엔테이션 자리에서 '사회학이란 무엇인가' 하는 질문을 받았습니다. 그런데 이상하게도 그 대답이 쉽사리 나오지 않더군요. 몇십 년 동안 수없이 되풀이했을 텐데 말이죠."

성환은 미소를 지은 채 오명진의 얘기를 경청했다.

"사회학을 정의하기는 쉽지 않습니다. 일단, 그 범위가 굉장히 넓어요. 도시사회학, 비교사회학, 경제사회학…… 사회학 앞에 단어 하나를 붙이면 그대로 또 다른 거대 카테고리가 되죠. 하지만 근본적으로 따져봤을 때…… 사회란 인간이 모여 이룬 집단이고, 그렇게 보면 사회학이란 결국 인간을 이해하는 학문이 아닐까 합니다. 그런데 그동안 저는 학문을 연구하며 사회라는 거대 개념에만 치우쳤던 것 같아요. 그 부분 부분을 이루는 인간에게 소홀했던 거죠."

오명진은 잠깐 말을 끊고 창을 바라보았다. 어느새 함박눈이 내리고 있었다.

"그렇다면 인간은 어떤 존재인가, 사유해본다고 칩시다. 그것에 대한 답을 얻어내기는 쉽지 않습니다. 사회는 규칙성이나 통계성, 체계성에 근거해 움직이지만, 인간 개개인은 절대 그렇지 않거든요. 이율배반적이고 부조리하고 자기모순적인 게 인간입니다. 그 연장선상에서 동생을 떠올려보니 이런 생각이 들더군요. 어쩌면 그 애가 진정으로 바라는 것은 금전적 성공이나 어떤 복수가 아니라 파멸이 아닐까……."

"파멸?"

"그렇습니다. 오래전부터 느끼고 있었습니다. 동생이 쉼을 원한다는 걸. 모든 것이 잦아든 평안, 안식을 갈구한다는 걸."

성환은 오두진이 만드는 디오라마를 눈앞에 그려보았다. 그러자 곧장 몇 가지 단어와 문장이 떠올랐다. 파멸, 폐허, 폐허의 완성.

"사실이 그렇다면…… 내가 두진이를 위해 해줄 수 있는 일은 파멸을 앞당겨주는 것이겠죠. 그 아이가 계속해서 긴장과 불안 속에 살아가지 않도록 말입니다."

성환은 오명진의 이야기가 충분히 이해됐다. 자신 역시 이제 그만 이 곡예 같은 삶을 마치고 혼자만의 지성소에 찾아들어 조용히 쉬고 싶었기 때문이다.

"저번에 식모에 대해서 물어보셨죠?"

"맞습니다."

"제 기억이 맞다면 이름은 최순애. 나이는 현재 갓 일흔을 넘겼을 겁니다. 고향은 충북 제천일 거예요. 분명 식모는 지금까지 두진이와 긴밀한 만남을 이어가고 있을 겁니다. 따라서 그 여자를 찾으면 그쪽에게 적지 않은 도움이 될 겁니다."

오명진은 테이블에 빛바랜 사진 한 장을 내려놓았다.

"아버지 제사 때문에 방문한 고향 집에서 찾아낸 겁니다. 이 사람이 그 여잡니다."

성환은 손을 뻗어 사진을 집어 들었다. 거기에는 잠자리채를 든 소년과 40대 초반 정도로 보이는 여자가 어깨를 맞대고 서 있었다. 검게 탄 피부의 소년은 옅은 미소를 띤 얼굴이었고, 양산을 쓴 여자는 희고 고른 치열을 드러낸 채 환하게 웃고 있었다.

"사진 속 아이는 어린 시절의 두진입니다."

오명진의 말이 아니더라도 소년이 오두진임을 어렵지 않게 알아챌 수 있었다. 부드러운 눈매와 반듯한 이마, 기름한 두상이 성년인 현재와 쏙 빼닮았기 때문이다. 소년은 비록 미소를 짓고 있지만 얼굴에는 어딘지 모르게 아이답지 않은 그늘이 져 있었다. 이미 이때부터 시작된 마음고생 탓일 거라고 성환은 짐작했다.

이윽고 성환은 소년 옆의 여자에게로 시선을 돌렸다. 그 얼굴을 오랫동안 살피다가 그는 차분한 음성으로 오명진에게 물었다.

"이 여자가…… 분명 식모인가요?"

이부자리에서 몸을 일으킨 성환은 침대에 걸터앉았다. 아내는 아직 깊이 잠들어 있었다. 협탁에 놓인 알람시계를 보니 6시가 조금 지나 있었다. 예약 설정된 보일러가 진동음을 내며 작동했고, 1층 주차장에서 자동차 시동 거는 소리가 희미하게 울려왔다.

조용한 동작으로 안방을 빠져나온 그는 소파에 앉아 오명진을 통해 알게 된 진실을 상기했다. 부모에게 버림받은 어린 오두진을 돌보고, 그것을 계기로 지금까지 오두진과 깊은 인연을 이어온 식모의 정체는 다름 아닌 현재 한승수 집에서 일하는 노파였다. 이미 의심을 품고 있었음에도 충격이 적지 않았다.

자리에서 일어나 마른기침을 뱉어내며 부엌으로 갔다. 가스레인지에 주전자 물을 올린 다음 냉장고에서 유자청 단지를 꺼냈다. 더운 김이 올라오는 유자차를 두 손으로 감싸 쥐고 베란다 창 앞에 선 성환은 오두진과 노파를 생각했다. 어린 오두진에게 식모는 유일한 의지처였겠지. 또한 남편과 자식이 없는 홀몸의 식모에게도 오두진은 굉장히 특별한 존재였을 것이다. 과연 그들 사이에 비집고 들어갈 틈이 있을까.

유자차를 한 모금 마시고서 성환은 짧게 한숨을 토했다. 빌라 앞길이 환해지는 것 같더니 헤드라이트를 켠 쓰레기 수거차가 나타났다. 미화원의 분주한 움직임에 시선을 박아둔 채, 그는 상상해보았다. 오두진과 노파가 함께 보낸 세월. 세상 누구도 모르는, 오직 그들만 아는 비밀스러운 시간에 대해.

"뭐 해요?"

불현듯 들려온 목소리에 뒤돌아서니 아내가 서 있었다. 방향으로 보아 화장실에 가던 참인 것 같았다.

"그냥, 생각할 게 좀 있어서."

아내는 가만히 성환을 쳐다보았다.

"실종 사건 때문이군요?"

성환은 침묵으로 대답을 대신했다.

"애 주변에 엄마가 안 나타나요?"

"음…… 쉽게 눈에 띄지는 않을 테지."

"그럼, 괜히 내 말 듣지 말고 지금이라도 다른 방법을 찾아봐요."

유자차 향을 음미하며 성환은 중얼거리듯 말했다.

"어쩌면 오늘 판가름 날지도 모르겠군."

"네? 뭐가요?"

영문을 모르겠다는 눈으로 쳐다보는 아내를 향해 성환은 살짝 미소 지었다.

유치원에 도착한 것은 10시경이었다. 아동극이 공연되는 2층 시청각실에는 이미 원생들이 모여 있었다. 무대에서 두 번째 줄 맨 끝에 앉은 윤슬이도 보였다. 성환은 오늘 수확이 없으면 아이에 대한 감시를 끝내고 노파에게 시선을 돌리기로 작정한 상태였다.

"오셨어요?"

첫 방문 때 만났던 여자가 다가왔다. 성환은 꾸벅 고개를 숙였다.

"덕분에 오늘 좋은 구경을 하게 됐습니다."

"혼자 오셨나요? 저는 손자와 함께 오실 줄 알았는데⋯⋯."

"그 녀석이 오늘 아침에 갑자기 배탈이 났지 뭡니까. 그래서 어쩔 수 없이 저만 왔습니다. 제가 잘 관람하고서 손자에게 내용을 전해주겠습니다."

자리에 앉자 곧 무대로 배우들이 등장했다. 다섯 살짜리 꼬마가 잃어버린 애완견을 찾는 여정이 줄거리인 극은 감동과 유머가 톱니바퀴처럼 잘 맞물려 있었다. 객석의 반응도 아주 좋았다. 웃음이 끊이지 않았고, 슬픈 장면에서는 여기저기서 훌쩍이는 소리가 들려왔다.

극에는 한 가지 특징이 있었는데, 그건 배우들이 무대에만 머물러 있지 않고 객석 사이를 비집고 돌아다닌다는 점이었다. 그러는 중에 그들은 원생들과 춤을 추기도 하고 대화를 나누기도 했다. 성환은 그런 행동을 관객과 소통하려는 신선한 시도로 받아들였다.

그는 배우들 중에 문미옥이 섞여 있을지도 모른다고 짐작했다. 그리하여 그들을 꼼꼼히 관찰했지만 모두 탈을 쓰거나 민낯을 알아볼 수 없을 정도로 분장을 한 탓에 극이 후반부로 접어들 때까지 의혹이 가는 인물을 찾을 수 없었다.

이래서는 시간만 버린 꼴이군.

낙담하여 한숨을 내쉴 때였다. 문득 극에서 한 가지 이상한 점이 발견됐다. 토끼 탈을 쓴 배우가 유독 객석의 한 원생 곁을 맴도는 것이었다. 그 아이는 다름 아닌 윤슬이였다. 극에 지장을 줄 정도는 아니었지만, 분명 토끼 탈은 윤슬이에게 지나친 관심을 쏟고 있었다.

아래턱을 어루만지며 그는 토끼 탈을 주목했다. 가녀린 몸피로 말미암아 여자임을 어렵지 않게 눈치챌 수 있었다.

설마…….

성환은 흥분으로 심장이 고동치는 것을 느꼈다. 저 탈 속에 지난 시간 그토록 찾아 헤매던 사람의 얼굴이 있는가. 자신의 아이를 살리기 위해 세상에서 사라진 여자, 자식에 대한 죽을 듯한 그리움을 품은 채 숨죽여 살아온 여자, 지금에 이르러서는 언제 살해될지 모르는 여자.

1시간 동안 이어진 극은 어린이가 대상인만큼 모든 등장인물이 행복을 찾는 것으로 마무리되었다. 원생들은 박수를 치며 환호성을 터뜨렸다. 이윽고 배우들이 무대에서 사라지자 성환은 그들을 쫓아 조용히 자리에서 일어났다. 분장실로 사용하는 1층 교실에 배우들이 모여 있었는데, 토끼 탈을 쓴 여자도 시야에 들어왔다. 복도에 선 채 그는 속으로 중얼거렸다.

진정 문미옥이 맞는가.

여자는 탈을 벗은 상태였으나 반대편 방향으로 앉아 있어 얼굴은 확인할 수 없었다. 다만, 실핀으로 머리칼을 고정한 뒷모습에서 문미옥과 비슷한 젊은 나이라는 사실을 유추할 수 있었다.

얼마쯤 지나 여자가 의자에서 일어나 몸을 돌려세웠다. 그 순간, 성환은 마침내 얼굴을 볼 수 있었다. 기대하던 사람이 맞았다. 분명 문미옥이었다. 사진보다 다소 수척했다. 여자가 자신 쪽으로 걸어오자 성환은 곁에 있는 이동식 화이트보드판 뒤로 재빨리 몸을 숨겼다. 복도로 나온 여자는 화장실로 향했다. 차분하고 가벼운 걸음걸이였다.

"……문미옥 씨?"

뒤를 밟던 성환은 화장실에 들어가는 여자를 불러 세웠다. 그녀는 우뚝 멈춰 섰다.

"문미옥 씨, 저랑 잠깐 대화 좀 할 수 있겠습니까?"

마치 얼어붙은 듯, 몇 초간 움직이지 않다가 여자는 슬그머니 건물 출입구 쪽으로 발을 틀었다.

"문미옥 씨!"

점점 걸음이 빨라지다가 여자는 뛰기 시작했다.

"오해하지 마십시오. 저는 경찰이 아닙니다."

유치원을 빠져나온 여자는 거리를 내달렸다. 그녀를 쫓으며 성환은 안심하라고 연신 외쳤지만 아무 소용이 없었다. 비록 나이가 들어 기력이 쇠했다고는 하나, 성환은 남자였고 전직 경찰로서 오랫동안 체력 단련을 한 몸이었다. 여자와의 거리가 시나브로 좁혀져갔다. 그러다가 마침내 상대를 따라잡을 찰나, 여자가 상가 건물로 들어갔다. 뒤따라 건물의 비상계단을 오르던 성환은 돌연 흑, 신음을 삼키며 자리에 주저앉았다. 관절염이 있는 무릎에 극심한 통증이 느껴졌던 것이다.

"하필 이럴 때!"

이를 악물고서 억지로 몸을 일으킨 성환은 절뚝거리며 다리를 움직였다. 여자는 계속해서 위층으로 향하고 있었다. 그녀의 발짝 소리에 귀 기울이며 힘겹게 계단을 밟아 올라가노라니,

철문을 여닫는 둔중한 울림이 전해졌다.

꼭대기 층에 다다르자 옥상으로 향한 철제 출입문을 마주했다. 그 너머에 문미옥이 숨어 있었다. 그는 손잡이를 돌려 출입문을 열려고 했지만 반대편에서 상대가 온 힘으로 밀고 있어 뜻대로 할 수 없었다. 완력을 이용해 억지로 열 수도 있었으나 성환은 그러지 않았다. 대신 출입문에 바짝 붙어 서서 소리쳤다.

"잠깐만 제 얘기를 들어보십시오! 저는 문미옥 씨를 도우려는 사람입니다. 당신 오빠가 보내서 왔어요."

여자는 침묵을 지켰다. 쉽게 설득할 수 없겠다고 생각한 성환은 일단 출입문에 등을 기대고 앉아 턱까지 차오른 숨을 골랐다. 그러다가 무릎을 부여잡고 끙 앓는 소리를 뱉어냈다. 이마의 식은땀을 닦은 다음 그는 경련이 이는 다리 근육을 주물렀다.

"정말 오빠가 보냈나요?"

여자의 말소리가 들려온 것은 10분 정도 지난 뒤였다. 여리고 가는 음성이었다. 성환은 떨리는 마음을 애써 가라앉혔다.

"맞습니다. 문창수 씨가 민간조사원으로 일하는 저에게 동생을 찾아달라고 했죠."

성환은 문창수가 자신을 찾아온 경위를 간단히 설명했다. 그러고는 억양을 높여 호소하듯 말했다.

"오빠는 하루빨리 당신을 만나고 싶어 합니다. 지금도 애가 타들어가고 있을 거예요."

오랫동안 반응이 없다가 출입문 저쪽에서 중얼거림이 들려왔다.

"저, 저는⋯⋯."

"문미옥 씨. 당신에게 어쩔 수 없는 사정이 있었다는 거, 잘 알고 있습니다. 하지만 그런 사기는 결코 성공할 수 없어요. 벌써 보험사 조사팀에서도 움직이고 있습니다."

"보험사 조사팀이요?"

"그렇습니다. 그러니 현재로서는 자수하는 게 가장 현명한 선택입니다. 사기에 가담하긴 했지만, 당신에게는 자식을 살리고자 한 이유가 있습니다. 법원에서 충분히 정상참작이 될 겁니다."

얼핏 흐느낌이 들리는 것 같았다. 성환은 출입문에 얼굴을 바짝 갖다 댔다.

"문미옥 씨⋯⋯ 지난 시간 많이 힘들었죠? 제가 그 고통을 끝낼 수 있도록 도와주겠습니다."

다음 순간 들려온 여자의 단호한 목소리에 성환은 놀랐다.

"아니요, 나 스스로 나갈 거예요. 때가 되면."

잠깐 틈을 두고 여자는 덧붙였다.

"이제 얼마 남지 않았으니까⋯⋯."

"그때라는 건 오지 않아요. 이미 너무 많은 시선이 당신들을 향하고 있습니다."

문미옥의 마음을 돌리기 힘들다고 판단한 성환은 강제로 붙잡기로 마음먹고 자리에서 일어나 힘껏 출입문을 밀었다. 그러자 여자는 비명을 내지르며 애원했다.

"부탁이에요, 그냥 저를 보내주세요."

마침내 출입문이 열리려는 찰나, 성환은 돌연 큰 당황스러움에 봉착했다. 자신의 목울대에 칼이 겨눠졌던 것이다.

"움직이지 마!"

힐끗 보니 야구 모자를 푹 눌러쓴 남자가 서 있었다. 누굴까. 오두진이 붙인 자인가. 아니면 혹시…… 짧은 순간, 성환의 머릿속에 많은 생각이 스치고 지나갔다.

"천천히 물러서."

야구 모자의 명령에 성환은 느리게 뒷걸음질했다.

"허튼 생각 했다가는 모가지 달아날 줄 알아."

성환이 출입문에서 멀리 떨어지자 야구 모자는 고함을 질렀다.

"미옥 씨, 이제 나와도 괜찮아요!"

잠시 후 출입문이 열리고 여자가 모습을 드러냈다. 성환은 그 얼굴을 뚫어지게 응시하였다. 여자는 성환을 일별한 뒤에 빠르게 자리를 떴다. 점점 멀어져가는 그녀를 향해 성환은 소리쳤다.

"세상에 완벽한 범죄는 없습니다. 해피 엔딩으로 끝나는 범죄란 존재하지 않아요!"

6

"저, 정말로 그 여자가 살아 있었습니까?"

경악한 표정으로 민홍기는 물었다.

"그렇습니다."

"물론 그런 줄은 예상하고 있었지만, 좀체 믿기지 않는군요."

"저도 마찬가지입니다."

보험사 건물 1층에 위치한 커피전문점은 최근 유행을 타기 시작한 프랜차이즈였다. 이곳에 들어서며 민홍기는 성환에게 오너의 딸이 운영한다고 살짝 귀띔해주었는데, 과연 남에게 넘기기 아까울 정도로 많은 손님이 드나들었다.

"도대체 어떻게 된 겁니까? 빨리 말씀해주세요."

민홍기의 재촉에 성환은 유치원에서의 일을 설명하기 시작했다. 이따금 커피를 홀짝이며 민홍기는 조용히 귀를 기울였다. 그런 그의 얼굴에는 감탄과 놀람, 안타까움의 감정이 차례로 스쳐 지나갔다.

"하아……."

얼마쯤 지나 성환이 이야기를 끝내자 민홍기는 한숨부터 내쉬었다.

"정말 아깝네요. 코앞에서 놓치다니."

성환은 동감한다는 듯 고개를 주억거렸다.

"문미옥을 빼낸 남자는 누굴까요?"

민홍기의 물음에 성환은 가볍게 웃었다.

"저도 그 정체가 무척이나 궁금합니다."

"오두진의 끄나풀일 수도 있겠군요?"

"그럴 가능성도 있지만, 제 느낌은 다릅니다."

광택이 도는 고동색 테이블을 내려다보다가 성환은 말을 이었다.

"문미옥의 홈페이지 글을 기억하시는지 모르겠습니다."

"그럼요, 기억하다마다요."

"거기에 문미옥과 친하게 지내는 노숙인이 나오잖습니까? 저는 그가 아닌가 합니다."

"음…… 만약의 사태에 대비해, 문미옥이 보디가드와 같은 역할을 부탁했을 수도 있군요?"

"맞습니다."

한동안 팔짱을 낀 채 생각에 잠겼다가 민홍기는 말했다.

"이제 어떡하실 작정입니까? 저는 여전히 경찰에 넘기는 것이 좋다고 여깁니다만."

"그렇게 하더라도 살아 있는 문미옥을 붙잡지 않는 이상 공모를 입증하기는 어려울 겁니다. 홈페이지 글은 불법 해킹으로 얻은 것인 만큼, 증거가 되지 못하니까요."

"그건 그렇겠군요."

커피를 마시던 성환은 누적된 피로로 인한 혓바늘 통증 때문에 인상을 찡그렸다.

"오늘은 아동극을 만든 극단에 찾아갈 계획입니다. 그게 순서에 맞다고 생각합니다. 유치원 교사에게 물어 주소를 알아냈습니다."

민홍기는 마침 시간적 여유가 있다며 자신도 함께 가겠다고 했다. 민홍기의 차로 이동하기로 한 그들은 자리에서 일어나 보험사 건물의 지하 주차장으로 갔다. 차들이 빼곡히 들어찬 그곳에서 민홍기는 자신의 승용차를 능숙하게 빼냈다. 검은색 신형 카니발이었다.

보조석에 올라탄 성환은 민홍기에게 극단 주소가 적힌 쪽지를 건넸다. 민홍기는 내비게이션에 주소를 입력하고서 차를 출발시켰다. 목적지로 향하는 동안 성환은 줄곧 턱을 어루만지며 생각에 잠겼다. 어째서 오두진은 아직까지 문미옥을 죽이지 않았을까? 상식적으로 봤을 때, 이미 오래전에 그녀를 없애도 무방하다. 도대체 이유가 뭔가. 오두진도 문미옥이 살아 있을수록 자신에게 불리하다는 사실을 잘 알고 있을 것이다. 이번에 내가 유치원에서 그녀와 맞닥뜨린 것 역시 그 때문이 아닌가. 위험을 감수하면서 문미옥을 살려뒀다면, 분명 그만한 까닭이 있을 것이다. 오두진에게 어떤 음모가 숨어 있는가.

극단 '바오밥 나무'는 수원 북부에 있었다. 차에서 내려 극단이 입주해 있는 건물을 바로 찾아냈다. 2층 창문에 극단 이름이 프린트된 시트지가 붙어 있었다. 건물 계단을 오르려니, 양쪽 벽면을 장식한 공연 포스터가 보였다. 아동극과 성인극, 기업의 제품 홍보용 공연까지 다양한 장르가 섞여 있었다.

2층에 이르자 체육관처럼 확 트인 공간에서 작업복 차림의 남자들이 접이식 사다리며 드릴 같은 연장을 들고 바삐 움직이는 모습이 시야에 잡혔다. 큰 소음이 들려왔고 페인트 냄새가 코를 자극했다. 한눈에도 무대 세트를 만드는 중임을 알 수 있었다.

"잠시만 실례하겠습니다."

성환은 곁을 스쳐 지나가는 청년을 불러 세웠다.

"이곳 책임자를 뵐 수 있을까요?"

"책임자라면…… 대표님을 말씀하시는 거죠?"

청년은 구석에 있는 사무실로 성환과 민홍기를 안내한 다음 출입문에 노크를 했다. 곧 짜증이 섞인 고음의 목소리가 들려왔다.

"누구야? 들어와!"

사무실에는 40대 초반으로 짐작되는 여자가 서 있었다. 커트 머리를 한 그녀는 누군가와 전화로 언쟁 중이었다.

"누차 말씀드렸지만, 그 부분은 연출자와 이미 합의가 끝났습니다. 더 이상 제가 관여할 수 없어요."

코웃음을 치고서 여자는 한층 언성을 높였다.

"마음대로 하세요! 저도 피곤해서 그쪽과는 일 못 하겠네요."

전화를 끊은 여자는 청년 쪽을 돌아보았다.

"무슨 일이야?"

"이분들이 대표님을 찾으셔서요."

말을 마친 청년은 허둥지둥 사무실을 빠져나갔다. 성환은 여자에게 정중한 태도로 인사를 했다.

"안녕하십니까. 저는 민간조사원으로 일하는 김성환이라고 합니다."

"민간조사원?"

자신의 직업에 대해 간단히 설명하고 성환은 본론을 꺼냈다.

"문미옥 씨의 실종 때문에 찾아뵙게 되었습니다."

한순간 눈에 당혹감이 스치는가 싶더니 여자는 잰걸음으로 사무실을 가로질러 책상 앞에 섰다. 그런 뒤 서랍에서 금속 재질의 담배 케이스를 꺼냈다.

　"뭘 원하는지는 모르겠지만, 나는 해줄 게 없어요."

　여자는 담배 연기를 내뿜으며 대꾸했다. 그녀의 냉랭하고 단호한 태도에 당황한 성환과 민홍기는 쉽사리 말문을 열 수 없었다.

　"도움을 안 주셔도 괜찮습니다. 하지만 일단 제 얘기를 들어 보시는 건 어떨까요? 시간 길게 뺏진 않겠습니다."

　성환이 먼저 나섰다. 민홍기가 재빠르게 거들었다.

　"사정을 들으면 아시겠지만, 문미옥 씨의 목숨이 위험한 상황입니다."

　"목숨이요?"

　여자는 놀란 표정을 지어 보였다. 담배를 피우며 성환과 민홍기를 번갈아 쳐다본 그녀는 뒷모습을 보이며 창가로 걸어갔다. 그러고는 고민에 빠진 듯 오랫동안 말없이 거리 풍경을 바라보았다.

　"좋아요. 당신들 말을 들어보고 협조 여부를 결정하죠."

　성환과 민홍기, 여자는 하이글로시 테이블 주위에 모여 앉았다. 미심쩍은 눈길로 자신을 쳐다보는 여자를 향해 성환은 차분한 음성으로 사건 내막을 털어놓기 시작했다. 여자는 테이블에 깍지 낀 손을 올려놓은 채 침묵했다.

　"여기까지가 며칠 전 유치원에서 있었던 일입니다."

모든 이야기를 들은 여자는 곧장 어떤 반응을 내보이지는 않았다. 냉담한 표정으로 바닥을 응시하며 몇 분쯤 보낸 다음, 그녀는 새 담배를 피워 물며 뇌까렸다.

"거짓말 같지는 않네."

나직하나 힘 있는 목소리로 성환은 말했다.

"절대 거짓이 아닙니다. 과장이나 누락 없이, 그대로의 사실만을 말씀드렸습니다."

꼬고 있던 다리를 똑바로 하고 허리를 곧추세운 여자는 명료한 말씨로 물었다.

"나에게 궁금한 게 뭐죠?"

여자 쪽으로 상체를 기울이며 성환은 입을 열었다.

"어떻게 문미옥 씨를 알게 되셨습니까?"

"오두진이 운영하는 홍보 대행사가 우리 극단과 연결되어 있어요."

"그게 사실입니까?"

여자는 짧게 고개를 끄덕였다.

"미옥이를 만나게 된 것도 그 때문이죠."

반쯤 피운 담배를 재떨이에 비벼 끈 다음 여자는 몸을 일으켰다. 팔짱을 낀 채 사무실을 서성이다가 그녀는 말했다.

"오 사장의 홍보 대행사와 협업한 지는 6, 7년쯤 됐어요. 뭐, 좋을 것도 나쁠 것도 없는 사업적 파트너죠. 오더를 따온 오 사장이 공연을 기획해 우리에게 일을 맡기는 식이에요. 사실, 그 사람이 주는 페이가 상당히 박해요. 하지만 클라이언트에게 받는 돈이 늦어지는 경우가 발생했을 때, 자기 호주머니를 털어서라도 반드시 정해진 날짜에 우리 쪽 수당을 줬어요. 이 바닥의 열악한 사정을 고려한 배려죠. 그 점이 마음에 들어 그와 계속 관계를 이어왔어요."

한참 여자가 이야기를 하는 중에 갑자기 출입문이 열리며 반백머리의 남자가 들어왔다.

"대표님, 중국집에 점심 시키려고 하는데 뭐 드실 거예요?"

여자는 대꾸 없이 나가라는 손짓을 해 보였다. 의문에 찬 눈으로 성환과 민흥기를 일별하고 남자는 밖으로 사라졌다.

"그렇게 홍보 대행사와 일하며 자연스레 그쪽 직원인 미옥이를 만나게 됐죠. 나는 밝고 싹싹한 성격의 미옥이와 금방 친해졌어요. 그리고 시간이 지나며 더욱 그 애를 좋아하게 됐죠."

별안간 여자가 깔깔 웃었다.

"아, 이상한 쪽으로 오해하지 마세요."

미소 띤 얼굴로 성환은 고개를 끄덕였다.

"나는 여태껏 미옥이처럼 정열적으로 그리고 긍정적으로 살아가는 사람을 본 적이 없어요. 직장에 다니며 아이를 키우고, 방통대에서 공부를 했죠. 게다가 주말이면 봉사단체에 나가고요. 미옥이는 늘 얼굴에 웃음을 머금고 있었지만, 자세히 보면 입술이 부르틀 만큼 지쳐 있을 때가 많았죠. 그 모습이 안타까워 내가 왜 그렇게 열심히 사냐고 물으면 그 애는 조용히 웃기만 했어요."

여자의 말에 귀 기울이며 성환은 새롭게 수집한 문미옥에 대한 정보를 머릿속에 메모했다.

"미옥이와 가깝게 지낸 지 얼마 지나지 않아 갑자기 그 애의 얼굴에 짙은 그늘이 지기 시작했죠. 항상 개를 감싸고 있던 환한 빛도 사라졌고요. 내막을 알고 보니 딸이 앓고 있는 병 때문이었죠. 심장이식을 하지 않으면 생명이 위태로운 터라, 미옥이는 수술비를 마련하기 위해 정신없이 뛰어다녔어요. 나도 목돈을 마련해 쥐어줬지만 수술비를 대기에는 턱없이 모자랐죠. 미옥이는 하루하루 절망과 고통에 메말라갔어요. 그래서 그 애가 실종됐다는 소식을 듣고서 솔직히…… 자살한 줄로 믿었죠."

다시 테이블로 돌아와 의자에 앉은 여자는 담배 케이스를 열었고, 더 이상 담배가 남아 있지 않자 신경질적으로 머리를 쓸어 올렸다.

"이런, 돛대였나……."

성환은 코트 주머니에서 담뱃갑을 꺼냈다. 그러고는 담배 한 대를 여자에게 건넨 뒤 불을 붙여주었다. 고개를 까닥이며 여자는 고마움을 표했다.

"미옥이가 실종되고 몇 년이 흘러, 늦은 밤에 누군가 우리 집 초인종을 눌렀죠. 방문자를 확인하고는 혼비백산할 수밖에 없었어요. 죽은 줄 알았던 미옥이였으니까요. 온통 눈물범벅인 얼굴로 그 애는 나에게 부탁을 했어요. 자신의 딸이 다니는 유치원에서 공연을 해달라는 거였죠. 이유를 묻자 미옥이는 현재 자기는 세상에 없는 사람이라고 했어요. 그런 자신이 아이를 볼 수 있는 방법은 배우로 몰래 참여하는 것뿐이라고 하더군요. 나는 자세한 속사정을 물었지만 미옥이는 그 이상은 밝히지 않았죠."

여자는 말을 멈추고 콜록이며 기침을 했다. 피우고 있던 담배를 급하게 재떨이에 비벼 끄더니 테이블에 놓인 생수 페트병을 집어 입을 축였다. 이어서는 쉬고 갈라진 목소리로 이야기를 계속했다.

"알아보니, 유치원에서는 기존 극단과의 계약 만료를 앞두고 공연 입찰을 진행 중이었어요. 미옥이의 부탁에 고개를 끄덕인 저는 거기에 응했죠. 다행히 경쟁 극단의 공연 퀄리티가 그리 좋지 않아 어렵지 않게 입찰을 따낼 수 있었어요. 그 이후로 미옥이는 공연 때 배우로 참여해 몰래 딸을 만났죠."

여기까지가 자신이 해줄 수 있는 이야기의 전부라고 말한 다음, 여자는 옷걸이에 걸려 있는 토트백에서 두통약을 꺼내 물과 함께 삼켰다.

"혹시…… 건물 옥상에서 문미옥 씨를 도운 남자에 대해 짚히는 게 있으십니까?"

성환의 질문에 여자는 도리질을 쳤다.

"그 사람에 대해서는 나도 전혀 몰라요."

고개를 주억거리고서 성환은 다시 물었다.

"문미옥 씨는 다른 배우들과 함께 공연 연습을 했나요?"

"그렇긴 하지만, 오래 시간을 낼 수 없는 미옥이 사정 탓에 단원들과 호흡을 맞춘 시간이 많지는 않아요. 그 이유로 극에서도 가장 비중이 적은 역할을 맡았죠."

"배우들을 만나볼 수 있을까요?"

"연락처를 드리죠."

"감사합니다."

이번에는 민홍기가 입을 열었다.

"오두진 씨와 오랫동안 사업적 관계를 이어오셨는데, 대표님이 보시기에 그는 어떤 사람입니까?"

여자는 웃음을 터뜨렸다. 무례하다 싶을 만큼 크고 거침없는 웃음 소리였다.

"내가 본 오 사장은…… 마음속에 굳게 잠긴 방을 품고 있는 사람이에요."

저 사람은 폐허를 방으로 표현했구나. 성환은 단박에 여자의 말뜻을 알아차렸다.

"방이요? 그게 무슨 의미입니까?"

민홍기는 고개를 갸웃거렸다.

"그 누구에게도 열리지 않는 방, 뭐가 들어 있는지 모를 방, 어쩌면 어둠밖에 없는 방……."

여자는 다시금 성환에게 담배를 얻어 불을 붙였다. 그러고는 한숨과 섞어 연기를 길게 내뿜었다.

"그런 걸 어떻게 아시죠? 그에게 뭔가 들으셨나요?"

민홍기가 답답하다는 표정을 짓자 여자는 미소 지었다.

"그냥 '감'이에요. 예술하는 사람치고 그런 감이 없는 사람은 드물죠. 지금은 극단 살림을 맡고 있지만 나도 배우예요. 내게 있는 감으로 그 사람의 방을 알아본 거죠."

담배를 피우며 얼마간 입을 다물었다가 여자는 톤이 낮은 음
성으로 몇 마디 덧붙였다.

"한때 오 사장의 그 방에 흥미를 가졌죠. 솔직히 털어놓으면,
흥미와 애정을 좀 혼동했어요. 그래서 나답지 못하게 한동안
혼자서 질척거렸죠."

민홍기는 무언가 더 묻고 싶은 듯했으나, 대답을 마친 여자
가 자리에서 일어났다. 그녀는 해야 할 일이 있다며 그만 가달
라고 했다. 성환과 민홍기는 아쉬운 표정으로 인사를 건네고서
그곳을 빠져나왔다.

어차피 가는 길이니까 부담갖지 말라며 민홍기는 민간조사
원 사무실까지 성환을 태워주었다. 헤어지기 전, 그는 미소 띤
얼굴로 말했다.

"그러고 보니, 여태껏 형님과 술 한잔 못 했네요. 조만간 자
리를 만들어보겠습니다."

형님이라는 호칭이 어색하게 느껴져 성환은 살짝 웃었다. 민
홍기의 차가 완전히 사라질 때까지 거리에 서 있다가 그는 몸
을 돌렸다. 그러고는 사무실에 들어선 뒤, 갑작스레 밀려오는
큰 피로에 겉옷도 벗지 않고 소파에 길게 누웠다. 아직 감기 기
운이 가시지 않은 듯했다.

온몸의 근육이 기분 좋게 이완되는 걸 느끼며 성환은 오늘
일을 머릿속에서 천천히 복기했다. 그러자 그다지 소득이 없
음을 깨달았다. 자신에게서 문미옥을 빼낸 야구 모자의 정체를

밝힐 수도 있다고 적지 않은 기대를 품었으나, 극단 대표는 그에 대해 아는 바가 없었다. 비록 문미옥에 대한 몇 가지 새로운 사실을 수집하기는 했지만 사건의 큰 그림에서 보면 그다지 중요한 것은 아니었다.

이제 어떡할 것인가?

다시 예전과 똑같은 숙제가 떨어졌다. 묵직하게 전신을 짓누르는 질문 앞에서 성환은 미간에 깊은 주름을 잡은 채 두 눈을 내려 감았다. 그러나 차분하고 집중력 있게 상황을 분석하지는 못했다. 마음이 안정되지 않았기 때문이다. 문창수의 사건 의뢰를 받고 막연하게 문미옥을 찾아 나설 때보다 그녀의 생사를 확인한 지금이 오히려 더욱 초조하고 불안했다.

사건 노트를 정리하기 위해 몸을 일으킬 찰나, 노크 소리가 울렸다. 들어오라고 외치자 장이 모습을 드러냈다.

"바쁘십니까?"

"아닙니다. 그냥 쉬고 있던 참입니다."

장이 소파 테이블에 막걸리를 내려놓았다. 성환은 유리컵과 김치를 준비했다.

"근래에 몇 번 찾아왔는데, 안 계시더라고요."

"일 때문에 사무실을 비우는 경우가 많았습니다."

"사건 수사에는 진전이 있나요?"

유리컵에 막걸리를 따라주며 장이 묻자 성환은 나지막이 웃었다.

"진전은 모르겠고, 이런저런 에피소드가 있긴 합니다."

장은 기대에 찬 눈으로 성환을 쳐다보았다. 막걸리를 조금 마시고서 성환은 그간의 일을 털어놓기 시작했다. 유치원에서 문미옥을 만난 부분에 이르자 장은 입을 쩍 벌렸다.

"저, 정말로 그 여자가 살아 있었네요!"

멍한 표정으로 장은 물었다.

"어떻던가요, 그 여자 얼굴은. 건강해 뵈던가요?"

"경황이 없어 제대로 살피지 못했습니다."

성환은 언뜻 봤던 문미옥의 얼굴을 기억해보려 애썼다. 그러나 핏기 없는 뺨에 도드라진 눈물 자국만이 흐릿하게 떠오를 뿐이었다.

"가면을 쓰고서라도 자식을 보고자 한 그 여자의 심정이 이해가 갑니다. 마음이 아프군요."

짧게 한숨을 내쉬고서 장은 덧붙여 말했다.

"아이는 꿈에도 모르겠죠? 보고팠던 엄마가 자기 근처에 있었다는 걸……."

성환은 자신의 실수를 뼈아프게 자책했다. 사전에 조금만 준비를 했더라면 그렇게 허망하게 문미옥을 놓치지 않았을 것이고, 지금쯤 이 슬픈 사기극도 막을 내렸으리라.

"참, 그 여자를 쫓을 때 웬 놈이 나타나 목에 칼을 겨눴다고 했죠? 정말이지, 까딱했다가는 황천길 갈 뻔했네요."

"아마 그 사람은 진짜로 저를 해칠 생각이 없었을 겁니다."

"에이, 그걸 어떻게 알겠어요."

성환은 대꾸 없이 조용히 미소 지었다. 형사 시절에 그는 흉기 위협을 당한 적이 많았는데, 재밌는 점은 진짜로 살의를 품고 있는 경우와 단순히 겁만 주려고 하는 경우는 느낌이 확연히 다르다는 것이다. 전자는 등골을 타고 오르는 찌릿한 긴장감이 존재했으나 후자는 그렇지 않았다. 야구 모자의 칼끝에서는 긴장감이나 공포감을 맛볼 수 없었다. 그 이유로 성환은 상대와의 대화 여지가 있다고 판단하여 한 가지 대담한 행동을 취했다. 헤어지기 직전, 문미옥 목숨을 구하고 싶다면 당신이 반드시 알아야 할 사실이 있다고 말하며 야구 모자의 옷 주머니에 자신의 명함을 집어넣었던 것이다. 물론 연락이 올지는 알 수 없다. 성환으로서는 작은 도박을 해본 셈이다.

"김 형이 참 대단하게 여겨지네요. 처음 이 사건을 맡았을 때만 해도 문미옥이 살았는지 죽었는지도 몰랐는데, 이제는 그 여자 얼굴까지 확인했으니 말입니다."

"특별히 제 능력이 뛰어나서가 아니라, 이런 일을 오래 했으니 그럴 테지요. 형사였을 때부터 말입니다. 쉽게 말해 노하우가 쌓인 거죠. 한 직업에 오래 종사한 사람이라면 누구나 그럴 겁니다."

잠깐 틈을 두었다가 성환은 한 가지 이야기를 꺼냈다.

"아주 예전 일인데, 집 근처 버려진 텃밭에 서리태 모종을 심은 적이 있습니다. 그런 저를 본 동네 할머니가 다가오시더니 토질을 살펴보시고 말씀하셨지요. 땅이 비옥해서 모종이 자리를 잘 잡을 거라고. 그 할머니는 한평생 농사를 지으며 자식들을 키운 분이었습니다. 누군가는 촌부라고 폄하할지도 모르겠지만, 오랜 세월 농사일을 하며 흙의 종류나 성질을 깊이 이해하고 있는 그분에게 저는 존경심이 솟더군요."

고개를 주억거린 장은 진중한 표정으로 물었다.

"김 형이 생각하는 수사의 본질은 무엇인가요?"

"글쎄요……. 본질이라고 하기에는 너무 거창하고, 그냥 제 수사 방식의 기본을 말하자면, '사건의 핵심은 사람이다'입니다. 모든 사건의 중심에는 사람이 있죠. 왜냐면 사건을 만드는 건 사람이니까요. 사람에 대한 이해가 곧 사건에 대한 이해라고 저는 생각합니다. 가령, 사건 관련 인물들을 머릿속에 죽 늘어놓고 따져보는 거지요. 이 사람의 성장 과정은 어떠하고 성격은 어떠한가, 이런 인물이라면 사건에서 무슨 역할을 할 수 있을까, 이 인물과 저 인물이 만났을 때 어떤 스파크가 튈까……. 이렇게 하다 보면 어느새 진실의 윤곽이 조금씩 잡히곤 합니다."

장은 조용히 막걸리를 비웠다. 그런 뒤 살짝 취기가 묻어나는 음성으로 말했다.

"지난 삶에서 크게 후회되는 점이 있습니다. 그게 뭔고 하니…… 하나의 일을 진득하게 파고들지 않은 겁니다. 만약 그랬더라면 거기에서 성장하고 성취하는 기쁨이 적지 않았을 거예요. 다시 저에게 생이 주어진다면, 한 분야의 장인으로 살고 싶군요. 구두 수선공도 좋고, 피아노 조율사나 목수도 좋습니다. 내 천직이라고 믿는 일을 우직하게 탐구해보겠습니다."

자세를 고쳐 앉으며 성환은 자신의 경우는 어떠한지 생각해보았다. 형사가 천직이라고까지 여기지는 않았으나 그렇다고 싫지도 않았다. 이따금 성취감과 보람을 느낄 수 있었고 스스로에게 수사관으로의 재능이나 감각이 있다고 여겨질 정도로 능력을 발휘한 적도 있었다. 싫든 좋든, 인정하든 안 하든, 이 길 위에서 깨달음을 얻으며 살아왔을 것이다. 그는 지금껏 걸어온 수사관으로서의 삶에 새삼 감사한 마음을 품었다.

장이 떠나고 얼마쯤 혼자 소파에 앉아 있다가 성환은 사무실을 나섰다. 상가 건물 밖으로 나오자 겨울밤의 한기가 금세 안면을 얼얼하게 만들었다. 차에 올라탄 그는 시동 걸 생각조차 잊은 채, 잠시 밀쳐두었던 고민에 다시금 빠져들었다.

내일부터 뭘 해야 하는가.

몇 가지가 떠올랐으나 그중 가장 생각이 기우는 쪽은 한승수의 집에서 일하는 노파였다. 그녀는 오두진의 음모에 깊이 개입한 핵심 공범이었다. 틀림없이 사건을 해결할 결정적인 정보를 갖고 있을 것이었다. 그러나 도움을 얻어내기는 어려울 것 같았다. 회유와 협박, 부탁과 사정, 그 무엇도 통하지 않을 듯했다.

할머니에게 오두진은 친아들과 다름없겠지…….

담배를 피워 물고서 고개를 돌리자, 성에가 낀 차창 너머로 색전등을 밝힌 상점이 눈에 들어왔다. 먼발치로 아파트 단지에 설치된 크리스마스트리도 보였다.

이건 모성과 모성의 대결이다.

불현듯 떠오른 말을 성환은 머릿속으로 되뇌었다. 문미옥이 자기 딸을 위해 그랬던 것처럼, 할머니는 온몸으로 오두진을

지킬 것이다. 문미옥과 딸아이. 그리고 할머니와 오두진. 상황
은 조금 다르지만, 양쪽 다 자식을 보호하는 어미의 마음이 깃
들어 있다. 하지만 필연적으로 어느 한쪽은 파멸해야 한다.

전부 타들어간 담배를 재떨이에 눌러 끄고 성환은 거칠게 마
른세수를 했다. 그러고는 시동을 걸고 차를 출발시켰다.

"저녁 먹을 거예요?"

현관문을 열자 청국장 냄새가 풍겨왔다. 아내의 물음에 성환
은 짧게 응, 하고 대답했다. 안방으로 들어간 그는 겉옷을 벗다
가 한 가지 사실을 깨달았다. 얼마 전부터 식단이 완전히 바뀐
것이다. 맵고 짠 음식 대신 자신이 좋아하는 담백한 요리가 식
탁에 올랐다. 들기름으로 간을 한 나물무침, 다시마와 무로 우
려낸 황태국, 양념간장을 곁들인 가지구이……. 이 변화가 기
쁘기보다는 당황스러웠다. 뭔가 특별한 이유가 있을까. 집사람
식성이 바뀐 건가. 아내의 의중을 짐작해보려 했지만 뜻대로
되지 않자 성환은 약간의 답답함을 느꼈다.

샤워를 마치고 아내와 늦은 저녁 식사를 했다. 애호박이 들
어간 청국장찌개가 입에 잘 맞아 그는 부지런히 숟가락을 놀렸
다. 그러나 아내는 입맛이 없는지 밥공기를 채 반도 비우지 못
하고 자리에서 일어났다. 그런 다음 거실 창 앞에서 바깥 풍경
을 내다보았다. 굳은 듯 서 있는 그녀의 뒷모습은 지치고 쓸쓸
한 느낌을 자아냈다.

식사를 마친 성환은 무심한 척 아내 곁으로 갔다.

"실종된 여자 말이야……."

아내는 고개를 틀었다.

"당신 말대로 자식을 보러 왔었어."

"정말요?"

아내의 놀란 표정을 보며 성환은 미소 지었다.

"그 여자가 어떤 방법을 썼는지 상상도 못 할 거야."

아내는 성환 옆에 앉아 이야기를 재촉하는 눈빛을 보내왔다. 성환은 자초지종을 설명했는데, 딱딱하게 사실만을 나열하는 것이 아니라 이야기에 약간의 과장을 섞고 목소리에는 변사처럼 진득한 억양을 넣었다.

"역시나 내 짐작이 맞더군. 그 여자가 문미옥이었어. 그걸 알자 얼마나 가슴이 뛰던지……."

이야기가 종반에 접어들 즈음, 아내의 두 뺨에 눈물이 흘러내렸다. 그녀는 얼른 얼굴을 가리고 눈물을 닦았다.

"당연하잖아요. 친자식을, 게다가 학교에도 들어가지 않은 어린애를 몇 년이나 못 보고 산다는 게 말이나 돼요."

성환은 씁쓸한 기분에 젖었다. 자신이 문미옥을 딸아이와 동일시했듯이, 아내는 문미옥에게 스스로를 이입시킨 것이다.

"그 여자는 붙잡은 거예요?"

"아니, 놓쳤어."

"네?"

흉기로 위협을 당한 부분은 감춘 채, 성환은 너무 갑작스럽게 벌어진 일이라서 잡는 데 실패했다고 둘러댔다.

"당신, 무릎 때문이군요?"

아내가 묻자 성환은 어정쩡하게 고개를 끄덕였다. 자리에서 일어난 아내는 팔짱 낀 자세로 오랫동안 서성이다가 말했다.

"당신에게서 처음 그 여자에 대한 얘기를 들은 날이에요. 밤에 꿈을 꿨는데, 채율이가 나왔어요……. 참 이상한 일이지 뭐예요. 여태껏 그 애가 꿈에 나온 적이 거의 없거든요. 아무리 애타게 바라고 기다려도 말이죠."

오랜만에 타인의 입을 통해 딸아이 이름을 들으니 성환은 느낌이 묘했다.

"그런 일이 있었군. 그래, 꿈에서 채율이는 뭐라고 하던가?"

"기쁘고 반가운 마음에 이것저것 말을 걸었지만 그 애는 그냥 조용히 웃기만 하더군요. 그 후로 한두 번 더 꿈에 다녀갔어요. 여전히 아무 말 없이 웃는 모습만 제게 보여줬죠. 나도 그 애에게 부담을 줄까 봐 말을 걸지 않았고요. 그런데 그것만으로도 좋더라고요. 그냥 그 애를 보는 것만으로도 충분히 행복하고 만족스러웠어요."

말을 끝내자마자 아내는 무너지듯 제자리에 주저앉았다. 그러고는 등을 보인 채 오열을 토했다. 늦은 저녁의 정적 위로 울음소리가 무겁게 내려앉았다. 성환은 가만히 아내를 지켜보았다.

"우리 채율이, 잘 지내고 있겠죠?"

10분쯤 지났을까. 아내가 성환을 돌아보며 물었다. 실핏줄이 터진 붉은 눈에 절망과 슬픔이 얇은 막처럼 덮혀 있었다.

"천국에서 행복하게 살고 있겠죠?"

"그럴 거야……."

미소 지은 얼굴로 고개를 주억거렸으나, 사실을 말하자면 성환은 내세나 천국을 믿지 않았다. 그러나 그곳이 천국이든 아니든, 딸이 채율(琜潏)이란 이름 뜻 그대로 '샘솟는 광채' 속에 머물길 간절히 바랐다.

"분명 그렇게 지내고 있을 거야."

성환은 아내가 울음을 그치고 몸의 떨림을 멈출 때까지 기다렸다. 그런 뒤 안방으로 가서 침대에 누운 채 천장을 응시하며 생각했다. 아이가 마지막으로 꿈에 나왔던 게 언제인가. 그때 아이는 어떤 모습이었나. 자신을 구해주지 않은 것에 대해 아비인 나를 원망했나…….

까무룩 잠이 들었을까. 혼미해진 정신이 번쩍 든 것은 협탁에 놓인 휴대폰이 울렸을 때다. 화면을 보니 '발신자 정보 없음'이라고 찍혀 있었다. 성환은 몸을 일으켜 침대에 걸터앉은 다음 휴대폰의 통화 버튼을 눌렀다.

"여보세요."

"김성환 씨입니까?"

"그렇습니다."

상대는 말이 없었다. 짐작 가는 바가 있던 성환은 먼저 운을 뗐다.

"일전에 문미옥 씨와 함께 만났던 분이군요?"

계속해서 침묵을 지키는 상대에게 성환은 제안했다.

"그쪽이 반드시 알아야 할 사실들이 있습니다. 우리, 만나는 게 어떻겠습니까?"

이번에는 상대에게 반응이 있었다.

"그냥 지금 얘기하면 안 됩니까? 굳이 만나지 않아도 될 것 같은데요."

"이야기가 길기도 하고, 전화로 말할 사안이 아닙니다."

"글쎄요……."

상대는 부정적 뉘앙스로 대꾸했다.

"약속하죠. 그쪽에게 해가 될 일은 없을 겁니다."

장황한 설명과 설득이 오히려 상대에게 불신을 줄 거라고 판단한 성환은 입을 다물고 인내심 있게 대답을 기다렸다.

"좋습니다."

정적을 깨고 나온 상대의 음성은 짧고 명료했다. 성환은 차분한 어조로 말했다.

"원하는 장소와 시간을 알려주십시오."

7

대로변의 벤치.

야구 모자가 정한 약속 장소였다. 성환은 상대가 자기 나름 대로 머리를 잘 굴렸다고 여겼다. 의심스러운 만남에서는 외진 곳보다 이렇게 개방된 공간이 훨씬 안전하다. 사람들의 시선 때문에 폭력적 제압은 할 수 없기 때문이다.

약속 시간까지 여유가 충분했기에 성환은 주변을 돌아다니며 지형지물을 살폈다. 벤치와 잇닿아 공원이 있었는데, 탁 트인 공간 특성상 감시 카메라가 거의 눈에 띄지 않았고, 그 까닭에 벤치 쪽은 사각지대나 다름없었다. 그는 이 점도 야구 모자가 계산에 넣었을 거라고 보았다.

벤치에서 우측 방향으로 200미터쯤 걷자 지하철역이 나타났다. 이용객 많기로 유명한 환승역이었다. 성환은 속으로 중얼거렸다. 만약의 사태에 도주할 경우, 지하철역을 드나드는 사람들 속에 숨어들 계획이겠지…….

야구 모자가 까다롭고 만만찮은 상대일지 모르고 그와의 접촉이 뜻대로 흘러가지 않을 가능성이 컸지만, 성환은 오늘 만남에 기대를 버릴 수 없었다. 그도 그럴 것이 야구 모자는 현재 오두진을 제외하고 유일하게 문미옥과 직접적으로 연결된 인물이었다. 만약 일이 잘 풀린다면 단박에 사건이 해결될 수 있었다.

벤치로 돌아온 성환은 담배를 피워 물었다. 손목시계를 보니 약속 시간 정각이었으나 상대는 나타날 기미가 없었다. 그러나 그는 조급해하지 않았다. 야구 모자가 이미 도착했고, 이 자리가 함정인지 알아보기 위해 어딘가 숨어 있다고 예상했기 때문이다.

꽁초를 버리고 새 담배에 불을 붙이다가 성환은 문득 오명진이 했던 말을 떠올렸다. '오래전부터 느끼고 있었습니다. 동생이 쉼을 원한다는 걸. 모든 것이 잦아든 평안, 안식을 갈구한다

는 걸.'

그는 왜 그렇게 일찍 늙었을까.

폐부 깊숙이 담배를 빨아당기며 성환은 오두진에 대해 생각
했다. 친모에게 내쳐져 어려서부터 세상과 전쟁을 치러야 했기
때문일까. 충족되는 에너지 없이, 언제나 죽도록 지쳐 있었기
때문일까.

모성이 결핍된 오두진.

모성, 그 자체라고 불러도 좋을 문미옥.

오두진은 문미옥을 보며 어떤 마음이 들었을까.

그때였다. '밀리터리 마니아'의 주인 사내가 들려준 이야기
가 귓가에 울린 것은. '아무리 뛰어난 스나이퍼라 할지라도 언
제나 저격에 성공하지는 않습니다. 실력을 떠나, 한 가지 큰 불
안 요소가 있기 때문이죠.'

그거였나.

그동안 뇌리에 무겁게 매달려 있던 의구심이 풀리는 순간이
었다. 흡사 구멍과 아귀가 꼭 맞는 열쇠가 돌아가면서 찰칵, 소
리가 나는 느낌이었다.

그거였군.

성환은 속으로 중얼거렸다.

아직까지 문미옥을 해치지 않은 이유가 그거였어⋯⋯. 당신
은, 문미옥에게 사적인 감정을 품고 있는 것이다.

갑작스러운 깨달음에 당황스러웠다. 두 눈을 내려감은 채,
그는 긴 숨을 뱉어냈다. 그런 뒤, 세 대째 담배에 불을 붙이며

지금 막 손에 쥔 이 진실이 앞으로 사건 해결에 어떤 영향을 미칠지 가늠해보았다.

"김성환 씨, 맞으시죠?"

한참 생각에 잠겨 있는 중에 누군가의 음성이 들려왔다. 고개를 들어보니 호리호리한 체격의 남자가 서 있었다.

"전화 주신 분입니까?"

성환은 몸을 일으켜 깍듯하게 인사를 건넸다.

"김성환입니다. 만나서 반갑습니다."

남자는 처음 봤던 당시와 마찬가지로 야구 모자를 푹 눌러 썼고, 거기에 더해 오늘은 커다란 마스크까지 착용하고 있어 두 눈만 겨우 보였다. 언뜻 굉장히 수상하게 여겨질 수도 있는 모양새였으나, 행인들 누구도 특별한 관심을 기울이지 않았다.

다들 미세먼지 때문이려니 하겠지.

성환은 미세먼지가 얼굴을 감출 사정이 있는 이들에게 좋은 방패막이 되어준다고 생각했다.

"미옥 씨의 목숨이 위험하다니, 그게 무슨 말이죠?"

몇 차례 주위를 살핀 야구 모자는 조급하게 물어왔다.

"문미옥 씨의 일은 어디까지 알고 계십니까?"

성환이 되묻자 야구 모자는 살짝 당황했다.

"……약간요."

야구 모자가 보험사기에 대해 전혀 모른다고 느낀 성환은 시간을 들여 사건 전말을 털어놓았다. 그러고는 거기에 더해 현재 상황을 설명했다. 오두진과 문미옥의 공모는 들통나버렸고,

보험사에서는 자체 조사팀을 가동하고 있으며, 오두진은 보험금의 안전한 수령과 증거인멸을 위해 언제 문미옥을 죽일지 모른다고.

야구 모자는 긴 침묵을 지켰다. 그런 그를 보며 성환은 큰 답답함에 사로잡혔다. 이유는 오로지 하나, 표정을 읽지 못하는 데에 있었다. 모자와 마스크로 얼굴을 가린 탓에 주름 모양이나 안색 등을 통해 심리 상태를 유추하기 어려웠고, 그에 따라 적절한 피드백이 불가능했다. 대화를 잘 이끌어 상대의 협조를 얻어내야 하는 입장으로서 난감하지 않을 수 없었다.

비록 얼굴을 확인할 수는 없었으나 행색은 얼마든지 살필 수 있었다. 계절에 어울리지 않는 바람막이 점퍼는 굉장히 낡았고 청바지 역시 너덜너덜하게 해어진 상태였다. 운동화는 눈살을 찌푸리게 할 정도로 더러웠다. 성환은 자신이 가진 짐작대로 야구 모자의 정체가 문미옥 글에 등장한 노숙인이 맞다고 믿었다.

"나에게 원하는 게 뭔지 모르겠군요."

침묵을 깨며 야구 모자는 말했다.

"문미옥 씨가 현재 어디에 있는지 알려주십시오."

야구 모자는 키득, 웃음을 터뜨렸다.

"지금 농담하는 거죠?"

"농담이 아닙니다. 그게 그녀를 살릴 수 있는 유일한 방법입니다."

"내가 밀고를 할 것 같나요?"

"신중히 고려해주시길 바랍니다."

야구 모자는 담배를 피워 물었다. 성환은 그가 손에 쥔 라이터를 눈여겨보았다. 그건 매장 홍보용 라이터였다.

"불 좀 빌릴 수 있겠습니까?"

성환이 품속에서 담뱃갑을 꺼내며 묻자 야구 모자는 무심한 동작으로 라이터를 내밀었다.

"감사합니다."

담배에 불을 붙이면서 성환은 재빨리 라이터에 찍힌 상호와 전화번호를 외웠다. 그런 뒤 야구 모자에게 라이터를 돌려주며 입을 열었다.

"시간이 없습니다. 곧 오두진이 움직일 겁니다."

"걱정하지 마세요. 미옥 씨는 내가 지킬 테니까."

야구 모자의 힘 있고 단호한 목소리에 성환은 씁쓸한 미소를 머금었다. 역시나 이 사람은 문미옥을 좋아하고 있구나. 그녀에게 남편과 자식이 있음을 알면서도 자신의 감정을 어쩌지 못하는 건가.

"인질은 어떡할 작정입니까? 문미옥 씨의 딸 말입니다."

야구 모자는 대구 없이 자신의 발끝만 내려다보았다.

"시간을 주세요. 지금으로선 너무 혼란스러워 아무 판단도 내릴 수 없군요."

성환은 고개를 끄덕였다.

"알겠습니다."

성환은 야구 모자가 떠난 뒤 한동안 혼자 벤치에 앉아 있다가 늦은 점심을 해결하기 위해 몸을 일으켰다. 식당을 찾아 얼마쯤 걷자 돈가스 전문점이 나타났다. 기름기 많은 튀김류는 좋아하지 않지만 계속해서 발품을 팔 엄두가 나지 않아 그곳으로 향했다. 실내에 들어서니 머릿수건을 두른 젊은 종업원이 밝게 인사를 했다. 마침 한 자리가 남아 있었다. 주문을 마치고서 성환은 테이블을 내려다보며 생각에 잠겼다.

오두진이 문미옥을 좋아한다면 안심해도 될까? 문미옥이 살해될 거라는 걱정은 버려도 될까?

성환은 이내 고개를 내저었다. 오두진이 문미옥에게 호감이 있다손 쳐도, 그것이 그의 안위를 상쇄시킬 정도인지 알 수 없기 때문이다. 문미옥을 위해 오두진이 커다란 위험과 불안을 감수할지 미지수인 것이다. 그 사실과 연관 지어 또 한 가지 걸리는 점은, 야구 모자 역시 문미옥을 마음에 두고 있다는 것이다.

오두진은 노숙인에 대해 알고 있을까?

문미옥의 자식에게까지 감시를 붙일 정도로 치밀한 성격이라면 충분히 그럴 가능성이 있었다. 만약 그 존재는 물론이고, 그의 문미옥에 대한 감정까지 눈치채고 있다면 어떻게 될까. 성환은 이맛살을 모은 채 한숨을 뱉어냈다.

돈가스 정식을 먹는 동안 성환은 휴대폰으로 라이터에 찍힌 상호를 검색해봤다. 그곳은 H시에 위치한 펍이었다.

라이터는 야구 모자가 우연히 얻었거나 길거리에서 주웠을지도 모른다. 그러나 만에 하나, 그의 단골집에서 받은 거라면 그 사실을 이용해 중요한 정보를 수집할 수도 있다. 성환에게 사건 수사란 그런 것이다. 머리가 아닌 발로 하는 것이다. 형사 시절, 사소한 점에 매달리는 그를 답답해하는 동료들이 있던 것도 사실이었으나, 그렇게 미련스러울 만치 돌아다니다 보면 어느새 사건 해결의 실마리를 얻을 수 있었다.

식사를 끝낸 성환은 곧장 지하철을 타고 경기도 H시로 갔다. 30분 정도 걸려 도착한 H역은 굉장히 혼잡했다. KTX 정차역인 데다가 백화점과 합쳐진 민자 역사였기 때문이다. 인파로 뒤덮인 역 광장에서 횡단보도를 건너 길게 이어진 유흥가를 벗어나자 빌라촌이 나타났다. 지도가 뜬 휴대폰 화면을 들여다보며 얼마쯤 헤매다 보니 'SIDLE'이라고 적힌 입간판을 발견할 수 있었다.

가게 내부에는 친숙한 올드팝이 흐르고 있었다. 빈 테이블이 많았으나 성환은 주인과 자연스레 대화를 나누기 위해 일부러 바 테이블에 자리를 잡았다.

"눈이 올 것 같죠?"

꽁지머리를 한 중년 남자가 다가와 성환 앞에 메뉴판을 내려놓았다. 성환은 미소 띤 얼굴로 말을 받았다.

"그러네요. 내일쯤 함박눈이 쏟아질 것 같습니다."

메뉴판을 살펴본 성환은 맥주 500cc와 마른안주를 주문했다. 그러고는 외투를 벗어 옆 의자에 걸친 다음 찬찬히 주위를 살펴보았다. 조금 놀랍게도 음악은 턴테이블에서 재생되고 있었다.

중년 남자가 맥주와 안주를 들고 나타나자 성환은 말했다.

"오랜만에 LP를 접하니 참 좋네요."

"LP가 주는 위로가 있지요. 디지털에 없는, 오직 아날로그만이 가진 매력 말입니다."

"저도 같은 생각입니다."

음악에 귀 기울이다가 성환은 오래전 일을 떠올렸다. 단칸방에서 집을 장만해 이사했던 그해, 아내와 큰맘 먹고 거실에 전축을 들여놓았다. 당시에는 상당한 거금을 주고 구입한 물건이었다. 레코드점에서 베토벤이니, 모차르트니 하는 클래식 음반을 구입했던 기억도 난다. 그러나 오래지 않아 아이가 신기한 마음에 전축을 만지작거리다가 턴테이블을 고장 내고 말았다. 그때 마음이 크게 상한 성환은 아이를 심하게 나무랐다. 아내에게도 화를 냈던 것 같다. 눈물을 글썽이던 딸의 얼굴. 한동안 딸은 쭈뼛거리며 아비를 피했다.

"얼마 전에 뉴스를 보니까, 세계적으로 LP의 수요가 살아나고 있다는군요. 사람들이 하루가 다르게 변하는 디지털 세상에 지쳐가는 탓이겠죠."

중년 남자의 의견에 성환은 미소로 동감을 나타냈다. 그리고 잠시 후 맥주를 마시고서 입을 열었다.

"맛이 아주 진하네요."

"제가 직접 만든 겁니다."

"아, 수제맥주였군요?"

"보통 맥주보다 발효 시간이 훨씬 길죠."

맛을 음미하듯 맥주를 머금었다가 천천히 삼킨 다음 성환은 본론을 꺼냈다.

"실은…… 제가 사람을 찾고 있는데, 여기 단골일지도 모릅니다."

"음, 제가 사람 얼굴을 잘 기억하는 편이 아니라서요."

중년 남자의 얼굴에 드러난 경계의 빛을 읽고서 성환은 약간 망설인 뒤 다시 입술을 뗐다.

"제 이야기를 한번 들어보시겠습니까?"

"글쎄요……."

중년 남자는 난감한 듯 웃었다.

"우주 속 화성에 혼자 버려져 있는 여자에 대한 겁니다."

"화성이요?"

"그렇습니다."

중년 남자는 성환을 지그시 쳐다보았다. 그러고는 고개를 끄덕이더니 스툴을 가져다 앉았다. 상대의 눈을 응시하며 성환은 차분한 태도로 이야기를 풀어놓았다. 문창수의 사건 의뢰, 오두진의 존재, 민홍기와의 만남……. 불과 몇 달 사이의 일들이 기이하게도 아주 오래전처럼 아득하게 여겨졌다.

성환이 말을 마치자, 중년 남자는 천장을 보며 탄식처럼 중얼거렸다.

"엄청난 얘기군요……."

중년 남자에게 생각을 정리할 여유를 주기 위해 성환은 한쪽 벽에 붙은 연극 포스터를 가리키며 말했다.

"저건 〈고도를 기다리며〉군요?"

"맞습니다."

"베케트를 좋아하십니까?"

"그렇긴 한데, 오스카 와일드를 더욱 선호하죠. 그러고 보니 문득 그가 한 말이 떠오르는군요. '우리는 모두 시궁창에 있지만 누군가는 별을 보고 있지'……."

중년 남자는 가볍게 웃었다.

"문미옥이란 여자도 별을 보고 있었군요. 홀로 떨어진 황량한 땅에서 희망이란 이름의 별을……."

마치 고민에 잠긴 듯, 성환 앞을 서성이다가 중년 남자는 바 테이블 끝으로 가서 물 한 컵을 마시고 돌아왔다. 잦아드는 음성으로 그는 말했다.

"여자와 사내가 처음으로 이곳에 찾아온 것은 2, 3년 전입니다. 그때 우연히 저도 함께 어울리게 되면서 그들과 가까워지게 됐죠. 하지만 개인적인 부분은 거의 모릅니다. 신상에 대해 묻지 않는 게 서로 간의 예의처럼 느껴졌거든요."

말을 끊고 콧잔등을 쓰다듬는 중년 남자의 행동을 주시하며 성환은 맥주를 조금 마셨다.

"다만, 그들이 저마다 사연을 품고 있는 것 같은 인상을 준 건 사실입니다. 사내는 일정한 주거지 없이 떠돌아다니는 신세였는데, 낌새로 범법자 같았죠. 여자는 늘 어딘가 불안해 보였습니다. 누군가에게 쫓기는 듯한 느낌이랄까요."

"그렇군요……."

"여자와 사내는 꼭 영업을 마칠 즈음의 늦은 시간에 이곳을 찾았는데, 짐작하기에 사람들의 이목을 피하기 위함인 것 같았습니다. 처음에 지친 상태였던 그들은 함께하며 차츰 생기를 찾아갔죠. 거리낌 없이 크게 웃기도 하고 여유 있는 표정으로 농담도 하고요. 저로서는 그 과정을 지켜보는 게 즐겁고 기뻤습니다."

"사내가 여자를 좋아하는 느낌은 들지 않으셨습니까?"

중년 남자는 미소 지었다.

"맞습니다. 사내는 분명 여자를 좋아했습니다. 그 모습이 꼭 사춘기 소년 같았죠. 그 자신은 극구 감추려고 하지만, 다른 사람의 눈에는 훤히 보였으니까요."

"여자와 사내가 가장 최근에 이곳을 찾은 건 언제입니까?"

"두 달 전쯤입니다."

턱을 어루만지며 성환은 중얼거렸다.

"두 달이라……."

성환은 중년 남자와 좀 더 대화를 나누고 싶었으나 손님이 들이닥치기 시작했다. 아르바이트생 없이 혼자 일하는 그를 계속 붙잡고 있을 수는 없었다.

"들려주신 말씀, 대단히 감사합니다."

자리에서 일어나며 성환이 술값을 내려고 하자 중년 남자는 조용히 손을 내저었다. 재차 계산을 하려고 했으나, 그는 계속 돈 받기를 거부했다.

"모쪼록 두 사람 일이 잘 해결될 수 있도록 힘써주십시오."

상대의 의중을 이해한 성환은 고개를 끄덕였다.

펍을 나오니 금방이라도 눈이 쏟아질 듯 하늘이 어두컴컴해 있었다. 한때 그녀가 이 근처 어딘가 머물렀는가. 여기 숨어 살

있는가. 마치 문미옥의 흔적을 찾듯, 성환은 느리게 발걸음을 떼며 낯선 거리와 건물을 눈여겨보았다.

다음 날 늦은 아침. 성환은 누적된 피로 때문에 무거워진 몸을 억지로 일으켰다. 세수를 한 뒤 간단히 배를 채우고 거실 창 앞에 서자, 간밤에 내린 폭설로 온통 새하얗게 변한 세상이 그를 맞았다. 쌓인 눈이 족히 20센티미터는 될 것 같았다. 오늘 노파를 만나 마지막으로 한 번 더 설득해볼 요량이었으나, 이런 상황으로서는 나갈 엄두조차 나지 않았다. 게다가 무릎 통증도 느껴졌다.

성환은 소파에 앉아 담배를 피워 물었다. 그러고는 망연한 표정으로 바깥 풍경을 바라보았다. 빌라 화단에 심어진 갈참나무의 헐벗은 가지는 물론, 멀리 보이는 산줄기에도 눈이 쌓여 있었다. 세상으로부터 유리된 것 같은 감각 속에서 그는 노파를 만나면 어떻게 설득할지 고민해보았으나 뾰족한 수가 떠오르지 않았다. 무작정 찾아가기만 한다면 저번과 똑같은 결과일 것이 뻔했다.

답답함에 이마를 감싸 쥐고 있을 때였다. 불현듯 소파 테이블에 놓인 휴대폰이 울렸다. 화면을 보니 민홍기의 번호였다. 이 시간에 무슨 일인가. 의아해하며 성환은 통화 버튼을 눌렀다.

"형님, 오늘 바쁘십니까? 점심이나 함께했으면 하는데요."

이제는 스스럼없이 형님이라고 부르는 민홍기에게 성환은 약간의 친근감을 느꼈다.

"크게 바쁜 건 아닌데…… 무슨 일이 있나요?"

"형님께 보고할 것도 있고, 저번에 술자리 갖기로 했잖습니까. 식사하며 가볍게 낮술 한잔하는 것도 좋지 않을까요?"

민홍기의 보고에 궁금증을 느낀 성환은 만날 장소와 시간을 정하고 통화를 마쳤다. 거실 창으로 고개를 돌리자 변함없는 설경이 눈에 들어왔다. 약속을 잡았으니 집을 나서긴 해야 할 것이었다. 민홍기가 외출의 좋은 계기를 만들어주었다고 생각하며 소파에서 일어났다.

약속 장소는 한남역이었다. 역사를 빠져나온 성환은 비상등을 깜박이며 정차해 있는 카니발을 발견했다. 다가가보니 민홍기는 운전석에 깊이 몸을 파묻은 채 눈을 감고 있었다. 차창을 두드리자 선잠에서 깬 듯 흠칫 놀라며 눈을 떴다.

"이런, 깜빡 졸았네요."

차창을 내리며 민홍기는 말했다.

"타시죠. 예약해둔 식당이 있습니다."

성환이 조수석에 타자 민홍기는 비상등을 끄고 기어를 넣었다. 얼마쯤 달리니 성곽 같은 높다란 담장이 둘러쳐진 고급 빌라 단지가 나타났다. 재벌 총수와 유명 연예인의 거주지로 유명세를 치르는 곳이었다. 빌라 단지를 지나며 성환은 담장 곳곳에 설치된 감시 카메라를 의미심장한 눈으로 일별했다.

이윽고 차가 멈춘 곳은 전통 한옥을 개조해 만든 한정식집 앞이었다. 민홍기는 주차 요원에게 키를 넘기고서 성큼성큼 음식점 안으로 들어갔다. 성환은 솟을대문의 국화 문양 장식을 살펴본 다음 그 뒤를 쫓았다. 바닥에 박힌 큼직한 디딤돌을 따라 걷노라니, 잘 가꾼 소나무가 심어진 정원이 나타났다. 한쪽에는 작은 석탑도 자리하고 있었다.

안채에 이르러 검은색 유니폼을 입은 직원이 다가와 이름을 확인하고서 예약석으로 안내했다.

"상당히 비싼 곳 같군요."

민홍기와 좌식 테이블에 마주 앉자 성환은 걱정스러운 표정으로 말했다.

"요술카드가 있지 않습니까?"

"요술카드요?"

"법인카드 말입니다."

성환은 가볍게 미소 지었다.

"사골곰탕 어떻습니까? 오늘처럼 눈이 온 날은 뜨끈한 국물이 어울릴 것 같은데요."

메뉴판을 들여다보며 민홍기가 물었다. 성환은 고개를 끄덕였다.

"좋습니다."

직원을 호출해 주문한 다음 민홍기는 물수건으로 손을 닦았다.

"원래는 좀 더 일찍 연락을 드리려고 했는데, 갑자기 수사협의회가 잡혀 시간을 낼 수 없었습니다."

"수사협의회라면……"

"다음 달부터 경찰에서 보험사기 집중 단속에 들어가거든요.

그래서 경찰청 주최로 금감원, 금융협회 지역본부장, 보험사기 조사팀이 모여 공조체제를 만드는 거죠."

성환은 고개를 주억거렸다.

"경찰에서는 어디가 주축이 됩니까?"

"지능범죄수사대입니다. 보험사기야, 늘 그쪽 민생경제팀이 맡아왔잖아요."

"그렇군요. 공조 체제라면 구체적으로 어떤 걸 말하는 겁니까?"

"일단 핫라인을 개설하고, 이후 경찰에 우리 직원이 파견 형식으로 지원을 나갈 것 같습니다."

물을 마신 뒤에 민홍기는 짧게 덧붙였다.

"이번에는 사무장병원이 타깃이 될 것 같아요."

"음, 요즘 뉴스에서 많이 다뤄지더군요."

"그거 때문에 이번 단속을 하는 듯싶습니다. 언론에서 그렇게 떠들어대는데, 어떤 액션이 있어야 하겠죠."

"당분간 민홍기 씨도 많이 바쁘겠네요?"

"뭐, 신경 쓸 게 조금 많아지기야 하겠지만…… 그보다는, 다른 일 때문에 골치를 썩게 될 것 같습니다."

성환은 묻는 눈으로 민홍기를 쳐다보았다.

"근래, 보험설계사가 저지르는 사기가 늘어나고 있습니다. 보험금을 불법 편취하는 사례죠."

"보험설계사가 사기를 친다고요?"

"보험약관의 허점을 이용한 거죠. 그쪽 방면을 훤히 꿰고 있는 만큼, 수법이 교묘하고 치밀해서 잡아내기가 여간 까다로운

게 아닙니다."

"음……."

성환은 제도의 빈틈을 노린 점에서 보험설계사 수법이 오두진의 경우와 비슷하다고 생각했다.

"원래 설계사는 타사 보험 가입에 엄격한 제한을 받습니다. 전문 지식을 악용할 우려가 크기 때문이죠. 그 이유로, 사기를 위해 보험에 가입할 때 설계사들은 자신의 직업을 속이거나 감췄습니다."

"당사자가 입을 다물면 알아낼 방법이 없는 건가요?"

"손해보험협회와 생명보험협회의 조회를 통해 알 수 있긴 한데, 완전하지는 않습니다."

잠시 침묵한 후에 성환은 입술을 뗐다.

"설계사는 일반적인 위험직군이 아니잖습니까? 분명 타사의 좋은 보험 상품이 있을 수 있는데, 무조건 가입을 막는 것은 차별 논란 가능성이 있겠군요. 큰 관점에서 자유나 선택권 침해로 볼 수도 있고요. 그리고 설계사들을 잠재적 사기꾼으로 몰아붙이는 점도 문제가 생길 수 있다고 봅니다."

"형님 의견도 이해가 갑니다. 하지만 설계사뿐만 아니라, 병원의 원무과 직원도 같은 이유로 보험 가입에 제약을 받죠. 이건 보험사 입장에서 어쩔 수 없는 측면이 있습니다."

주문한 음식이 나오는 바람에 대화가 끊겼다. 방짜유기 대접에 담긴 곰탕은 모양에도 상당한 신경을 쓴 듯 계란 지단과 실고추 고명이 섬세하게 올려져 있었다. 밑반찬도 정갈해 보였다.

곰탕에 밥을 말아 몇 숟가락 뜬 다음, 민홍기는 중얼거렸다.

"사골을 오래 우려낸 것 같지는 않네요. 제대로 된 집에서는 장작불로 하루 이상 푹 끓이는데……."

"저는 미식가가 아니라서 잘 모르겠습니다. 하지만 이것도 구수하고 맛있군요."

"제가 나주에 있는 유명한 곰탕집을 알고 있거든요. 시간만 넉넉하다면 바람도 쐴 겸 다녀오는 것도 좋았을 텐데, 아쉽네요."

김치를 우물거리며 민홍기는 말을 이었다.

"거긴 진짜 한우를 씁니다. 이건 딱 한 입 먹어보니 수입산이에요."

민홍기는 직원을 불러 소주를 주문했다. 차를 갖고 왔으니 자제하는 게 좋겠다는 성환의 만류에 그는 호탕한 웃음을 터뜨렸다.

"대리 기사를 부르면 되죠. 이런 날, 술 한잔 없이 지나가는 건 인생에 대한 예의가 아닙니다."

소주가 나오자 민홍기는 먼저 성환의 잔을 채워주었다. 그런 뒤 지금까지와는 다른 진지한 표정으로 입을 열었다.

"당사자 생사 확인 불가 사유로 오두진의 보험금 지급을 보류시켰습니다."

"그게 가능합니까?"

"일시적인 겁니다. 문제가 없다면 결국은 돈을 줄 수밖에 없죠."

"민홍기 씨의 회사만 그런 조치를 취한 건가요?"

"아닙니다. 다른 보험사들도 마찬가지입니다."

성환은 보험사 SIU간의 네트워크가 구축되어 있는 모양이라고 생각했다.

"지금쯤 오두진은 약이 바짝 올라 있겠죠. 이제 그는 보험금을 타내려면 문미옥이 죽었다는 확실한 증거가 필요하게 됐습니다. 시체 말입니다."

"그렇군요."

성환의 얼굴을 주시하며 민홍기는 한층 톤을 낮춰 덧붙였다.

"이로써 오두진은 문미옥을 반드시 죽여야 하는 이유가 생겼고, 우리 역시 문미옥 확보 필요성이 커지게 됐습니다. 쌍방이 다급하게 된 겁니다."

잔을 비운 성환은 마른세수를 했다. 이제 정말 시간이 없는가. 무리수를 둬서라도 사건을 종결지어야 하는가.

민홍기와 헤어진 후, 곧장 한승수의 빌라로 향했다. 지하철과 버스를 번갈아 타고 그곳에 도착해보니 짧은 겨울 해가 이울고 있었다. 빌라 맞은편의 편의점에 들어간 성환은 캔 커피를 쥐고서 간이 식탁 앞에 섰다. 그러고는 통유리 너머 거리에 시선을 던져둔 채 노파가 나타나기를 기다렸다. 한승수가 퇴근하고 빌라를 나서는 그녀를 붙잡을 작정이었다.

거리는 어두웠고 인적이 드물었다. 쌓인 눈이 얼어붙으며 보행로가 빙판길이 되어 있었다. 캔 커피를 홀짝이며 성환은 생각했다. 현재 오두진은 머리끝까지 화가 치민 상태겠지. 이제 계획대로 보험금을 손에 쥐려면 문미옥을 죽이는 방법밖에 없다. 과연 그는 앞으로 어떤 행동을 취할 것인가.

8시가 가까워졌을 무렵, 가로등 불빛을 등지고 이쪽으로 걸어오는 한 사람을 발견할 수 있었다. 한승수였다. 양손에 식료품이 담긴 쇼핑 봉투가 들려 있었고, 굉장히 피곤한 낯빛이었다. 그가 빌라로 들어가자 여느 때처럼 얼마쯤 뒤 노파가 모습을 드러냈다. 감색 모직코트를 걸치고 털실 목도리를 두른 차림이었다. 성환은 편의점을 빠져나왔다.

노파를 가로막고 선 그는 거두절미하고 말했다.

"도와주십시오."

성환은 영하의 기온 속에서 하얗게 피어오르는 자신의 입김을 보았다.

"이제 정말 시간이 없습니다. 이때를 놓치면 영원히 돌이킬 수 없게 됩니다."

노파는 가만히 성환의 얼굴을 올려다보았다. 성환은 참을성 있게 반응을 기다렸다. 그러나 뒤이어 나온 노파의 행동은 실망스러운 것이었다. 그녀는 가던 길을 느릿느릿 걸어갔다. 그 뒷모습을 향해 성환은 허망하게 외쳤다.

"문미옥의 어린 딸을 생각해주십시오!"

달이 바뀌자 본격적인 겨울이 시작되었다. 한파가 몰아치는 세상은 살풍경했다. 수도관 동파와 결빙도로 교통사고가 끊이지 않았고, 수은주가 곤두박질치며 행인이 사라진 거리에는 적막감마저 감돌았다.

집을 나선 성환은 빙판길에 주의를 기울이며 걸었다. 그동안 얼어붙은 눈 때문에 몇 번 미끄러져 넘어진 그는 지팡이처럼 사용하려고 등산 스틱을 구입했으나, 아직까지 사용한 적은 없다. 자신이 늙은이처럼 여겨져 기분이 썩 좋지 않았기 때문이다.

붐비는 시간대가 지나 지하철은 한산한 편이었다. 좌석에 앉자 성환은 규칙적인 진동음에 몸을 내맡긴 채 생각에 잠겼다.

이유가 뭘까…….

노파를 만난 다음 날, 한 통의 전화를 받았다. 상대는 야구 모자였다. 그 음색에 깃든 불안감을 읽고서 성환은 형식적인 인사는 생략하고 곧장 물었다.

"무슨 일이 생긴 겁니까?"

망설이듯 오랫동안 침묵하다가 야구 모자는 대답했다.

"아저씨를 만나고 싶습니다."

"저는 언제든 좋습니다."

"내일 괜찮으신가요?"

"네."

"그럼, '사이들'에서 5시에 보도록 하죠."

"알겠습니다."

출입문 바로 옆자리인 탓에 지하철이 정차할 때마다 싸늘한 바깥 공기가 밀려들었다. 코트 앞섶을 여미며 성환은 초조한 심정을 애써 억눌렀다. 야구 모자가 급하게 만남을 청할 경우는 하나밖에 떠오르지 않았다. 문미옥의 신상에 이상이 생긴 것이다. 보험금 지급 보류로 분노가 치솟은 오두진이 행동에 나선 것인가. 아니면 뭔가 다른 일이 터진 걸까. 지금으로서는 사실을 알 수 없으나, 어느 쪽이든 이로울 게 없었다.

H역에 내려 손목시계를 확인하니 4시 정각이었다. 약속 시간까지 넉넉히 여유가 있었지만, 성환은 역 광장 앞에 늘어선 택시 가운데 한 대를 잡아탔다. 펍으로 가는 동안 그는 잠시 후 자신이 접하게 될 비보에 대한 마음의 준비를 했다.

야구 모자는 이미 도착해서 꽁지머리 중년 남자와 대화를 나누고 있었다.

"어? 굉장히 빨리 오셨네요?"

바 테이블에 앉은 야구 모자가 먼저 성환에게 알은체를 했다.

"문미옥 씨에게 변고라도 생겼습니까?"

의자에 엉덩이를 붙이자마자 성환은 본론을 꺼냈다. 야구 모자는 대꾸 없이 쓴웃음만 흘렸다.

"먼저 숨 좀 돌리시는 게 좋겠습니다. 맥주 어떠세요?"

중년 남자가 부드러운 말씨로 권유했다. 성환은 자신이 조급했음을 깨닫고서 멋쩍게 웃으며 고개를 끄덕였다.

"도대체 여기는 어떻게 알아챈 거예요?"

야구 모자의 물음에 성환은 라이터에 얽힌 부분을 털어놓았다. 야구 모자는 진심으로 놀란 표정을 지어 보이며 "보기와 다르게 굉장히 날카로운 면이 있으시네요"라고 중얼거렸다.

얼마간 침묵하다가 야구 모자는 신중한 어조로 말했다.

"미옥 씨 문제로 제가 고민을 하니까, 이곳 주인 형님이 아저씨와 상의를 해보라고 조언하더군요."

"연락 잘 주셨습니다. 무슨 일인지는 모르겠지만, 성심껏 돕겠습니다."

중년 남자가 내온 맥주로 목을 축인 성환은 코트를 벗어 무릎에 올려놓았다. 실내를 둘러보니 드문드문 손님이 들어차 있었다.

"미옥 씨가 갑자기 사라졌습니다."

야구 모자의 말에 성환은 침착하려고 애쓰며 입을 열었다.

"아마도⋯⋯."

"주기적으로 이사를 다니는 건 알고 있어요. 저에게 일언반구도 없이 사라졌단 말입니다."

우려한 일이 일어난 건가. 지금까지의 노력이 헛수고가 된 건가. 성환은 아랫입술을 꽉 깨물었다.

"그 남편이란 사람, 보험금 노리는 작자 말입니다. 그가 손을 쓴 건 아닌지 걱정됩니다."

"정황 설명을 부탁드려도 될까요?"

"미옥 씨와 저는 이따금씩은 얼굴을 봤습니다. 그런데 한 달 전쯤부터 전혀 만날 수 없었어요. 먼저 연락해 오는 경우도 없

었고, 곧잘 마주치는 장소에서도 도통 보이지 않았죠. 병이라
도 생긴 건 아닌지 걱정이 된 저는 그녀가 사는 원룸으로 찾아
갔습니다. 그러나 현관문이 잠긴 상태로 인기척이 없었어요.
어렵게 집주인의 전화번호를 알아내어 통화해보니 이사를 갔
다고 했습니다."

이야기를 끝낸 야구 모자는 멍한 눈으로 테이블을 내려다보
았다. 그동안 혼자 문미옥을 찾아 이리저리 뛰어다녀서인지,
몹시 지친 기색이었다. 눈두덩이 움푹 꺼진 채 파르스름했다.

"진작 아저씨에게 미옥 씨를 만나게 해줬어야 했는데, 제가
어리석었습니다."

후회에 찬 표정으로 야구 모자가 말하자 성환은 씁쓸한 미소
를 머금었다.

"그렇지 않습니다. 저라도 낯선 이를 믿기 어려웠을 겁니다.
일이 이렇게 된 건 그쪽 잘못이 아니에요."

곁에서 조용히 대화를 듣고 있던 중년 남자가 끼어들었다.

"경찰에 알리는 건 어떨까요?"

곧장 야구 모자가 동의를 나타냈다.

"신고를 한다면 저도 경찰에 협조를 하겠습니다."

상대의 사정을 알고 있는 성환은 은밀히 놀랐다. 그 정도로
문미옥을 좋아하는가. 자신이 감옥에 갇혀도 상관없을 정도로
애정이 깊었는가.

"일단, 제가 오두진을 만나 분위기를 살펴보겠습니다. 그게
순서에 맞을 듯싶네요."

"저도 함께 가겠습니다."

야구 모자의 제안에 성환은 고개를 내저었다.

"그쪽이 동행한다면 괜한 의심을 살 겁니다."

그날 늦은 저녁에 성환은 홍보 대행사를 찾았다. 그곳에 도착했을 때, 마침 오두진이 건물을 막 빠져나오던 참이었다.

"오랜만에 뵙는군요."

주차된 차에 올라타기 직전, 성환의 목소리를 듣고서 오두진은 우뚝 동작을 멈췄다.

"퇴근하십니까?"

코트에 두 손을 찔러 넣은 채, 성환은 옅은 미소를 지은 얼굴로 오두진을 건너다보았다.

"잠시 시간을 내주실 수 있겠습니까?"

"언제나 갑자기 들이닥치는군요?"

반쯤 열린 차문을 닫은 뒤, 오두진은 입고 있는 패딩점퍼에서 담뱃갑을 꺼냈다. 그러고는 성환의 얼굴을 주시하며 담배에 불을 붙였다.

"담배 피우는 모습을 처음 보네요. 흡연하는지 몰랐습니다."

"금연을 했죠. 그런데 얼마 전 다시 손을 댔습니다."

성환은 이유를 짐작할 만했다. 보험사의 조치는 침착하고 냉정한 그에게도 큰 충격이었을 것이다.

"혹시 '밀리터리 마니아'를 방문했나요?"

"그렇습니다."

"솔직히 적잖게 놀랐습니다. 거기까지 찾아갈 줄은 꿈에도 몰랐거든요."

"오랫동안 수사관으로 일했지만, 저에게는 뛰어난 추리력이나 타고난 육감이 없었죠. 한마디로 재능이 부족했습니다. 그런 제가 핸디캡을 메우는 방법은 두 다리로 남들보다 부지런히 돌아다니는 것이었죠. '밀리터리 마니아'에 간 것도 그 연장선입니다."

오두진은 크게 웃었다. 톤이 높은 신경질적인 웃음이었다.

"김성환 씨에게 존경심이 생기는군요. 나도 당신과 비슷합니다. 손재주가 없는 내가 디오라마를 만드는 방법은 끈기와 기다림뿐이죠. 느리더라도 포기하지 않고 매달리다 보면 결국엔 완성이라고 선언할 순간이 찾아오더군요."

"듣고 보니 궁금해지네요. 당신의 디오라마는 완성됐습니까?"

"완성을 코앞에 두고 누군가 자꾸 방해를 합디다."

말없이 성환을 쨰려본 뒤에 오두진은 다시 입을 열었다.

"나를 찾아온 이유가 짐작이 갑니다. 여기서 긴 얘기를 나누기는 그렇고…… 어때요, 함께 가보겠습니까?"

"어딜 말입니까?"

"……내 집입니다."

"집이요?"

당황하여 얼마간 우두커니 서 있다가 성환은 상대의 차에 올랐다. 오두진은 서울 외곽도로에 접어들어 판교 방향으로 달렸다. 퇴근 시간이라서 다소 길이 막혔다. 입을 다물고 운전만 하는 오두진을 보며 성환은 그 속마음을 짐작해보려 했지만 도무지 짚이는 게 없었다. 이자의 의도가 뭘까. 설마 나를 해치려는 것인가.

이윽고 차가 멈춘 곳은 건물 철거 작업이 진행 중인 듯 보이는 대규모 공사 현장이었다. 시동을 끄며 오두진은 말했다.

"도착했습니다. 내리세요."

성환은 주춤주춤 차 밖으로 나왔다. 만약 이곳에 뭔가 음모를 꾸며놓았다면 자신으로서는 꼼짝없이 당할 수밖에 없다고 생각했으나, 오두진의 표정을 살피고서 조금 마음을 놓았다. 살의나 적의가 감지되지는 않았던 것이다.

"택지개발예정지구인데, 어쩐 일인지 사업이 잠정 보류됐죠. 그 때문에 이렇게 폐허 상태로 방치되고 있습니다."

폐허라는 단어를 듣고 반사적으로 바르샤바 디오라마를 떠올린 성환은 별안간 소름이 끼쳐오는 것을 느꼈다. 건물이 부서지고 땅이 파헤쳐진 눈앞 광경이 디오라마 분위기와 놀랍도록 흡사했던 것이다. 숫제 디오라마가 그대로 확장된 것 같았다.

"이곳에 오면 마음이 참 편해요. 아늑함도 느껴지고요. 그래서인지 몰라도 지금 거주하는 오피스텔보다 여기가 더욱 집처럼 느껴집니다."

역시 그랬던가. 이자의 내면이란 이곳과 다름없는가. 나무 한 그루, 풀 한 포기 없는 폐허와 마찬가지인가. 오두진에게서 너무 오래되어 딱딱하게 굳어진 고독이 만져졌다.

"이 장소를 타인에게 공개하기는 처음이군요."

"그렇습니까? 저를 여기 데려온 특별한 이유라도 있나요?"

"왠지 당신이라면 이런 곳을 싫어하지 않을 것 같았다고 해두죠."

오두진은 자동차 보닛에 걸터앉아 패딩점퍼 안주머니에서 무언가를 꺼냈다. 은빛 광택이 도는 힙 플라스크였다. 마개를 열고 한 모금 술을 마신 그는 성환에게 권하는 시늉을 해보였다.

"괜찮습니다."

성환은 고개를 저었다.

"당신의 형인 오명진 씨도 꽤나 술을 즐기는 것 같더군요."

오두진의 한쪽 입꼬리가 치켜 올라갔다.

"그 인간과 내가 유일하게 닮은 점이죠. 양주를 좋아하는 취향도 똑같고요."

잠깐 침묵하다가 성환은 문득 농담처럼 물었다.

"지금 손에 들고 있는 휴대용 술병을 발명한 사람이 누군지 알고 계십니까?"

오두진은 글쎄요, 하고 끝을 올리며 대답했다.

"엄격한 금주법이 시행된 1920년의 미국, 밀주를 판매하던 알 카포네는 사람들이 몰래 술을 마시게끔 하는 방법을 고민하다가 몸에 쉽게 숨길 수 있는 납작한 모양의 술병을 만들었다고 합니다. 그 덕택에 엄청난 돈을 벌어들일 수 있었죠."

오두진은 재밌다는 듯 웃었으나, 어쩐지 전체적인 표정은 몹시 지치고 공허해 보였다.

"알 카포네가 홍보 방면에 큰 재능이 있었군요. 힙 플라스크

를 통해 자신이 만든 밀주를 대중에게 아주 효과적으로 알렸잖
습니까?"

말을 마친 오두진은 힙 플라스크를 들어 술을 마셨다.

"어째서 홍보 쪽으로 직업을 잡은 겁니까? 금전적 성공을 원
한다면 선택할 수 있는 다른 일이 많았을 것 같은데."

"형에게 사정을 들어 알고 있겠지만, 어릴 때부터 나는 집안
에서 존재감이 없었습니다. 철저히 무시당했죠. 그 반작용인지
몰라도, 나는 내 자신을 드러내고 화려하게 보이고 싶어 하는
심리를 가졌죠. 그런 성향은 상품을 어필하는 작업에 매력을 느
끼게 했습니다. 다행히 나는 그쪽에 재능이 있었어요. 직장에서
능력을 인정받아 남들보다 진급도 빨리할 수 있었고, 나중에 차
린 내 회사도 제법 탄탄하게 키울 수 있었으니까……"

낯선 장소이기 때문일까. 오두진의 얼굴과 목소리가 전혀 다
른 사람 같다고 성환은 생각했다.

"자, 이제 그만 뜸 들이고 당신이 진짜 궁금한 것을 물어보세
요."

오두진이 말하자 성환은 진지한 표정으로 입을 열었다.

"당신 것으로 짐작되는 작품을 '밀리터리 마니아'에서 발견
했습니다. 스나이퍼가 주제였죠."

조롱하듯 깔깔 웃으며 오두진은 뇌까렸다.

"그거까지 알아보다니, 정말 놀랍군!"

"그 작품을 대하니 의문이 들더군요. 이 스나이퍼가 노리는
건 누굴까……"

"흐음, 그래서요?"

"우연인지는 모르겠지만, 작품이 만들어진 때와 당신의 사기 극이 막을 올린 시점이 일치하더군요."

"이거, 점점 흥미진진해지는데?"

취기 때문인 듯 오두진은 반말과 높임말을 섞어 썼다. 성환은 개의치 않고 이야기를 계속했다.

"단도직입적으로 말하겠습니다. 당신은 처음에 문미옥을 없앨 계획이었어요. 그편이 여러모로 유리하니까요. 하지만 그러지 않은 건…… 그녀를 좋아하기 때문이죠?"

"정말 당신은 귀신같은 사람이야, 전부 꿰뚫어 보는군!"

오두진은 힘 있게 보닛에서 내려섰다. 차 주변을 서성이다가 찌그러진 드럼통에 엉덩이를 걸치고 앉아보았으나, 자세가 불편한지 곧 내려와 섰다. 그러고는 다시 보닛에 앉아 성환을 건너다보며 술을 홀짝였다.

"처음 동거를 시작할 때만 해도 그 여자는 내 계획에 필요한 부속물에 지나지 않았어. 쓸모가 없어지면 미련 없이 버리는 존재 말이야. 그런데 시간이 지나며 그 계획에 균열이 가기 시작하더군. 나의 메마른 공간에 그 여자와 함께 들어선 것들, 이름 모를 화초와 레이스 달린 소파 커버, 은은한 허브차 향과 콧노래 소리……. 그래, 거기까진 괜찮았어. 별 상관 없었지. 문제는, 그 여자가 전혀 의도치 않게 하는 행동과 거기에서 배어나오는 따뜻함 같은 거였어. 기억나는군. 마트에서 장을 보며 시식 코너의 돈가스 조각을 집어 내게 내밀던 일, 감기에 걸린 나를 위해 눈발을 뚫고 먼 거리의 약국까지 다녀왔던 일, 내 생일에 우연인 것처럼 미역국을 끓여준 일……. 당황스럽고 난감했지. 한데, 이상하게도 싫지 않았어. 왜였을까? 어쩌면, 그래 어쩌면 말이야……. 내 마음 깊은 곳에서 그런 것들을 갈구하고 있었는지도 모르겠어.

1년이 지나 계획대로 그 여자가 내 곁에서 떠나자 허전함과 공허감이 밀려오더군. 한동안 퇴근해 집으로 돌아오면 멍하게 있어야 했지. 하지만 그때까지만 해도 나는 그것이 단순히 잠깐 나를 스쳐 지나가는 감정에 불과한 줄 알았어. 반려동물이 갑자기 사라졌을 때 찾아오는 느낌 같은 거 말이야. 그러나 이후, 감시 전화를 걸 때의 두근거림과 방문 시 경험하는 설렘을 알게 되자 점차 그녀에 대한 내 진의가 의심스러워지더군.

그러던 어느 날, 자식을 위해 묵묵히 유폐 생활을 견뎌나가는 그 여자를 보며 이런 생각을 하게 됐지. 내게 저런 엄마가 있었다면, 그랬다면 지금쯤 나는 어떤 사람이 되어 있을까……. 다음 순간, 나는 내 엉뚱함에 소스라치며 세차게 도리질을 쳤어. 내가 미쳤지, 도대체 무슨 헛짓거리를 하는 거야!

하지만 그 생각은 머리에서 떠나지 않았고, 나는 그 여자와 어린 시절의 나를 겹쳐놓는 상상을 자주 했어. 그건 내게 두렵고도, 동시에 너무나 매혹적인 거였지. 따뜻한 물이 채워진 욕조에 몸을 담근 감각이랄까. 그러나 솔직히 말하면, 그때까지도 난 그런 내 감정의 정체를 몰랐어. 어쩌면 무의식적으로 직시하기를 거부했는지도 모르지. 그것으로 인한 파장이 엄청날 테니까 말이야.

아마 그즈음일 거야. 이상한 녀석이 그녀 곁을 맴돌더군. 탈영병에, 직업도 없는 거렁뱅이라니! 하지만 그보다 더 당황스러운 건, 내가 분노한다는 사실이었지. 그 분노는 다름 아닌 질투였어. 그제야 그 여자를 향한 감정이 명확해지더군. 그래, 맞아. 나는 그 여자를 좋아하고 있었어. 인정하기 힘들지만 진실이었지. 그러자 여자를 죽이는 일이 망설여졌어. 나는 하루에도 수십 번씩 되뇌었지. 죽여야 한다! 죽여야 해! 그래야 뒤탈이 없다! 그렇게 혼란스러운 와중에 문득 이런 의문이 들더라고. 내가 사랑을 알고 있을까? 내가 그 여자에게 느끼는 게 과연 진짜 사랑일까?

나는 내 속이 텅 비어 있다는 걸 알고 있어. 보통 사람들이 갖고 있는 감정이 내게는 부재하지. 사랑, 믿음, 소망, 헌신 같은 것들……. 그 근본적인 이유는 내가 사람을 신뢰하지 않기 때문일 거야. 그래, 나는 사람을 믿지 않아. 따라서 누군가를 내 속에 받아들이는 게 뭔지, 사랑한다는 게 뭔지 모르지. 그리고 나는, 모성이란 게 뭔지 몰라. 사람들은 힘들 때 엄마란 존재를 찾잖아? 하지만 나는 그걸 전혀 이해하지 못해. 어쩌면 나는 마음이 불구인지도 모르겠어.

용기를 내서 사람을 믿어보라고? 그래서 사랑이란 걸 해보라고? 이봐, 이건 선택의 문제가 아니야. 내 의지로 어찌할 수 있는 게 아니라고. 일종의 저주 같은 거란 말이야. 내 영혼의 발목을 묶고 있는 것, 생이 지속되는 동안 줄기차게 나를 옭아

매는 것……."

격해진 감정을 진정시키려는 듯, 오두진은 담배를 피워 물었다. 먹먹한 침묵이 그를 에워쌌다. 사위에 짙은 어둠이 깔려 있었다.

"그런 속 깊은 얘기를 들려주다니, 무척 감사하군요."

성환의 말에 오두진은 담담하게 대꾸했다.

"고마워할 필요 따윈 없어요. 그 이유를 정말 모르겠습니까?"

"모르겠군요."

"당신이 나와 비슷하기 때문입니다. 속이 텅 비어 있죠. 삶에 대한 의지, 희망, 꿈…… 그 무엇도 없어요."

성환은 긍정도 부정도 하지 않았다. 다만 입을 다물고 가만히 서 있기만 했다.

"오래전에 죽은 거나 마찬가지인 인간들이야, 우리는."

별안간 오두진이 크득크득 웃었다. 조롱과 조소가 담긴 웃음이었다.

한참이 지나 웃음을 그칠 즈음, 다시 기묘한 현상이 일어났다. 고개를 숙이는가 싶더니 오두진은 온갖 욕설과 저주를 뱉어냈다. 마치 어떤 주술이나 최면에 걸린 것 같았다. 처음 목도한 순간과 마찬가지로, 몇 분간 그 상태가 유지되다가 어느 순간 정상으로 돌아왔다.

"방금, 당신에게 무슨 일이 일어났는지 알고 계십니까? 꼭 무엇에 홀린 사람처럼, 알 수 없는 말들을 중얼거렸죠. 거기에 대해 설명해주실 수 있습니까?"

성환이 묻자 오두진은 감정을 담지 않은 건조한 음성으로 대답했다.

"뭐, 이제는 숨길 것도 없겠지. 언뜻 평온하고 평범하게 생활하는 듯 보이지만, 실상 내 머리 한쪽에서는 어린 시절의 기억이 끊임없이 재생되고 있어. 지옥 같은 나날들이 말이야. 밥 먹을 때나, 화장실에 갈 때나, 대화를 하고 있을 때나…… 그 긴장과 고통을 더 이상 감당할 수 없을 때, 불현듯 나도 모르게 그런 행동을 해."

꽁초를 발로 짓이긴 다음 그는 짤막하게 덧붙였다.

"……일종의 틱장애야."

어느새 술을 전부 마신 모양이었다. 오두진은 고개를 젖히고서 힙 플라스크에 남은 마지막 한 방울까지 입에 털어 넣었다. 정적 속에서 성환은 표정이 지워진 얼굴로 상대를 바라보았다.

"한때는 그 고통의 근원을 끊어내려고 한 적도 있었지."

"……근원?"

"몰래 친자확인 유전자 감식을 의뢰한 거야. 아주 오래전부터 기다렸던 일, 초조감과 공포감에 휩싸여 기다렸던 일이지. 그런데 참 이상하더군. 막상 진실을 확인하려니, 그것이 아무 의미 없이 느껴지더라고. 하등 가치가 없어 보이더라고. 그래서 확인하지도 않은 채 결과서를 지갑에 넣어뒀어. 아직도 그것은 내 윗도리 안 지갑에 들어 있지. 내 펄떡이는 심장과 오싹하도록 가까운 거리에 머물고 있지."

성환은 조용한 동작으로 담배를 피워 물었다. 언제부터인지 모르게 가랑눈이 흩날리고 있었다. 거대하게 펼쳐진 폐허에 얇은 막처럼 눈송이가 내리덮였고, 멀리 높게 솟은 타워크레인의 항공장애등이 붉게 점멸했다.

반쯤 담배가 타들어갔을 때, 그는 입을 열었다.

"문미옥 씨는 지금 어딨나요?"

"그걸 왜 나에게 묻습니까?"

한층 힘이 들어간 목소리로 성환은 질문을 되풀이했다.

"문미옥 씨는 어딨습니까?"

"글쎄요……. 여기 어딘가 묻혀 있을지도 모르죠."

오두진은 여태껏 앉아 있던 보닛에서 내려섰다. 그러고는 성환을 향해 또렷한 음성으로 말했다.

"저번에 내가 이 일에서 그만 손 떼라고 그랬죠? 내 말을 거역한 대가를 치러줘야 되겠습니다."

오두진은 품속에서 권총을 꺼냈다. 모양새가 루거 P08이었다. 그의 위협적인 행동에 성환은 놀라거나 당황하지 않았다. 다만, '밀리터리 마니아'에서 개조 권총을 사 간 두 명의 고객 중에 오두진이 포함되어 있다는 사실을 가만히 곱씹었을 뿐이다.

"이게 장난감처럼 보입니까?"

"아닙니다. 충분한 살상력을 갖고 있단 걸 잘 압니다."

"남기고 싶은 유언이라도 있습니까?"

권총을 겨눈 채로 오두진이 묻자 성환은 흐릿한 미소를 지었다.

"오두진 씨. 당신을 키워준 식모의 몸 상태에 대해 알고 있습니까?"

"······갑자기 무슨 소리를 하는 거야?"

"지금 한승수의 집에서 윤슬이를 감시하고 있는 최순애 할머니 말입니다. 큰 병을 앓고 있습니다."

성환은 숨죽여 말을 이었다.

"암이죠. 이미 손쓸 수 없는 단계라고 합니다."

총을 들고 있는 오두진의 팔이 가늘게 떨렸다. 충격과 혼란으로 일그러진 그의 얼굴을, 성환은 찬찬히 뜯어보았다.

밤이 되자 눈이 그치고 살을 에는 듯한 칼바람이 불기 시작했다. 패닉 상태의 오두진을 내버려두고 사무실로 돌아와보니 9시가 조금 넘은 시각이었다. 외투를 벗어 옷걸이에 건 다음 성환은 소파에 몸을 묻었다. 그러고는 담배에 불을 붙인 뒤 입속말로 중얼거렸다.

아직은 괜찮다.

그 여자는 무사하다.

성환은 오두진을 만날 때만 해도 큰 불안감에 휩싸인 상태였으나, 지금은 어느 정도 마음을 놓았다. 그에게서 아직 문미옥을 해치지 않았다는 확신이 들었기 때문이다. 오두진이 보여준 언행은 사랑하는 여자를 살해한 사람의 것으로는 여겨지지 않았다.

그렇다면 문미옥은 어떻게 된 건가. 노숙인에게 질투를 느낀 그가 어딘가로 빼돌렸을까.

오두진이 야구 모자의 존재를 꿰뚫고 있는 것은 물론, 탈영병이란 정체까지 파악하고 있는 게 생각할수록 놀라웠다.

그는 내 예상보다 완벽히 문미옥을 통제하고 있구나.

실내가 건조하게 느껴져 소파 테이블에 놓인 미니 가습기의 전원을 눌렀다. 그런 다음 반쯤 타들어간 담배를 재떨이에 눌러 끄고 커피를 타기 위해 간이 싱크대로 갔다. 주전자의 물이 끓기를 기다리는 동안 성환은 생각을 이어갔다. 문미옥에 대한 오두진의 감정이 온전한 사랑은 아니겠지. 그 스스로도 자신의 본심을 의심했듯, 오직 그만이 알고 있는, 그가 없이는 이 세상에 살아 있을 수 없는 여자에 대한 소유욕과 독점욕이 채워지며 느껴지는 쾌감일지도 모른다.

자신의 손아귀에서 꼼짝 못 하는 문미옥을 보며 오두진은 행복했는가.

뜨거운 커피가 담긴 머그잔을 들고 소파로 돌아온 성환은 어둠이 내린 창을 내다보았다.

그는 앞으로 어떤 행동을 취할까.

성환은 거대한 폐허 위에서 독백처럼 말을 쏟아내던 오두진의 모습을 회상했다. 그러자 뜻밖에도 그를 향한 연민이 샘솟았다. 그 같은 이유에는 새롭게 발견한 상대의 일면이 자리하고 있었다. 성환이 노파를 언급한 후였다. 자세한 내막을 알게 된 오두진은 이전에 보지 못한 얼굴을 드러냈다. 그건 포커페이스 특유의 거짓 미소도 아니었고, 살인을 각오한 자의 섬뜩함도 아니었다. 다만 소년 같을 뿐이었다. 마흔을 바라보는 남자라고는 도저히 믿기지 않는, 겁에 질리고 두려움에 떠는 나약한 아이의 표정을 오두진은 짓고 있었다.

짧은 한숨을 뱉어내고 성환은 커피 한 모금을 마셨다. 그러고는 하루라도 빨리 문미옥을 찾아야 한다고 다짐했다. 보험금과 노파의 병 때문에 현재 오두진은 극도로 불안정한 상태이고, 따라서 언제 충동적으로 문미옥을 죽일지 모른다. 게다가 어쩌면 그녀를 다른 데로 빼돌린 이유가 살인의 전처리 작업일 수도 있다.

커피를 전부 마셨을 즈음 출입문이 열리고 장이 등장했다.

"혹시나 해서 와봤는데 다행히 계셨네요."

장을 뒤따라 고양이 한 마리가 들어왔다.

"저번에 봤던 녀석이군요?"

고양이를 가리키며 성환이 말하자 장은 고개를 끄덕였다.

"이상하게 오늘따라 저를 졸졸 따라다니네요."

성환은 고양이에게 다가가 머리를 쓰다듬었다. 기분이 좋은지 고양이는 눈을 감고 갸르릉 소리를 냈다.

"저 앞 사거리에 군고구마 장수가 있더라고요."

장은 소파 테이블에 두툼한 종이봉투를 내려놓았다.

"군고구마라…… 굉장히 오랜만에 보는군요."

성환과 장은 군고구마를 먹으며 일상사에 대한 담소를 나눴다. 그사이, 고양이는 사무실을 여기저기 돌아다녔다.

"실종 사건 초기, 저 녀석 덕분에 힌트를 얻었죠."

고양이를 보며 성환이 한 말에 장은 의아한 얼굴로 그게 무슨 뜻이냐고 물었다.

"그때 장 형이 고양이와 서로 돕는 공생 관계라고 하지 않았습니까? 그 얘기를 듣고 오두진과 문미옥도 비슷한 경우가 아닐까 추측했죠."

"그거 재밌군요. 그러면 제가 이번 사건 해결에 도움이 된 건가요?"

"물론입니다. 아주 큰 도움이 됐습니다."

"공생 관계라는 말을 듣고 보니, 얼마 전 읽은 인터넷 뉴스가 기억나네요. 세대 간의 갈등을 다룬 내용이었죠. 구세대와 신세대는 정치 성향이라든지, 경제관념이든지, 자녀 교육관 같은 것이 충돌하잖습니까? 그 문제로 서로를 적대시까지 하고요. 그러나 제가 보기에 늙은이와 젊은이는 전형적인 공생 관계입니다."

장의 목소리가 시나브로 높아져갔다.

"젊은이는 존경할 늙은이를 필요로 하죠. 삶의 모범으로 따를 대상 말입니다. 반대로 늙은이는 자신을 존경해줄 젊은이를 필요로 하고요. 사람이 늙으면 자신의 지식과 경험을 전하고픈 욕구가 생기거든요. 무협영화에서 사부와 제자가 괜히 나오는 게 아닙니다."

잠시 말을 끊고 장은 헛기침을 몇 번 했다.

"그런데 지금은 젊은이와 늙은이의 공생 관계가 완전히 깨져버렸어요. 필요로 하는 게 결핍됐으니, 그들 모두 병들거나 기형적으로 변하게 됐죠. 만약 서로 화합하고 힘을 합쳤다면 우리나라는 벌써 통일이 되고 세계에서 손꼽히는 강대국이 됐을 겁니다."

"하신 말씀, 충분히 공감이 갑니다."

"세대 갈등을 포함한 요즘 세태가 저는 참 못마땅합니다. 주택 문제도 그렇고, 북한 문제도 그렇고…… 왜 하나같이 답답한 길로 가는지 모르겠어요."

한동안 사회에 대한 불평과 불만을 쏟아낸 장은 겸연쩍은 표정을 지어 보였다.

"죄송합니다. 쓸데없는 한탄이 너무 길었네요."

"괜찮습니다."

조용히 몸을 일으킨 성환은 커피 한 잔을 타 와서 장 앞에 내려놓았다.

"드세요. 고구마 때문에 속이 더부룩할 텐데."

"고맙습니다."

커피를 마시는 장을 바라보다가 성환은 쓸쓸하게 미소 지으며 운을 뗐다.

"딸아이가 떠나고서 반년 동안 정신과 치료를 받았습니다. 그때 의사를 통해 '자기수용'이란 말을 처음 접했죠. 그 의미는 자기 자신을 있는 그대로 인정하고 끌어안는 겁니다. 잘났든 못났든 간에 말이죠. 그러나 그것이 제게는 쉽지 않았습니다. 아이를 죽음에 이르도록 만든 나를 용납하는 건 무척이나 힘든 일이었죠."

장은 진중한 자세로 성환의 이야기에 귀 기울였다.

"그리고…… 아이에 대한 죄책감과 더불어 저를 괴롭히는 문제가 있었습니다. 바로, 그 애를 앗아간 이 세계에 대한 원망입니다. 그것 때문에 시시때때로 격한 감정에 휩싸이곤 했지요. 심한 불면증을 앓으며 한밤중에도 울분을 토했고요. 그런 고통 끝에 저는 자기수용에서 힌트를 얻어 '세계수용'이란 말을 고안해냈습니다. 온갖 폭력과 부조리로 가득찬 이 세계를 받아들이는 것이지요. 세상이란 원래가 그런 거라고, 그게 자연스러운 인간사라고 믿는 겁니다. 이런 생각을 하자 조금이나마 괴로운 심정에서 벗어날 수 있더군요."

"세계수용이라…… 의미가 깊네요."

고개를 주억거리고서 장은 다시 말했다.

"자기수용과 세계수용은 서로 이어져 있는지도 모르겠습니다."

"저도 그렇게 생각합니다. 어쩌면 그 두 가지가 동일한 것일 수도 있겠죠. 혹은 동전의 양면 같은 것이거나……."

얼마간 침묵한 뒤, 성환은 웃으며 입을 열었다.

"자, 이제 본론을 시작해볼까요?"

"이런, 들켰군요. 요즘은 실종 사건 얘기 듣는 재미로 사는 거 같아요. 연속극보다 더 기다려집니다."

영하 10도 아래로 떨어진 기온 때문에 창에는 하얗게 성에가 낀 상태였다. 그 너머로 교회 첨탑의 십자가가 희뿌옇게 빛나고 있었다. 어디선가 셔터 내리는 소리가 날카롭게 울려왔다.

성환에게서 그동안의 경과를 듣고 장은 입을 쩍 벌렸다.

"정말로 이번 일은 끝을 예측할 수 없는 묘미가 있네요."

잠깐 생각에 잠긴 듯하더니, 장은 나직한 목소리로 물었다.

"……지금 김 형은 아이를 돌보는 할머니가 사건 해결의 열쇠라고 믿는 거죠?"

성환은 고개를 끄덕였다.

"맞습니다. 오두진과 친밀한 관계를 이어온 유일한 인물입니다. 반드시 협조를 얻어내야만 합니다."

"생뚱맞게 들리겠지만, 혹시 제 둘째 자식 놈 기억하십니까?"

"물론이죠."

성환은 장의 자식들을 떠올렸다. 그는 슬하에 형제를 두었는데, 그중 첫째는 큰 자랑이다. 명문대를 졸업하고 대기업에 다니고 있다. 게다가 성품도 아주 반듯하다. 반면, 둘째는 끊임없이 크고 작은 문제를 일으키는 골칫덩이다. 고교 때부터 곁길로 새더니 서른이 가까운 지금까지 일확천금을 찾아 엉뚱한 곳을 헤매고 있다.

"열 손가락 깨물어 안 아픈 손가락 없다지만, 솔직한 심정으로 조금 더 아프고 덜 아픈 손가락은 있더라고요. 말썽 없이 잘 자라서 좋은 회사에 취직한 첫째 놈이 예뻐 보이고, 아직도 철이 안 든 둘째 놈은 밉거든요. 하지만 말입니다…… 자식은 자식입니다."

장은 커피 한 모금을 마셨다.

"갓 제대한 둘째 놈이 큰 사고를 쳤죠. 술집에서 시비가 붙어 사람을 심하게 폭행한 거예요. 피해자는 한쪽 눈이 실명되는 장애를 입었죠. 합의를 안 하면 꼼짝없이 감옥에 갈 판이었습니다. 그때, 자식 놈이 전과자가 되는 건 어떻게든 막아야 한다는 일념에 사로잡힌 저는 살고 있던 아파트를 급매로 넘겼습니다. 합의금을 마련하기 위해서요.”

자조적인 웃음을 지으며 장은 얘기를 계속했다.

“우리나라 서민들이 대부분 그렇겠지만, 집은 저의 전 재산이었습니다. 그거 하나 장만하려고 평생을 아등바등 살아왔죠. 그 아파트가 서울 노른자 땅에 있었는데, 얼마 전 뉴스를 보니 재건축이 확정되면서 시세가 몇 배나 올랐더라고요.”

“이런, 안타깝네요. 계속 살았다면 노후 걱정은 덜었을 텐데.”

“제 이야기의 요지는…… 그 할머니가 오두진을 친자식처럼 생각하지 않습니까? 정말로 그렇다면, 오두진이 철창에 갇히는 걸 두고 볼 수는 없을 겁니다. 제가 그랬던 것처럼요. 따라서 현재 오두진이 처한 상황을 토대로 잘 설득하면 넘어올 거라고 확신합니다.”

성환은 깊이 있게 고개를 끄덕였다. 지금까지는 노파에게 문미옥의 안타까운 사정만 어필했으나, 설득의 초점을 오두진에 맞춘다면 전과 다른 효과가 있을지도 모른다.

“이런, 벌써 시간이 이렇게 됐네요. 그만 가봐야 되겠습니다.”

벽시계를 일별한 장이 자리에서 일어났다. 문 앞까지 그를 배웅한 후 성환은 창가에 섰다. 그러고는 밖을 내다보며 생각에 잠겼다. 앞으로 이 사건은 어떻게 흘러갈 것인가……. 거리 어귀에 노인이 폐지가 실린 손수레를 끌며 지나갔다. 바람이

부는지 상점 앞에 세워진 배너 현수막이 흔들거렸다. 성환은 『명심보감』의 한 구절을 조용히 읊조렸다.

"하늘에는 예측 못 할 바람과 비가 있고, 사람에게는 아침저녁 달라지는 화와 복이 있느니……."

다음 날. 정오쯤 집을 나선 성환은 지하철역으로 향했다. 사무실을 거치지 않고 곧장 한승수의 집으로 갈 작정이었다. 다소 날이 풀려 강추위는 느껴지지 않았다. 크리스마스를 눈앞에 둔 이유로 제과점마다 케이크 판촉 행사 중이었고 행인들 얼굴에는 여유와 설렘이 묻어났다.

지하철은 좌석이 꽉 찬 상태였다. 손잡이를 잡고 선 채 노파를 설득할 말을 머릿속에 정리하다가 성환은 불현듯 울리는 휴대폰 벨소리를 듣고서 열차 칸의 구석진 곳으로 갔다. 전화를 건 이는 야구 모자였다.

"오두진이란 사람은 만나보셨나요?"

인사말을 건너뛰고 야구 모자는 우울한 목소리로 곧장 물어왔다.

"어제 만났습니다."

"어땠어요?"

"문미옥 씨를 해친 것 같지는 않았습니다."

"정말요?"

"그렇습니다."

야구 모자는 소리 나게 안도의 숨을 내쉬었다.

"그럼, 이제는 어떡해야 할까요?"

"글쎄요……. 문미옥 씨를 구할 방법을 고민해봐야 하겠지요."

"미옥 씨가 위험한 건 여전하겠죠?"

"맞습니다. 그 사실에는 변함이 없습니다."

"우리, 만날까요? 뭔가 상의를 해야 할 것 같아서요."

"좋습니다."

약속을 정한 뒤 통화를 마친 성환은 야구 모자에 대해 천천히 곱씹어 생각했다. 탈영병이라……. 나이로 가늠했을 때, 야구 모자는 10년 넘게 도피 생활을 이어온 셈이 된다. 그동안 그는 어떤 삶을 살았을까. 문미옥이 숨어 지낸 것 이상으로 고단하고 외롭지 않았을까.

한 해 탈영병 수가 얼마나 되는지 궁금증을 느낀 성환은 휴대폰을 꺼내 검색해보았다. 결과를 확인한 그는 적잖게 놀랐다. 매년 700여 명이나 발생하고 있었다. 군이라는 폐쇄적인 집단 특성상 집계되지 않은 수도 적잖을 거라고 짐작되었다.

성환은 형사 시절에 헌병의 군무이탈체포전담조와 협업해 탈영병을 붙잡은 기억을 떠올렸다. 개중에는 야구 모자처럼 장기간 쫓겨 다닌 이도 포함되어 있었다. 군복무 이탈자는 공소시효가 7년이지만, 각 군 참모총장이 3년마다 복귀 명령을 내리기 때문에 공소시효를 넘기더라도 명령위반죄로 처벌을 피할 수 없다.

"이들은 모두 어찌 살고 있는가……."

턱을 어루만지며 성환은 탄식하듯 중얼거렸다. 일종의 자발적 실종을 택한 탈영병은 사회로부터 완전히 격리될 터였다. 주민등록이 말소된 채로 은행 계좌도 만들 수 없고, 의료보험 혜택도 누릴 수 없다. 법적 보호의 사각지대에 놓인 그들은 범죄 표적이 되기도 하고, 범죄 당사자가 되기도 한다.

문득 성환은 우리 사회가 철저히 정상인을 위한 집단이라고 생각했다. 탈영을 포함해 실직이나 투병, 파산과 같은 족쇄가 채워지면 어디에도 발붙일 곳이 없다. 그 사실을 깨닫고 나자 지하철 안 풍경이 너무나 낯설게 다가왔다. 가방을 둘러멘 대학생들, 정장 차림의 샐러리맨들, 휴대폰을 들여다보며 킥킥대는 아이들. 모두가 멀고 아득하게 여겨졌다. 그 거리감의 이면에는 자신 역시 언제든 지금 서 있는 자리에서 쫓겨날 수 있다는 공포가 도사리고 있음을 그는 잘 알고 있었다.

지하철에서 내려 두 정거장쯤 떨어진 한승수 집을 향해 걸었다. 그동안 수차례 드나든 탓에 이제는 거리 풍경이 익숙했다. 상가 건물이 밀집한 대로를 벗어나자 한적한 주택가 골목이 나타났다. 자그마한 빌라와 오래된 단독주택이 어우러져 있었다. 길 한쪽으로 십여 그루의 이팝나무가 심어진 산책로가 조성되어 있었는데, 그곳에서 부식된 낙엽 냄새가 진하게 풍겨왔다.

한승수가 사는 빌라에 이르러 성환은 갑자기 멈춰 섰다. 밖에 노파가 나와 있었던 것이다. 그녀의 손에는 속이 꽉 찬 쓰레기봉투가 들려 있었다.

"할머니."

노파에게 다가간 성환은 침착하게 입을 열었다.

"오두진 씨가 어떤 삶을 살았는지 알고 있습니다. 부모에게 내쳐져, 너무나 고통스럽게 성장했지요. 감히 짐작건대 삶을 포기하고픈 순간도 많았을 겁니다."

노파의 반응을 살핀 뒤에 성환은 말을 이었다.

"그런 그를 유일하게 보듬어준 이가 있었으니, 바로 당신입니다. 당신은 부모를 대신해 어린 오두진에게 사랑을 베풀어주었지요. 아마 당신이 없었다면 그는 성인으로 무사히 자라지 못했을 겁니다."

굳은 듯 서 있던 노파는 조용한 동작으로 바닥에 쓰레기봉투를 내려놓았다. 그러고는 몸을 돌려 건물 출입문 쪽으로 천천히 걸어갔다. 이번에도 설득에 실패한 것으로 간주한 성환은 크게 낙담했다.

그때였다. 노파가 멈춰 선 것은. 곧이어 혼잣말을 하는 듯한 음성이 들려왔다.

"두진이는 내 아들이나 마찬가지야……."

간신히 트인 노파의 말문이 닫힐세라 성환은 재빨리 대답했다.

"그래요, 맞습니다. 오두진 씨는 당신 아들입니다."

잠깐 사이를 두었다가 그는 한층 힘이 들어간 목소리로 덧붙였다.

"설마, 소중한 아들이 교도소에 가기를 원하지는 않으시겠죠?"

비록 아무 반응이 없었으나 노파가 자신의 말에 귀 기울이고 있음을 성환은 분명하게 느낄 수 있었다.

"아프시다고 알고 있습니다. 할머니는 여생이 얼마 없지만, 오두진 씨는 아직 젊습니다. 살아갈 날이 많죠. 아드님이 남은 생을 교도소의 차디찬 감방에서 보내길 바라십니까?"

노파는 몸을 돌려 성환을 바라보았다. 얼굴에 일렁이는 고통을 보고 성환은 그녀가 여태껏 이 문제로 큰 번민 속에 빠져 있었다는 걸 알아챌 수 있었다.

"당신은 오두진 씨의 친모나 다름없죠? 부모라면 자식이 잘못된 길로 갈 때 바로잡아주어야 한다고 생각합니다."

일순간, 눈동자에 슬픈 빛이 어리는가 싶더니 노파는 제자리에 털썩 주저앉았다.

9

성환은 사무실 창밖을 내다보고 있었다. 대낮인데도 불구하고, 구름이 잔뜩 낀 데다 때늦은 황사까지 들이닥쳐 하늘이 저녁 무렵처럼 어두컴컴했다. 거리 반대편의 커피전문점에서 캐럴이 들려왔고, 그 중간중간 사무실 옆 태권도장의 기합 소리가 끼어들었다. 창에서 시선을 떼고 벽시계를 보니 1시 50분이었다. 지금쯤 약속된 손님이 동네에 도착했으리란 생각이 들었다.

오늘 아침, 사무실에 출근하자마자 민홍기에게서 전화가 걸려왔다. 마침 이 근처에 볼일이 있다며 오후에 들르겠다는 것이었다. 갑작스러운 방문이 의아스러웠지만, 그에게 사건과 관련된 중요한 용무가 있을 거라고 짐작하며 성환은 군말 없이 승낙했다.

책상 앞에 앉아 사건 파일을 들여다보다가 커피를 타기 위해 일어났을 때, 노크 소리가 울리며 민홍기가 빼꼼히 얼굴을 들이밀었다.

"오, 여기가 탐정 사무실이군요!"

"기다리고 있었습니다. 누추하지만 들어오십시오."

"형님 일하는 곳을 꼭 한번 보고 싶었습니다."

간이 싱크대로 걸어가며 성환은 물었다.

"뭐 마시겠습니까? 커피와 둥굴레차가 있습니다만."

"아무거나 좋습니다."

가스레인지에 주전자를 올리며 힐긋 보니, 민홍기는 장식장의 상패를 구경하고 있었다.

"이거, 굉장하네요!"

민홍기의 감탄사에 성환은 미소만 흘렸다.

"조직에서 억지로 떠밀려 나온 건 아닌 듯하고…… 뭔가 사연이 있으신 것 같네요."

"뭐, 어쩌다 보니 그렇게 됐습니다."

민홍기는 캐묻지 않았다. 그저 가만히 고개를 주억거린 뒤, 조용한 동작으로 소파에 앉았다. 성환은 민홍기 앞 테이블에 커피 잔을 내려놓은 다음 책상 근처에 있던 소형 전기히터를 소파 쪽으로 옮겼다.

"올해도 다 지나갔네요."

민홍기와 마주 앉자 성환은 아쉬운 표정으로 입을 열었다.

"그러게요. 시간이 참 빠릅니다……. 이제 곧 크리스마스인데, 무슨 계획이라도 있으신가요?"

"특별한 일정은 없습니다. 민홍기 씨는 어떻습니까?"

"우리 집에서는 크리스마스이브에 가족 외식을 하는 게 연례행사처럼 굳어져 있죠. 이번에는 패밀리레스토랑 예약을 해놨습니다."

"단란한 가정처럼 보입니다."

"저만 빼고 다들 사이가 좋죠. 가장인 저는 물주니까 마지못해 끼워주는 느낌이랄까요?"

커피를 마시며 침묵하다가 민홍기는 톤을 낮춰 말했다.

"오두진이 소송을 할 모양입니다. 저희 쪽으로 내용증명이 왔어요."

"음……."

성환은 턱을 쓰다듬었다. 오두진으로서는 자그마치 6년을 공들인 일이다. 설령 위험이 따른다고 하더라도 보험금을 포기하지 않을 것이다.

"사기에 대한 확실한 물증을 대지 못한다면, 법을 내세운 오두진을 이기지 못할 겁니다. 사내 법무팀에 의견을 구해보니 우리 쪽 승소 확률이 30퍼센트라고 하더군요."

노파를 만난 날을 상기하며 성환은 속으로 중얼거렸다. 과연 그녀가 어떤 역할을 해줄 것인가……. 비록 그때 끝내 별다른 말 없이 사라졌으나, 성환은 노파가 심경에 큰 변화를 일으켰다고 확신했다. 분명 앞으로 뭔가 행동이 있을 것이다.

"미봉책이긴 하지만, 방법이 없는 것은 아닙니다."

탐색하는 듯한 민홍기의 시선을 받으며 성환은 덤덤하게 물었다.

"그게 뭔가요?"

"언론의 힘을 빌리는 겁니다. 지금까지 드러난 정황상 충분히 사기를 예상할 수 있으니, 오두진에 대한 의혹과 비난이 쏟아지겠죠. 그러면 보험금 지급은 물론이고, 문미옥 살해도 막을 수 있습니다."

한층 어조를 높여 민홍기는 말을 이었다.

"도움이 될 만한 사람을 알고 있습니다. 제가 현역으로 뛸 때 경찰서 출입기자였는데, 지금은 데스크를 맡고 있죠. 그 친구라면 우리가 원하는 적정선에서 움직여줄 겁니다."

성환은 대답 없이 테이블만 응시했다. 인터넷 뉴스마다 달린 수많은 악성 댓글을 기억한 그는 만약 사건 공개가 된다면 문미옥이 고통에 처할 거라고 짐작했다.

"그 방법은 좀 더 사건 추이를 지켜보고 검토하도록 하죠."

"지금 그럴 여유가 없잖습니까? 당장 어떤 액션이 없으면 돌이킬 수 없는 상황이 될지도 몰라요."

"사실은…… 오늘 이곳에 누군가 방문할 예정입니다. 저와 함께 그를 만나보는 게 어떻겠습니까? 우리에게 도움이 될 겁니다. 어쩌면 수사에 큰 진척이 이뤄질지도 모르고요."

"방문자가 누군데 그러십니까?"

"문미옥의 홈페이지 글에 등장한 노숙인입니다."

성환이 야구 모자와 있었던 일을 들려주자, 민홍기는 놀라고 당황한 기색을 감추지 못했다.

"그런 엄청난 에피소드가 있었으면서 왜 진작 말씀해주지 않았습니까? 저는 우리가 한 팀이라고 생각했는데, 무척 섭섭하군요."

성환은 달래듯이 말했다.

"서운하셨다면 사과드리지요. 그간 털어놓을 기회를 엿보았지만, 사정이 여의치 않았습니다."

"뭐, 그렇다고 사과까지야……."

성환이 민홍기와 야구 모자에 관한 대화를 나누고 있노라니, 노크 소리가 울렸다. 출입문이 열리고 들어선 이는 기다리던 인물이었다. 여전히 모자를 눌러 쓰긴 했으나, 마스크는 착용하고 있지 않았다. 맨얼굴은 부드럽고 선량한 이미지였다.

"잘 찾아오셨군요."

성환은 미소 지은 얼굴로 반겼다.

"손님이 계신지 몰랐네요. 이따가 다시 오겠습니다."

당황한 야구 모자가 몸을 돌리려고 하자 성환은 말했다.

"괜찮습니다. 이분도 사건과 관련이 있습니다."

"미옥 씨 일을 알고 있다고요?"

"그렇습니다."

엉거주춤 서 있던 민홍기가 나섰다.

"안녕하십니까. 저는 보험사에서 일하는 민홍기라고 합니다."

경계의 낯빛을 보이는 야구 모자를 향해 민홍기는 사람 좋아 보이는 웃음을 지어 보였다.

"제 목적은 어디까지나 오두진의 불법적인 보험금 수령을 막는 것입니다. 그쪽과 문미옥 씨에게 해가 될 만한 일은 절대 하지 않습니다. 마음 놓으십시오."

꺼림칙한 표정으로 야구 모자가 소파에 앉자, 성환은 커피를 준비하기 위해 간이 싱크대로 갔다. 주전자 물이 끓기를 기다리는 동안 팔짱을 낀 채 다시금 노파를 생각하다가, 그는 그녀의 반응에 조급해하는 자신을 나무라며 『명심보감』한 구절을 중얼거렸다. 길이 멀어야 말의 힘을 알 수 있고, 시간이 흘러야 사람의 참마음을 알 수 있느니…….

"추운 날씨에 여기까지 오시느라 고생하셨습니다."

테이블에 커피를 내려놓으며 성환이 한 말에 야구 모자는 짧게 대꾸했다.

"아닙니다."

"그동안 저와 형님, 둘뿐이라서 많이 불안했는데, 이렇게 동지가 생기니까 아주 든든한데요?"

민홍기가 유쾌한 어조로 농담을 던졌으나, 야구 모자는 굳은 얼굴을 풀지 않았다. 성환은 머쓱해진 민홍기를 위해 부러 크게 웃었다.

"저도 마찬가지 기분입니다. 이제는 자신감이 생기는군요."

커피에는 손도 대지 않은 채 제 신발코만 내려다보던 야구 모자는 돌연 성환에게 물었다.

"미옥 씨 일은 어떡하실 건가요?"

"당장은 신병 확보가 급선무겠지요. 생사를 확인해야 합니다."

"아까도 말씀드렸지만, 이제는 시간이 없습니다. 우리가 먼저 치고 들어가야 해요."

민홍기는 답답하다는 듯 가슴을 치는 손동작을 해 보였다. 성환과 민홍기는 이런저런 의견을 10여 분에 걸쳐 주고받았다. 그러는 동안 야구 모자는 고개를 숙인 자세로 입을 꾹 다물고 있었다.

"혹시 좋은 의견이 있으신가요?"

성환이 묻자 야구 모자는 얼마쯤 망설이다가 가라앉은 음성으로 대답했다.

"미옥 씨는 살아 있어요……."

성환과 민홍기는 동시에 입을 열었다.

"그게 사실인가요?"

"정말 그 여자가 생존해 있습니까?"

야구 모자는 미소를 짓는가 싶더니, 곧 그 미소를 일그러뜨렸다.

"오늘 아침에 만났어요. 제가 있는 곳으로 찾아왔죠. 그동안 춘천에 있는 모텔에서 지냈다고 했어요. 철저한 감시에 옴짝달싹 못 했대요. 그런데 얼마 전부터 갑자기 오두진이 전혀 얼굴을 비추지 않았다고 하더군요. 뭔가 느낌이 이상해 원래 남편에게 전화를 해보니, 파출부로 일하는 할머니가 아이를 데리고 사라졌다는 소식을 들었대요."

성환은 넋 나간 표정을 지었다. 윤슬이가 없어지다니, 도대체 이게 무슨 일인가. 오두진의 명령으로 할머니가 움직인 건가.

"잠깐만! 무슨 말인지 도통 이해가 안 가는군요. 그러니까, 파출부 할머니가 아이를 유괴라도 했단 겁니까?"

민홍기의 물음에 야구 모자는 힘없이 고개를 끄덕였다.

"이거야 원, 아닌 밤중에 홍두깨도 유분수지. 이 시점에서 유괴라니."

기가 차다는 듯이 민홍기는 헛웃음을 터뜨렸다. 눈썹 사이에 깊은 주름을 잡은 채 침묵하다가, 성환은 야구 모자를 향해 무겁게 입을 열었다.

"문미옥 씨는 지금 어딨나요? 진짜 남편인 한승수와 함께 있나요?"

"오두진에게 연락이 올지 모른다며 혼자 춘천의 모텔에 머물고 있습니다."

식은 커피를 한 모금 마신 다음, 민홍기가 탄식하듯 말했다.

"대관절 그 노인네가 왜 그랬을까요? 갑자기 노망이라도 났나?"

야구 모자 역시도 어째서 그런 일이 터졌는지 이해가 안 간다며 괴로운 심정을 토로했다. 성환은 몸을 일으켜 천천히 창가로 다가갔다. 그런 뒤 저번 만남에서 목도한 노파의 행동을 떠올렸다. 마음을 돌리는 데 실패한 건가. 그날의 설득도 소용없었는가. 성환은 자신의 무능함이 경멸스러웠다. 이어서는 노파를 향한 원망의 감정이 스쳤다.

소파로 돌아온 성환은 야구 모자에게 물었다.

"지금 문미옥 씨는 어떤가요? 많이 힘들어하나요?"

"완전히 패닉 상태예요. 밥도 못 먹고 잠도 못 자고 있어요."

성환은 끙 하고 억눌린 신음을 뱉어냈다.

"한승수의 자식을 돌보던 할머니는 오두진과 굉장히 가까운 사이입니다. 이 사건에서도 공범이나 마찬가지고요."

민홍기와 야구 모자는 눈을 동그랗게 떴다. 그러고는 한목소리로 어떻게 된 일이냐고 물었다. 시간을 들여 노파의 정체를 소상히 밝힌 성환은 담배를 피워 물고서 관자놀이를 주물렀다.

"그런 중요한 정보는 미리 귀띔이라도 해주면 좋았을 텐데요……."

이번에는 민홍기가 진심으로 서운한 기색을 내비쳤다. 성환은 그를 향해 깊이 고개를 조아렸다.

"죄송합니다. 민홍기 씨를 소외시키려는 생각은 없었습니다."

찌푸린 표정으로 테이블을 쳐다보던 야구 모자가 거칠게 마른세수를 했다.

"빨리 대책을 세워야 하지 않겠습니까? 미옥 씨는 지금도 피가 마르고 있을 겁니다."

성환은 긴 한숨을 뱉어냈다. 침묵과 정적 사이로 담배 연기가 가늘게 피어올랐다. 사건을 맡을 때마다 매 순간 전신을 무겁게 짓누르는 질문이 또다시 그에게 떨어졌다.

이제 어떡할 것인가.

익숙하지만 동시에 절대 익숙해지지 않는 그 질문 앞에서 성환은 막막함과 고독, 두려움을 느꼈다.

얼마간 흘러 성환은 좌중에게 말했다.

"저는 한승수를 만나보겠습니다. 그게 우선인 것 같군요. 아이가 사라진 정황을 듣는 것도 필요한 듯싶고요."

"형님, 이제는 유괴 사건입니다. 정식 수사로 돌려야 해요. 까딱하다가는 걷잡을 수 없이 문제가 커질 수 있어요."

민홍기가 우려스러운 눈으로 성환을 쳐다보았다.

"그 점은 저도 충분히 인지하고 있습니다. 하지만 사건으로 다루자면 친부모의 동의와 협조가 필수적인데, 지금으로서는 한승수나 문미옥이 그렇게 해줄지 의문이군요. 그리고…… 오두진 쪽에서도 아이를 해칠 생각은 없을 겁니다."

"그렇다고 하더라도 우리가 이 사건을 계속 갖고 있는 건 바람직하지 않습니다. 형님과 저는 이제 경찰이 아니에요. 수사권이 없단 말입니다."

"이 시점에서 경찰이 개입하면, 실종 사건과 유괴 사건이 분리되어 처리될 가능성이 매우 큽니다. 만약 그렇게 되면 자칫 어느 한쪽은 미제로 남을 수 있습니다. 그 두 가지 사건은 서로 이어져 있어요. 하나의 사건으로 접근해야 합니다. 상황이 급박하긴 하지만, 우리가 차분히 대응하는 게 현명하다고 판단됩니다."

팔짱을 낀 채 고민에 잠긴 듯하더니 민홍기는 진한 한숨을 뱉어냈다.

"좋습니다. 당장은 형님 의견을 따르도록 하지요. 저는 뭘 도 우면 될까요?"

"민홍기 씨는 홍보 대행사 직원들을 탐문해주시겠습니까?"

"그러죠."

성환은 야구 모자를 향해 입을 열었다.

"그쪽은 문미옥 씨와 계속 접촉해서 좀 더 많은 정보를 얻어 내주십시오."

야구 모자는 고개를 끄덕였다.

"알겠습니다."

"그럼, 지금 바로 움직이도록 할까요? 다음 일은 추후에 논의 하도록 하죠."

성환은 외투를 걸쳐 입었고, 민홍기와 야구 모자는 소파에서 몸을 일으켰다. 건물 밖으로 나오니 한파가 덮쳐왔다. 황사 때 문에 거리는 잿빛으로 가라앉아 있었다. 민홍기가 성환과 야구 모자에게 말했다.

"두 분 다 지하철역으로 가실 거죠? 제가 모셔다 드리겠습니 다."

민홍기의 차를 타고 지하철역에 도착한 다음, 성환은 개찰구 에서 야구 모자와 헤어졌다. 혼자 남게 된 그는 제자리에 우두 커니 서서 차분히 현재 상황을 되짚어보다가 깊은 통탄에 빠져 들었다. 윤슬이의 유괴는 그만큼 충격적인 일이었다. 민홍기의 말마따나 내가 우유부단했던 건가. 신중함과 여유를 혼동했는 가. 아랫입술을 꽉 깨문 채로 성환은 분노를 삼켰다.

목적지에 도착해 역사를 빠져나오니 어둠이 짙어 있었다. 퇴근 시간이 맞물려 버스 정류장에 긴 줄이 늘어선 탓에 택시를 잡아탔다. 잠시 뒤 한승수의 빌라에 도착한 성환은 망설이지 않고 곧장 출입문 벨을 눌렀다.

"누구세요?"

"몇 달 전에 문미옥 씨 일로 찾아뵀던 김성환입니다."

성환이 말했지만 집 안에서는 아무 대꾸가 없었다.

"윤슬이가 사라졌다고 들었습니다. 도움을 드리고 싶습니다."

이번에는 반응이 있었다.

"돌아가세요. 그쪽과 할 얘기 없습니다."

"이미 짐작하겠지만, 지금 문미옥 씨의 목숨이 위험합니다. 빨리 손을 쓰지 않으면 언제 변을 당할지 모릅니다."

갑자기 자물쇠 푸는 소리가 들리더니 철제 출입문이 열렸다.

"가라고 했잖아요!"

한승수의 몰골은 초췌했다. 퀭하게 눈이 들어갔고, 감지 않은 머리칼이 땀에 젖어 두피에 엉겨 있었다. 입술은 부르트고 갈라진 상태였다.

"5분만 내주십시오. 더는 시간을 뺏지 않겠습니다."

한승수는 성환을 쏘아보았다. 성환은 그 시선을 피하지 않고 꿋꿋이 받아냈다.

"딱 5분입니다. 1분이라도 어기면 안 됩니다."

한승수가 분노를 억누른 억양으로 말하자, 성환은 꾸벅 고개를 숙이며 감사를 표하고서 정중하게 물었다.

"잠깐 들어가도 되겠습니까?"

출입문을 막고 서 있던 한승수는 마지못한 듯 비켜섰다. 집 안에 들어서보니, 거실 바닥에 소주병과 맥주 캔, 구겨진 담뱃 갑이 나뒹굴고 있었다.

"마음고생이 심하다는 걸 알지만, 윤슬이가 사라진 정황을 설명해주실 수 있나요?"

성환은 물었다. 소파에 앉아 두 손바닥에 얼굴을 묻고 있던 한승수는 신경질적인 음성으로 대답했다.

"그걸 왜 당신이 궁금해합니까? 당신 의뢰인이 애까지 찾아 오라고 하던가요?"

"제 의뢰인은 문미옥 씨의 친오빠입니다. 그분은 저에게 동 생을 찾아달라고 하셨죠. 문미옥 씨의 생사와 관련해……."

성환은 미처 말을 끝맺지 못했다. 갑자기 한승수가 벌떡 일 어나 고함을 질렀기 때문이다.

"그러니까, 당신이 어째서 우리 애를 들먹이냐고!"

한승수는 소파 쿠션을 집어 거실 창을 향해 내던졌다. 유리 에 맞고 튕겨진 쿠션이 성환의 발치에 떨어졌다.

"한승수 씨. 감정을 가라앉히는 게 어떻겠습니까? 흥분해서 는 득이 될 게 없습니다."

"주제 넘는 소리 하지 마!"

한승수를 보며 성환은 의아하게 여겨지는 점이 있었다. 형사 시절의 그는 유괴 가능성이 있는 어린이 실종 사건을 여러 번 다룬 적이 있는데, 부모들은 하나같이 자식을 영영 못 볼지도

모른다는 공포에 휩싸여 제대로 말조차 잇지 못했다. 그러나 한
승수에게서는 공포심이 느껴지지 않았다. 현재 그를 지배하는
감정은 명백한 분노였다.

어째서일까. 왜 이자는 지금 분노에 휩싸여 있을까.

화를 억누르기 위해서인지, 한승수는 냉장고에서 캔 맥주를
꺼냈다. 그러고는 단숨에 전부 마신 다음 성환을 향해 다소 진
정된 목소리로 말했다.

"나는 당신에게 할 얘기 없으니까, 그만 내 집에서 나가요."

"문미옥 씨는 목숨을 잃을지 모릅니다. 아마도…… 오두진이
윤슬이를 미끼로 불러내 죽일 겁니다."

오두진이란 이름을 듣자마자 한승수의 눈이 크게 벌어졌다.
자신도 의식하지 못하는 듯한 동작으로 체머리를 떨며 그는 소
리쳤다.

"도대체 나보고 어쩌라고! 나한테 왜 이러는 거야!"

그때였다. 성환은 한승수에게서 수상한 낌새를 감지했다. 역
시나 이자는 할머니가 오두진과 연결된 사실을 이미 알고 있었
는가?

"한승수 씨. 저에게 숨기는 것이 있습니까?"

성환의 말을 들은 한승수는 험악하게 표정을 구겼다.

"5분 벌써 지났어. 당장 여기서 꺼져."

한승수는 성환을 집 밖으로 끌어냈다.

"다시는 찾아오지 마, 알겠어? 만약 그랬다간 죽여버릴 줄 알
아!"

성환의 멱살을 잡고서 쏘아붙인 한승수는 쾅 소리 나게 출입문을 닫았다. 얼마간 우두커니 서 있다가 성환은 빌라 건물을 빠져나왔다. 그러고는 담배를 피워 물며 생각에 잠겼다. 한승수의 행동은 뭘 뜻하는가. 그가 감추고 있는 것은 무엇인가.

10

성탄절이었다. 화이트 크리스마스가 될 거라는 예보와 달리 눈발은 날리지 않았다. 하늘은 구름 한 점 없이 맑았다. 몇 군데 모임에서 송년회 소식을 받았으나 성환은 가지 않았다. 상가 사람들끼리 갖는 조촐한 술자리에도 참석하지 않았다. 그의 시간은 연말 분위기와 동떨어져 있었다.

한승수를 분노케 한 원인은 무엇인가. 그의 진짜 고민은 무엇인가.

사무실 창가에 서서 바깥을 내다보던 성환은 짧게 한숨을 내쉬었다. 반복해서 한승수를 찾아가보았지만, 상대의 외면으로 얼굴조차 볼 수 없었다. 다만 한 가지 확인할 수 있었던 사실은, 한승수가 자식의 실종을 그다지 개의치 않는다는 점이었다. 그는 사라진 윤슬이를 찾기 위해 어떤 행동도 취하지 않았다. 경찰 신고도 하지 않았고, 개인적으로 이리저리 뛰어다니지도 않았다. 그렇다면 추리할 수 있는 것은 하나뿐이다. 아이 행방에 대해 알고 있는 것이다. 더불어 노파의 정체도 파악하고 있는 것이다.

몸을 돌려 책상으로 걸어가다가 성환은 노크 소리를 들었다. 출입문이 열리며 나타난 이는 민홍기였다.

"차가 밀려 늦었습니다."

"오늘 같은 날은 어딜 가도 막히지요."

"그러게요. 시내 빠져나오는 데 1시간이 넘게 걸리더라고요."

민홍기는 소파에 앉아 숨을 돌렸다. 성환은 커피 한 잔을 타서 그 앞에 내려놓았다. 몇 모금 커피를 마신 다음, 민홍기는 입고 있던 캐시미어코트를 벗었다.

"그 친구는 아직 안 왔나 보죠?"

"한파 때문에 지하철 운행이 지연되고 있다는군요. 늦을 것 같습니다."

"그 친구에 대한 얘긴데…… 탈영병이라면서요? 모르면 그냥 넘어가겠지만, 사실을 알게 된 이상 지나치기에는 무리가 있을 것 같습니다."

잠깐 사이를 두고 민홍기는 목소리를 낮춰 말을 이었다.

"이번 일이 마무리되면 어떤 식으로든 조치가 있어야 되지 않을까요?"

"글쎄요."

성환은 모호한 반응을 보였다. 전직 경찰인 민홍기로서는 야구 모자의 범법 행위를 모른 척하기 힘들 거라고 이해가 갔으나, 자신은 도움을 받은 처지로서 야구 모자와의 의리를 저버리기 힘들었다.

"만약······."

민홍기가 다시 입을 열 찰나, 사무실에 야구 모자가 들어섰다. 민홍기는 조금 전의 대화 따위는 전혀 없었다는 듯이 밝고 명랑하게 인사를 건넸다.

"여어, 다시 보니 반갑네요! 그동안 잘 지냈어요?"

민홍기와 성환에게 묵례를 하고 야구 모자는 조심스러운 동작으로 소파에 앉았다. 성환은 다시 커피를 타서 야구 모자에게 내주었다.

"이렇게 와주셔서 고맙습니다."

"고맙긴요······."

소파에 모여 앉자 그들은 잠시 침묵했다. 먼저 말문을 연 이는 성환이었다.

"문미옥 씨와 접촉해보셨습니까?"

성환의 물음에 야구 모자는 고개를 끄덕였다.

"어렵게 얼굴을 볼 수 있었습니다."

"새로운 소식이 있습니까?"

"오두진에게서 만나자는 연락이 와서 약속을 잡았답니다."

"음······."

예상한 대로였다. 성환은 턱을 감싸 쥐고 생각했다. 처음에 오두진은 재해사망으로 위장해 문미옥을 없앤 다음 생명보험금과 더불어 특약에 따른 추가보험금까지 챙길 속셈이었으나, 이제는 사정이 여의치 않자 오로지 생명보험금만 노리고서 문미옥을 죽이려는 것이다.

"분명 문미옥을 해치기 위해 불러내는 겁니다."

민홍기가 말하자 성환은 쓴웃음을 흘렸다.

"그럴 테지요."

성환은 야구 모자를 쳐다보았다.

"오두진과 언제 어디서 만나는지 알고 계십니까?"

"미옥 씨에게 끈질기게 물어봐서 알아냈습니다."

"아주 잘하셨습니다."

성환은 민홍기를 향해 입을 열었다.

"홍보 대행사 쪽은 어떻습니까?"

"그곳 직원들 모두 이번 일에 대해서는 전혀 모릅니다. 오두
진에게서 개인적인 일로 보름 정도 자리를 비울 거라는 언질만
받았대요."

"보름이라……."

이번에는 민홍기가 질문을 던졌다.

"한승수는 어땠나요?"

입 언저리를 감싸 쥔 자세로 성환은 대답했다.

"반응이 다소 이상했습니다. 오로지 화만 내더군요. 뭔가 숨
기고 있는 느낌이었습니다."

"숨기고 있다면…… 뭘 말입니까?"

"글쎄요. 지금으로서는 뭔지 모르겠습니다."

민홍기는 대수롭지 않게 넘겼다.

"뭐, 애가 유괴됐으니 당연히 화가 나겠죠. 그건 그렇다 치고,
어서 대책이나 논의합시다."

"아무래도 오두진과 문미옥이 만나는 현장을 덮쳐야겠지요."

성환의 의견에 민홍기는 고개를 주억거렸다.

"그날 결판이 나겠군요."

"오두진은 무기를 소지하고 있습니다. 조심해야 합니다."

"무기요?"

"모조 권총이긴 한데, 개조를 해서 살상력이 있습니다."

약간 쉰 목소리로 성환은 말을 이었다.

"작전 당일에 우리를 도울 사람을 부르는 게 좋을 것 같군요."

민홍기는 알 만하다는 표정을 지었다.

"그렇죠, 필드에서 뛰는 친구가 있어야겠죠."

그때껏 조용히 귀만 기울이고 있던 야구 모자가 끼어들었다.

"우리를 도울 사람이라니, 그게 누굽니까?"

"오두진을 검거하려면 현직 경찰이 필요합니다."

야구 모자의 눈치를 살피다가 성환은 덧붙였다.

"이번 일은 오로지 오두진을 잡는 데에만 초점이 모아질 겁니다."

잔뜩 움츠러든 채로 야구 모자는 중얼거렸다.

"당연히 경찰이 함께해야겠죠……."

그들은 작전의 세부 사항을 조율하고 자리를 파했다. 사무실에 혼자 남게 되자 성환은 창가로 가서 생각에 잠겨 들었다. 오두진이 문미옥에게 만남을 제안한 이유가 있지 않을까. 그녀를 죽이기로 마음먹었다면, 그동안 언제든 어렵지 않게 바람을 이룰 수 있었을 것이다. 어째서 아이를 납치하는 번거로운 절차를 거친 걸까.

또 한 가지 걸리는 부분은, 한승수의 분노였다. 그 원인이나 이유를 명확히 꿰뚫지 않고서 오두진 검거에 나서는 게 매우 꺼림칙하고 불안했다. 할 수만 있다면 일을 미루고 싶었으나, 오두진과 문미옥이 만나는 이번 기회를 놓칠 수는 없었다.

책상에 놓인 가습기의 모터음이 작게 울려 퍼졌다. 성에가 긴 창 너머로 아래층 보일러 연통에서 솟아오르는 연기가 보였다. 한숨을 내쉬며 몸을 돌려 세울 때, 성환은 출입문을 밀고 들어서는 야구 모자를 발견했다.

"드릴 말씀이 있어서 다시 왔습니다. 바쁘신가요?"

"아니요, 괜찮습니다."

성환은 야구 모자와 소파에 마주 앉았다. 상대가 용건을 꺼내길 잠자코 기다렸으나 그는 좀체 입을 열지 않았다.

"불안한 심정, 충분히 이해합니다."

짐작 가는 바가 있던 성환은 먼저 운을 뗐다.

"아까도 말씀드렸지만, 경찰은 오두진 검거에만 관여할 겁니다. 그쪽에게는 전혀 신경 쓰지 않을 거예요."

이름을 몰라 야구 모자를 '그쪽'이라고 칭하는 것에 대해 성환은 약간의 미안함을 느꼈다.

"제 사정을 알고 계시는군요."

"본의 아니게 그렇게 됐습니다."

"저는……."

곤혹스러운 표정을 지으며 야구 모자는 제대로 말을 잇지 못했

411

다. 그를 물끄러미 바라보던 성환은 부드러운 음성으로 물었다.

"날씨도 추운데, 가볍게 술 한잔할까요?"

"술이요?"

몸을 일으킨 성환은 싱크대 하부장에서 술병을 꺼냈다. 1년쯤 전, 의뢰인에게 선물받은 조니워커 블랙라벨이었다. 그는 두 개의 유리컵에 얼음을 채운 다음 술을 조금씩 따랐다.

"양주가 입에 맞을지 모르겠군요."

성환에게서 유리컵을 받아 든 야구 모자는 머뭇거리다가 한 모금 술을 마셨다. 그러고는 식도가 자극됐는지 쿨럭쿨럭 기침을 했다.

"아저씨도 아시다시피, 저는 오래전에 탈영을 했죠. 그 후로 쭉 도피 생활을 이어오고 있습니다."

"고생이 많으셨겠군요."

"미옥 씨는 몇 년 동안 숨어 지내며 자신이 유령처럼 여겨졌다고 하더군요. 저 역시 똑같은 심정입니다. 제 자신이 유령 같았죠."

성환은 가만히 고개를 주억거렸다.

"인간이란, 어떤 측면에서는 타인에 의해 변화하고 성장하죠. 남의 눈을 거쳐야만 자신이 어떤 사람인지 알 수 있는 거예요. 하지만 인간관계가 단절된 저는 그럴 수 없었습니다. 언제나 제자리에 멈춰 있었죠."

야구 모자는 우울한 시선으로 성환을 건너다보았다.

"어쩌다가 내 인생이 이렇게 됐는지 모르겠어요. 아무 추억도 없이, 이룬 거 하나 없이, 청춘이 통째로 날아가버렸어요."

고개를 숙이더니 야구 모자는 손으로 눈자위를 문질러 닦았다. 한참 뒤에 흘러나온 목소리는 한층 가라앉아 있었다.

"비록 잠깐이었지만, 미옥 씨와 함께하며 알게 됐어요. 이 세상이 얼마나 밝은 면을 품고 있는지, 찬란한 아름다움을 지녔는지⋯⋯."

숨을 고르고서 얼굴을 든 야구 모자는 유리컵에 남은 술을 단번에 비웠다. 그러고는 문득 얼굴에 잔잔한 미소를 띠웠다.

"이번 일이 마무리되면 미옥 씨는 새 삶을 찾겠죠. 저도 그럴 거예요. 자수해서 죗값을 치르고 다시 시작할 겁니다."

맹위를 떨치던 한파가 한풀 꺾이긴 했지만 여전히 체감온도는 무척이나 쌀쌀했다. 그러나 새해를 앞둔 거리에는 활기와 생기가 감돌았다. 문구점 가판에 달력과 다이어리가 진열되었고 '근하신년'이라고 써 붙여진 상점도 눈에 들어왔다. 오가는 사람들의 표정에서는 들뜬 기운이 느껴졌다.

오두진과 문미옥이 만나기로 한 장소는 서울 L동에 위치한 북카페였다. 출판사가 운영하는 그곳은 개방감이 느껴지는 복층 매장이었는데, 거대한 사다리 책장이 설치되어 언뜻 도서관 같은 분위기를 자아냈다. 매장 한가운데 마련된 반원형 플로어에는 중견 작가의 북토크를 알리는 현수막이 걸려 있었고, 그 아래 놓인 매대에는 할인 판매 중인 리퍼도서가 진열되어 발길을 잡아끌었다. 평일 낮인 것을 감안하면 상당히 손님이 많았는데, 장시간 앉아 독서를 하는 이들 탓인 듯했다.

성환과 민홍기, 야구 모자는 일찌감치 이곳을 찾아 잠복해 있었다. 자리도 구석인 데다 정면에 대형 고무나무 화분까지 놓여 있어, 한눈에 그들을 발견하기란 쉽지 않았다. 고립된 위치만큼이나 표정도 실내 분위기와 동떨어져 있었는데, 스피커에서 흘러나오는 가벼운 보사노바 음악 속에 여유롭고 평온한 다른 손님과 달리 그들은 더없이 진지하고 무거운 얼굴이었다.

음료에는 손도 대지 않은 채 연신 한숨을 내쉬는 야구 모자에게 성환은 말했다.

"걱정하지 마십시오. 별일 없을 겁니다."

민홍기가 거들었다.

"이래 봬도 우리가 이런 일에는 잔뼈가 굵었어요."

얼마쯤 지나자 카페에 군용 스타일의 점퍼를 입은 남자가 나타났다. 후배 A였다. 성환이 일어나 손짓을 했다. 성환에게 다가온 후배는 밝게 웃으며 인사말을 건넸다.

"제가 늦지는 않았죠?"

"적당한 타이밍에 잘 왔네."

성환이 좌중에 후배를 소개하고 서로 간의 통성명이 오간 뒤였다. 민홍기가 후배에게 넌지시 물었다.

"M서에 계시다면, 혹시 고한석 팀장이 아직 거기 있나요? 제 동기인데……."

"고 팀장님은 재작년에 H서로 옮기셨습니다. 사이버수사 담당으로요."

"아, 그래요."

이번에는 후배가 민홍기에게 질문을 던졌다.

"저도 SIU에 관심이 있습니다. 연봉이나 복지 수준은 어떤가요?"

"연봉이야, 공무원보다 훨씬 많죠."

민홍기와 후배가 대화를 나누는 동안 성환은 줄곧 출입문에 시선을 박아놓고 있었다. 자식과 관련된 일이니 문미옥은 반드시 나올 터였다. 그러나 오두진이 나타날 거라고는 여겨지지 않았다. 그라면 이 자리의 위험성쯤은 충분히 간파하고 있을 것 같았다.

그렇다면 오늘 만남은 뭔가.

오두진은 어째서 이런 번잡한 일을 벌였을까.

답답한 마음에 한숨을 내쉬던 성환은 얼마 전 만남에서 목도한 한승수의 미심쩍은 행동을 떠올렸다. 그러자 단박에 어떤 생각이 머리를 스쳤다. 한승수는 오두진으로부터 모종의 제안을 받은 건 아닐까? 그로 하여금 극심한 갈등을 유발하는 제안. 그러나 절대 거부할 수 없는 제안.

다음 순간이었다. 미간에 깊은 주름을 잡으며 성환은 끙, 억눌린 신음을 토했다.

오두진이 아니야, 한승수다.

오두진은 한승수를 움직여 묵은 과제를 해치우려는 것이다.

손목시계를 확인해보니, 약속 시간까지 정확히 10분이 남아 있었다. 좌중을 향해 그는 나직한 목소리로 말했다.

"오두진은 나타나지 않을 수도 있습니다."

야구 모자와 민홍기, 후배는 눈을 끔벅이며 성환을 쳐다보았다. 잠시 뒤, 민홍기가 하이 톤으로 물었다.

"이유가 뭡니까?"

"이유는……."

성환은 힘없이 웃었다. 애써 설명하는 것도, 대책을 논의하는 것도 거추장스럽게 느껴졌다.

"스나이퍼는 절대 자신을 드러내지 않으니까요."

"스나이퍼? 아, 오두진이 모조 총기를 소지하고 있어서 그런 별명을 붙인 거군요?"

민홍기는 성환의 말을 단순히 농담으로 받아넘기는 눈치였다. 야구 모자도 이내 관심을 거둬들였다. 오직 성환이 허튼소리를 할 만한 사람이 아니란 걸 잘 아는 후배만이 뭔가 상황이 어긋났다는 걸 감지하고서 긴장하는 기색을 내비쳤다.

약속 시간 정각이 되자 카페에 한 여자가 들어섰다. 베이지색 모직 하프코트와 청바지 차림이었다. 긴 머리는 뒤로 묶은 상태였다. 성환과 그 일행은 모두 입을 다물고 여자를 응시했다. 틀림없는 문미옥이었다. 매장을 한 번 둘러본 뒤에 여자는 비어 있는 자리에 앉았다. 거리에 면한 통유리로 쏟아져 들어오는 햇살 속에서 머리칼이 반짝이며 빛났다.

"저 여자가 문미옥입니까?"

후배의 물음에 성환은 고개를 끄덕였다.

"못 본 사이에 많이 야위었군."

야구 모자가 입을 열었다.

"애가 납치된 뒤부터 제대로 끼니를 챙긴 적이 없어요. 늘 반쯤 정신이 나가 있었죠. 한번은 영양실조로 쓰러지기까지 했습니다."

어찌 아니 그러겠는가. 자식이 사라졌는데, 당연히 그렇겠지. 성환은 가슴에 미약한 통증을 느꼈다.

얼마쯤 흘러, 카페에 뜻밖의 인물이 등장했다. 한승수였다. 민홍기는 크게 놀란 표정을 지어 보였으나, 성환은 그저 담담히 상대를 건너다볼 뿐이었다.

"아니, 저 인간이 여긴 왜 왔을까요?"

당혹스러움을 감추지 못한 채 민홍기가 성환에게 물었다.

"어디까지나 제 짐작이지만, 오두진으로부터 협박이나 제안을 받은 것 같습니다."

"협박?"

대꾸 없이 성환은 쓰게 웃었다. 그러고는 속으로 자신의 예감이 빗나가길 간절히 빌었다. 이미 많은 고난 속에 살아온 여자 아닌가. 거기에 또다시 상처가 될 일을 보탤 필요는 없지 않은가.

"저 남자가 누군데 그러는 거죠?"

야구 모자가 의아해하자 민홍기는 말했다.

"문미옥의 원래 남편이에요. 납치된 애의 아빠죠."

"아……."

입을 꾹 다문 채로 야구 모자는 한승수를 응시했다. 미간의 깊은 주름과 붉게 물든 낯빛이 그의 복잡한 심사를 웅변하고 있었다.

마주 앉은 한승수와 여자는 대화를 나눴다. 거리가 너무 멀어 말소리를 들을 수 없는 것은 물론, 자리 각도 때문에 표정을 읽는 것도 불가능했다. 그들을 지켜보며 성환은 생각했다. 6년 만의 재회. 무슨 이야기가 오가는 걸까. 저들 사이에 어떤 감정의 물결이 일렁일까. 윤슬이의 납치는 저 부부에게 어떤 영향을 끼쳤을까.

"동정심이 드는군요. 따지고 보면, 저 부부는 자식을 살리고자 했을 뿐인데 말이죠."

민홍기의 말에 후배가 끼어들었다.

"저도 대충 사정을 알고 있습니다만, 법원에서 작량감경이 될 수도 있습니다. 그러면 집행유예로 풀려날 가능성도 높아지겠죠."

"집행유예요?"

야구 모자가 대번에 큰 관심을 나타냈다.

"자세한 설명을 부탁드려도 될까요?"

후배는 흔쾌히 응했다.

"작량감경은 대중이 알고 있는 정상참작을 뜻합니다. 보통 형량의 2분의 1이 줄어들죠. 여기서 주목할 점은, 현행법상 3년 이하 징역이나 금고형을 선고받으면 집행유예가 가능하다는 사실입니다. 경우에 따라 저 문미옥이란 여자도 얼마든지 징역살이를 피할 수 있는 거죠."

민홍기가 나지막이 웃었다.

"보험사 쪽에서 가만히 보고만 있지는 않을 겁니다. 사기 액수가 크다는 점, 그 과정이 계획적이고 치밀하게 이뤄진 점 등을 부각시켜 공세를 펴부을 거예요."

얼굴에 그늘이 지는가 싶더니 야구 모자는 들릴 듯 말 듯 중얼거렸다.

"그래도 어쨌든 희망은 있는 거군요……."

반 시간 정도 지나자 여자와 한승수는 자리에서 일어났다. 약간의 시차를 두고 성환 일행도 몸을 일으켰다. 카페를 나선 한승수는 잠깐 사라지더니 신형 아반떼를 몰고 나타났다. 번호판을 확인한 후배가 성환에게 말했다.

"렌트카군요. 문미옥을 태우고 갈 모양인데요?"

여자가 한승수의 차에 올라타는 모습을 본 성환은 후배에게 물었다.

"자네, 차 갖고 왔나?"

"네."

"많은 차가 따라붙으면 의심을 살 수도 있으니까 우리 쪽 차를 함께 타도록 하지."

성환 그룹은 민홍기의 카니발을 타고 한승수를 쫓았다. 아반떼는 도심을 가로질러 외곽순환도로를 탄 다음, 일산 방향으로 내달렸다. 보조석에 탑승한 성환은 턱을 어루만지며 생각에 잠겼다. 자가용이 없는 한승수가 굳이 돈을 들여 렌트카를 몰고 왔다는 것은, 그가 처음부터 뚜렷한 목적성을 띠고 오늘 만남

에 임했다는 의미가 된다. 그 목적성이란 결국 내가 예상한 그
것인가. 한승수는 오두진의 제안을 받아들인 건가.

일산을 지나 파주에 이르렀을 때에야 아반떼는 멈춰 섰다.
인적이 없는 임진강 중류 지역이었다. 넓게 펼쳐진 갈대숲 언
저리에 한 떼의 두루미가 모여 있었고, 먼발치로 낚시터가 보
였다. 마른풀 냄새와 물비린내가 섞여 풍겨왔다.

차에서 내린 한승수와 여자는 산책하듯 강줄기를 따라 걸었
다. 갑작스러운 인기척에 놀랐는지 근처 갈대숲에서 참새 몇
마리가 푸드득 날아올랐다. 성환 그룹은 두 사람의 뒤를 조용
히 밟았다.

"왜 이런 데를 찾았을까요?"

민홍기가 낮은 목소리로 성환에게 물었다.

"글쎄요……. 저들의 추억이 깃든 곳인지도 모르죠."

농담처럼 대답하긴 했으나, 성환은 한승수가 아무 이유 없이
여기를 찾지는 않았을 거라고 확신했다. 만약 문미옥을 없앨
적당한 장소로 선택했다면 자살로 위장하여 강물에 시체를 유
기할 계획인지도 모른다.

성환은 곁에 있는 후배에게 속삭였다.

"한승수가 언제 손을 쓸지 모르네. 재빠르게 튀어 나갈 준비
를 하고 있게."

고개를 끄덕인 다음 후배는 미소 지으며 입을 열었다.

"이러고 있으니까, 꼭 예전으로 돌아간 것 같네요. 선배님과
함께하던 시절이요."

"그런가? 그게 벌써 20년이 지난 일이구먼."

"그때는 선배님도 젊었고, 저도 젊었는데…… 돌이켜보면, 그 무렵이 형사 생활 중에 가장 행복했던 것 같아요. 모든 게 흥미롭고 신선하게 여겨졌죠."

"지금은?"

"솔직히…… 다른 일을 해보면 어떨까 하는 생각이 들 때가 있습니다."

긴 침묵이 그들 사이에 가로놓였다. 부연 설명을 듣지 않아도 성환은 후배의 심정이 짐작할 만했다. 어떤 면에서 경찰서, 그 속의 강력계는 인간의 가장 추악한 모습을 확인하는 곳이다. 온갖 범죄를 통해 욕망과 본능, 위선과 가식이 적나라하게 까발려진다. 그런 곳에서 매일 부대끼다 보면 인간에 대한 근본적인 회의가 들지 않을 수 없다.

"제가 괜한 얘기를 꺼낸 것 같군요."

침묵을 깨고 나온 후배의 음성은 쓸쓸하고 막막하게 들렸다. 성환은 부드러운 미소를 지었다.

"괜찮네."

얼마쯤 걷다가 한승수와 여자는 강기슭의 널찍한 바위에 걸터앉았다. 바람이 한층 거세지자 메마른 갈대가 서로 몸을 부딪치면서 버석거리는 소리를 냈다. 노을이 지며 하늘에 붉은색 그라데이션이 입혀졌다.

"이야, 노스텔지어를 자아내는 풍경이군요."

민홍기가 재기 어린 표정으로 말했다.

"저는 좀 더 나이가 들면 이런 곳에 전원주택을 지어 살고 싶습니다. 여긴 땅값이 얼마나 될까요?"

후배가 웃음 띤 얼굴로 대답했다.

"요새는 파주도 많이 올랐다고 하더군요. 개발 호재가 많대요. 신도시도 들어설 예정이고요."

"그래요? 이거야 원, 이래서는 두메산골로 들어가야 되겠네요."

민홍기와 후배가 잡담을 나누는 사이, 새된 소리가 들려왔다. 한승수가 문미옥과 언쟁 중인 듯했다. 고함과 욕설, 폭언이 저물녘 교외의 고요에 심한 균열을 일으켰다. 시간이 지날수록 다툼은 격렬해졌다.

"분위기가 심상치 않은데, 우리가 나서야 하지 않나요?"

내내 침묵하고 있던 야구 모자가 불안감이 깃든 음성으로 성환에게 물었다.

"아직은 괜찮다고 봅니다. 좀 더 지켜보도록 하죠."

갑자기 한승수가 자리에서 벌떡 일어났다. 그는 강가 쪽으로 몇 발짝 걸어가서 담배를 피워 물었다. 그런 그를 물끄러미 쳐다보던 여자가 뭐라 말을 건넸고, 한승수는 거친 동작으로 담배를 발로 비벼 끄고서 불같은 화를 냈다.

성환은 큰 답답함을 느꼈다. 저들 사이에 어떤 말이 오가는 건가. 뭐 때문에 저토록 극심하게 대립하는가.

"선배님, 저 둘에게 좀 더 접근해볼까요?"

자신의 심중을 읽기라도 한 듯 후배가 말하자 성환은 고개를 끄덕였다.

"그렇게 하지."

성환 일행은 조심스럽게 걸음을 옮겼다. 실랑이에 열중한 한 승수와 여자는 그들의 움직임을 전혀 눈치채지 못했다. 여자가 자리를 뜨려고 하자 한승수는 그녀의 손목을 낚아챈 다음 따귀를 올려붙였다.

"아니, 저놈이!"

당장에 달려 나가려고 하는 야구 모자를 성환이 급하게 제지했다.

"진정하십시오."

몇 미터 거리에 이르러 성환은 여자를 자세히 살피는 것이 가능했다. 그녀는 경악에 찬 채 부들부들 떨고 있었다. 울음을 참는 듯 아랫입술을 꽉 깨문 상태였다.

"모두에게 득이 되는 방법이 한 가지 있어."

여자의 얼굴에 단단히 시선을 고정하고서 한승수는 입을 열었다.

"네가 진짜로 사라져주는 거야."

멍한 표정으로 여자는 신음처럼 말을 뱉어냈다.

"뭐? 그게 무슨 소리야?"

"이제 윤슬이는 네 얼굴조차 기억 못 해. 완전히 잊은 거지. 걔뿐 아니라 널 기억하는 사람은 세상에 아무도 없어. 사실이 그렇다면, 현실이 그렇다면, 네가 진짜 죽은들 무슨 상관이겠어?"

여자는 소스라치며 뒷걸음질을 쳤다.

"당신, 어떻게 그런 말을⋯⋯."

일순간 눈을 희번덕거리더니 한승수는 날쌘 동작으로 여자를 바닥에 쓰러뜨렸다. 그러고는 두 손으로 그녀의 목을 졸랐다.

"네가 죽어야 내가 살고 윤슬이가 살아!"

목을 죄는 손을 뿌리치려 애쓰면서 여자는 격하게 버둥거렸다. 그녀의 고통스러운 얼굴을 노려보며 한승수는 소리쳤다.

"제발 우리 앞에서 사라져! 꺼지란 말이야!"

돌연한 사태에 야구 모자와 민홍기는 놀라서 몸이 굳었으나, 움직일 채비를 하고 있던 성환과 후배는 곧장 자리에서 뛰쳐나갔다. 그러고는 단숨에 한승수를 제압하고서 여자를 구해냈다. 그 모든 과정이 겨우 2, 3분 만에 이뤄졌다.

후배는 한승수에게 살인미수 혐의로 체포한다고 말한 다음 미란다원칙을 알려주었다. 등 뒤로 팔이 꺾인 상태로 수갑이 채워진 한승수는 악을 썼다.

"너희들 뭐야! 이거 못 놔!"

한승수의 몸수색을 한 후배는 잭나이프와 노끈을 발견했다. 후배에게 끌려가며 한승수는 여자를 향해 분노를 터뜨렸다.

"전부 네가 꾸민 거지? 네가 사주한 거지? 너, 아주 무서운 년이구나! 나중에 내가 찾아내서 진짜로 죽일 줄 알아!"

멀어져가는 한승수를 쓸쓸한 기분으로 응시하다가 성환은 땅에 널브러져 있는 여자를 안아 올렸다. 축 처진 몸이라 짐작보다 훨씬 무거웠다. 성환에게 반쯤 안긴 채로, 여자는 목을 어루만지며 기침을 심하게 해댔다.

"문미옥 씨, 괜찮습니까?"

성환이 물었으나 여자는 대답이 없었다. 넋 나간 표정으로 허공만 바라볼 뿐이었다.

"저를 알아보겠습니까?"

얼마쯤 지나자 여자가 쉬고 갈라진 음성으로 더듬더듬 말했다.

"저, 저번에…… 옥상에서 만난 아저씨네요."

"맞습니다."

"여긴 어떻게 오신 거예요?"

"그건 차차 말씀드리도록 하죠."

여자를 향해 다가오는 야구 모자를 본 성환은 조용히 몸을 일으켜 뒤로 물러났다.

"미옥 씨!"

야구 모자는 덥석 여자를 껴안았다. 눈에 눈물이 글썽였다.

"미안해요. 내가 좀 더 적극적으로 움직였어야 했는데……."

"그런 소리 말아요. 저는 괜찮아요."

당황해 어쩔 줄 몰라 하다가 여자는 주위 낯선 이들을 가리키며 물었다.

"이 사람들은 전부 누구죠?"

"마음 놓으세요. 나쁜 사람들은 아니에요."

천천히 민홍기가 걸어왔다. 능글능글하게 웃으며 여자를 바라보다가 그는 입을 열었다.

"안녕하십니까? 저는 보험사기 조사원 민홍기라고 합니다.

드디어 이렇게 만나게 되는군요."

여자는 두려움이 깃든 시선으로 민홍기를 건너다보았다.

"그쪽과 하고픈 얘기가 아주 많습니다. 분명 앞으로 그럴 기회가 있겠죠?"

눈에 띄지 않는 구석에서 성환은 담배를 피워 물었다. 여자를 쳐다보던 그는 조용히 심금이 울려오는 것을 느꼈는데, 그도 그럴 것이 여태껏 열성적으로 매달렸던 사건이 마침내 일단락되었던 것이다. 그러나 마음 한편에는 께름칙함이 남아 있었다. 윤슬이 때문이었다. 그 아이를 어떻게 찾을 것인가. 무슨 수로 오두진에게서 구해낼 건가. 사위어가는 햇살 아래에서, 고민에 잠긴 채 그는 힘없이 서 있었다.

11

"구금이라니, 설마 저대로 구속되는 건가요?"

막 경찰서를 나선 참이었다. 화가 난 목소리로 야구 모자가 던진 질문에 성환은 달래듯 대답했다.

"범죄에 연루된 이상 법적 처벌을 피할 수는 없습니다. 하지만 제가 문미옥 씨의 선처를 위해 최대한 노력하겠습니다. 약속하지요."

야구 모자는 애써 감정을 다잡는 듯했지만 여전히 표정이 좋지 않았다. 곁에서 못마땅한 얼굴로 지켜보고 있던 민홍기가 끼어들었다.

"이보게. 문미옥을 조사해야 오두진을 잡아넣을 수 있네. 그리고 자네도 말이야, 지금 그런 말을 할 처지가…….."

성환이 급하게 눈치를 주자 민홍기는 말끝을 흐리며 얘기를 멈췄다.

"오늘은 이쯤에서 헤어지는 게 좋겠습니다. 앞으로의 일은 추후 다시 만나 논의하도록 하지요."

성환의 의견에 야구 모자와 민홍기는 침묵으로 동의를 나타냈다.

"두 분, 오늘 고생 많으셨습니다."

혼자 남게 된 성환은 인도에 설치된 볼라드에 걸터앉아 경찰서에서 뒤처리를 하는 후배를 기다렸다. 손목시계를 보니 8시가 넘어가고 있었다. 그는 담배를 피우며 문미옥을 떠올렸다. 누구보다 믿었던 사람에게 배신당한 그녀의 슬픔에 찬 표정이 잊히지 않았다. 어찌하여 그 여자에게는 상처 될 일만 자꾸 쌓이는 건가…….

반 시간 정도 흐르자 후배가 밖으로 나왔다. 성환은 얼른 몸을 일으켜 다가갔다.

"상황은?"

"유괴 용의자로 오두진에게 수배령이 떨어졌습니다."

"다행이군."

"제 관할이었다면 선배님도 참여시켰을 텐데, 아쉽네요."

"아닐세. 이것만으로도 충분하네."

턱을 어루만지다가 성환은 다시 물었다.

"한승수는 지금 어떤가?"

"공황 상태에 빠져 있습니다. 조서 작성에도 어려움을 겪고 있어요."

고개를 주억거린 뒤에 성환은 후배의 등을 가볍게 두드렸다.

"수고 많았네. 늦었지만 같이 저녁이나 먹도록 하세나."

"저도 그러고 싶은데 서에서 연락이 와서 당장 가봐야 됩니다."

"그런가? 아쉽군. 이번 일의 사례는 다음에 정식으로 하지."

"선배님과 저 사이에 사례라니, 말도 안 됩니다."

성환은 미소를 지었다.

"카페에 차를 두고 왔지? 다시 서울로 가야 하나?"

"차는 내일 가지러 가고 지금은 곧장 서로 갈 겁니다."

"그럼, 여기서 헤어지도록 하지."

"왜요, 지하철역까지라도 함께 가지 않고요."

"이번 일을 맡긴 의뢰인이 당장 이쪽으로 오겠다고 할 수도 있네."

후배가 떠난 뒤, 성환은 근처 분식집에 들어갔다. 라면으로 배를 채운 그는 '9시 뉴스'의 오프닝에 시선을 던져두고서 문창수에게 전화를 걸었다. 대여섯 번 신호음이 울리고 통화가 이뤄졌다.

"연락 잘 주셨습니다. 그렇지 않아도 일이 어떻게 돼가나 궁금하던 참이었습니다."

성환은 침착하게 말했다.

"오늘, 동생분을 찾았습니다."

몇 초간 침묵하다가 문창수는 그게 사실이냐고 확인했다.

"그렇습니다. 사실입니다."

이번에는 조금 전보다 훨씬 긴 침묵이 이어졌다.

"그 아이…… 살아 있나요?"

이윽고 문창수가 가늘게 떨리는 목소리로 묻자 성환은 대답
했다.

"그렇습니다."

문창수는 얼굴에서 휴대폰을 떼고 숨을 고르며 흥분을 가라
앉히는 것 같았다. 잠시 후 흘러나온 그의 음성은 기쁨과 활기
에 가득 차 있었다.

"다치거나 상한 데도 없는 거죠?"

"염려하지 않으셔도 됩니다. 건강하게 잘 있습니다."

"고맙습니다! 정말 고맙습니다!"

울음을 삼키는 듯 문창수는 말을 끊었다. 그러다가 코를 훌
쩍이며 자세한 내막을 물었다. 성환은 만나면 자세히 설명하겠
다고 대답했다.

"지금 이쪽으로 오시겠습니까? 동생분의 얼굴을 볼 수도 있
을 것 같습니다."

"당연히 그러고 싶지만, 현재 제가 지방의 공사 현장에 있습
니다. 내일 첫차로 올라가겠습니다."

"좋습니다. 도착하시면 연락 주십시오."

통화를 마친 성환은 턱 언저리를 감싸 쥐고 고민에 잠겼다. 문창수에게 조카의 납치를 어떻게 설명해야 하나……. 이 일에 대해 자신의 책임을 통감하며, 그는 노파가 오두진의 꾀나풀임을 알았을 때 즉시 조치를 취하지 않은 것을 뼈저리게 후회했다.

나이를 먹으며 판단력이 흐려진 건가. 아니면 경찰을 관두며 감이 떨어진 건가.

깊은 한숨을 뱉어내며 어둠이 내린 거리로 나갔다. 먼발치로 지하철역 방향을 알리는 표지판이 보였다. 외투에 두 손을 찔러 넣고서 성환은 무거운 발을 움직였다.

사무실에 도착하니 늦은 밤이었다. 갑작스레 밀려오는 큰 피로에 성환은 외투도 벗지 않고 소파에 몸을 뉘었다. 그러고는 거친 동작으로 마른세수를 하며 오두진을 떠올렸다. 지금쯤이면 자신의 계획이 틀어진 사실을 알고 있을 것이다. 앞으로 그는 어떤 움직임을 보일까.

누운 자세 그대로 외투에서 휴대폰을 꺼내 들었다. 잠시 망설인 뒤 오두진에게 전화를 걸었다. 신호음이 울렸으나 연결은 되지 않았다.

현재 그는 윤슬이와 함께 있는가. 도대체 아이를 어쩔 작정인가.

오랫동안 생각에 잠겼다가 문득 갈증을 느끼고서 몸을 일으켰다. 소파에서 내려서는 다리가 후들거리자 혼잣말을 뱉어냈다.

"내가 늙긴 했군. 조금 무리를 했다고 이렇게 기운이 빠지다니."

물을 한 컵 마신 그는 창가로 다가갔다. 무거운 몸에 반하여 정신은 이상하리만치 아주 또렷했다. 벽을 짚고 비스듬히 서서 거리를 내다보니 모든 상점의 셔터가 내려진 가운데, 오직 거리 모퉁이 편의점만이 불빛을 밝히고 있었다. 어디선가 개 짖는 소리가 들려왔다. 바람이 부는지 가로수의 메마른 가지가 흔들렸다.

어떻게 윤슬이를 찾아야 하는가.

만약 아이를 찾지 못한다면 문미옥이 살해당한 것만큼이나 최악의 결과라고 성환은 판단했다. 문미옥 남매의 원망을 배겨 낼 자신도 없었다.

휴대폰을 찾아 쥐었다. 집에 들어가도 심하게 잠을 설칠 게 뻔했기에, 그는 아내에게 전화를 걸어 오늘은 사무실에서 자겠다고 알렸다. 그동안 이런 경우가 더러 있던 탓에 아내는 별말 없이 알았다고 답했다.

간이 싱크대에서 세수를 마칠 즈음, 누군가 사무실 출입문을 노크했다. 장인 것을 짐작한 성환은 반가운 마음으로 외쳤다.

"들어오세요."

사무실에 들어선 장은 멋쩍게 웃었다.

"역시 계셨군요."

"아직 퇴근 안 하셨습니까?"

"호프집에서 손님과 맥주 한잔하고 집에 가는데, 여기 사무실에 불이 켜져 있지 뭡니까. 혹시나 해서 올라와본 겁니다."

"잘하셨습니다."

"붕어빵을 조금 사 왔습니다. 드셔보세요."

"노점이 지금까지 장사를 하던가요?"

"늦은 시간에 오히려 잘 팔린다며 자정까지 자리를 지킨다고 하더군요."

"야식으로 찾는 사람이 많은가 보군요."

성환은 장과 마주 앉아 커피에 곁들여 붕어빵을 먹었다. 붕어빵 중에 고물이 생소한 것이 있어 정체를 물으니 장이 슈크림이라고 대답했다.

"붕어빵도 요즘 젊은 사람들 입맛에 따라 업그레이드됐나 봅니다."

성환이 농담을 건네자 장은 웃었다.

"맞아요, 모든 게 변하죠. 하지만 저는 어쩔 수 없는 구식 사람이라, 단팥이 든 게 가장 맛있네요."

"저 역시 마찬가지입니다."

한동안 가벼운 대화가 이어진 다음, 성환은 담담한 어조로 말을 뱉어냈다.

"그 여자 말입니다……. 오늘 붙잡았습니다."

멍하게 성환을 바라보다가 장은 물었다.

"그 여자라면…… 실종된 문미옥 말인가요?"

"그렇습니다."

"이거, 축하합니다! 이번 사건도 결국 해결하셨네요."

"완전히 일이 마무리된 건 아닙니다. 오두진도 검거 못 했고,

아이도 찾지 못했으니까요."

"오빠에게서 받은 의뢰는 어디까지나 동생을 찾는 것이지 않습니까?"

"그렇긴 하지만, 아이가 납치된 데에는 제 책임도 있습니다."

"음, 일단은 문미옥을 잡게 된 자초지종을 듣고 싶군요."

성환은 차분한 음성으로 오늘 있었던 일을 털어놓았다. 그러고는 입 언저리를 만지작거리다가 담배를 피워 물었다.

"아주 긴 하루였군요."

장의 말에 성환은 고개를 주억거렸다.

"맞습니다. 긴 하루였습니다."

"생각할수록 놀랍네요. 남편이 죽이려고 했다니……."

"분명 오두진의 제안이나 협박이 있었을 겁니다. 거액의 돈을 약속받았는지도 모르고요."

오랫동안 커피를 머금었다가 삼킨 뒤 장은 입을 열었다.

"오두진은 어떤 사람인가요? 처음에는 단순히 사기꾼인 줄로만 알았는데, 지금 보니 예삿놈 같지 않네요."

"단시간에 누군가를 깊이 알기는 힘들죠. 다만, 그의 공간을 보면 헤아려지는 부분이 있습니다."

"공간이요?"

"어떤 사건이 일어났을 때 거기 등장하는 공간은 단순히 배경에 그치는 것이 아니라, 중요 참고인과 같은 역할을 한다고 생각합니다. 그 자체로 사건에서 독자적인 지위를 갖는 거죠. 공간은 그 주인의 내면이 반영되거나 확장된, 쉽게 말해 주인의 또 다른 자아입니다. 혹은 주인과 교류하는 주변인일 수도 있고요. 그 이유 때문에 반드시 사건과 관계된 단서와 은유, 암시를 품고 있을 수밖에 없어요."

성환은 오두진의 사무실에 있는 디오라마를 공들여 설명했다. 그러고는 나직하게 말을 이었다.

"그 디오라마를 보고 제가 감지한 것은 공허나 피로, 허무였습니다. 오두진의 마음 심층에는 그러한 감정이 켜켜이 쌓여 있다고 짐작됩니다. 아마도 그는, 유년기부터 시작된 전쟁을 치르느라 너무 일찍 늙어버린 것 같습니다."

장은 진중한 표정으로 고개를 끄덕였다.

"어쨌거나, 사건을 의뢰한 오빠는 곧 동생과 해후하게 되겠군요?"

"내일 만남이 이뤄질 것 같습니다."

"오빠의 얼굴을 보고 싶네요. 얼마나 기뻐하겠습니까."

"글쎄요……. 윤슬이가 납치된 상황이라서 그럴 수 있을지 의문이군요."

"참, 납치된 아이는 어떻게 하실 건가요?"

"찾아야겠죠."

마치 자기 자신에게 다짐하는 것처럼, 성환은 힘 있는 목소리로 덧붙였다.

"반드시 찾아낼 겁니다."

장이 떠나자 성환은 책상 앞에 앉아 스탠드를 켜고 사건 파일에 오늘 치의 기록을 했다. 그 작업 후에는 첫 장부터 파일을 정독하기 시작했다. 그러나 얼마 못 가 눈을 떼고 상념에 빠져들고 말았다.

이 글을 적는 동안 나는 무엇을 바랐던 건가? 숨겨진 진실이 포착되리라 여겼는가? 찰나처럼 나타났다 사라지는 그것을 움켜쥘 수 있다고 간주했는가? 어리석은 믿음이었다. 그 무엇도 얻지 못했다. 여전히 막막한 현실에 던져져 있을 뿐이다. 만약 이것이 단순한 기록일 따름이라면, 나는 왜 이런 무의미한 행동을 하는가? 그저 오랜 습관일 뿐인가? 아니면 기록이라는 행위 자체에 어떤 매력을 느낀 건가?

담배를 입에 물고서 성환은 다시금 파일에 시선을 주었다. 이상하게도 한 글자 한 글자 읽어 내려갈 때마다 마치 외줄을 타는 듯한 기분이 들었다. 까마득한 심연을 발아래 두고서, 흔들리며 아슬아슬하게.

내 삶이란 그런 것인가. 언제 구렁텅이에 빠질지 모르는 곡예일 따름인가.

담배를 재떨이에 비벼 끄고서 성환은 정적이 흐르는 텅 빈 사무실을 가만히 응시했다. 불현듯 모든 사물이 생경하게 다가왔다. 그리고 그와 동시에, 그동안 자신을 지탱해온 세계관과 신념, 정의 같은 것들이 윤곽선부터 지워지며 사라져가는 것을 감각했다. 그는 그 기이한 현상에 놀라거나 당황하지 않았다. 그저 이것이 삶의 어떤 지점에 위치해 있는 의례인지, 어떤 파국의 전조인지 담담한 심정으로 헤아려보았을 뿐이다.

한 가지 흥미로운 사실은, 그 생소한 의식 상태의 끄트머리에 쓸쓸하게 매달려 있는 것이 고독이라는 점이었다. 사는 동안 그림자처럼 친근하게 따라다닌 감정이 아니라, 전류처럼 온몸을 휘감고 도는 강렬하고도 낯선 것이었다. 묵묵히 자신의 감정 흐름을 들여다보다가 성환은 오두진을 떠올렸다.

오두진을 만나고 싶었다. 그에게서 새어 나오는 짙은 공허의 냄새를 맡고 싶었다. 단순히 충동적인 이끌림이라고 해도 좋았고, 동류에서 얻을 수 있는 위로에 대한 갈망이라고 해도 좋았다. 그를 만나 모든 것이 부서진 폐허에 부는 한 줄기 메마른 바람을 느끼고 싶었다.

그는 지금 어딨을까.

오두진의 행방을 궁리하던 성환은 조금 전 장과 대화하면서 자신이 했던 말을 되새김질했다. 공간은 단순한 배경이 아니라 사건의 중요 참고인이라는 것. 그렇다면 지금 오두진이 가장 만나고 싶어 하는 공간은 어딜까. 코너에 몰린 그가 안식과 평안을 구할 장소. 아마도 디오라마가 있는 사무실이 그 답이겠지만, 위험성 때문에 그곳은 선택지에서 배제되었을 것이다.

디오라마가 그대로 확장된 공간이라면?

일전에 오두진의 차를 얻어 타고 찾아갔던 택지개발예정지구가 떠오른 것은 그때였다. 혹시 거기 있지 않을까. 확률이 높지는 않았지만 충분히 그럴 수 있었다. 성환은 벽시계를 일별한 뒤에 의자에서 일어났다.

무작정 차를 몰고 택지개발예정지구로 향했다. 이해할 수 없는 일이었다. 이런 충동적 행동은 지난 세월 단 한차례도 해본 적이 없었다. 오두진을 만나고 싶다는, 그 텅 빈 눈동자를 들여다보고 싶다는 욕망이 이성과 절제력, 신중함을 누르고 그를 지배하고 있었다.

이미 자정이 훌쩍 넘어 도로는 한산했다. 덕분에 속력을 내는 것이 가능해 예상보다 일찍 목적지에 도착할 수 있었다. 시동을 끄고 차에서 내린 성환은 주위를 살피며 천천히 거닐었다. 얼어붙은 흙바닥이 돌처럼 딱딱했다.

황량하고 스산한 분위기 속에서 성환은 아늑함과 안정감을 맛봤다. 그랬던가. 이곳은 오두진의 내면 풍경인 동시에, 내 마음의 이면이기도 한 건가. 삶과 죽음 사이의 아득한 거리감이 일순간 사라지는 것을 느끼며, 그는 관 속에 누워 있는 자신의 모습을 상상해보았다. 그러자 저절로 입가에 옅은 미소가 지어졌다.

반쯤 부서진 채 지면에 박힌 콘크리트 수도관에 걸터앉아 담배를 피워 물었다. 근처에 누렇게 죽어 있는 잡초를 보며 지난 삶을 돌아봤고, 단단한 외피처럼 자신을 에워싼 염세와 우울에 대해 생각했다. 그러다가 알 수 없는 한기에 문득 고개를 들었을 때, 50미터 정도 떨어진 거리에 있는 희끄무레한 물체를 발견했다. 성환은 자리에서 일어나 눈살을 모아 살폈다. 그것은 승용차였다. 검은색 신형 소나타. 오두진의 차종과 같았다.

비적비적 몸을 일으킨 그는 차를 향해 걸어갔다. 중간쯤에 이르러, 운전석 문이 열리고 한 사람이 내렸다.

"……김성환 씨?"

어둠에 가려 얼굴은 보이지 않았으나, 음성만으로 충분히 정체를 알 만했다. 성환은 상대에게 인사를 건넸다.

"안녕하십니까. 다시 뵙는군요."

천천히 다가온 상대는 예닐곱 발짝 거리에 멈춰 섰다. 짐작대로 오두진이었다. 멀리서 봐도 수염이 덥수룩했다.

"그간 잘 지내셨습니까?"

성환이 안부를 묻자 오두진은 한쪽 입술을 비틀어 올렸다.

"여긴 어떻게 알고 온 겁니까?"

"당신을 만나고 싶다는 생각을 하니까 자연스레 이곳이 떠오르더군요."

오두진은 깜짝 놀라는 시늉을 해 보였다.

"역시 명탐정이시군요! 셜록 홈스가 울고 가겠습니다."

"그냥, 우연히 맞혔을 뿐입니다."

"나를 만나고 싶다니, 아이 때문인가요?"

"아닙니다. 윤슬이와 무관하게 당신이 보고 싶었습니다."

크득크득, 허공을 향해 웃더니 오두진은 입고 있는 모직코트의 주머니에서 힙 플라스크를 꺼냈다.

"지난번에 당신이 저에게 말했죠. 제가 당신과 같은 부류라고, 속이 텅 비어 있다고……. 그 헛헛함을 감당하기 어려웠나 봅니다."

"그래요?"

제자리에 선 채로 술을 홀짝이며 오두진은 성환을 쏘아보았다. 머리칼이 바람에 흩날렸다.

"뭐, 그 말을 믿도록 하죠……."

성환은 오두진에게 묻지 않았다. 윤슬이는 어딨는지, 앞으로 어떻게 할 작정인지. 오랜 계획이 틀어진 지금, 어떤 심정인지. 다만, 그의 두 눈 안쪽에서 배어 나오는 누적된 고독감을 묵묵히 들여다보았다.

"당신은 언제부터 삶이 지루하고 재미가 없었나요?"

문득 오두진이 명료한 발음으로 질문을 던졌다. 흐릿한 미소가 입가에 물려 있었다.

"음……. 대답하기 무척 어려운데, 원래 무미한 성격인 것도 같습니다."

미간을 찌푸리며 생각에 잠긴 듯하더니, 오두진은 푸핫, 숨넘어가는 웃음을 터뜨렸다. 하이 톤의 그 웃음은 음산하고 섬뜩했다. 성환은 자신도 모르게 바짝 긴장했다. 그러다가 흡사 상대가 광인처럼 여겨진 찰나, 뭔가 이상한 낌새를 챘다. 마치 전원 스위치가 내려진 듯, 갑작스럽게 오두진의 모든 육체 움직임이 멈춰진 것이다. 웃음도 일시에 잦아들었다. 이어서는 알 수 없는 말들을 뇌까리기 시작했다. 이번에는 당황하지 않고 침착하게 상대를 관찰했다. 조금 전, 나와 대화를 나누는 중에도 저자의 머릿속에는 악몽 같은 기억이 소용돌이치고 있었는가. 그것을 감당하기 힘들어, 저렇듯 의식이 자동적으로 차단된 건가.

격렬하고 숨 가쁘게 한바탕 욕설을 쏟아낸 오두진은 자신에게 일어난 일을 조금도 자각하지 못하는 것처럼 담담하게 물었다.

"문미옥, 그 여자는 지금 뭘 하고 있나요?"

"경찰서에서 조사를 받고 있습니다. 범죄 사실이 밝혀지면 구치소로 이감되겠죠."

"경찰은 나를 쫓고 있겠군요?"

"맞습니다. 유괴 혐의로 수배령이 떨어졌습니다."

진한 한숨을 내뱉은 다음 성환은 이어서 말했다.

"오두진 씨. 상황이 이렇게 된 이상, 모든 걸 내려놓으시죠. 자수를 하면 처벌이 훨씬 가벼워질 겁니다."

"자수라니, 농담 실력이 별로군요. 그런 우울한 얘기 말고, 원래 화제로 돌아갑시다."

힙 플라스크를 코트 주머니에 넣은 뒤, 오두진은 담배를 피워 물었다.

"당신, 그만 쉬었으면 좋겠죠? 이쯤에서 삶을 마치고 싶죠?"

성환은 대답하지 않았다.

"말해봐요, 뭘 망설입니까?"

엷은 미소가 오두진의 얼굴에 입혀졌다.

"내가 김성환 씨의 구원자가 되어줄까요?"

침착한 동작으로 그는 품속에서 권총을 꺼냈다. 무심결에 성환은 뒷걸음질 쳤다.

"한 방에 끝나도록 정확히 전두골을 맞혀드리죠. 이래 봬도 군에 있을 때 특등 사수였답니다."

여기가 끝이구나, 하고 생각하며 두 눈을 감았다. 이번에는 정말로 방아쇠를 당길 것을 성환은 육감으로 알아차렸다. 그러자 갑작스럽게 안도감이 찾아왔다. 이곳이 삶의 마지막 자리가 될 것인가. 드디어 내 오래되고 비루한 연극이 막을 내리는가.

탕.

다음 순간이었다. 한밤의 정적 위로 단발 총성이 울려 퍼졌다. 마른침을 삼키며 성환은 눈을 떴다. 이상하게 몸 어느 곳에도 고통은 느껴지지 않았다.

"첫 발은 테스트입니다. 어때요? 막상 죽으려니까 두렵죠?"

총의 상태를 점검하며 오두진은 말했다.

"지금이라도 살려달라고 애원하면 쏘는 걸 재고해보겠습니다."

성환은 차분한 눈길로 상대를 응시하기만 했다.

"자, 어서 빌어요. 살려달라고 하란 말입니다!"

오두진은 돌연 표독스럽게 소리를 질렀다. 성환이 잠자코 있자, 씨근덕거리다가 다시 한번 방아쇠를 당겼다.

"악!"

견딜 수 없는 비명이 입 밖으로 튀어나왔다. 우측 옆구리에서 흘러나온 피가 얼어붙은 지면에 뚝뚝 떨어져 내렸다. 다행히 관통상은 아니었다. 성환은 침착을 가장해 말했다.

"한 방에 끝내주겠다고 하지 않았습니까?"

"생각이 바뀌었습니다. 아주 천천히, 최대한 고통스럽게 죽여주죠."

짧은 침묵 뒤에 조용히 오두진은 덧붙였다.

"어때요? 이제는 살려달라고 애원할 마음이 들지 않습니까?"

"……별로 그러고 싶진 않군요."

오두진의 표정이 구겨지는가 싶더니 다시 총구가 겨눠졌다. 죽음을 각오하고서, 성환은 사지에 힘을 빼고 눈을 감았다.

"두진아……."

오두진의 등 뒤에서 목소리가 들려온 것은 그때였다. 성환은 놀라지 않을 수 없었다. 모습을 드러낸 이가 너무나 뜻밖의 인물, 여태껏 자신이 은밀히 원망과 분노, 증오의 감정을 품어온 노파였던 것이다.

"알고 있잖니."

노파의 음성이 어둠을 타고 요요하게 울려왔다.

"그 사람을 죽여도 아무 소용이 없단 걸."

오두진 곁에 선 노파는 지면을 응시한 채 계속 말했다.

"네가 어렸을 때…… 집으로 널 찾아오는 친구가 아무도 없는 게 나는 굉장히 슬프고 안타까웠다. 그런데 오늘 저 사람이 이곳에 온 걸 보니, 정말로 기쁘구나."

"지금 무슨 말을 하는 거예요."

오두진은 눈에 띄게 당황한 기색을 내비쳤다.

"쓸데없는 소리 말고 멀리 물러나 계세요."

"화내지 말고 내 얘기를 들어보려무나."

"그냥 모른 척해주세요. 잘 아시잖아요, 이 사람은 우리 꿈을 망친 놈이란 걸."

"그렇지. 그리고 네가 속 얘기를 들려준 친구이기도 하지."

"친구요?"

"그래, 너의 첫 친구."

오두진은 코웃음을 쳤다.

"도대체 오늘따라 왜 그러는 거예요."

잠깐 침묵하다가 노파는 입을 열었다.

"내가 죽을 때가 가까워서 그런가 보구나."

"또 그 소리!"

긴 한숨을 뱉어낸 후에 오두진은 노파를 향해 한결 누그러진 목소리로 말했다.

"가만히 계세요. 이 오두진이 완전히 개털이 된 건 아니에요. 미국의 암 전문 병원을 알아놨어요. 거기에서 치료를 받으면 10년은 거뜬히 살 수 있어요."

"나는 더 이상 살고 싶은 생각이 없다. 이 세상에 미련이 없어. 다만 한 가지 바람이 있다면, 네가 살인을 저지르지 않았으면 하는 거다."

노파는 무너지듯 땅바닥에 주저앉아 고개를 푹 숙였다. 먹먹한 침묵이 주위를 에워쌌다.

"나는 말이다……"

얼굴을 든 노파는 침착한 표정이었으나 눈자위는 축축하게 젖어 있었다.

"네가 살인자라는 멍에를 지고 살아가지 않길 바란다."

오두진의 얼굴에 노골적인 번민이 떠올랐다. 권총을 쥔 손이

미세하게 떨렸다.

"두진아, 내 마지막 소원이라고 해도 안 되겠니?"

눈앞의 두 사람을 지켜보며 성환은 조용히 서 있었다. 어느새 죽음에 대한 상념은 멀리 떨쳐버린 채, 그는 오두진과 노파가 지난 세월 쌓아온 관계의 무게를 가늠해보려 애썼다. 저들이 함께 보낸 나날은 어땠을까. 그 속에서 만든 추억은 무엇일까. 정녕 저들은 서로에게 어떤 존재일까.

오두진은 두 눈을 내려 감았다. 미간에 깊고 뚜렷한 주름이 잡혔고, 이를 악문 상태였다.

"제발 이 늙은이의 소원을 들어다오."

병 때문인지 노파는 복부를 누르며 고통스러운 표정을 지었다. 그러나 그것을 감추려는 듯 차분한 음성으로 말을 이었다.

"부탁이다. 살인만은 하지 말거라."

"저놈을 살려주면 병원에서 얌전히 치료를 받을 거예요?"

오두진의 목소리는 쉬고 갈라져 있었다.

"그래, 그러마. 꼭 그렇게 하마!"

얼마쯤 시간이 흐른 뒤였다. 오두진은 권총을 스륵 내려놓았다. 그러고는 성환을 등지고 서서 담배를 피워 물었다.

성환은 긴장이 풀리며 두 다리가 후들거리는 것을 느꼈다. 목숨을 건진 건가. 청산해야 할 생의 부채가 아직 남았던가. 정적 속에서 숨을 가다듬으며 그는 노파를 내려다보았다. 그녀 역시 고요한 눈길로 성환을 올려다보고 있었다. 상대의 검은 눈동자, 그 바닥 모를 심연을 성환은 가만히 응시하였다.

뒤늦게 고통을 자각한 성환은 고개를 숙여 총상 부위를 살펴보았다. 출혈이 심하긴 했으나 짐작보다 심각한 상태는 아니었다.

"끄응."

신음을 흘리는 성환에게 노파가 다가왔다. 그녀는 조용한 동작으로 자신의 목도리를 풀어 상처 부위를 싸매주었다. 그러고는 몸을 돌려 오두진의 차를 향하며 냉랭하게 말했다.

"따라오게나."

돌연한 노파의 행동에 살짝 당황했지만 성환은 군말 없이 그 뒤를 쫓았다.

"덕분에 목숨을 건졌습니다."

성환이 감사를 전하니, 뒷짐 진 채 발을 옮기며 노파는 진심인 듯도 하고, 형식적인 것 같기도 한 대답을 했다.

"고마워할 필요 없네. 사람 생명이야, 당연히 구해야 하지 않겠나."

차에 다다른 노파는 뒷좌석 문을 열었다. 그러자 옆으로 길게 누워 있는 윤슬이가 보였다. 연노랑색 더플코트 차림이었다.

"놀라지 마시게. 잠들었을 뿐이니까."

잠깐 뜸을 들였다가 노파는 가라앉은 음성으로 한마디 덧붙였다.

"데려가게."

"그래도 되겠습니까?"

"어서 데려가."

성환은 조심스러운 동작으로 윤슬이를 안아 올렸다. 향긋한 베이비로션 냄새가 맡아졌고, 쌕쌕거리는 숨소리가 들려왔다. 아이를 품에 안은 채, 그는 노파를 바라보았다. 여태껏 그녀에게 가졌던 분노와 증오가 시나브로 사라지는 것을 느낄 수 있었다. 진심을 담아 그는 말했다.

"이거, 또 한 번 큰 도움을 받았습니다."

노파는 대답 없이 살짝 고개를 끄덕였다.

성환은 몸을 틀어 자신의 차로 걸어갔다. 중간에 슬쩍 뒤를 보니, 아이 짐으로 짐작되는 보퉁이를 든 노파가 따라오고 있었다. 걸음을 옮기며 그는 생각했다. 이것으로 이 사건은 종결된 건가. 모든 게 마무리된 건가. 내 역할은 다했는가.

성환은 구형 SM5의 뒷좌석에 아이를 앉힌 다음 안전벨트를 채웠다. 노파가 보퉁이를 내밀자 말없이 그것을 받아 아이 곁에 놓았다. 차문을 닫고 돌아서니 멀찌감치 떨어져 서 있는 오두진이 눈에 들어왔다. 여전히 뒷모습을 내보인 채 허공을 바라보고 있었다. 성환은 비척비척 그에게 다가갔다.

"오늘이 마지막으로 얼굴을 보는 날일 수 있겠군요."

성환이 말을 걸었으나 오두진은 반응하지 않았다.

"그간 신세가 많았습니다."

이윽고 성환이 돌아설 찰나, 오두진의 닫혀 있던 입이 열렸다.

"그 여자가 숨어 지낸 지난 6년의 시간⋯⋯."

이상하게도 그의 목소리는 부드럽고 다정하게 들렸다. 성환은 상대를 보며 이어질 말을 기다렸다.

"고독했을까요? 불행했을까요? 고통스러웠을까요?"

뒤돌아선 오두진은 성환과 정면으로 마주 보았다.

"이제는 처지가 바뀌어 내가 숨어 지낼 차례군요. 그 여자에게 전해주세요. 나에게 원망의 감정이 있다면 부디 이것으로 풀기 바란다고."

오두진은 웃었다. 그 웃음은 섬뜩하지도, 신경질적이지도 않았다. 그저 허약하고 건조해 보일 뿐이었다.

"앞으로 도피 생활을 할 작정인가요?"

"그 길밖에 없겠죠."

"쉽지 않을 겁니다. 차라리……."

오두진은 성환의 말허리를 끊었다.

"당신에게 선물 하나를 주죠."

오두진은 가죽지갑에서 뭔가 꺼내 내밀었다. 그것은 작게 접힌 종이였다. 오래된 듯 귀퉁이가 바라고 해져 있었다. 성환은 유전자 감식 결과서임을 직감했다.

"뭔지 알 만하죠? 확인할 용기도, 뱃심도 없으면서 오랫동안 보관만 하고 있었습니다. 언젠가 없애버리겠다고 생각했는데, 차마 내 손으로 그럴 수 없더군요."

놀란 성환이 우두커니 서 있자 오두진은 손에 든 유전자 감식 결과서를 세차게 흔들어댔다.

"목숨까지 살려줬는데, 설마 성의를 무시하는 건 아니겠죠?"

"글쎄요……. 받기 부담스럽군요."

"부담 가질 필요 없어요. 그냥 쓰레기통에 버려도 됩니다."

성환은 얼떨결에 유전자 감식 결과서를 받아들었다.

"고맙군요."

오두진은 성환을 향해 미소 지었다. 그런 뒤 노파를 돌아보며 경쾌하고 톤이 높은 음성으로 외쳤다.

"그만 갑시다!"

오두진과 노파는 어둠 속으로 사라져갔다. 별반 가깝지 않은 관계인 듯, 몇 발짝 떨어진 채로, 아무 말 없이, 느릿느릿.

기묘한 모자.

문득 머릿속에 떠오른 말을 성환은 가만히 곱씹었다.

12

"문미옥 씨. 반가운 분과 함께 왔습니다."

면회실 책상에 엎드려 있던 여자는 힘없이 고개를 들었다. 낯빛이 몹시 파리했다. 흘러내린 머리칼을 쓸어 올린 다음, 그녀는 잠긴 음성으로 물었다.

"반가운 분이요?"

성환은 서 있는 자리에서 약간 비켜섰다. 그러자 뒤에 있던 인물이 모습을 드러냈다.

"미옥아!"

문창수가 소리쳤다. 여자는 빠른 동작으로 책상을 짚고 일어났다.

"오빠!"

문창수는 달려가 동생을 와락 껴안았다. 그들은 서로 오랫동안 아무 말이 없었다. 5평 남짓한 면회실에는 정적이 감돌았다. 성환은 남매를 지켜보며 조용히 서 있었다. 피붙이란 무엇일까. 거기에서 우러나는 정의 농도는 어느 정도일까. 무엇이 저들을 저토록 애틋하게 만드는 걸까. 이런저런 생각이 머릿속을 스쳤다.

얼마쯤 지난 뒤, 문창수가 흐느낌과 섞어 "내 탓이야, 전부 내 탓이야"라고 중얼거리자, 여자는 세차게 도리질을 쳤다.

"그런 소리 말아……. 오빠가 무슨 잘못이 있다고 그래."

울음이 묻어나는 억양으로 그녀는 말했다.

"내가 어리석었어, 내가 바보 같았어."

포옹을 풀고 문창수는 동생의 얼굴을 자세하게 살폈다. 어느새 남매의 얼굴은 눈물범벅이 되어 있었다. 한동안 침묵하다가 그들은 더듬거리며 대화를 이어갔다.

"오, 오빠. 나 때문에 걱정 많이 했지?"

"나는…… 네가 죽은 줄로만 알았다."

문창수는 감정을 진정시키듯 몇 차례 심호흡을 했다. 잠시 후 흘러나온 그의 목소리는 한결 차분해져 있었다.

"보험금 때문에 네가 남편에게 살해당했다고 믿었지. 그래서 네 한이라도 풀어주려고 저분에게 도움을 청했다."

여자는 손으로 입을 틀어막으며 울음을 삼켰다.

"그런데 이렇게 살아 있는 널 보니, 이제 더 이상 바랄 게 없다는 생각이 드는구나."

"미안해……. 정말 미안해."

"무슨 말이야, 내가 미안하지. 내가 나쁜 놈이지."

"오빠, 그동안 어떻게 지낸 거야? 몸은 건강한 거야?"

"너야말로 어디 아픈 데는 없는 거냐?"

문창수와 여자가 해후의 기쁨을 나누는 모습을 바라보던 성환은 조용히 가슴이 울려오는 것을 느꼈는데, 그건 남매의 감격적인 상봉 장면과 상관없이, 실종 사건에 매달린 자신의 지난 4개월을 반추할 수 있었기 때문이다. 짧은 여정 같이 느껴지는 그 시간에 참으로 많은 일이 있었다.

"문미옥 씨. 한 가지 알려드릴 사실이 있습니다."

남매가 어느 정도 회포를 풀었을 즈음, 성환은 입을 열었다.

"그동안 아이 때문에 걱정이 많았죠? 이제 마음 놓으셔도 됩니다. 윤슬이는 무사합니다. 오늘 데려올 수도 있었지만, 당분간 안정을 취하게 하는 것이 좋겠다는 전문가의 소견을 따랐습니다."

"그게 정말이에요?"

별안간 여자의 목소리가 높아졌다.

"정말, 우리 윤슬이가 무사해요?"

성환은 고개를 끄덕였다.

"그렇습니다."

미소 지은 얼굴로 문창수가 말을 거들었다.

"애는 걱정 마. 건강하게 잘 있어. 너 없는 동안 내가 잘 보살피고 있을게."

갑작스러운 소식에 감격했는지 여자는 다시금 울음을 터뜨렸다. 그런 그녀를 성환은 기쁘고 흐뭇한 마음으로 바라보았다. 그러다가 평정을 찾은 여자가 자세한 사정을 묻자 얼버무리듯 운이 좋았다고 대답했다.

"우리 윤슬이, 언제 만날 수 있나요? 잠깐이라도 좋으니까 얼굴 볼 수 있게 해주세요."

"약속하지요. 최대한 빠른 시일에 만날 수 있도록 하겠습니다."

거듭 부탁의 말을 건넨 다음, 여자는 얼마간 망설인 후에 조심스럽게 물었다.

"사장님은 어떻게 됐나요?"

"오두진 씨 말인가요?"

"네."

"글쎄요……. 저로서는 알 수가 없군요."

성환은 속으로 말을 이었다. 지난 시간 내내 폐허에 있다가, 앞으로도 계속 그곳에 혼자 머물러야 하겠죠. 벗어날 길 없이, 고독에 몸부림치며, 영원히.

면회 시간은 짧았다. 어느 틈에 헤어져야 하는 순간이 찾아왔다. 문창수는 동생의 손을 잡으며 아쉬움을 달랬고, 성환은 여자에게 앞으로의 일에 대해 몇 가지 사항을 당부했다.

"아저씨……."

성환이 막 면회실을 벗어날 찰나, 등 뒤에서 작게 여자의 목소리가 울렸다.

"고마워요."

뒤돌아선 성환은 외투 주머니에 두 손을 찔러넣은 채 담담하게 대답했다.

"저는 문미옥 씨의 오빠에게 돈을 받고 일한 사람일 뿐입니다. 고마워해야 할 이유가 없습니다."

여자를 향해 살짝 미소를 지어 보이고서 성환은 출입문을 향해 몸을 틀었다. 그러다가 밖으로 나가기 직전, 뒤를 돌아보며 농담처럼 말했다.

"참, 무사히 지구로 귀환한 것을 축하하고, 환영합니다."

경찰서 근처 순댓국집에서 문창수와 간단히 점심 식사를 한 뒤, 지하철과 버스를 번갈아 타고 사무실에 도착하니 늦은 오후가 되어 있었다. 성환은 커피가 담긴 머그잔을 들고 책상 의자에 앉았다. 그러고는 망연한 시선으로 창밖을 내다보았다. 붉게 땅거미가 깔린 세상은 이승이 아닌 것 같은 기묘한 느낌을 자아냈다. 머지않아 입춘인가. 이제 곧 여기저기 꽃이 피고 푸른 잎이 돋아나는가. 한 계절이 가고 또 한 계절이 오는가.

생각에 잠긴 채 커피 한 잔을 비운 그는 사건 노트를 꺼내 들었다. 몇 달 사이 그것은 눈에 띄게 낡아 있었다. 이제 이것도 마지막이군. 성환은 차분한 손놀림으로 오늘 치의 기록을 하기 시작했다.

펜을 멈춘 건 오두진에게 당한 총상 부위에 통증이 느껴졌을 때다. 붕대가 감긴 옆구리를 누르며 심호흡을 하던 그는 아까 만난 문미옥을 눈앞에 그려보았다. 고맙다고 말하던 그녀의 이미지가 낯설지 않게 느껴졌다. 그 모습을 어디서 보았는지 확실히 떠올린 건 화장실에 가기 위해 몸을 일으킨 순간이었다.

형사 시절, 범인 검거 중에 다친 적이 있었다. 큰 부상은 아니었으나 며칠간 꼼짝없이 병원에 누워 있어야 했다. 입원 둘째 날에 딸아이가 엄마 손에 이끌려 병실을 찾았다. 당시 초등학교에 갓 입학한 아이는 큰 눈을 끔벅이며 한참 아빠를 쳐다보았다. 그러다가 울먹이며 내뱉은 한마디.

"고마워, 아빠."

뭐가 고맙다는 걸까. 다소 뜬금없고 상황에 어울리지 않는 그 말에 성환과 아내는 피식 웃음을 터뜨렸다.

옛일을 회상하던 그는 책상 앞에 어정쩡하게 선 채 속으로 중얼거렸다.

두 번째 딸은 살렸는가.

기록 작업을 마치고 벽시계를 보니 8시가 가까웠다. 쓸쓸한 기분에 젖어 노트를 일별한 다음 종결 사건 파일박스에 꽂았다. 그러고는 정적 속에서 슬리퍼를 끌며 책상 주변을 맴돌았다. 얼마 전부터 줄곧 머리를 어지럽히는 고민거리 때문이었다.

상황을 외면하듯, 성환은 할 일을 찾아 주위를 두리번거렸다. 일에 매달려 있느라고 그동안 방치해둔 사무실은 다소 어수선했다. 그는 쌓인 재활용 쓰레기를 분류했고, 꽁초가 빼곡히 꽂힌 재떨이를 비웠다. 내친김에 청소기까지 돌리고 나자 밤이 깊어졌다.

식사 때를 놓친 걸 깨닫고서 가스레인지에 라면 물을 올렸으나, 이내 불을 꺼버렸다. 전혀 식욕이 일지 않았다. 포털 사이트에서 응원하는 야구팀을 검색해보다가, 그것마저 시큰둥해져 소파에 앉아 관자놀이를 주물렀다. 하나의 사건이 종결되자 언제나처럼 얼마쯤 공허감이 밀려왔다. 장을 만나 술이라도 한잔할까 하는 생각이 들었지만, 상대가 이미 퇴근한 시간이었다.

몸을 일으킨 성환은 팔짱을 낀 자세로 소파 주위를 서성거렸다. 책상 앞에서 아주 오래 망설이다가 오두진이 준 유전자 감식 결과서를 찾아 쥐었다. 허공을 향해 한차례 진한 한숨을 뱉어내고 턱을 어루만지며 속으로 중얼거렸다. 오두진이 그토록 알고자 했던 것, 감추고자 했던 것, 두려워했던 것이 여기 있는가. 어쩌자고 그는 이것을 나에게 줬는가.

숙연한 마음으로 성환은 유전자 감식 결과서를 내려다보았다. 가장자리에 변색된 혈흔으로 짐작되는 거무스레한 것이 묻어 있었다. 수없이 펼쳐 보기를 시도했는지, 군데군데 손때가 타 있었고 접힌 주름 자국이 선명했다.

대체 이것이 뭐란 말인가. 그는 한낱 종이 쪼가리를 두고 자신의 전생에 걸쳐 필사적인 전쟁을 치렀는가.

천천히 유전자 감식 결과서를 펼치다가 성환은 문득 동작을 멈췄다.

어쩌면 이 불쌍하고 누추한 진실은 이대로 영원히 봉인되어 있는 편이 나으리라. 그것이 그의 전쟁에 대한 예의인지도 모르리라.

성환은 아까 전 파일박스에 꽂은 사건 노트를 다시 꺼내 그 갈피에 유전자 감식 결과서를 끼워 넣었다. 그러고는 형광등 스위치를 내리고 사무실을 나섰다.

에필로그

지금에 와서 돌이켜보면 지난 6년이 아득한 꿈처럼 여겨져요. 홀로 화성에 뚝 떨어진 것 같은 시간이 실제로 존재했는지 의심스럽기도 하고요. 그러나 사실, 누구나 자신만의 화성에서 살아가고 있을 거예요. 고독과 싸우면서 말이죠.

그렇지만 우리에게 아무 위안과 희망이 없는 건 아니에요. 화성의 두 위성을 기억하세요? 포보스와 데이모스 말이에요. 단 두 개뿐인데도 불구하고 그 위성들은 서로 멀리 떨어진 채 저마다 혼자 시간을 견디고 있죠. 그런데 과학적 진실을 따지자면, 데이모스와 포보스는 원래 하나였어요. 처음 화성이 생성될 때 떨어져 나온 조각들인 것이죠. 그러니까 엄밀히 말해 존재하는 것은 화성 하나뿐인 거예요. 어쩌면 인간도 이와 비슷하지 않을까요? 분리의 착각 속에 살아가고 있지만, 실상 우리 역시 커다란 존재의 일부분인 거죠. 그 존재에 굳이 이름을 붙인다면 신이라고 할 수도 있겠으나, 사랑 그 자체라고 불러도 좋을 거예요.

생각해보면 전쟁이나 살육밖에 모르는 마르스에게도 사랑의 손길이 뻗쳐 있었죠. 신화에서 마르스는 미의 여신 비너스와 연인 관계로 나와요. 그래서 그 둘을 담은 명화에는 큐피드가 함께 등장하는 경우가 많은데, 이런 모습은 흔히 사랑이 전쟁을 이긴다는 의미로 해석되곤 하죠. 구태여 신화까지 끌어들일 필요 없이, 저의 길고 고단한 전쟁이 사랑으로 마감된 것만 떠올려봐도 분명 우리가 포근하고 따뜻한 빛 속에 머물러 있다는 생각이 들고, 마음속에서 신을 향한 크나큰 애정이 생겨나요. 암울하게 여겨지는 이 세계가, 멀리 떨어져서 바라보면 서로 반대되는 것들이 뒤섞여 아름다운 조화와 균형을 이루는 것을 이제는 굳게 믿어요.

재판을 받기 전, 밝은 햇살 아래 윤슬이를 만날 수 있었어요. 형사와 동행해 그 애의 유치원으로 갔죠. 제게 허락된 시간은 단 10분이었어요.

"당신은 피의자 신분입니다. 수상한 짓을 하면 당장에 제재를 받게 됩니다."

형사의 경고에 저는 힘없이 고개를 끄덕였어요. 그러고는 유치원을 향해 긴장된 발걸음으로 다가갔죠. 앞마당 벤치에 혼자 앉아 있는 윤슬이의 뒷모습이 눈에 들어오자 숨이 멎는 것 같은 통증이 느껴졌어요. 가면을 쓰고 만날 때와는 완전히 다른 기분이었죠.

이윽고 벤치 근처에 이르자 발소리를 듣고서 윤슬이가 제 쪽

으로 몸을 돌렸어요. 하늘색 원피스 차림에 머리는 뒤로 묶은
상태였죠. 윤이 나는 하얀 에나멜 구두를 신고요.

"안녕, 윤슬아."

떨리는 목소리로 인사를 건넨 저는 조심스러운 동작으로 그
애 옆에 앉았어요. 윤슬이는 제 얼굴을 빤히 올려다보았죠. 그
러다가 대뜸 저에게 물었어요.

"정말 엄마 친구예요?"

저는 아이가 떨어지려고 하지 않을 걸 염려해 제 신분을 감
췄다는 형사의 말을 떠올렸어요. 윤슬이는 저를 엄마의 친구로
알고 있었죠.

"맞아."

뭔가 생각하는지, 윤슬이는 고개를 약간 숙인 채 공중에 들
린 두 다리를 까닥였어요. 저는 그 애의 얼굴을 어루만지듯 들
여다보았죠. 까맣게 반짝이는 눈과 앙증맞게 솟아 있는 코, 작
고 붉은 입술…… 살짝 맞닿은 팔로 전해져오는 윤슬이의 체온
을 느끼며 저는 속으로 중얼거렸어요. 6년 전 혼자 화성으로 떠
났다면, 이제 비로소 지구로 돌아왔다고, 귀환했다고.

"아빠는 엄마가 외국에 있다고 하던데, 정말이에요?"

"응."

"엄마는 잘 있어요?"

"응."

잠깐 입을 다물었다가 이번에는 제가 물었어요.

"너는 건강하니? 아픈 데는 없고?"

윤슬이는 말없이 고개를 끄덕였죠.

하고 싶은 말이 너무 많아, 도무지 어떤 화제부터 꺼내야 할지 몰랐어요. 그래서 저는 그저 멍하게 윤슬이 얼굴을 보고만 있었죠. 그런데 침묵이 어색하고 불편한지 그 애는 얼굴을 붉히며 어쩔 줄 몰라 하더라고요.

그때 우리 앞으로 고양이 한 마리가 나타났어요. 통통한 몸집에 갈색 털을 가진 고양이는 어슬렁거리며 사위를 둘러보다가 목재 울타리 틈새를 통해 유치원 밖으로 빠져나갔죠. 그 광경을 본 윤슬이가 문득 혼잣말처럼 중얼거렸어요.

"짜증이."

"짜증이?"

"고양이 이름이요. 항상 짜증 난 표정을 짓고 있어서 이름이 짜증이예요."

나와 윤슬이는 서로 마주 보며 큰 웃음을 터뜨렸어요. 다행스럽게도 그 웃음이 우리 사이의 거리감을 좁혀주었죠.

"엄마가 있는 곳은 어떤 데예요?"

웃음이 잦아들자 윤슬이는 갑작스러운 질문을 던졌어요. 크게 당황하다가, 저는 지난 6년간 떠돌던 수많은 방과, 그곳들에서의 시간을 찰나적으로 반추했어요. 달력의 그날 날짜에 엑스 자를 긋는 것으로 하루를 시작하던 나날, 어두운 방에서 혼자 아프던 나날, 그리움과 외로움이 골수에 사무치던 나날. 그러나 저는 건강한 아이와 함께 있는 이 찬란한 햇살 속에서 그 모든 나날과 화해했음을 깨달았죠.

"좋은 곳이야. 날씨도 좋고, 이웃들도 친절하고."

"으음……."

"엄마 얼굴, 기억하니?"

제가 묻자 윤슬이는 시무룩한 표정으로 도리질을 쳤어요. 그 모습을 보자 또다시 가슴에 통증이 느껴졌죠.

"엄마 보고 싶어?"

"잘 모르겠어요. 나한테는 원래 엄마가 없는 줄 알았어요."

저는 목울대까지 차오른 울음을 간신히 억눌렀어요. 그러고는 한참 뒤 입을 열었죠.

"너, 윤슬이란 이름을 누가 지어줬는지 알고 있니?"

그 애는 제 얼굴을 멀뚱멀뚱 쳐다보다가 고개를 저었어요.

"네 엄마가 지어준 거야. '햇살에 반짝이는 잔물결'이란 뜻이지."

윤슬이의 눈을 들여다보며 저는 조용한 음성으로 말을 이었어요.

"한번 눈을 감고 상상해봐. 너는 지금 푸른 나뭇잎이 가득한 숲속에 있어. 근처에서 새소리가 들려오고 진한 풀내음도 맡아지지. 그리고 바로 코앞에는 맑은 시냇물이 흐르고 있어."

그 애는 제 말대로 두 눈을 감았어요. 그리고 곧이어 상상에 빠진 듯 차분한 표정을 지었죠.

"잔잔히 흐르는 시냇물에 잘게 부서지는 햇살이 보이니? 마치 금가루를 뿌려놓은 것처럼 눈부시게 반짝이지?"

"네!"

"그 모습처럼, 네가 삶의 고요함과 평온함 속에서 반짝이며 빛나는 아름다움을 찾길 바라는 마음에 윤슬이란 이름을 지은 거야."

제 말이 어려운지 윤슬이는 고개를 갸웃하더니 피식 웃더군요. 저는 그 애에게 뭔가 다른 이야기를 더 해주고 싶었지만 울타리 너머의 형사가 팔을 들어 손목시계를 가리키는 제스처를 해 보였죠.

"윤슬아……."

저는 윤슬이 앞에 쪼그려 앉았어요. 그런 다음 그 애와 눈맞춤을 하며 말했죠.

"아줌마, 또 올게. 그동안 건강하게 잘 있어."

가만히 아이 얼굴을 들여다보다가 저는 출입문 방향으로 걷기 시작했죠. 그렇게 서너 발짝 멀어졌을 때, 돌연 등 뒤에서 목소리가 들려왔어요.

"아줌마가…… 엄마예요?"

저는 제자리에 우뚝 멈춰 섰어요. 몸을 돌려보니 윤슬이의 두 눈에 한가득 눈물이 고여 있었죠. 당장에 그 애를 품에 꼭 안고 싶었지만, 형사가 재촉하는 소리를 질러 어쩔 수 없이 그대로 유치원을 빠져나올 수밖에 없었어요. 대기된 차에 탈 때까지 저는 뒤돌아보지 않았죠. 그랬다가는 제 자신을 통제하지 못하고 윤슬이에게 달려갈 테니까요.

어머니, 앞으로 제가 어떻게 될지 모르겠어요. 어쩌면 화성으로 돌아갈 수도 있겠죠. 만약 그렇게 되면 또다시 고독과 그리움에 시달려야 할 거예요. 하지만 두렵거나 불안하지는 않아요. 왜냐하면 이제는 제 자신이 커다란 사랑 속에 머물러 있음을 알기 때문이죠. 윤슬이를 만난 날, 저는 깨달았어요. 그 애는 한시도 어미인 저를 잊지 않았다는 걸. 그리하여 시간이 얼마가 흐르든 단박에 저를 알아본다는 걸. 제가 항시 어머니를 가슴에 품고 살았던 것처럼 말이에요.

언젠가 저도 하늘나라에 가면 어머니를 만날 수 있겠죠. 어머니, 그땐 우리 손 꼭 붙잡고 오래오래 수다 떨도록 해요. 아이를 낳고 기르는 일에 대해서, 부모가 되는 것에 대해서, 아이의 탄생과 함께 얻어지는 세상에 대한 긍정과 믿음에 대해서.

전봇대나 담벼락에 붙은 '중요지명피의자 종합공개수배' 전단을 평소 유심히 살펴보곤 한다. 당연한 일이겠지만, 거기에는 범죄를 저지른 사람들이 있다. 사기, 강도, 살인…… 다양한 범죄만큼이나 저마다 다른 사연을 품고 있겠으나, 공개된 정보는 대단히 획일적이고 제한적이다. 얼굴 사진과 이름, 나이, 범죄 내용, 신체적 특징이 전부다. 그것들을 토대로 나는 혼자 상상을 해본다. 그들의 성장 과정이나 가족관계, 소중히 간직한 꿈, 생사의 갈림길과도 맞닿아 있었을 범행 순간에 대해.

위와 비슷한 과정에서 이 소설은 태어났다. 우연히 접한 신문기사(「사망보험금 타려 아내 5년간 감금」, 서울신문, 2012.7.2)가 작품의 모티브가 되었다. 그것을 씨앗처럼 가슴에 품은 채, 이야기의 싹이 트고 줄기가 자라나길 기다렸다. 그러는 동안 밥을 먹을 때나 친구를 만날 때, 운동을 할 때에도 내 머리 한편에서는 소설의 등장인물들이 조금씩 윤곽을 찾아가고 생기를 찾아갔다. 고백하자면, 바로 그때가 글 쓰는 이로서 가장 행복한 순간들이다. 작가로서 그런 축복을 받는 것에 기쁘고 감사한다.

멋진 책으로 만들어주신 자음과모음에 깊이 고개 숙여 감사드린다.

화성의 시간

© 유영민, 2021

초판 1쇄 인쇄일 | 2021년 10월 19일
초판 1쇄 발행일 | 2021년 10월 29일

지은이 | 유영민
펴낸이 | 정은영
편 집 | 최성휘 정사라
마케팅 | 최금순 오세미 김하은
제 작 | 홍동근

펴낸곳 | (주)자음과모음
출판등록 | 2001년 11월 28일 제2001-000259호
주 소 | 10881 경기도 파주시 회동길 325-20
전 화 | 편집부 (02)324-2347, 경영지원부 (02)325-6047
팩 스 | 편집부 (02)324-2348, 경영지원부 (02)2648-1311
E-mail | munhak@jamobook.com

ISBN 978-89-544-4770-6 (03810)